拱　橋

We are all connected.

On the Road

by Jack Kerouac

本書根據 Penguin Books 1976 年版翻譯。
為方便讀者閱讀，新增章節標題與編譯者註解。

ON THE ROAD

在路上

JACK KEROUAC

陳杰——譯

傑克·凱魯亞克——著

方舟文化

【推薦序】

道路就是生命

——疏離的時代，重讀《在路上》

陳德政

「去生活，去犯錯，去墮落，去征服，去從生命中創造生命！」

——詹姆士．喬伊斯，《一個青年藝術家的畫像》

本書主角迪恩與薩爾一同「上路」的時候——一九四〇年代末期，他們遊歷的美國，和今日的美國可說是不同的國度。而他們身處的世界，也和今日截然不同。

那還不是一個「每件事都被記錄，卻沒有事被記得」（Everything is recorded, nothing is remembered）的時代，數位工具尚未開發出來，想在荒野找路，得痛快淋漓的先迷幾場路，才有機會在地平線的彼端，發現那條岔開的路徑。

掉入一座寂寞之城，如果渴望體溫，得推開酒吧的門用牛仔的眼光梭巡，再加上街頭藝人般的手腕；交友軟體可不會降臨到地球邊緣拯救你的欲望，手機裡也沒有離線地圖來強化方向感——操！什麼手機，把它扔了吧！——迪恩倘若活在現代，會把薩爾用辛苦掙來的稿費新買的 iPhone 一把抓過來丟出車窗，轉頭對好哥兒們說：「咱們不需要那個，咱們靠的是這個！」

他敲敲自己的腦袋，再指向自己的心。

二戰後，美國在文明的廢墟中復甦——以飛快的速度！中產階級崛起，消費主義抬頭，每個州的地方媽媽都看著電視廣告幫小孩買同一款早餐玉米片；而每個郊區都矗立著一座看不見，卻牢牢扎根在所有人內心深處的清教徒式道德教堂。

歐巴馬在《生於美國》書中，如此形容當代的美國：「它比我們記憶中的任何時刻都還要兩極分化——包括信仰與家庭的真諦、何謂正義，以及誰的聲音該被聽見。」而《在路上》兩位大爺所橫越的美國，恰好是另一種版本——團結一氣，享受著戰勝的榮光。當時的主流社會訂出一套規訓：年輕人只要遵循傳統，就會通往成功。

同質性，讓獨特的個人窒息。而沒有同化，就沒有反抗。不同時代與地域的青年，都在某個人生階段面臨到「轉大人」的焦慮。喬伊斯在《一個青年藝術家的畫像》裡寫道：「當一個人的靈魂在這個國家誕生時，立刻就會有很多大網把它罩住，不讓它飛走。」

喬伊斯所在的愛爾蘭是一座崎嶇的海島，長著翅膀的拓荒者想飛出去，不小心就會被海風吹落。

但美國是一片遼闊的大地，寬到足以容納最狂野的心靈；他們浪跡天涯，在種族和階級的邊界間遷徙，也在滿是瘋子和騙子的地景中遊牧。

他們衝破規範，看似想遠走高飛，然而，或許只是「繞了點路」，終點依舊是家。流浪的本質，在於回歸內在的追尋，若只是漫無邊際的浪遊，久了就成了流亡。

有一次迪恩收起玩心，正色對薩爾說：「你順著人生過活，讓它成為自己的道路。」他們所代表的垮世代（Beat Generation），正是一群靈性追求者。

迪恩真有其人，是垮派作家尼爾．卡薩迪的化身，也是與本書作者傑克．凱魯亞克一同漂泊的旅伴，他澎湃的性格與才氣讓凱魯亞克為之傾倒，在書裡替自己創造了薩爾這個角色，藉由這個人格分身（alter ego），凱魯亞克成為自己作品中的敘事者，跟隨形象英勇、不受控制的迪恩四處闖蕩！

就在一九五〇年代，浪蕩不羈的垮世代重新加工了時代精神，替後來的嬉皮指出一條明路，告訴他們路的盡頭有一臺蒸汽機，新的價值不斷轉動，像一池亢奮的滾水。垮的原意是人被擊垮、疲憊不堪的情境下，反向生長出來的興奮感；但垮也有宗教的意涵，所謂至福（beatific）狀態的性靈合一。

凱魯亞克另一本小說《達摩流浪者》（*The Dharma Bums*）的企鵝版書封上，公路旁的浪人手舉「Nirvana」的標語——涅槃，便是熱衷神祕主義的垮派所嚮往的境界。

成名前他們過的都是貼近貧窮線的生活，棲身冷水公寓、挨餓受凍，各種落魄遭遇都成了筆下最好的「冒險故事」。垮世代的精神導師——詩人威廉・卡洛斯・威廉斯（William Carlos Williams）形容這幫人總是處在「正要離去」的狀態。與凱魯亞克齊名的垮派三傑之一，詩人艾倫・金斯堡則在詩作〈在灰狗巴士的行李間〉（*In The Baggage Room At Greyhound*）如此描繪他的族人——「在一座座城市間奔走，尋找所愛，成千上萬的可憐人。」

那些物質條件低落的可憐人啊……卻坐擁現代人難以企及的心靈圖景。他們精力充沛，為了在暗巷生存。他們用整個身體（而非觸控螢幕上的手指）跨過地理的疆域，敲響陌生大門背後的無限可能。咆勃爵士樂（Bebop）是趕路時的音樂，金斯堡說，他們「吞雲吐霧，飄飄然冥想著爵士樂」。然後一邊嗑藥，一邊做著離經叛道的性愛實驗。

每個世代的文人，或多或少都在進行某種美化自身失敗的工程。當代對於性別認同與各種關係的開放性（openness），或許不亞於垮掉的一代。不過，他們確實經歷過一個體驗本身勝過賦予它意義的單純年代，不用到社群網站替經驗塗脂抹粉，試圖討好他人。對他們來說，**上路就是意義，活著，便是自我創造的手段。**

「生命是神聖的，每時每刻都彌足珍貴。」這句話，彷彿凱魯亞克寫給他浪擲的光陰。

凱魯亞克在人類登月那年過世，無緣見到重回保守的七〇年代。他一生都在寫自傳體小說，歌頌身邊帶領他覺醒的先知。嚴肅作家的聲譽，要到死後多年才建立起來，而所有作品中，《在路上》依然是情感熾熱的告白，他讓荒蕪的小鎮昇華為宇宙中心，讓語言發出音樂般的韻律。他的手，放在打字機上不停敲打，像是神遊太虛的爵士樂手，一段即興接上一場感官爆炸，照亮讀者的意識旅途。

問世將近七十年，這本書仍是刺激思想的讀本。它召喚出千百條公路，包容著豐富的經驗與形形色色的面孔，其中多數——友善、勤勉、樂天，都是**好的**美國人。

正如巴布．狄倫後來吟唱的：「With no direction home, like a complete unknown.」——看似無處可去，卻又處處可行。那未知的夜路，遙遠的小城，默默等人造訪的自由之家。繼續上路吧！在最意想不到的角落，看見讓人激動的風景。

二〇二四，寫於西雅圖弗里蒙特（Fremont）

目次

Part One

Part Two

Part Three

Part Four

Part Five

Part One

Always, On the Road

1 上路

第一次遇見迪恩，是在我和妻子分手之後不久。那時剛熬過一場大病，關於此事我不想多說，總之離婚使我身心交瘁、心如死灰。迪恩．莫里亞蒂的到來，開啟了我人生的新篇章，也就是我的「在路上」生涯。

以前我也常夢想去西部遊歷，但都只是嘴上說說，從未成行。迪恩是浪跡天涯的最佳旅伴，因為他就是在路上出生的——一九二六年，他父母開著一輛破車去洛杉磯，在途經鹽湖城時生下了他。我最早是從查德．金的口中知道迪恩的，查德給我看了迪恩在新墨西哥州少管所寫給他的幾封信，我頓時就被深深吸引住。

在信中，迪恩非常天真可愛的請求查德，把他知道關於尼采的全部事情，以及其他一切奇妙思想悉數教給他。有次我和卡洛談到這些信，還說有機會要見見這個奇怪的迪恩．莫里亞蒂。那是很久以前的事了，迪恩還是個帶點神祕色彩的少年犯，和現在不大一樣。後來消息傳來，迪恩從少管所出來了，準備第一次來到紐約；而且，據說他剛結婚，娶了一個名叫瑪麗露的女孩。

有天我正在校園裡閒晃，查德和蒂姆・格雷跑來告訴我，迪恩住在東哈林（哈林的西班牙語區）一間沒有熱水的公寓裡。迪恩是前一天晚上到的，人生第一次到紐約，一起來的還有他那個漂亮機靈的小瑪麗露；他們乘坐灰狗巴士在第五十街下車，轉過街角附近找吃的，一眼就看見了赫克托餐館，從此，在迪恩眼裡，赫克托餐館就成了紐約的一個重要象徵。他們把錢花在那些好看的、大大的糖霜蛋糕和奶油泡芙上了。

這期間，迪恩總是這樣跟瑪麗露講：「親愛的，我們在紐約了，當我們穿過密蘇里州，特別是經過布恩維爾少管所——它讓我想到自己被關的經驗——我想了好多，雖然我還沒有把我的所思所想全部告訴妳，但是現在絕對有必要先把自己喜愛的那些瑣事放一旁，馬上想想具體的謀生計畫……」諸如此類，他說話一直以來就是這腔調。

我和幾個朋友一起去了迪恩住的冷水公寓，他穿著短褲打開門。我看見瑪麗露從沙發上跳下來；之前迪恩打發公寓主人去了廚房，或許是去煮咖啡，他這邊則忙著自己的情事，因為對他來說，性是人生唯一神聖和第一重要的事情，儘管為了生存他不得不汗流浹背的賣苦力，諸如此類。

他站在那裡，腦袋上下晃動，眼睛一直盯著腳下，頻頻點頭，活像一個正在聆聽教練指示的年輕拳手，讓你感覺他在認真聽你說的每一句話，而且還回應你無數個「是」和「沒錯」。

我對迪恩的第一印象是金・奧崔[1]的年輕版——身材修長，臀部緊緻，藍眼睛，道地的奧克拉荷馬口音——一個蓄著鬢角、來自白雪皚皚西部的男子漢。事實上，在和瑪麗露結婚、來東部之前，他就在科羅拉多州艾德．沃爾的牧場上工作。

瑪麗露是個漂亮的金髮姑娘，一頭濃密的小捲長髮如金色海浪般湧動；她坐在沙發邊緣，雙手垂在膝間，帶著鄉土氣朦朧的藍眼睛大大睜著，眼神呆滯，因為她已身處灰暗邪惡的紐約公寓；這是她在西部時就聽說過的，她就像莫迪利亞尼[2]畫筆下的超現實主義女郎，身材修長但憔悴，在一間凝重的房間裡等待著。她是一個可愛的女孩，但也蠢得要命，經常能幹出驚人的傻事。

那天晚上，大家一起喝啤酒、比腕力、談天說地，一直到天亮；早晨，天色陰鬱，我們在灰暗的光線下圍坐，默默吸著從菸灰缸裡撿出的菸蒂。迪恩神經兮兮的站起身，來回踱步，思考著，然後決定當務之急是讓瑪麗露去做早餐和掃地。「換句話說，親愛的，我們必須趕緊振作起來，真的，否則就會搖擺不定，對計畫缺乏真知灼見，也就沒法實現。」之後，我便告辭了。

接下來的一週，他對查德掏心掏肺的說，自己絕對必須向查德學習如何寫作；查德告訴他我才是作家，他應該去向我討教。同時，迪恩在停車場找到一份工作，又在霍博肯[3]的公寓裡和瑪麗露大幹了一架——天知道他們為什麼去了那裡——她氣得發瘋，報仇心切，便捏造了一個瘋狂的罪名，向警方歇斯底里的指控迪恩，於是他不得不逃離霍博肯。所以，他現在沒地方住了。他直奔紐澤西州的派特森——也就是我和我姑姑住的地方。

一天晚上我正在看書，聽見有人敲門。我打開門，迪恩站在昏暗的門廳，謙恭的蹭著腳，點頭哈腰的說：「你——好，還記得我嗎——迪恩・莫里亞蒂？我特地來向你請教如何寫作。」

「瑪麗露呢？」我問，迪恩說她一定是靠睡覺賺了幾個錢跑回丹佛去了——「這個婊子！」然後我們出去喝了幾杯啤酒，因為在姑姑面前我們沒法暢所欲言——她一直坐在客廳看報紙。她只看了迪恩一眼，便認定他是個瘋子。

在酒吧裡我告訴迪恩：「老兄，我很清楚你不是單單為了想當作家才來找我的，況且就我所知，寫作這件事必須持之以恆，要拿出那種嗑完藥的衝勁才行。」

他回答：「是的，當然，我完全明白你的意思，實際上所有這些問題都發生在我身上，但我想要的是實現那些因素，是否應該依賴叔本華[4]的二分法以獲得內心實現……」他就這樣說個沒完，淨說些我完全聽不懂而他自己也不明白的話。那時候，他真的不知道自己在說些什麼；作為一個蹲過監獄的年輕人，他妄想著有朝一日能成為一名真正的知識分子，所以他講話時喜歡胡亂模仿他聽到

1 譯按：Gene Autry，美國電影演員、鄉村歌手、作曲家、製片人。
2 編按：Amedeo Modigliani，義大利表現主義藝術家。
3 譯按：Hoboken，紐澤西州的一個小鎮，位於哈德遜河西岸，與曼哈頓隔河相望；距下文提到的派特森（Paterson）約二十四公里。
4 編按：Arthur Schopenhauer，德國哲學家。

過的那些「真正的知識分子」的腔調和語言——不過，要知道，在其他事情上他可沒那麼天真幼稚，他和卡洛在一起才幾個月，便把那些行話弄得一清二楚，完全成了圈內人。

儘管如此，就瘋狂的其他層面而言，我們還是惺惺相惜的，我同意他可以住在我家，直到他找到工作，我們還說好以後要一起去西部。這些事發生在一九四七年初的那個冬天。

一天晚上，迪恩在我家吃晚飯——那時他已經找到紐約停車場的工作——我正在打字機上飛快的打字，他從背後伸過頭來，說：「行了，老兄。快一點，那些女孩可不會等我們。」

我說：「等我一分鐘，寫完這章我們就走。」那是我書裡最好的章節之一。待我穿好衣服，我們便飛奔到紐約去約會。公共汽車駛入空蕩蕩、閃爍著詭異磷光的林肯隧道，我們肩並肩坐在一起，揮舞雙手，興奮的大叫大嚷，說個不停；我也開始變得像迪恩一樣瘋狂了。

迪恩是一個對生活充滿激情的年輕人，雖說是個騙子，但他騙人只是因為他渴望生活，渴望與人交往，否則別人不會搭理他。他在騙我，我心知肚明（為了吃住和「如何寫作」等等），他也知道我明白這一點（這是我們關係的基礎），但我不在乎，我們相處得很好——沒有相互糾纏，沒有彼此迎合；我們小心翼翼的相處，就像兩個容易心碎的新朋友。

從他身上我漸漸學到很多東西，或許不比他從我這裡學到的少。關於我的寫作，他說：「加油，你寫的全都棒極了。」我寫短篇小說時，他就站在我身後，一邊嚷嚷著：「沒錯！哇！老兄！讚！」

一邊用手帕擦著臉。「老兄，哇，要做的事太多了，要寫的也太多了！該怎麼**開始**才能把所有這些統統寫下來啊，別管什麼修改約束，也別太在意那些文學戒律、語法。」

「對，老兄，你說得沒錯。」從他的興奮和幻想中，我彷彿看見一道神聖的閃電迸射而出；他口若懸河，滔滔不絕，公車上的人都轉過頭來看這個「興奮過度的瘋子」。在西部時，他三分之一的時間在撞球間，三分之一的時間在監獄，剩下的三分之一在公共圖書館。人們看見他興致高昂的走在冬日街頭，帽子也不戴，抱著書衝進撞球間、爬樹進入朋友家的閣樓，在上面看書或者躲警察，一待就是好幾天。

我們到了紐約——我忘了當時的情境，好像是說有兩個黑人女孩要來——但沒有；本來他約好一起吃飯的女孩都沒來。我們先去了他工作的停車場，等他把一些事做完——在後面的小屋換衣服，對著破鏡子梳理一番——然後出發。

就是在那個晚上，迪恩遇見了卡洛·馬克斯。迪恩和卡洛的相遇是一件驚天動地的大事。兩顆敏銳的心靈一見如故，兩雙銳利的眼睛互相掃視——一個是心地光明如聖徒般的騙子，另一個則是心地幽暗、帶著憂傷詩意的騙子，也就是卡洛·馬克斯。

從那一刻起，我就極少看到迪恩了，這讓我稍感悲傷。他們活力四射，旗鼓相當；相比之下我就像個白痴，完全跟不上。一場席捲一切的瘋狂旋風就是從那時開始的，它將把我所有的朋友以及我剩下的家人，攪成美國夜空中一片碩大的塵雲。

卡洛講了公牛老李、埃爾默．哈塞爾，還有簡的事情給迪恩聽：公牛老李在德州種大麻；哈塞爾在里克斯島[5]蹲監獄；簡在苯丙胺[6]產生的幻覺中抱著她的女嬰在時代廣場遊蕩，最終進了貝爾維尤[7]精神病院。

迪恩則和卡洛提及那些不為人知的西部人物，比如湯米．斯納克，那個畸形足的撞球殺手、撲克牌好手、怪異的聖徒。他還講到羅伊．強森、大個子艾德．鄧克爾，以及他的少年夥伴、街頭兄弟、數不清的女孩、性派對和色情圖片，還有他心目中的男女英雄以及各種冒險經歷。

一開始他們倆興致勃勃的走遍大街小巷，任何事都要去體驗一番；不像後來變得沉悶、敏感且空洞。他們瘋癲的在街頭起舞，我則笨拙的跟在後面。**我這輩子就喜歡跟著有趣的人跑，能讓我感興趣的都是瘋狂的人，他們瘋狂的生活，瘋狂的談話，瘋狂的尋求救贖，渴望同時擁有一切。**他們從不打哈欠，從不講陳腔濫調，而是像神奇的黃色煙火那樣，燃燒、燃燒、燃燒；在星空中炸裂開來，就像蜘蛛一樣，中心點藍光「砰」的一聲爆開，人們都發出「哇」的一聲驚嘆。在歌德時代的德國，人們是怎麼稱呼這種年輕人的？

迪恩急切的想學會像卡洛那樣寫作，於是他做的第一件事就是用一顆多情的心去打動他，正如騙子才會做的那樣。「現在，卡洛，讓**我**解釋一下——**我**要說的是……」我大約有兩個星期沒看到他們，在那段時間，他們著魔般沒日沒夜的交談，關係親密無間。

然後春天來了，到了旅行的大好時節，我那幫朋友都各自準備著四處旅行。我忙著寫我的小說，正好寫完一半，又陪我姑姑跑了趟南方去看望我的哥哥羅可，之後便準備開始生平第一次西部之行。

迪恩已經走了。當時我和卡洛在第三十四街的灰狗車站為他送行。車站樓上有個地方可以拍照，只要兩毛五。照片上，卡洛摘了眼鏡，看上去凶巴巴的。迪恩拍的是側臉，扭捏的看著旁邊。我面對鏡頭，像三十歲的義大利人，一副誰敢出言不遜就要砍人的模樣。卡洛和迪恩用刀片把相片從中間整齊劃開，各自的一半存放在錢包裡。

為了這次榮歸丹佛，迪恩特地穿了一身真正的商務正裝；他終於完成了在紐約的第一次狂歡。說是狂歡，其實他不過是在停車場像狗一樣工作。他是全世界最神奇的停車員，能以四十英里的速度把車倒進一個緊巴巴的車位，靠牆停穩、跳下車，在眾多的保險桿中奔跑，跳進另一輛車，在狹小的空間以五十英里的速度掉頭，快速倒進狹窄的車位，猛地一拉手剎、車尾彈起，在車身抖動時他已飛身下車；接著像田徑明星一樣向開票處衝刺，交出一張票，這時有輛車剛到，不等車主完全

5 譯按：Rikers Island，位於紐約東河的一座小島，紐約最大的監獄坐落於此。
6 編按：別名安非他命。
7 譯按：Bellevue，紐約著名的精神病院，一九九八年起被改造為無家可歸者的收容中心。

出來，他便彎腰鑽進去，關門聲中車已啟動，轟鳴著奔向下一個可用的車位，劃一道弧線，倒車、剎車、下車、奔跑；他就這樣每晚不停的幹上八個小時，特別是在傍晚下班高峰期和晚上影劇院散場時間，穿著油膩膩髒兮兮的工裝褲和毛皮襯裡的舊夾克，腳踏一雙走路啪啪直響的破鞋。

現在，他買了一身新衣服穿著回家——一件帶條紋的藍色西裝，還配背心，在第三大道花十一塊錢買的，另外還買了一塊帶錶鏈的懷錶和一臺可攜式打字機，他打算回丹佛找到工作後就在租屋處裡開始寫作。我們在第七大道的賴克餐館吃了法蘭克福香腸和豆子，算是告別餐，然後迪恩登上開往芝加哥的大巴，轟鳴著駛入夜色。我們的牛仔就這樣回去了。我向自己許諾，春暖花開、大地復甦之時，我也將踏上西行之路。

我的在路上經歷就是這樣開始的，後來發生的事情奇妙無比，我不得不說出來。

是的，我想多了解迪恩一些，不僅是因為作為一個作家，我需要新的生活體驗，也不僅因為我在校園裡閒晃的日子到了盡頭，且毫無意義，更是因為儘管我們性格各異，他卻讓我聯想到一個失散多年的兄弟；看著他瘦削憔悴、蓄著長長落腮鬍的臉龐，以及汗津津、肌肉緊繃的脖頸，我想起童年時代在派特森的染料堆、游泳場以及帕塞伊克[8]河邊玩耍的情景。

骯髒的工作服穿在他身上是那麼合身好看，即便你專門訂製也買不到更完美的，只能像迪恩那樣，在生活的重重壓力下從「天性快樂的自然裁縫」那裡獲得。在他興奮的言談中，我彷彿又聽到了我昔日的夥伴和兄弟們的聲音，在橋洞裡、在摩托車騎遊間、在晾晒著衣服的鄰里街頭，還有在令人昏昏欲睡的午後家門口，男孩們彈著吉他，他們的兄長則在廠房裡忙碌著。

我現在的朋友要麼是「知識分子」——查德是信奉尼采的人類學家；卡洛是怪裡怪氣的超現實主義者，說話時會瞪著你、神情嚴肅，嗓門壓得低低的；公牛老李總是拖長聲調慢條斯理說話，對一切都持批判態度——要麼就是些鬼鬼祟祟的不法分子，如帶著一臉玩世不恭冷笑的埃爾默・哈塞爾，還有躺在鋪著充滿東方風情毯子的沙發上，對《紐約客》嗤之以鼻的簡・李。

然而，迪恩的心智十分正常、完整、熠熠生輝，沒有乏味的知識分子氣息。他的「不法行為」不是為了表現惱怒和蔑視（他偷車只是為了兜風玩），而是大喊「耶」的美國式歡樂的激情迸發；它源自西部，是西部的風，是來自西部平原的頌歌，它是嶄新的，是早有預言卻姍姍來遲的東西。

此外，我所有的紐約朋友都處於一種消極、噩夢般的狀態，他們抨擊社會，搬出各種乏味的、學究式的、或政治的、或精神分析的理由；而迪恩只想在社會上左衝右撞，渴望麵包和愛情，對其他事都毫不在乎，說什麼「只要我能把那小妞弄上床在她兩腿間爽一把，哇哦」，以及「只要我**有**

8 編按：Passaic River，紐澤西州北部的一條河流，流經紐州最工業化、城市化的地區。

吃的，老兄，聽見我說的嗎？我**餓了**，我**餓死了**，我們**現在就去吃**！」——於是我們就衝出去**吃**，正如《傳道書》[9]所言：「這是你在日光之下所得的份。」

迪恩就像西部的陽光。儘管姑姑告誡我，他會讓我惹上麻煩，但我感受到了新的使命，看到了新的地平線，我年輕的心深信不疑；就算惹上麻煩，甚至後來迪恩不顧兄弟情誼，把我丟在馬路邊挨餓、病床上受苦——那又怎樣呢？我是個年輕作家，**我要上路**。

我知道，一路走下去，我會遇到女孩、會有奇景異象[10]、會有一切；一路走下去，我將得到瑰寶。

---

9 編按：*Ecclesiastes*，《舊約聖經》裡的一篇書卷，記載「傳道者」的思想，宣稱人類所有活動都是「虛空」，勸告年輕人應盡早「敬畏上帝」。

10 編按：visions，在垮掉的一代文學中成為了對精神追求的代名詞。

2 橫跨美國的紅線

一九四七年七月，我從老兵福利金裡存下大約五十塊錢，準備前往西海岸。我的朋友雷米．邦克爾從舊金山來信，讓我過去和他一起乘坐環球客輪出海。他發誓能幫我弄到機房的工作。我回信說，哪怕是破舊的貨輪我也滿足，只要能出幾次太平洋遠航，賺些錢回來維持我住在姑姑家的生活，以便把我的書寫完。他說，他在米爾城有一間小屋，在辦手續等船的漫長過程中，我有大把的時間在那裡寫作。他和一個叫麗．安的女孩住在一起；他說她做得一手好菜，大家在一起會很熱鬧。

雷米是我在預備學校[1]讀書時就認識的老朋友，是個在巴黎長大的法國人，也是個瘋子——這時我還不知道他有多瘋。他希望我在十天內到達。對於我去西部旅行，姑姑舉雙手贊成；她說整個冬天我都在拼命寫作，待在屋裡太久了，出去旅行對我有好處；我告訴她我可能要在路上搭便車，她甚至都沒反對，只希望我能平平安安回來。於是，一天早上，我把寫了一半的厚厚書稿留在案頭，

1 編按：prep school，在美國指為十一歲以上孩子上大學作準備的私立中學。

最後一次把舒適的被單整理好，揹上裝有一些基本生活用品的帆布包，口袋揣著五十塊錢便上路了。朝著太平洋奔去。

之前我在派特森一連幾個月埋頭鑽研美國地圖，甚至閱讀了好些關於開拓者事蹟的書籍，細細品味著普拉特河、錫馬龍河這些名字；在路線圖上有一條長長的紅線，叫六號公路[2]，從鱈魚角頂端一直延伸到內華達州伊利，繼而往下直達洛杉磯。我對自己說只要一直沿著六號公路走到伊利就行了，便信心滿滿出發了。

要到六號公路，我得往北到熊山[3]。一路上，我憧憬著到了芝加哥、丹佛以及最後目的地舊金山要做的事情；我在第七大道搭地鐵到終點站第二百四十二街，再乘坐有軌電車到揚克斯市；在揚克斯市城裡轉乘駛往郊外的有軌電車，到達位於哈德遜河東岸的城市邊界。

假如你在阿第倫達克山脈[4]哈德遜河的神祕源頭扔下一朵玫瑰，想像一下它這一路會經過多少地方，直到永遠匯入大海——想像一下這神奇的哈德遜河谷。我從這裡開始沿河搭便車。前前後後搭了五輛車，終於如願到達熊山大橋，到了從新英格蘭拐下來的六號公路。下車時下起了大雨。我已置身崇山峻嶺之中。

六號公路跨過河，繞過一個環形交叉路口，消失在荒野中。不僅一輛車也看不到，而且下著傾盆大雨，連躲雨的地方都沒有。我只好跑到松樹下站著，但無濟於事；我開始叫喊、詛咒，捶打自己的腦袋，罵自己是個大笨蛋。我目前在紐約以北四十英里的地方；其實我一路上都很焦慮，在這個重要的啟程之日，我本該一路向西，奔向如此嚮往的西部，可我卻一直在往北走。現在，我被困住了。

我跑了四分之一英里，來到一個小小的廢棄英式加油站，站在雨水滴答的屋簷下。在我頭頂，從巍然屹立的熊山傳來的聲響，令我感到上帝的雷霆之怒。放眼望去，天地間只見煙雨迷濛的樹木和淒涼慘澹的荒野。

「我他媽來這裡幹什麼？」我罵著，叫喊著要去芝加哥，「現在他們正玩得痛快，他們正爽著，我卻不在，我什麼時候才能到！」——諸如此類。終於來了一輛車，停在空蕩蕩的加油站；車上有一男兩女，停車研究地圖。我趕緊冒雨跑過去，用手比劃著；他們商量了一下；我肯定看起來像個神經病，頭髮全濕，鞋子也泡水了。我他媽真傻，穿了雙墨西哥平底皮涼鞋，像蕨類植物似的透氣透水，完全不適合這樣的雨夜和山路。還好他們讓我上了車，把我帶到北面的紐堡；我覺得這至少比整晚困在熊山的荒郊野外要好。

2 編按：連接了麻州到加州，橫跨美國東西岸。
3 編按：Bear Mountain，紐約哈德遜高地最著名的山峰之一。
4 編按：紐約州第一高峰，位於該州東北部。

「而且，」那個男人說：「不會有車走六號公路的。如果你想去芝加哥，最好穿過紐約的荷蘭隧道，往匹茲堡去。」我知道他是對的。我的美夢就這樣破滅了，多麼愚蠢的書齋式幻想，**自以為沿著一條偉大的紅線橫跨美國會很浪漫，卻忽略了嘗試不同道路和路線的樂趣。**

到紐堡的時候雨已經停了。我走到河邊，坐上回紐約的大巴，車上有一群剛從山裡度過週末回來的中小學教師，一路上喋喋不休，而我則在罵自己白白浪費了那麼多時間和金錢，說是要去西部，但我從早到晚來回折騰，一下北一下南，就像在原地打轉。我發誓明天一定要到芝加哥，保險起見，我要坐巴士去，就算把大部分的錢都花掉也沒關係，只要明天能到芝加哥就好。

3 噩夢之地

這是一次平淡無奇的巴士旅行，哭鬧的嬰兒，炎熱的太陽，在賓州各小鎮陸續上車的鄉下人，到了俄亥俄州平原地帶，大巴才真正跑起來，先往北取道阿什塔比拉市，接著在夜間穿過印第安納州。第二天一大早就到了芝加哥，我在基督教青年會旅社要了個房間，口袋裡的錢所剩無幾。我上床大睡了一覺，然後出去體驗芝加哥。

密西根湖吹來的風，洛普區[1]的咆勃[2]爵士樂。我在霍爾斯特德南路和克拉克北路一帶閒晃，午夜時在貧民區走了很長一段路，有輛巡邏車跟著我，覺得我是可疑人物。一九四七年咆勃風靡全美。但在洛普那幫人的吹奏中卻透著一絲倦意，因為咆勃爵士樂正處於查利·帕克[3]《鳥類學》（*Orni-*

1 譯按：the Loop，芝加哥市中心、中央商業區。
2 編按：Bebop，興起於一九四〇年代初中期的爵士樂演奏形式。咆勃爵士遠離了傳統音樂形式，樂手個人即興能力與樂團的互動能力，受到相當大的重視。
3 譯按：Charlie Parker（1920-1955），爵士樂薩克斯演奏家，外號「大鳥」（Yardbird）。

thology）時代和邁爾士・戴維斯[4]開創的時代之間的過渡時期。

我坐在那裡，聆聽著咆勃爵士樂那代表我們共同心聲的夜籟，不禁想到我那些橫跨東西兩岸的朋友，他們和我不都在同一個廣闊的後院裡，興奮的幹著同樣瘋狂的事情嗎？第二天下午，我有生以來第一次進入西部。天氣晴朗舒適，正適合搭便車。為了擺脫芝加哥無與倫比的複雜交通，我乘坐巴士來到伊利諾州的喬利埃特，路過喬利埃特監獄，在鎮上枝繁葉茂的破舊街道上走了一圈，再走到城外，站在路邊揮手招便車。從紐約到喬利埃特，我一路坐巴士，花掉了一大半的錢。

我搭乘的第一輛車是運送炸藥的卡車，車上插著紅旗，在廣闊青翠的伊利諾州境內行駛了大約三十英里後，卡車司機指著前方的交會地點跟我說，我們所處的六號公路在那裡與六十六號公路交會，然後兩條公路都向西延伸而去。大約下午三點，我在路邊攤吃了蘋果派和霜淇淋，一個女人駕駛的雙門小轎車停下來讓我搭車。我趕緊跑過去，開心得要命。但她是個中年婦女，幾個兒子都和我一樣大了，她想找人幫她把車開到愛荷華州。我當然一口答應。愛荷華！那就離丹佛不太遠了，一到丹佛我就輕鬆了。

頭幾個小時她開車，中途還執意去參觀一個老教堂，弄得我們像是遊客一樣。然後我接過方向盤，雖然我算不上什麼好司機，但還是順利的把伊利諾境內剩下的路跑完了，經過羅克艾蘭，到達愛荷華州的達文波特。在這裡我生平頭一次見到我摯愛的密西西比河，它在夏日霧靄下顯得乾涸，水位很低，散發著濃濃的腥臭，如同不斷被它沖刷的美國原始軀體的味道。羅克艾蘭——鐵軌、破房子、小小的城區；過橋就到了達文波特，大同小異的城鎮，在溫暖的中西部陽光下，空氣中滿是鋸木屑的味道。那位女士現在要走另一條路回愛荷華州的老家，我便下了車。

太陽漸漸西沉。我喝了幾杯涼啤酒，走了很長一段才到城外。下班的人正驅車回家，他們戴著各式各樣的帽子，有鐵路工人的帽子也有棒球帽，與任何地方、任何城鎮下班後的情景沒什麼兩樣。有個人讓我搭便車，帶我上了山，把我留在草原邊一個孤獨的十字路口。那裡景色很美。唯一過往的車輛是農民的車；他們向我投來懷疑的目光，噹啷噹啷開了過去，牛群也走在回家的路上。一輛卡車都沒有。幾輛小車飛馳而過。一個年輕人開著改裝跑車經過，他的圍巾在風中飛舞。太陽已經完全下山了，我站在一片絳紫色的夜幕中。現在我有點害怕了。愛荷華州的鄉村連一點燈光都沒有；很快就沒有人能看見我了。幸好，一個回達文波特的人讓我搭車，把我帶到市區。我又回到了出發的地方。

我坐在公車站，盤算著怎麼辦。又吃了一份蘋果派和霜淇淋；一路上我幾乎都吃這個，我知道它們有營養，當然，也很好吃。我決定賭一把。在達文波特市中心的公車站，我先是花了半個小時

4 譯按：Miles Davis（1926-1991），爵士樂指揮家、小號手，也是最早演奏咆勃爵士樂的音樂家之一。

觀賞咖啡廳的一個女服務生，然後乘車來到城市邊界，但這次是在幾個加油站附近。大卡車轟隆隆、轟隆隆的駛過，不到兩分鐘，有輛卡車停在我前面。我跑上去，激動得心都要跳出來了。

這個卡車司機有點奇特——粗獷的大塊頭，禿眼睛，啞嗓門，開起車來很粗魯，幾乎不怎麼搭理我。我疲憊的靈魂正好可以得到些許休息；搭便車旅行最大的一個麻煩，就是你不得不與無數人交談，讓他們覺得帶上你是件趣事——你甚至還要取悅他們，這對於一直在趕路並且不打算睡旅館的你來講，是個巨大的負擔。

這傢伙只是在引擎轟鳴聲中順便吼幾聲，而我也只需回幾聲，大家便輕鬆自在了。他朝著愛荷華城一路狂奔，還扯著嗓門跟我講他那些最有趣的故事，講他在各地開車時如何避開不公平的限速規定。他反覆說道：「那些該死的警察想找**我的麻煩**，門都沒有！」

就在我們駛入愛荷華城時，他看到另一輛卡車從後面開來，因為到了愛荷華城他就要改道，於是他閃爍尾燈給後方卡車示意，並放慢車速讓我跳下車。我拎著包下了車，另一個卡車司機顯然是認可了這場交接，為我停下車，一眨眼，我又一次坐在了高高的副駕，很高興一晚上可以跑個幾百英里！

這個司機同樣瘋狂，也喜歡大吼大叫，我只需要靠在椅背上，任憑卡車一路前行。現在，越過愛荷華草原和內布拉斯加平原，我彷彿看見丹佛宛如一方樂土[5]浮現在我的眼前，就在遠方那片星空之下，我彷彿還看到更遙遠的舊金山，似夜空下的珠寶閃耀著璀璨的光芒。那司機一路猛開，還一邊講故事，兩三個小時後，他在愛荷華州一個小鎮停下車，窩在座椅上睡了幾個小時；這裡正巧是幾年後我和迪恩被警察攔下檢查的地方，員警懷疑我們開的凱迪拉克是偷來的。我也睡了一覺，然後沿著孤零零的磚牆走了一段，路上只有一盞孤燈，那些小街的盡頭就是安靜的草原，玉米在夜空中散發出露水似的味道。

天一亮他就驚醒了。我們又轟隆隆上路了，一小時後，第蒙[6]的寥寥晨煙在一大片綠色玉米地的盡頭升起。他現在要去吃早餐，而且一時半會不打算走，所以我便搭乘兩個愛荷華大學男生的車，直接去了四英里外的第蒙；我舒服坐在他們嶄新的車裡，朝著城裡飛馳，一路上聽他們談論著考試，感覺怪怪的。現在我想睡上一整天。於是我去了基督教青年會旅社，想訂一個房間；但他們沒空房了，我自顧自的瞎逛，到了鐵路上——第蒙的鐵路真多——最後在火車頭車庫旁邊找到一個昏暗壓抑、像舊式平原客棧一樣的旅館。我躺在一張鋪著潔白床單的硬床上，睡了長長的一覺；枕頭邊的牆壁上刻著一些髒話，破舊發黃的百葉窗遮擋住了窗外煙霧濛濛的鐵路車場。

5 譯按：the Promised Land，指《聖經》中的應許之地。
6 編按：Des Moines，愛荷華州首府。

醒來時，太陽正慢慢變紅；這是我人生中的一個非凡時刻，一個最不可思議的瞬間，**這一刻我不知道自己究竟是誰了——遠離家鄉，旅途的意外讓我心力交瘁，躺在一個從未見過的廉價旅館房間裡**，聽著外面蒸汽的嘶嘶聲、室內朽木的吱吱聲、樓上的腳步聲，以及所有令人悲傷的聲音，望著高高的、開裂的天花板，有那麼奇怪的十五秒左右，我真不知道自己到底是誰。我並不驚恐，**只覺得自己變成了另一個人，一個陌生人，感覺自己的一生是那麼飄忽不定**，像個幽靈。我已經橫跨半個美國，身處代表青春歲月的東部，以及代表嶄新未來的西部分界線上。也許正因為如此，在那個不同尋常的艷紅下午，我才會有這般感想。

但我必須停止抱怨，繼續前行。於是，我拿上背包，向坐在痰盂邊的年邁旅館老闆道了聲再見，就出去找吃的。我吃了蘋果派和霜淇淋——越往愛荷華州裡面走，這些東西就越好吃，蘋果派更大，霜淇淋味道更濃。那個下午在第蒙，隨處可見一群群漂亮無比的女孩——她們是高中生，正好放學回家——可現在我沒時間胡思亂想，我決定到了丹佛一定要好好爽一把。

卡洛已到了丹佛；迪恩在那；查德·金和蒂姆·格雷也在那，那是他們的家鄉；瑪麗露在那；據說還有一幫人，包括雷·羅林斯和他金髮碧眼的漂亮妹妹貝比·羅林斯；那裡還有迪恩認識的女服務生貝登古姐妹倆，甚至羅蘭·梅傑，我大學寫作課上認識的朋友，居然也在那裡。我滿懷愉悅的期待見到他們所有人。因此，儘管世上最好看的女孩都住在第蒙，我還是從那些漂亮美女身邊匆匆而過。

一輛滿載各種工具的卡車開過來，就像拖著一個活動工具房，開車的傢伙像送奶工司機一樣站著駕駛。他捎上我，駛上長長的山坡，然後我又立刻搭上了一對農民父子開的車，駛往愛荷華州的阿戴爾鎮。在鎮上一個加油站旁的大榆樹下，我結識了一個搭便車的人。他是典型的紐約佬，愛爾蘭後裔，幾年來他的主要工作就是幫郵局開卡車，他現在要去丹佛見一個女孩，開始新生活。

我猜他是在紐約幹了什麼事，多半是犯了法，要出去避風頭。他才三十歲，卻是個紅鼻子酒鬼。一般來說我會討厭這種人，但對友誼這種事，我感覺很敏銳。他穿著破舊針織衫和鬆垮的長褲，包裡除了一把牙刷和幾張手帕，幾乎什麼都沒有。他說我們應該一起搭便車。我本來該說「不」的，因為他那副模樣太可憐，可能不容易搭上車。但我們還是結伴行動了，一個少言寡語的人開車把我們帶到愛荷華州的斯圖爾特，在這個鎮上我們真的被困住了。我們站在斯圖爾特賣火車票的小破屋前，等待西行的車輛，足足等了五個小時，等到太陽都下山了。

為了消磨時間，我們先是各自講自己的經歷，然後他講黃色故事，然後我們就踢踢石子，製造一個又一個愚蠢的噪音。太無聊了。我決定花一塊錢買啤酒；我們去了斯圖爾特的一個老酒館，喝了幾杯。他喝開了，就像原來他在紐約第九大道夜晚經常喝醉那樣，他湊在我耳邊興高采烈的大聲講著他一生中所有齷齪的夢想。我有點喜歡他了；倒不是因為他是個好人——後來證明確實如此

——而是因為他對生活充滿熱情。

我們摸黑回到公路上，幾乎沒什麼車經過，當然更沒有車停下來。這樣一直到凌晨三點。我們一度試圖躺在鐵路售票處的長凳上睡覺，但電報機一整夜都在嗒嗒作響，讓我們無法入睡，還有外面的貨運火車發出巨大的撞擊聲。我們不懂怎麼跳上火車；我們從來沒幹過；我們不知道它們是東行還是西行，也不知道該怎麼去弄明白，也不懂該選篷車、平板車還是冷藏車。所以，破曉前一輛開往奧馬哈的巴士駛過時，我們就跳了上去，加入熟睡旅客的隊伍——我付了車費，也幫他付了。他的名字叫艾迪。他讓我想起我在布朗克斯的小舅子。正因為如此，我才和他一路同行，就像跟一個老朋友、一個和藹可親的人一起鬼混。

黎明時分，我們到了康瑟爾崖；我坐在車裡向外張望。整個冬天我讀了許多關於西部拓荒者事蹟的書，那時西進的馬車隊在這裡召開會議，接著踏上奧勒岡和聖達菲小徑[7]；當然，現在能看到的只有各式各樣小巧的郊區小屋，呈現在灰暗的晨曦中。

接著我們到了奧馬哈，噢，我見到了第一個牛仔！他戴著寬邊高頂的「十加侖」牛仔帽[8]，穿著德州牛仔靴，沿著荒涼的肉類批發倉庫牆壁走著，除了裝束以外，他看上去無異於東部黎明時分磚牆邊的行人，都是同樣的疲憊和落魄。我們下了車，開始往山上走。這條長長的山丘是在雄偉的密蘇里河的作用下，歷經數千年才得以形成的，奧馬哈則依山而建。

我們走到郊外，朝著來往車輛伸出大拇指。一個戴牛仔帽的有錢牧場主載了我們一程，他說普拉特河谷和埃及尼羅河谷一樣偉大；當他這麼說時，我看見遠方沿著河邊蜿蜒的大樹以及周圍的青翠田野，幾乎認同了他的看法。後來，我們站在一個十字路口繼續攔車，天空開始轉陰，這時又來了一個牛仔，六英尺高，戴著不張揚的「半加侖」牛仔帽，他招呼我們過去，問我倆誰會開車。艾迪當然會開車，他有駕照，而我沒有。牛仔有兩輛車，他要把它們開回蒙大拿。他老婆目前在格蘭德艾蘭，他想讓我們把其中一輛車開到那裡，然後由他老婆接手。從那裡開始，他們就會往北走，也就是說，我們和他一起的話最遠只能開到那裡。不過那也是深入內布拉斯加州足足一百英里了，我們當然同意。

艾迪獨自開一輛車，牛仔和我開另一輛車跟著他。剛一出城，艾迪就難掩興奮，開始把車飆到九十英里。「媽的，這小子在幹什麼！」牛仔大聲喊著，加速追了上去。場面有點像在賽車。我一度以為艾迪試圖開車逃跑——後來我知道他當時真這麼想過。但牛仔緊追不捨，趕上了他，並鳴笛示意。艾迪慢了下來。牛仔按喇叭讓他把車停下。「媽的，小子，你那個速度開車容易爆胎的。可

7 編按：Santa Fe Trails，一八八〇年鐵路發展到新墨西哥州聖達菲（Santa Fe）之前，這條小徑是重要的商業道路。
8 編按：ten-gallon hat，有一說源於西班牙語「tan galán」，為非常瀟灑、帥氣之意。

以開慢一點嗎？」

「好吧，哇靠，我真的開到九十啦？」艾迪說：「路況太好，我都沒注意。」

「別著急，我們平安到達格蘭德艾蘭就好。」

「當然。」我們繼續上路。艾迪果然靜下來了，有可能都快要睡著了。就這樣，我們沿著蜿蜒的普拉特河，驅車一百英里穿越內布拉斯加州，窗外是普拉特河谷碧綠的田野。

「在大蕭條時期，」牛仔開始和我說故事：「我經常跳上火車，一個月至少一次吧。那個時候，你會看到好幾百人擠在一個平板車或者篷車上，不光是流浪漢，什麼人都有，他們沒了工作，要到新的地方找活幹，還有些人只是漫無目的的奔波。整個西部都是這樣。那時候的火車制軔工從來不找你麻煩。現在的情況怎麼樣我不知道。內布拉斯加這個地方我覺得沒意思。知道嗎，三〇年代中期，這裡就是一片巨大的塵埃雲，眼睛能看到的地方都一樣。簡直不能呼吸。地面都是黑的。那些日子我就住在這裡。我覺得他們可以把內布拉斯加還給印第安人了。我對這個地方深惡痛絕。現在我的家在蒙大拿州——在米蘇拉市。什麼時候你過來，我讓你看看什麼是天堂。」到了下午晚些時候，他講累了，我趁機睡了一下——聽他說話蠻有趣的。

我們在路邊停下車，想吃點東西。牛仔要去補一個備胎，開車走了，我和艾迪在路邊一個家庭飯館坐了下來。這時，我聽見一陣大笑，那是世上獨一無二的開懷大笑，一個生牛皮面容的內布拉斯加老農帶著一幫年輕人走進餐廳；在那個灰濛濛的日子裡，你能聽見他那嘶啞的笑聲在整個遼闊平原的上空迴盪。所有人都跟著他一起笑。

在這個世界上，他無憂無慮，卻對每個人滿懷關切之情。我對自己說，哇，聽聽這笑聲。這就是西部，我此刻已置身西部。他闖進店裡，喊著老闆娘的名字；她做的櫻桃派是內布拉斯加最甜的，她還在我的櫻桃派上面加了滿滿一大勺霜淇淋。「老闆娘，快給我弄點吃的，不然別怪我把自己給生吞了或者幹出其他什麼蠢事，」他一屁股坐在方凳上，戲謔的笑著：「再撒點豆子在裡面。」這就是西部精神，與我相距咫尺。我真希望能深入他那質樸豪放的生活，我想知道，除了像這樣大喊大笑，那麼多年來他一直在做些什麼。哇，我心裡默默想著。這時牛仔回來了，我們便繼續奔向格蘭德艾蘭。

轉眼間我們就到了。他去接他老婆，接著奔向命運召喚之所，而我和艾迪接著趕路。我們搭上一輛拼裝的破車，車上是兩個以放牧為生的鄉下小子。我們中途下車時，天上正飄著毛毛雨。然後，一個老人一言不發就把我們載到了謝爾頓村——天知道他為什麼載我們。在這裡，艾迪孤苦伶仃的站在馬路中間，路邊有一群矮墩墩的奧馬哈印第安人，他們目光呆滯，無處可去，也無事可做。馬路對面就是鐵路，大水塔上面寫著「謝爾頓」幾個字。

「他媽的，」艾迪驚訝的說：「我以前來過這裡。好多年以前，在戰爭時期，晚上，是深夜，大家都在睡覺。我到月臺上去抽菸，我們當時就停在這個鳥不生蛋的鬼地方，周圍一片漆黑，我一抬頭就看到大水塔上『謝爾頓』這個地名。我們的火車開往太平洋——當時所有人都在打呼，都他媽是蠢蛋——只停了幾分鐘，好像是添加燃料什麼的，然後就開走了。他媽的，這個謝爾頓！從那以後我就恨透了這個地方！」

我們困在了謝爾頓。就像在愛荷華州達文波特，幾乎所有來往車輛都是當地農民的車，偶爾有幾個遊客的車駛過，那更糟，開車的都是老頭，那些夫人太太要麼對著風景指指點點，要麼拿著地圖看著，然後就坐在那裡，看什麼都帶著一副懷疑的表情。

雨越下越大，艾迪著涼了；他穿得太少。我從帆布包裡摸出一件羊毛格子襯衫給他穿上。他感覺好些了。我也感冒了。我在一個印第安人開的破舊小店裡買了些止咳含片，又去鎮上小郵局給我姑姑寫了張一分錢的明信片。然後我們回到灰濛濛的公路上。前方還是「謝爾頓」三個字，寫在大水塔上。駛往羅克艾蘭的列車呼嘯而過。我們隱約看見臥鋪車廂乘客一晃而過的臉龐。列車咆哮著穿過平原，奔向我們嚮往的地方。雨下得越來越大。

一個戴牛仔帽又高又瘦的傢伙在馬路對面停下車，朝我們走來；他看上去像個警長。我們盤算著該怎麼跟他說。他不慌不忙走過來。「你們兩個是打算去某個地方，還是只是漫無目的的走？」我們沒聽懂，不過這真是個好問題。

「怎麼了？」我們問。

「是這樣，我開了一個小遊樂場，就在這裡下去不遠，我要找幾個想賺錢的年輕人。我有賭輪盤的許可證，還有賭木環許可證，就是套圈圈，碰運氣那種。你們幫我幹，我讓你們分三成。」

「食宿呢？」

「包住不包吃。吃飯要去鎮上。遊樂場是流動的，我們還會去別的地方。」我們在考慮。「這是個好機會。」他說，耐心等著我們拿定主意。我們愣住了，不知道如何回答，反正我是不想被遊樂園拴住。我十分著急的想去丹佛與我那幫朋友會合。

我說：「不知道耶，我要趕路，可能沒時間。」艾迪也這麼說。那老頭揮揮手，慢悠悠往回走，開車離去。這事就此作罷。我們笑了一陣子，然後設想如果我們答應會是什麼樣子。一幅畫面浮現在我的腦海：漆黑、塵土飛揚的夜晚，內布拉斯加人攜家帶口，漫步走過，臉蛋紅撲撲的孩子們看什麼都驚奇，我知道我會像魔鬼一樣用低劣的把戲哄騙他們一次次玩下去。摩天輪在黑暗的平原上轉動，噢，萬能的上帝啊，還有那旋轉木馬悲傷的音樂，我盼望繼續奔向我的目標——睡在以麻袋為床的金色大篷車裡。

我發現艾迪是個相當沒有誠意的旅伴。一個老頭開過來一個很搞笑的破舊老車；估計是鋁材做的，方方正正像個盒子——毫無疑問是一輛拖車，但它是內布拉斯加人手工製造的，怪異而瘋狂。

他慢吞吞的開著，最後停了下來。我們趕緊跑過去；他說只能帶一個人；艾迪二話不說就跳了上去，車子嘎啦嘎啦慢慢駛出我的視線，他還穿著我的羊毛格子襯衫。嗚呼，別了，我的格子襯衫；不過它也只剩下情感價值了。在我們的噩夢之地謝爾頓，我等了很久、很久，有好幾個小時吧，我老是擔心天快黑了；其實才剛過中午不久，只是天色昏暗。丹佛，丹佛，要怎樣才能到丹佛呢？我正準備放棄，想坐下來喝杯咖啡，這時一個年輕人駕駛著一輛很新的車停了下來。我趕緊衝過去。

「你要去哪裡？」

「丹佛。」

「哦，那我可以順路帶你跑一百英里。」

「太好了，太好了，你真是救了我。」

「以前我也搭便車，所以我現在從不拒絕別人搭車。」

「如果我有車，我也會這樣做。」我們就這樣聊起來，他講他的生活，但不是很有趣，我開始打瞌睡，醒來時正好到了哥特堡[9]鎮外，他讓我下了車。

9 編按：與瑞典第二大城同名，由十九世紀瑞典移民建立。

4 搭便車・撒尿・防水帆布

我這輩子最美妙的一次搭便車旅行就要開始了，那是一輛拖著大平板的卡車，上面躺著六、七個傢伙，司機是兩個來自明尼蘇達州的金髮碧眼年輕農民，沿途只要看到想搭便車的人，他們就統統帶上──英俊瀟灑、笑容可掬，他們就是在旅途中最想遇見的那種開朗農村人。

兩人都只穿著棉襯衫和工裝褲。他們手腕粗大，熱情實在，對沿途遇見的任何人、任何事都報以燦爛笑容。我跑上去問：「還有位子嗎？」他們說：「當然，跳上來吧，每個人都有位子。」

還沒等我爬上平板，卡車就轟然啟動；我一個踉蹌，被人一把拉住，這才坐了下來。有人遞過來一瓶劣酒，都快見底了。我猛喝了一大口，在綿綿細雨中感受著內布拉斯加州富有詩意的荒野氣息。「哇，我們出發啦！」一個戴棒球帽的小子喊道，卡車飆到了七十英里，逢車便超。「我們從第蒙開始就一直坐這狗屁玩意兒。這兩個傢伙從不停車。你要不時的喊『撒尿』，不然就只能尿向空中。兄弟，那時你可得抓穩囉。」

我看了看同車的人。有兩個來自北達科他州的農村男孩，戴著紅色棒球帽，那是該州農村青年的標配；老爹允許他們夏天出來搭便車旅行，現在他們要去收莊稼賺錢了。還有兩個來自俄亥俄州哥倫布市的城裡孩子，是高中美式足球隊隊員，他們嚼著口香糖，擠眉弄眼，在微風中唱著歌，說是利用暑假時間搭便車周遊全國。「我們要去洛杉磯！」他們喊道。

「你們到了那裡要幹麼？」

「媽的，我哪知道。管他的！」

還有一個瘦高的傢伙看上去神情鬼祟。「你哪裡人？」我問。我正躺在他旁邊；大平板上沒有欄杆，坐著的話容易被晃下車。只見他慢悠悠轉過身，對著我，張開嘴說道：「蒙——大——拿。」

此外還有來自密西西比州的吉恩和他看顧的孩子。密西西比吉恩是個深色頭髮的小個子流浪漢，常年搭火車在各地流浪，已經三十歲了，但看上去很年輕，瞧不出實際年齡。他盤腿坐在木板上，目光越過車外的田野，連續幾百英里都一言不發，現在終於轉過身對我說：「你要去哪裡？」

「丹佛。」

「我有一個姐姐在那裡，但有好幾年沒見到她了。」他說話很好聽，而且很有耐心。他照看的是一個十六歲的高個子金髮男孩，也是一身流浪漢打扮；鐵路上的煤煙、悶罐車裡的灰塵，以及席地而睡沾上的汙垢，早已把他們身上的舊衣服弄成了一團黑乎乎的破布。金髮少年同樣很安靜，他好像在逃避什麼，總是直勾勾看著前方，心事重重的舔著嘴唇，不難猜想可能是犯了什麼事吧。蒙大拿瘦子偶爾對他們說上兩句，臉上帶著嘲諷、不懷好意的笑。他們沒理會他。這瘦子說話就喜歡嘲諷人。他的傻笑看起來很可怕，會盯著你的臉慢慢咧開嘴，接著白痴一樣的笑臉就定格在那裡。

「你有錢嗎？」他問我。

「沒多少，到丹佛前也許夠買一小瓶威士忌。你呢？」

「我知道哪裡能搞到錢。」

「哪裡？」

「哪裡都可以。在暗巷裡總能騙到一、兩個呆瓜，對吧？」

「哦，我想也是。」

「除非真的缺錢，否則我是不會那麼幹的。我要去蒙大拿見我老爸。我會在夏延下車，然後改往北走。這些瘋小子要去洛杉磯。」

「直達？」

「對，一條路下去——如果你想去洛杉磯，那你算是搭對車了。」

我反覆思考該怎麼辦；如果一路坐下去，整晚橫越內布拉斯加、懷俄明，早上到猶他州沙漠，很可能下午就到了內華達沙漠，那麼要不了多久就可以到洛杉磯……這樣想著，我差點就改變計畫了。但是我一定要去丹佛。我也得在夏延下車，然後搭便車南行九十英里到丹佛。

到了北普拉特，我們的車主決定停車吃飯，我很高興；我早就想看看他們長什麼樣。他們從駕駛座出來，面帶微笑看著大家。一個喊道：「下車撒尿！」另一個說：「吃飯時間！」但一車人中只有他們有錢吃一頓真正的飯。我們跟在他倆後面，蹣跚走進一家幾個女人開的餐廳，圍坐在一起，吃著漢堡和咖啡，而他們就像回到自家母親的廚房一樣大快朵頤。

他們是兄弟，靠著把農場機械從洛杉磯運到明尼蘇達，賺了不少錢。在空車去西海岸的路上，他們就沿途帶上搭順風車的人，來者不拒。已經這樣跑了大概有五趟；他們仍樂此不疲。他們什麼都喜歡。笑容一直掛在臉上。我試圖和他們交談——就像討好船長一樣，但無疑有點傻氣——我得到的全部回應就只有兩張露出又大又白牙齒的溫暖笑臉，宛如中西部陽光一般燦爛。

所有人都去了餐館，除了兩個流浪漢——吉恩和他帶的少年。我們回來時，他們仍坐在卡車上，孤獨淒涼，鬱鬱寡歡。夜幕降臨。司機倆在抽菸；我想趁機去買瓶威士忌暖暖身子，抵禦夜晚颼颼的寒風。對此，他們微笑著說：「快去快回。」

「等等你們也喝幾口！」我向他們保證。

「哦不，我們不喝酒，你快去吧。」

蒙大拿瘦子和兩個高中生和我一起在北普拉特街上閒逛，最後找到一家賣威士忌的商店。兩個高中生湊了一點錢，瘦子也湊了一點，我便買了一大瓶。我們經過幾幢帶裝飾外牆的建築，幾個身材高大、面色陰沉的人從裡面看著我們；主街兩邊排列著方盒子一樣的房子。每一條淒涼的街道盡頭，都是廣袤的平原風光。在北普拉特的空氣中，我感覺到有些異樣，但說不出是什麼。五分鐘後我才明白那是怎麼回事。我們回到車上，在轟鳴聲中上路。天黑得很快。我們每人喝了一口酒，我抬頭一看，普拉特河谷的青翠農田漸漸消失，取而代之的是一片望不到盡頭的平坦荒原，只有沙礫和鼠尾草叢。我驚呆了。

「這什麼鬼地方啊？」我對瘦子大喊。

「老弟，現在開始沿路都是牧場了。再給我來一口。」

「吻呼！再見了，哥倫布市！如果史帕基那幫傢伙也在這裡，看他們會怎麼說，哇喔！」高中生大叫著。

駕駛室的兩兄弟交換了座位，新司機把車速飆到極限，道路也發生了變化：中間隆起，路肩鬆軟，兩邊各有一條大約四英尺深的溝渠，卡車不時會彈起來搖晃著衝到公路另一側——神奇的是每次對面都沒有來車——我心想我們一定會摔出去。不過他們真是很棒的司機。看看他們怎麼開過「內布拉斯加小疙瘩」——也就是內布拉斯加州凸出在科羅拉多州上方的那一小塊——你就知道他們有多棒！我也很快意識到，我真的終於來到了科羅拉多州的上方，雖然還未正式進入科羅拉多，但往西南方向望去，幾百英里外就是丹佛。我高興得大呼小叫。我們傳著酒瓶。一顆顆耀眼的星星冒出來了，遠去的沙丘漸漸模糊。我感覺自己像一支離弦的箭，一路疾飛，永不停息。

突然，一直盤著腿沉思的密西西比吉恩轉過身，靠向我，開口說道：「這些平原讓我想起德州。」

「你是德州人？」

「不是的，先生。我來自密西——西比的格林——維爾。」他說話慢吞吞的，帶著地方口音。

「那個男孩是哪裡來的？」

「他在密西西比惹了麻煩，所以我來幫幫他。他從來沒有自己出來過，畢竟還是個小孩嘛。我只是盡自己所能的照顧他。」吉恩雖然是個白人，但他身上有些東西很像那種飽經風霜的睿智老黑人，也很像紐約那個癮君子埃爾默·哈塞爾，只不過吉恩是鐵路上的哈塞爾、旅行史詩中的哈塞爾，他每年都要來回穿越整個美國，冬天去南方，夏天去北方；因為沒有一個地方能讓他長久待下去而不覺厭倦；因為無家可歸，故而四海為家。他總是星夜兼程，而且常常是在西部的星光之下。

「我去過奧格登好幾次。你要是想一直坐到奧格登的話，可以跟我一起住我朋友那裡。」

「我要在夏延下車，然後去丹佛。」

「哦不，你應該一路坐下去，搭上這種順風車的機會很難得。」

這也是一個誘人的建議。不過奧格登有什麼呢？我問。

「那是一個中繼站，出來旅行的兄弟們都會約在那裡碰面，想找誰多半都能見到。」

我早年出海時有一個同伴，來自路易斯安那州，名叫威廉·霍爾姆斯·哈澤德，個頭很高但瘦骨嶙峋，人稱「瘦高個」哈澤德，那傢伙可是心甘情願當流浪漢的。小時候，哈澤德看見一個流浪漢從路上走過來要餡餅，他媽媽就給了一塊，流浪漢離開後，小哈澤德問：「媽媽，那個人是幹什麼的？」「哦，他是個流浪漢。」「媽媽，我將來也要當流浪漢。」「閉上嘴，哈澤德家的人可不做流浪漢。」他從未忘記那一天。長大後他先是在路易斯安那州立大學打了一段時間美式足球，然後就真的做了流浪漢。當年，我和瘦高個一起度過了許多個夜晚，講故事、往紙袋裡吐菸草汁。現在，在密西西比吉恩的舉手投足間，我彷彿又看到了瘦高個哈澤德的身影，我不禁問道：「你有沒有見過一個叫瘦高個哈澤德的人？」

他說：「你說的是不是那個喜歡大笑的高個子？」

「嗯，聽起來有點像他。他來自路易斯安那州的拉斯頓。」

「沒錯。有時別人叫他路易斯安那的瘦子。是的，我肯定見過這個瘦高個。」

「他是不是曾在東德州油田工作過？」

「東德州，沒錯。不過他現在改當牛仔了。」

一點也沒錯，但我仍然不敢相信吉恩真的認識瘦子，這些年來我一直想找他。「他是不是在紐約的拖船上工作過？」

「哦，這我就不清楚了。」

「我猜你只知道他在西部的事情吧。」

「是的。我從來沒去過紐約。」

「媽的，這個國家這麼大，你居然認識他，真不可思議。但我也有種感覺你肯定認識他。」

「是的，我和瘦高個很熟。他這人只要手上有點錢就絕對大方。但也是個不好惹的硬漢；我見過他在夏延鐵路車場把一個員警打趴，只用了一拳。」這聽上去就是瘦高個；他平時總會練習對空出拳；他長得有點像傑克．登普西[1]，年輕版、喜歡喝酒的傑克．登普西。

「媽的！」我迎風大喊，又喝了一口酒，感覺很爽。在敞開的卡車上，喝下每一口酒的不適感都被疾風吹散，好東西則沉澱在胃裡。我高唱道：「夏延，我來了！丹佛，你給我等著。」

蒙大拿瘦子轉過身，指著我的鞋說：「如果把它們扔在土裡，你覺得會不會長東西出來？」——他說得一臉正經，其他人聞聲笑了起來。的確，這雙鞋的模樣愚蠢無比；但當初我是特意穿上它的，因為我不想我的腳在炎熱路面上走路時出汗；其實，這雙鞋對我的旅途而言是最合適不過了，除了熊山的那場大雨。我也隨他們一起笑。這雙鞋現在已經破爛不堪了，變色的皮一片片翹起，活像新鮮鳳梨的表面，連腳指頭也露出來。於是，我們又喝了一輪，又一次哈哈大笑。

宛如在夢中，我們的車從黑暗裡猛然衝出，徑直穿過各個小鎮的十字路口，掠過一排排閒晃在路邊的收割工和牛仔。他們看著我們一晃而過，而當我們看到他們在漸濃的夜色中樂得直拍大腿時，都快要駛出小鎮了——我們這車人的樣子一定很滑稽。

現在正趕上收穫季節，這一帶來了很多人。達科他鄉村小子坐不住了。「下一次停車撒尿，我們就下車吧；這裡看起來工作很多。」

「這裡的工作幹完後，你們就往北走，」蒙大拿瘦子幫他們出主意：「就跟著收成走，一直到加拿大。」兩個男孩微微點頭；他們沒太把這建議當回事。

這期間，那個金髮小逃犯一直那樣坐著；吉恩時不時就會從老僧入定的狀態中醒來，俯身在奔騰的黑暗平原，對男孩溫柔的說些什麼。男孩點了點頭。吉恩在照顧他，照顧他的情緒和恐懼。我想知道他們會去哪裡，會做什麼。他們沒有香菸了。我把自己的那盒分給他們，我打從心底喜歡這兩個人。他們對我很客氣，也很有禮貌。從不開口，但我會主動給。蒙大拿瘦子也有一盒菸，但從來不分給別人。

我們又飛速駛過一個小鎮的十字路口，又經過一排穿著牛仔褲的瘦高男人，他們聚集在昏暗的燈光下，就像沙漠中的一群飛蛾。接著我們又回到無邊的黑暗中，頭頂的星星是那麼純淨和明亮，

1 譯按：Jack Dempsey（1895-1983），美國職業拳擊手，世界重量級拳王。

因為隨著卡車駛上西部高原——他們說每開一英里，海拔就增加一英尺——空氣就變得越來越稀薄，而且周圍沒有大樹擋住低垂的星星。坐在飛馳的車上，我還看到路邊鼠尾草叢中有一隻憂鬱的白臉奶牛。我感覺像是坐在火車上，那麼平穩，那麼筆直。

不久，我們到了一個小鎮，車速放緩，蒙大拿瘦子說：「啊哈，停車撒尿。」但兩個明尼蘇達人沒有停車，直接開了過去。「該死，我憋不住了。」瘦子說。

「去旁邊尿。」有人說。

「嗯，我會的。」他說，然後在眾目睽睽之下，把屁股一點點往平臺後面挪動，努力穩住身體，將兩條腿掛在車外。有人敲了敲駕駛室的窗子，提醒兄弟倆注意。他們回頭一看，臉上綻開燦爛的笑容。正當瘦子晃晃悠悠準備開尿的時候，開到七十英里的卡車突然開始左右搖擺。他猛然往後傾倒；我們看見鯨魚噴水的一幕；他掙扎著恢復坐姿。司機把車又一晃。砰，他倒向一側，這下全尿自己身上了。在卡車的轟鳴聲中，我們聽到他微弱的咒罵聲，就像遠處山上傳來的嗚咽。

「他媽的……」他根本不知道他們是故意的，只顧努力掙扎著完成這項艱巨的任務。當他好不容易尿完，衣服也都濕透了，現在他還得在大家的笑聲中回到原來的位置，只有那個憂鬱的金髮少年沒有笑，而駕駛室裡的兩個明尼蘇達人則是笑聲如雷。我把酒瓶遞給他，算是對他的補償。

「媽的，他們故意的？」他說

「絕對是啦。」

「真該死，我沒想到。之前我們進入內布拉斯加州不久時，我也那樣幹過，可沒像這次這樣。」

不知不覺間，卡車駛入了奧加拉拉鎮，我們聽到駕駛室裡傳來高興的叫喊：「**停車撒尿！**」瘦子悶悶不樂站在車旁，後悔失去一個機會。兩個達科他青年向我們一一道別，他們打算從這裡開始參加收割。我們看著他們消失在夜色中，走向小鎮盡頭，那裡有燈火通明的棚屋，穿著牛仔褲的守夜人說雇主們就在裡面。我要再去買些香菸。吉恩和金髮男孩跟著我，順便活動一下身體。在這片孤寂的大平原上，我們來到了一個完全意想不到的地方，那是一家冷飲店，顧客主要是當地的年輕男女。店裡的自動點唱機放著音樂，一些人在跳舞。我們進去時音樂正好放到間歇。吉恩和金髮少年呆站著，誰也不看，心裡只念著香菸。店裡也有幾個漂亮女孩。其中一個朝金髮少年拋媚眼，但他根本沒看見，而且就算看見，他也不會在意，他的內心是那麼鬱鬱寡歡、失魂落魄。

我給他倆一人買了一盒菸，他們向我道謝。卡車準備上路。此時已近午夜，越來越冷。吉恩曾多次路過這一帶，次數多到即便用上腳趾都數不過來，他說最好所有人都裹緊在一張大防水帆布下面，這樣才不會凍壞。以這種方式，再借助酒瓶裡的餘酒，儘管空氣冰冷，動得耳朵疼，我們身上也還算暖和。隨著汽車在高平原上不斷爬高，星星變得越來越明亮。

現在已進入懷俄明州。我仰面平躺，凝視著正上方壯麗的蒼穹，想到我節省了那麼多時間，想到從我的傷心地熊山開始已經走了這麼遠，感到非常自豪；同時，一想到丹佛就在前方等著我——不管等待我的是什麼——心裡就湧起無法抑制的激動。密西西比吉恩開始唱歌，聲音悅耳、平靜，帶著中西部口音，歌詞很簡單：「我有個漂亮女孩，甜美的十六歲，她是世上最美的人。」然後再加入其他歌詞，反覆吟唱，講述他走了多遠、多麼希望能回到她身邊，但最後還是失去了她。

我說：「吉恩，這歌太美了。」

「這也是我所知道最甜美的歌。」他微笑著說。

「希望你順利到達想去的地方，並在那裡開心愉快。」

「不論走哪條路，我總能找到方向的。」

蒙大拿瘦子睡著了。他醒來後對我說：「嘿，黑仔，在你去丹佛之前，我們今晚一起去夏延晃一下怎麼樣？」

「沒問題。」我已經喝開了，叫我幹麼都行。

卡車抵達夏延市郊，我們看見了當地廣播電臺頂上的紅燈，突然間，前方出現一大堆人，道路兩邊人流湧動。「哇靠，正好趕上『狂野西部週』。」瘦子說。成群結隊的商人，那些穿著靴子、戴著十加侖牛仔帽的胖胖生意人，帶著他們打扮成女牛仔模樣的健壯老婆，在夏延老城區的木板人行道上熙來攘往；再往前可見夏延新城區林蔭大道上長長的街燈，但慶祝活動集中在老城區。人們對天空擊發空包彈。酒館爆滿，都擠到人行道上了。我很驚訝，同時覺得荒唐：第一次到西部，就看到他們用這麼荒謬可笑的方式來保持其引以為傲的傳統。明尼蘇達兄弟沒興趣在這久留；我們只好跳下卡車，和大家說再見。看著他們離去著實令我傷心，**我意識到自己再也不會見到他們中的任何一個人了，但人生就是如此。**「今晚你們的屁股會凍僵的，」我警告他們：「然後明天下午你們的屁股又會在沙漠裡烤焦！」

「沒問題，只要扛過這個冰冷的夜晚就好。」吉恩說。卡車駛離，在人群中穿梭，沒有人留意這些包裹在防水帆布裡的孩子有多麼奇怪，他們像被單裡的嬰兒一樣凝視著小鎮。我目送卡車消失在夜色裡。

5 紐約也什麼都沒有

我和蒙大拿瘦子一起跑酒吧。我身上大概有七塊錢，那一晚就愚蠢的揮霍掉了五塊。一開始，我們和那些穿成牛仔模樣的遊客、石油商、農場主混在一起，在酒吧、門口、人行道四處瞎逛；接下來一段時間，我撇開瘦子單獨行動，他喝了太多威士忌和啤酒，搖頭晃腦的在街上遊蕩——他一喝多就變這樣，先是眼神呆滯，然後突然拉著陌生人開始討心掏肺說心裡話。我走進一家墨西哥小餐館，女服務生是墨西哥人，長得挺漂亮。我坐下來吃飯，然後在帳單背面寫下一首小情詩。小餐館裡冷冷清清；人們都在別的地方喝酒。我讓她把帳單翻過來。她看過便笑了起來。那是一首小詩，講我多麼希望她能陪我共度良宵。

「我很願意呀，小男孩，但今晚我要和我男朋友見面。」

「不能甩了他嗎？」

「不行，不行啦。」她難過的說。我就喜歡她說話時的樣子。

「那我改天再來。」她答道：「隨時歡迎，小鬼。」但我還是繼續坐著，只為看看她，於是我又喝了杯咖啡。她的男朋友繃著臉進來，問她什麼時候走。她開始忙著打烊。我得出去了。離開時，我對她笑了笑。外面瘋狂依舊，只不過那些打著酒嗝的胖子們喝得更醉了，鬧得更大了。真可笑。一些帶著大頭飾的印第安酋長走在街上，在眾多面目通紅的酒鬼中間，顯得十分莊重。我看見瘦子搖搖晃晃的走著，便過去與他會合。

他說：「我剛給我在蒙大拿的老爹寫了張明信片。你能不能找個郵箱把它投進去？」這要求有點奇怪；他把明信片遞給我，便踉蹌著推門進入一家酒館。我拿著明信片朝郵箱走去，順便瞄了一眼上面的內容：「親愛的老爹，我週三到家。我一切都好，也祝您安好。理查。」這讓我對他刮目相看；沒想到他對他爸爸如此溫柔有禮。我走進酒吧與他會合。我們勾搭上兩個女孩，一個漂亮金髮女和胖棕髮女。雖然她們又笨又無聊，但我們很想上她們。帶她們去了一家破舊不堪而且馬上要打烊的夜店，我出錢請她們喝蘇格蘭威士忌，我們自己則要了啤酒，我的錢花得只剩最後兩塊。我要醉了，但什麼都不在乎。怎麼都行。

我的全部心思都放在那個金髮女孩身上。我想全力以赴拿下她。我摟著她，想向她傾訴。夜店關門了，我們漫無目的走在塵土飛揚的破舊街道上。我仰望天空，純淨、美麗的星星還在那裡，燃燒著。兩個女孩要去公車站，我們便一起去，但她們顯然是想去見一個水手，是那個胖姑娘的表哥，他在車站等她們，而且還帶著他的朋友。我問金髮女：「妳接下來要去哪？」她說她想回家，她家在科羅拉多州，在夏延南邊，過了州界就到。我說我陪她搭巴士。

「不，巴士停在公路邊，我還得一個人走過那片該死的大草地。每天下午我都乾望著那該死的草原，今晚我可不想走過去。」

「哦，聽著，我們可以在草原上來個花間漫步。」

「那裡沒有花。」她說：「我想去紐約。我討厭這裡，除了夏延就沒地方去了，而夏延也什麼都沒有。」

「紐約同樣什麼也沒有。」

「沒有才怪。」她說著，撇了撇嘴。

客運站人滿為患。形形色色的人，有些在等車，有些只是隨處站著；還有很多印第安人，他們用冷酷的眼神注視著一切。那女孩不再聽我瞎聊，跑去見水手那幫人了。瘦子在長凳上打瞌睡。我坐了下來。地上到處都是菸頭和口水，這和全國各地的客運站一樣，帶給人一種特別的傷感。我恍然覺得這裡和紐華克[1]沒什麼兩樣，但車站外面的廣闊天地卻是我所深愛的景色。我真後悔，破壞了整趟旅行的單純，沒有節省旅費還虛度光陰，和那個無聊的金髮女廝混，花光了錢。感覺非常難受。但我好長時間沒睡覺了，已經筋疲力盡，連咒罵和抱怨的力氣都沒有了；於是，我蜷伏在座位上，用帆布包做枕頭，在人來人往、低語聲和嘈雜聲如夢幻般交織的車站裡，一覺睡到了早上八點。

醒來時，我頭痛得厲害。瘦子不見了——應該去蒙大拿了。我走到外面。遠處蔚藍的天空下，我第一次看見洛磯山脈雄偉的雪峰，深深吸了口氣。我必須立即趕往丹佛。簡單吃了點早餐——吐司、咖啡和一個雞蛋，便穿城而出，朝城外公路走去。「狂野西部」慶祝活動還在繼續；馬上將有一場牛仔競技賽，小鎮即將再次活躍熱鬧，但我不管這些了。我要去丹佛見那群朋友。

跨過一座鐵路天橋，來到一個有許多棚屋的地方，兩條公路在這裡交叉，都通向丹佛。我選了離山更近的那條公路，方便觀看山景，便開始招手攔車。我一下就搭上了一個年輕人的車，他來自康乃狄克州，開著老爺車在全國各地畫畫寫生；他老爸則在東部當編輯。他不停說啊說；而我因為喝了酒，再加上高原反應，感到噁心想吐，一度忍不住要把頭伸出窗外。不過到了科羅拉多州朗蒙特，在他讓我下車之前，我感覺又正常了，甚至開始跟他聊起我的旅行。他祝我好運。

朗蒙特風景如畫。在加油站一棵巨大的老樹下，有一塊綠油油的草坪。我問工作人員可不可以睡在那裡，他說沒問題；於是我把一件羊毛襯衫鋪在草坪上，然後趴下來，臉貼在衣服上，曲起一隻手臂，一隻眼睛斜斜瞟了瞟烈日下的洛磯山雪峰。我舒服的睡了兩個小時，唯一不舒服的是偶爾會爬來科羅拉多螞蟻。我已經在科羅拉多州了！我越想越興奮。哇！哇！哇！我成功了！這一覺睡

1 譯按：Newark，紐澤西州最大的城市，距派特森約二十公里。

得很滿足，睡夢中交織著過去在東部生活的各種片段；我起身去加油站浴室洗漱，然後精神抖擻大步走出加油站，在路邊小店買了一杯濃濃的奶昔，給我飽經折磨的胃降降溫。

順便提一下，幫我做奶昔的是個非常漂亮的科羅拉多女孩，滿面笑容；我對她心存感激，因為這彌補了我昨晚的不快。我對自己說：哇！**丹佛**一定很讚！我踏上那條炎熱的公路，搭上一輛嶄新的汽車，開車的是個大約三十五歲的丹佛商人。他開到了七十英里。我內心激動難耐，一路上數著時間，算著里程。眼前麥浪滾滾的田野，在安地斯山脈遙遠的雪峰映襯下顯出一片金黃，越過這片田野，就終於可以看見丹佛啦。

我想像當晚在丹佛酒吧與一幫朋友會面的情景，在他們眼裡，我一定是個衣衫襤褸的怪人，就像那個穿越大地帶來神祕預言的先知，而我帶來的只有一個字——「哇！」我和司機熱烈的聊了很久，講述各自的人生規畫，不知不覺間，已經來到丹佛郊外的水果批發市場；這裡有煙囪、煙霧、鐵路、紅磚建築，還有遠處市區的灰色石頭建築——我到丹佛了。我在拉里默街下了車。帶著無與倫比的開心壞笑走在街上，走在年邁流浪漢和疲憊牛仔間，慢慢向前。

6 丹佛第一天

那時候我和迪恩還不像現在這麼熟，所以我首先想到的是去找查德，實際上我也是這麼做的。我打電話到他家，是他母親接的電話——她說：「噢，薩爾，你怎麼會來丹佛？」查德是個瘦削的金髮小子，有著一副奇怪的巫醫面孔，與他對人類學和史前印第安人的興趣很般配。他的鷹鉤鼻線條十分柔和，在閃閃發光的金髮下好像都快要融化了；他英俊優雅，會在路邊酒館裡跳舞，還會玩一點美式足球，在西部可算是個風雲人物。他說話帶著顫抖的鼻音：「薩爾，關於大平原印第安人，有一點我一直非常喜歡——當他們宣稱自己又搞到多少頭皮的時候，總是露出那種十分尷尬的樣子。魯克斯頓[1]的《在大西部的生活》（*Life in the Far West*）曾提到，有個印第安人因為獵到那麼多頭皮而滿臉通紅，於是拼命跑進平原深處躲起來，偷偷慶祝自己的戰績。哈，真他媽有趣！」

查德的母親知道他在哪裡，在丹佛這個昏沉的下午，他正在當地博物館研究印第安編籃藝術。

1 譯按：英國探險家、旅行作家喬治・弗雷德里克・魯克斯頓（George Frederick Ruxton, 1821-1848）。

我打了電話到那裡找他，他開著一輛舊福特雙門小轎車接我——他經常開著這車進山去挖印第安文物。他走進公車站，穿著牛仔褲，滿面笑容。我墊著包坐在地上，正和那個在夏延車站見過的水手說話，向他打聽金髮女的情況。水手無精打采的，沒回答我。我上了查德的小車，他先要去州府大樓拿些地圖，然後還要去看個老師……諸如此類的事情，但我只想趕緊去喝杯啤酒。而且我腦海中還隱藏著一個瘋狂的念頭：迪恩在哪裡，他在幹什麼？不知什麼原因，查德已經和迪恩絕交，他甚至不知道迪恩住哪。「卡洛．馬克斯在城裡嗎？」

「在。」但他們也沒聯繫了。這是查德從我們那幫人中退出的開始。那天下午，我在他家午睡。聽說蒂姆．格雷在科爾法克斯大道幫我搞了地方住，而且羅蘭．梅傑已經住進去了，正等著我加入。我嗅到了某種陰謀的味道，這場陰謀把我們這幫人分成了兩派：查德、蒂姆、梅傑和羅林斯兄妹，他們達成共識，不再搭理迪恩和卡洛。而我剛好處在這場有趣的戰爭中間。

這是一場帶有社會階級的戰爭。迪恩的父親是露宿街頭的酒鬼，拉里默街頭最窮困潦倒的流浪漢之一，而迪恩基本上就是在那一帶長大的。他六歲時就在法庭上請求法官釋放他父親。常常在拉里默街的各個巷口乞討，然後把討來的錢悄悄交給和酒友們在一堆破酒瓶堆中等候的父親。

長大後他開始頻繁出沒於格萊納姆街頭的撞球間；他創下了丹佛的偷車紀錄，接著就進了少管所；從十一歲到十七歲，他基本上都待在那。他的絕技就是偷車，然後勾搭下午放學的女高中生，開車帶她們上山，做愛，最後回到城裡隨便找一家旅館，躺在浴缸裡睡上一覺。他父親原本是個勤快體面的白鐵匠，後來開始酗酒；他愛喝葡萄酒，這比喝威士忌還糟糕，最後淪落到冬天搭霸王火車去德州，夏天又回到丹佛。

迪恩有幾個同母異父的哥哥（母親很早就去世了），可他們都不喜歡他。他唯一的朋友是那幫撞球間的兄弟。迪恩有種美國聖人般的巨大能量，他和卡洛以及撞球間兄弟們，成為那個季節丹佛的一群地下怪物，而卡洛在格蘭特大街的地下室公寓則成為了絕妙的象徵地點，我們在那裡相聚許多夜晚，直到天明——這群人有卡洛、迪恩、我、湯米、艾德、羅伊。後來還有更多類似的人加入。

丹佛的第一個下午，我待在查德的房間裡睡覺，他母親在樓下做家事，查德在圖書館做研究。那是炎熱的七月高原下午。如果沒有查德父親的發明，我肯定睡不著。他父親七十多歲，瘦弱多病，已是風燭殘年，但人挺和善，講起故事來慢條斯理、津津有味；故事很精彩，是關於一九八〇年代他在北達科他州草原上度過的少年時光。那個時候他為了消遣，曾騎在小馬的光背上，揮舞著棍子追逐郊狼。後來他到奧克拉荷馬狹地[2]當鄉村教師，最後來到丹佛，成為一名多才多藝的商人。

他的舊辦公室就在街那頭的車庫上面——他的可掀蓋書桌還在那裡，還有無數塵封的檔案，記載

2 編按：Oklahoma Panhandle，位於奧克拉荷馬州西北部的狹地區。

著發家致富的光輝歲月。他發明了一種很特別的空調。他把一個普通的風扇裝進窗框，以某種方式將冷水導入旋轉風扇葉片前面的盤管。效果完美──在離風扇四英尺的範圍內──炎熱的天氣裡，冷水顯然變成了冷氣，可樓下照樣熱。但查德的床就在風扇下方，我睡在他的床上，前面一尊大大的歌德半身雕像盯著我，我舒舒服服的睡著了，可是不到二十分鐘就醒了，凍得要死。我蓋上毯子，可還是冷。最後我冷得實在睡不著，便下樓去了。

老頭問我他的發明怎麼樣。我說效果好極了，也確實如此，只要是在合適的範圍內。我喜歡這個老先生。他的記憶力已經衰退。「我曾經發明了一種除斑的東西，後來被東部的幾家大公司仿造了。幾年來我一直努力想讓他們付錢給我。如果我有足夠的錢請一個像樣的律師……」可要請一個像樣的律師，為時已晚；於是他成天沮喪的坐在家裡。傍晚，我們吃了查德母親做的鹿排晚餐，味道棒極了，那是查德的叔叔在山裡打的野味。不過，迪恩究竟在哪呢？

7 深入，交流

接下來幾天，正如菲爾茲[1]所言：「充滿顯著的危險」——而且很瘋狂。我搬進蒂姆爸媽名下那套高級公寓，與梅傑住在一起。我們各自住一間臥室，小廚房的冰箱裡存有食物，客廳超大，梅傑穿著絲睡袍坐在那裡，創作他最新的海明威式短篇小說——這個脾氣暴躁的紅臉矮胖子怨恨一切，但如果生活帶給他一個甜蜜的夜晚，他就會綻放出世界上最溫暖迷人的笑臉。

他就那樣坐在書桌前，而我在又厚又軟的地毯上跳來跳去，身上只穿著一條卡其褲。他剛寫完一則短篇小說，小說中名叫菲爾的主角第一次來到丹佛，他還有個旅伴山姆，是個神祕、安靜的傢伙。菲爾在丹佛逛街，結識了一幫附庸風雅的藝術人。他回到旅館，憂心忡忡的說：「山姆，這裡也有裝腔作勢的人。」山姆只是悲哀的看著窗外，說道：「嗯，我知道。」實際上山姆早就知道，根本不用出去看。這種附庸風雅的人已遍布美國，正在吸乾它的血。

1 譯按：W. C. Fields（1880-1946），美國喜劇演員、作家。

梅傑和我是好朋友；他認為我和「藝術人」最不沾邊。梅傑喜歡美酒，就像海明威一樣。他回憶起最近的一次法國之行，說道：「哎，薩爾，如果你和我一起坐在巴斯克地區的高山上，喝上一瓶沁涼的一九年培瓦儂[2]，你就會明白這世上並不是只有篷車。」

「這我知道。不過我喜歡篷車，而且我喜歡看上面的鐵路公司名字，比如密蘇里太平洋、大北方、羅克艾蘭線。噢，梅傑，我真想把這次搭便車旅行的經歷全部講給你聽。」

羅林斯一家就住在幾個街區之外。他們是可愛的一家人——風韻猶存的母親與人合營一家破舊陰森的旅館，家裡有五個兒子和兩個女兒。雷是家中的野孩子，也是蒂姆的童年玩伴。雷興奮的跑來接我，我們一見如故，一起去科爾法克斯大道上的酒吧喝酒。雷的一個妹妹叫貝比，是個美麗的金髮妞——一個喜歡打網球、玩衝浪的西部尤物。她是蒂姆的女朋友。梅傑只是路過丹佛，住在公寓裡當過客，可他也在和蒂姆的妹妹貝蒂約會。只有我沒人陪。我逢人便問：「迪恩在哪裡？」他們全都笑著對我說不知道。

終於，該來的還是來了。電話響起，是卡洛。他把他住的地下室公寓地址給了我。我問他：「你來丹佛幹麼？我是說你在**搞**什麼？什麼情況？」

「哦，等見面再告訴你。」

我匆匆趕去見他。平時他在梅氏百貨上夜班；雷．羅林斯這個瘋子從酒吧打電話過去找卡洛，說有人死了，讓商場保安趕緊跑去把他找來。卡洛的第一反應是我死了。雷在電話裡說：「薩爾在丹佛。」並說了我的位子和電話。

「迪恩在哪裡？」

「迪恩在丹佛。我這就講給你聽。」他告訴我，迪恩同時和兩個女人在一起：一個是他的第一任妻子瑪麗露，在一個旅館房間裡等他；另一個是新歡卡蜜兒，在另一個房間裡等他。「他在兩個女人間遊走，中間抽空跑我這裡來，辦我們的未了之事。」

「什麼事？」

「我和迪恩正一起進入一個了不起的階段。我們努力進行絕對誠實、毫無保留的心靈溝通，向對方袒露內心的一切。我們必須借助安非他命；面對面，盤腿坐在床上。我終於使迪恩明白，他可以做到隨心所欲，可以當丹佛市長、娶個富婆，或者成為韓波[3]之後最偉大的詩人。可他總是跑出去看迷你賽車比賽。我只好跟他去。他又跳又叫，興奮不已。薩爾，你知道的，迪恩就是痴迷那些東西。」馬克斯在心裡「嗯」了一聲，若有所思。

2 譯按：原文為Poignon，梅傑可能想說唐培里儂（Dom Pérignon），俗稱香檳王。
3 編按：Arthur Rimbaud（1854-1891），十九世紀法國著名詩人。

「他每天的行程是什麼？」我問。迪恩的生活離不開日程表。

「排程是這樣的：在我下班半小時前，迪恩會在旅館裡幹瑪麗露，給了我一點時間換衣準備。一點整，他離開瑪麗露跑去見卡蜜兒，和她打炮——當然，她倆都毫不知情。我會在一點半趕到。接著他得先央求卡蜜兒才能跟我出門——她已經開始不爽我了。我們回到地下室交談，一直到早上六點。通常會花更多時間，這事越搞越複雜，而且他有時間壓力，早上六點要回去見瑪麗露——明天還要花一整天時間去跑那些離婚文件。瑪麗露同意離婚，但她堅持要在這段時間繼續做愛。她說她愛迪恩——卡蜜兒也這麼說。」

接著他告訴我迪恩是怎麼認識卡蜜兒的。羅伊．強森，那個打撞球的小子，在酒吧認識了她，帶她去酒店開房。他一時得意忘形，便邀請所有人過來見她。大家坐在一起跟卡蜜兒說話。迪恩一聲不吭，只望著窗外。當大家離開時，迪恩只是看著卡蜜兒，在手腕上指了指，做了一個「四」的手勢（表示他四點鐘回來），然後就出去了。三點鐘，門鎖上了，羅伊被關在門外。四點鐘，門打開了，迪恩走了進去。

我想馬上去見這個瘋子。而且，他答應幫我介紹女孩；他認識丹佛所有的女孩。

丹佛的夜晚，我和卡洛走在破舊街道上。空氣輕柔、星光美好，每條鵝卵石鋪成的小巷都令人滿懷憧憬，一切恍然如夢。我們來到一棟房前，迪恩就是在這裡央求卡蜜兒的。那是一棟老舊的紅磚建築，四周是木頭搭建的車庫，還有從籬笆後面伸出的老樹。我們登上鋪著地毯的樓梯。卡洛敲了敲門，立刻閃到後面躲起來；他不想讓卡蜜兒看見他。我站在門口。迪恩打開門，一絲不掛。我看到床上有一個深棕色頭髮的女人，露出一條穿著黑色蕾絲的光滑美腿，正略帶驚訝的抬頭張望。

「哎呀，薩——爾！」迪恩說道：「啊——沒錯，也是時候了——混蛋，你還真的上路啦。好，現在，聽著——我們必須——是的，是的，現在……我們必須，馬上！卡蜜兒——」他一個轉身，對著卡蜜兒說：「薩爾來了，他是我老朋友，從紐——約來的，這是他在丹佛的第一個晚上，我一定得帶他出去玩玩。」

「那你幾點會回來呢？」

他看了看錶：「現在正好是一點十四分。我會在**三點**十四分準時趕回來，甜蜜的溫存一小時。親愛的，然後，妳知道的，我告訴過妳而且我們說好的，我得去見那個獨腿律師談離婚的事——在半夜三更，雖然聽起來有點奇怪，可我已經徹—徹—底—底向妳解釋過了。」（這是隱瞞他和卡洛約會的說詞，卡洛還躲著沒出來。）

「所以現在，此時此刻，我必須換衣服、穿褲子，回歸生活，我是說，回到外面的生活、回到大街上，正如我們說好的，現在一點**十五**分了，時間不等人啊——」

「噢，那好吧。迪恩，你一定要在三點鐘回來哦。」

「正如我說的，親愛的，記住不是三點，而是三點十四分。親愛的，在我們靈魂最美妙的深處，是否互相理解了呢？」他走過去吻了她幾下。牆上有一幅迪恩的裸體畫，上面碩大的懸垂物特別醒目，那是卡蜜兒畫的。我很驚訝。這裡的一切瘋狂極了。

我們衝進黑夜；卡洛在一條小巷裡和我們會合。我們深入丹佛墨西哥區的中心地帶，走在我所見過的最狹窄、最奇怪、最彎曲的城市街道上。我們在沉睡的靜夜裡大聲交談。迪恩說：「薩爾，此時此刻正好有個女孩在等著你，如果她下班了的話。」（他看了看錶）「她是個服務生，叫麗塔·貝登古，不錯的妞，但是在性方面稍微有點問題，我試過想搞定她，不過你可以的，你是個討女人喜歡的成熟男人。我們現在就去——我們得帶上啤酒，哦不用，她們那裡就有，媽的！」他說著，用拳頭擊打著手掌心：「今晚我一定要把她的姐妹瑪麗拿下。」

卡洛說：「搞什麼？我還以為我們要談心交流呢。」

「對啊，完事之後就談。」

「啊，陰鬱的丹佛！」[4]卡洛仰天大喊。

「他是不是世上最可愛的傢伙？」迪恩說著，輕捶我的肋骨：「你看他！**快看！**」卡洛開始在大街上跳他的猴子舞，他在紐約的時候也到處跳，我看過好多次。

我只是問：「我們在丹佛到底要幹什麼？」

「明天，薩爾，我知道哪裡可以幫你找個工作，」迪恩回到正經的語氣：「我從瑪麗露那裡出來就去找你，我會有一個小時的時間，直奔你住的公寓，和梅傑打個招呼，然後就帶你坐電車（媽的，我沒車），去卡馬戈市場，在那裡你馬上就可以開始工作，週五就能領到薪水。我們都窮得要死。我已經好幾個星期沒時間工作了。週五晚上，沒錯，我們三人——卡洛、迪恩、薩爾這老三劍客——一定要去看迷你賽車比賽，可以搭我朋友的車去……」他在沉沉夜色中說個不停。

我們來到姐妹倆住的房子。安排給我的那個妹妹還在上班；迪恩想要的那個姐姐在屋裡。我們坐在沙發上。按照約定，這個時候我該打電話給雷。我打了。他立刻趕了過來，一進門就脫掉襯衣和汗衫，開始擁抱瑪麗，他倆之前完全不認識。酒瓶滾了一地。三點鐘到了。迪恩匆匆離開，去完成與卡蜜兒的溫存一小時。然後他又準時回來了。那個妹妹現身了。現在我們需要一輛車，而且我們實在是太吵了。雷打電話給一個有車的朋友。他來了。我們全都擠上車；卡洛本想在後座上和迪恩進行預定的交流，但車上亂得不行。我喊道：「大家都去我的公寓！」我們去了；車一停我就跳下來，在草地上來了個倒立。鑰匙全掉了出來；再也找不到了。我們大吼大叫跑進大樓。梅傑穿著

4 譯按：源自長詩〈陰鬱丹佛〉（*Denver Doldrums*），此詩作者為卡洛·馬克斯的原型——著名詩人艾倫·金斯堡（Allen Ginsberg, 1926-1997），他後來還寫了一首名為《陰鬱達卡》（*The Dakar Doldrums*）的詩作。

絲綢便袍站在門口，擋住我們的去路。

「在蒂姆的公寓裡，我不允許有這樣的活動！」

「搞屁啊？」大家罵聲一片。真是夠鬧的。雷摟著姐妹之一在草地上打滾。梅傑不讓我們進去。我們威脅要給蒂姆打電話，讓他同意我們的聚會，並邀請他參加。但最後還是跑回了丹佛市區。突然間，我發現街上只剩我一個人，而且身無分文。最後一塊錢也被我花光了。

我向北走了五英里才回到公寓，回到我舒適的床上。梅傑還得幫我開門。不知道迪恩和卡洛是不是正在進行他們那種接近靈魂深處的交流？晚點就知道了。丹佛的夜晚很涼爽，我睡得很沉。

8 把苦楚藏在飽受折磨的陽具

接著，大家開始忙著籌備一次盛大的山區旅行。我一早就開始忙，這時一個電話又來添亂——是我的公路老友艾迪打來的；他還記得我提到的幾個名字，便打電話來碰碰運氣。現在我有機會拿回我的襯衫了。艾迪和他的女人住在離科爾法克斯大道不遠的一所房子裡。他問我知不知道哪裡找得到工作，我讓他到我這裡來，心想迪恩會知道的。當我和梅傑正匆匆吃著早飯時，迪恩到了，一副急急忙忙的樣子。他甚至不願坐下來。「我有一千件事要做，其實根本沒時間帶你去卡馬戈市場，但我們還是走吧兄弟。」

「等一下我的路友艾迪。」

梅傑覺得我們急急忙忙的樣子很好笑；他來丹佛是為了悠閒的寫作。他在迪恩面前表現出極為恭敬的樣子，但迪恩壓根就不屌他。梅傑對迪恩說：「莫里亞蒂，我聽說你同時和三個女人上床，這是怎麼回事啊？」迪恩在地毯上來回蹭著腳說：「是啊，是的，事情就是這樣。」接著看了看錶。梅傑用力抽了鼻子。跟著迪恩亂跑，我感到有點不好意思——梅傑認為迪恩是個又笨又傻的傢伙。

但他當然不是，我要設法證明給大家看。

我們見到了艾迪，迪恩對他也愛理不理，我們在丹佛炎熱的中午坐上電車去找工作。一想到找工作我就頭痛。艾迪還和以前一樣，一路上說個不停。市場有個老闆同意雇用我們；早上四點上工，一直到晚上六點。那人說：「我喜歡熱愛工作的小子。」

「那您找對人了。」艾迪說，但我有些猶豫。「那我只好不睡覺了。」畢竟，還有好多有趣的事情等著我去做。

第二天早上艾迪去了；我沒去。我有床睡，冰箱裡有梅傑買來的食物，作為交換，我負責做飯和洗碗。同時，各種活動我都參加。有天晚上，我們在羅林斯家搞了個大派對。羅林斯母親外出旅行去了。雷打給他的朋友，讓他們帶上威士忌；之後又翻著通訊錄找女孩們來玩。電話接通後，他讓我負責大部分的對話。結果來了一大群女孩。我打電話給卡洛，打聽迪恩在幹什麼。迪恩凌晨三點要去卡洛那裡。於是，派對結束後我也跟著去了。

卡洛住的地下室公寓在一幢老舊的紅磚出租房裡，位於格蘭特大街一座教堂附近。先走進一條小巷、下一段石階，然後打開一扇粗糙的舊門，穿過一個像地窖的地方，最後才到他的木板房門前。他的房間就像俄國聖徒的居室：一張床、一根點燃的蠟燭、透著潮氣的石壁，還有一個他自己做的、看似聖像的古怪東西。

他念了自己寫的詩，標題是〈陰鬱丹佛〉。描寫卡洛早上醒來，聽見「庸俗的鴿子」在他陋室外的街道上喋喋不休；看見「悲傷的夜鶯」在樹枝上打盹，令他想起自己的母親；一張灰色的裹屍布落在城市上空；從城裡任何地方往西都能看到的雄偉洛磯山脈，不過是「紙糊的」；整個宇宙瘋狂、歪斜、極其詭異。他形容迪恩是「彩虹之子」，把苦楚藏在飽受折磨的陽具裡。稱他為「從窗戶上刮下嚼剩的口香糖」的「伊底帕斯[1]・艾迪」。他窩在地下室裡對著眼前厚厚的一本日記胡思亂想，那裡面詳細記錄著每天發生的事情——迪恩做的每一件事和說過的每一句話。迪恩按計畫準時到達，他向我們宣告：「全都安排妥當了，我將和瑪麗露離婚，和卡蜜兒結婚，然後搬到舊金山去住。但是在此之前，我和你，親愛的卡洛，我們要去德州看看公牛老李，那個瘋狂的傢伙，兩位向我大講特講他的事蹟，可我還沒見過他。之後，我再去舊金山。」

接著他們開始辦正事。盤腿坐在床上，眼睛直視對方。我癱坐在旁邊椅子上，看著眼前的一切。他們從一個抽象概念開始展開討論；然後喚起另一個在紛繁往事中被遺忘的觀點；迪恩為遺忘而道歉，但他保證能回想起來並認真說明，同時還舉出好些例子來。

1 編按：Oedipus，希臘神話中的國王。在不知情的情況下，殺死了自己的父親並娶了母親。

卡洛說：「就在我們穿過瓦茲街[2]的時候，當時我正想說我對你瘋狂迷戀迷你賽車這件事的看法，就在那個時候，記得嗎，你看到那個褲子肥大的老流浪漢，你說他長得像你父親？」

「是的，是的，我當然記得；不僅如此，它讓我浮想聯翩，這讓我想起當時想跟你講的那些瘋狂念頭，我都忘了，現在你讓我想起來了……」於是兩個新的想法又誕生了。他們就此展開討論。然後，卡洛問迪恩是否誠實，特別是在靈魂深處，對**他**是否誠實。

「你為什麼又提這個問題？」

「我最想知道的是——」

「不過——親愛的薩爾，你坐在那全都聽到了——我們問問薩爾吧，聽他怎麼說。」

我說道：「你沒辦法得到最想要的東西。卡洛，沒有人能得到最終解答。我們靠著抓住它的希望，繼續生活下去。」

「不，不，不，你完全是在胡扯，淨是些沃爾夫[3]式的浪漫浮華！」卡洛說。

迪恩說：「我想問的不是這個，但我們得讓薩爾有他自己的想法，事實上，卡洛，你難道不覺得，他坐在那裡看著我們的那副樣子透著一種尊貴，這傢伙可是一路跨越千山萬水過來的——薩爾老兄，薩爾老兄不肯說啊。」

「不是不肯說，」我抗議道：「我只是不明白你們兩個這樣到底想幹什麼，想達到什麼目的？

我只知道像你們這樣，沒人受得了。」
「你總是說一些負面消極的話。」
「那你們到底在幹什麼？」
「告訴他。」
「不，你告訴他。」
「不用了。」我說完便笑了起來，戴上卡洛的帽子，拉下來蓋住眼睛。「我要睡了。」我說。
「可憐的薩爾老想睡覺。」我沒出聲。他們又開始了：「那天你向我借了五分錢，湊足那頓炸雞排的飯錢——」
「不對，老兄，是辣豆醬！餐廳叫『德州之星』，記得嗎？」
「我把它和星期二的事搞混了。借那五分錢的時候，你說——注意聽——你是這樣說的：『卡洛，這是我最後一次麻煩你。』那意思就像是，我們已經說好以後不再勉強別人。」
「不，不，不，我不是那個意思——如果你願意，我親愛的朋友，讓我們追溯到那天晚上，當

2 編按：Wazee，一八七〇年代曾為丹佛的唐人街。
3 譯按：指美國作家湯瑪斯．沃爾夫（Thomas Wolfe, 1900-1938）。

時瑪麗露在房間裡哭，我轉過身對你說——我的語氣格外真誠，我們都知道那是裝出來的，但用意是好的，也就是說，雖然我是用演戲的方式來表達的——等一下，好像不對。」

「當然不對啦！因為你忘了——但我不會再罵你。我當時說『好的』……」他們就這樣整晚不停的說。黎明時分，我抬頭看了看。他們正在總結最後一件事情：「當我對你說，**因為**瑪麗露，因為早上十點我要去見她，所以我現在必須睡覺，我使用的斷然語氣並非針對你剛才說的睡眠的非必要性的觀點，而僅僅是，注意，**僅僅是**基於這樣一個事實：我現在絕對、簡單、純粹、沒有任何其他原因，必須睡覺，我的意思是，老兄，我的眼睛睜不開了，雙眼紅腫、痠痛、困乏、疲憊不堪……」

「唉，孩子。」卡洛說。

「現在我們必須睡覺了。關機吧。」

「這機器可停不了！」卡洛扯開嗓門大吼。外面，鳥兒開始啼鳴。

迪恩說：「這樣吧，我舉起手時，我們就停止說話，我們都完全、沒有任何異議的明白，我們只是停止交談去睡覺。」

「你不能這樣說停就停。」

「關機吧。」我開口說道。他們一起看著我。

「原來他一直醒著聽我們說話呢。你有什麼想法，薩爾？」我告訴他們，我認為他倆都是神奇的瘋子，我花了整整一夜聽他們交談，彷彿是在觀看一隻巨大手錶的運行；這支錶大如整座伯紹德山口[4]，卻又是用世上最精密細小零件製作而成。他們都笑了。我指著他們說：「再這樣下去，你倆都會得神經病，但如果你們要繼續下去，請告訴我接下來的進展。」

我走出地下室，搭電車回公寓。一輪紅日從東邊平原冉冉升起，卡洛筆下那座「紙糊的」山脈漸漸染成了紅色。

4 譯按：Berthoud Pass，位於洛磯山脈，科羅拉多州境內，海拔約三千四百公尺。

9 山裡的遊客

傍晚，我正在準備山區旅行，已經有五天沒見到迪恩和卡洛。為了週末的出行，貝比．羅林斯特地借來了她老闆的車。我們把帶來的西裝掛在車窗上，啟程前往中央城；雷開車，蒂姆坐後排，貝比坐前排。這是我第一次看到洛磯山間的景色。中央城原先是一個礦鎮，號稱「世界上最富有的一平方英里」，因為幾個在山間遊蕩的貪婪老頭找到了貨真價實的銀礦。

他們一夜暴富，然後在陡峭的山坡上，就在他們居住的簡陋小屋附近，建起了一座漂亮的小歌劇院。莉莉安．羅素[1]及歐洲的一些歌劇明星都去過那裡。後來中央城變成了一個鬼城，直到新西部幹勁十足的各類工商機構決定在這裡實施振興計畫。他們將歌劇院重新整修，每年夏天都會有大城市的歌星來表演。遊客來自四面八方，甚至還有好萊塢明星。

我們驅車上山，發現狹窄的街道上擠滿了打扮時髦、穿著講究的遊客。我想到梅傑筆下的山姆，他寫得一點也沒錯。梅傑本人也在場，對每個人都露出熱情的社交式笑容，對每件事都報以發自肺腑的「哇～」或者「啊！」。他抓著我的手臂喊道：「薩爾，看這老城。想想它一百年前的樣子

——媽的，不對，八十、六十年，這裡居然就有歌劇了！」

「是啊，」我模仿著他筆下的一個人物說道：「但是，這裡也有**他們**。」

「都是些王八蛋。」他罵道，然後挽著貝蒂，繼續找地方玩去了。

貝比是個很有生意頭腦的金髮女孩。她打聽到小鎮邊有一間礦工的舊房子，只需打掃一下，週末就可以睡在那裡。還可以舉辦大型派對。那是一所非常簡陋的老屋，屋裡的灰塵積了有一英寸厚；屋後有一個門廊和一口井。蒂姆和雷擼起袖子開始打掃，花了他們整整一個下午和部分晚上。還好有一桶啤酒陪伴，一切順利。

至於我，任務就是作為遊客陪同貝比去聽歌劇。我穿著蒂姆的西裝。就在幾天前剛到丹佛時，我還像個流浪漢；現在卻衣著體面，挽著一位光彩照人的金髮女郎，在富麗堂皇的大廳吊燈下，在達官貴人跟前鞠躬、聊天。如果密西西比吉恩看見我這個樣子，不知道會作何感想。

歌劇是《費德里歐》（*Fidelio*）。「真是陰暗啊！」男中音歌手推開吱嘎作響的石門，從地牢裡鑽出來時喊道。我哭了。我眼中的生活也是這樣。我看得如此投入，一時間竟忘記了自己糟糕的生活境遇，完全沉浸在貝多芬悲愴的音樂以及帶著濃重林布蘭色調的故事情節之中。

1 譯按：Lillian Russell（1861-1922），美國女演員、歌手。

「啊，薩爾，你覺得今年的演出怎麼樣？」到了街上，丹佛·D·多爾很驕傲的問我。他和歌劇協會有些關係。

「真是陰暗，真是陰暗啊。」我說：「真的太棒了。」

「你該來認識一下那些演員。」他打著官腔繼續說道，幸好事情一多他就忘了，人也消失了。

我和貝比回到礦工小屋。我脫下衣服，和大家一起打掃衛生。這的確是一項艱難的工作。梅傑坐在已經打掃乾淨的客廳中間，拒絕幫忙。他面前的小桌子上放著一瓶啤酒和一個玻璃杯。我們這邊提著水桶和掃帚忙得團團轉，他那邊開始追憶往事。「啊，如果你有機會和我一起，去邦多勒[2]喝琴夏洛[3]，欣賞當地樂手表演，你才算沒有枉活一生啊。夏天可以去諾曼第，穿上木鞋，品一品陳年佳釀卡爾瓦多斯[4]。來吧，山姆，」他召喚著他的虛幻好友：「把酒從水裡拿出來，看看它冰透了沒，我們邊釣魚邊喝。」簡直就是海明威。

我們大聲招呼街上路過的女孩們。「來幫我們打掃房子吧！歡迎參加今晚的派對！」她們來了。有一大群人幫我們打掃。最後連歌劇合唱隊的歌手也來幫忙，大多是年輕人。

太陽下山了。工作結束了，為了晚上的重要活動，我、蒂姆和雷決定去梳妝打扮一番。我們去了鎮上歌劇明星們住的公寓。夜空裡傳來音樂聲，歌劇夜場開始了。雷說：「時間剛剛好，拿點刮鬍刀和毛巾來梳洗一下。」我們還拿了梳子、古龍水、刮鬍膏，裝得滿滿的帶進浴室。我們一邊洗澡一邊唱歌。蒂姆不停的說道：「真爽！用歌劇明星的浴室、毛巾、電動刮鬍刀，真爽！」

這是一個美妙的夜晚。中央城海拔三千多公尺；在這個高度，你會先感覺到頭暈，然後疲倦，接著靈魂開始燃燒。我們沿著黑暗狹窄的街道，朝著歌劇院那邊的燈光走去；然後一個右轉，逛了幾家有雙平開門的老式酒館。大部分遊客都去看歌劇了。我們一上來就點了幾個特大杯的啤酒。這裡有一架自動演奏鋼琴。後門外可以看到月光下的山坡。我興奮的大喊。狂歡長夜開始了。

我們趕回礦工小屋。大派對已經準備就緒。貝比和貝蒂煮了些豆子和臘腸，我們開始跳舞，當然還要喝啤酒。歌劇散場了，一波接一波的女孩湧了進來。我、雷和蒂姆忍不住直舔嘴唇。我們拉著她們跳舞。沒有音樂伴奏的乾跳。小屋塞滿了人。有人開始自帶酒進來。我們跑去酒吧買酒，又飛快跑回來。這個夜晚變得越來越瘋狂。

我真希望迪恩和卡洛也在場——然後我意識到，他們肯定會覺得格格不入，會不開心。他們就像生活在陰暗地牢裡的人，剛剛從地下走出來；他們是美國灰暗的嬉普士[5]，也是我正慢慢融入其

---

2 譯按：Bandol，位於法國東南部普羅旺斯地區，盛產紅葡萄酒。
3 譯按：Cinzano，一種源自義大利的苦艾酒。
4 譯按：Calvados，一種蘋果白蘭地，產於法國西北部諾曼第地區。

中的「垮世代」[6]。

合唱隊的男孩們也來了。他們開始唱〈甜蜜的艾德琳〉。還用唱腔說著：「幫我拿瓶啤酒～」或者「你幹麼苦著臉？」，又用長長的男中音高喊「費——德——里——歐！」。我則唱道：「天哪，多麼陰暗！」

派對來的女孩們棒極了。她們來到後院裡和我們親熱。我領著一個女孩進到一間沒有打掃、滿是灰塵的房間，我們坐在床上說話，這時外面突然湧進來一幫年輕人，是歌劇院的帶位員，他們抓住女孩們就開始親吻，連一點應有的前戲都沒有。都是些衣冠不整、喝得爛醉的大呼小叫青少年——他們毀了派對。不到五分鐘，女孩們就走光了，一場充斥著啤酒瓶碰撞聲和喊叫聲的純哥們派對開始了。

我、雷和蒂姆決定去酒吧。梅傑已經走了，貝比和貝蒂也不見了。我們蹣跚著步入夜色。各個酒吧都擠滿了從歌劇院出來的人。我們聽見梅傑聲嘶力竭的喊叫。戴眼鏡的多爾熱情的和每個人握手致意：「午安，你好。」都到半夜了，他仍舊說：「午安，你好。」我看見他一度跟著某個大人物走了。然後又帶著一個中年女人回來；緊接著又站在街上和幾個小帶位員說話。接下來他又和我握手，但沒認出我，他說：「新年快樂，年輕人。」他不是喝醉了，而是陶醉了，陶醉於他喜歡的氣氛——熙來攘往的人群。所有人都認識他。「新年快樂！」他喊道，有時喊的又是「聖誕快樂」。

他總是這樣。真到聖誕節的時候，他又說「萬聖節快樂」。

一個備受尊敬的男高音也在酒吧；多爾之前堅持要我去見見他，但我始終推辭不去；他的名字好像叫丹農齊奧。他是和太太一起來的。他們臭著臉坐在旁邊。酒吧裡有個像阿根廷人的遊客。雷把他往旁邊推了一把，請他讓路；他轉身怒吼。雷把手裡的酒杯遞給我，然後一拳把他擊倒在銅欄杆上。那人一時暈了過去。尖叫聲四起；我和蒂姆迅速把雷拉走。人群一片混亂，警察甚至根本擠不進去，沒法找到受害者。也沒人能夠指認雷。

我們去了別的酒吧。梅傑從黑暗的街道上搖搖晃晃的走來問道：「怎麼回事？打架嗎？叫上我啊。」四面八方傳來響亮的笑聲。我好奇山神在想什麼，一抬頭看見遮住月亮的短葉松，又看見老礦工的鬼魂，我深感驚訝。今晚，除了我們這個喧囂的峽谷，整個大分水嶺[7]黑暗的東牆都是一片寂靜，只有微風低語；在分水嶺的另一邊，是西部大坡地，以及延伸至汽船泉[8]的大高原，那裡山勢陡

5 譯按：hipsters，美國一九四〇年代出現的邊緣文化群體，在衣著、語言、生活方式等方面，抗拒主流社會價值觀，熱愛爵士樂。

6 編按：beat generation，二戰後美國作家開啟的文化運動，拒絕西方主流價值觀、反對物質主義，並投入精神探索與東方哲學。本書作者凱魯亞克、詩人金斯堡、小說家威廉．布洛斯（William Burroughs）為此文化的重要人物。

7 編按：指美洲大陸分水嶺，也就是此處的洛磯山脈。

8 譯按：Steamboat Springs，科羅拉多州一城市，又譯「斯廷博特斯普林斯」。

峭，通向科羅拉多州西部沙漠和猶他州沙漠。

此刻，在一片黑暗中，這片廣袤的土地上，一幫瘋狂、醉醺醺的美國人在偏僻深山裡揮汗鬼叫。站在美國的屋脊上，能做的只有吶喊，我猜想——穿過黑夜，向東越過平原，在那裡的某個地方，也許一位白髮蒼蒼的老人正帶著《聖經》朝我們走來，他可能隨時都會到來，令我們緘默。

雷執意要再去剛剛打架的酒吧。我和蒂姆都不贊同，但還是跟他去了。他走到男高音丹農齊奧跟前，把一杯雞尾酒潑到他臉上。我們把他拖了出去。合唱隊的一個男中音歌手加入我們，一起去中央城的一個普通酒吧。在那裡，雷罵女服務生是婊子。一群臉色陰沉的男人沿吧檯坐著；他們討厭遊客。其中一人說：「我數到十，你們幾個最好滾出去。」於是我們出去了。搖晃的回到小屋，上床睡覺。

早上醒來，我翻了個身；床墊上揚起一大片灰塵。我趕緊去開窗；窗戶釘死了。蒂姆也在床上。我們又是咳嗽又是打噴嚏。早飯是隔夜的啤酒。貝比從她住的旅館回來，大家收拾東西準備離開。

一切似乎都在崩潰。在取車的路上，貝比腳下一滑，臉朝下摔倒在地。可憐的女孩太累了。我、她哥哥還有蒂姆扶她起來。我們上了車；梅傑和貝蒂也和我們一起走。回程丹佛的憂傷路途開始了。

驀然間，從山上下來，俯瞰丹佛的海蝕平原；那裡熱氣蒸騰，就像烤箱一樣。大家開始唱歌，我現在迫不及待想去舊金山。

10 再次上路

那天晚上我去找了卡洛，令我驚訝的是，原來他和迪恩也去了中央城。

「你們在那裡都幹了什麼？」

「我們泡了幾個酒吧，然後迪恩偷了一輛車，回來時在彎曲的公路上他開到了九十英里。」

「我沒看到你們。」

「我們不知道你也在那。」

「嗯。老兄，我要去舊金山了。」

「今晚迪恩幫你安排好了，去和麗塔約會。」

「哦，這樣的話，我晚點再上路。」我沒錢了。我給姑姑寄了封航空郵件，向她要五十塊錢，並說這是最後一次向她要錢；只要我上了船工作，她就會收到我寄給她的錢。

然後，我去見了麗塔，並帶她回了公寓。在陰暗的客廳裡我們聊了很久，然後我帶她進了臥室。她是個挺不錯的女孩，單純且真實，但對性愛非常恐懼。我告訴她，性愛很美妙；我想證明給她看。

她給了我機會，可是我太著急，什麼都沒做到。在黑暗中，她嘆了氣。「妳對人生有什麼期望？」我問她。我總是問女生們這個問題。

「我不知道。我就只是端著盤子，想辦法過日子。」她打了個哈欠。我用手蓋住她的嘴，告訴她不要打哈欠。我試圖告訴她，我對生活充滿激情，我們可以一起做好多事情；我順便跟她說自己計畫兩天後離開丹佛。她疲憊的轉過身去。我們躺在床上，看著天花板，不明白上帝為什麼讓生活如此悲哀。我們約好之後在舊金山碰面。

在送麗塔回家以後，我感覺到自己在丹佛的時光即將結束；在回來的路上，我躺在一座舊教堂的草坪上，那裡還有一群流浪漢，聽著他們談話讓我想重新上路。不時有流浪漢站起來，向過路的人要一毛錢。他們說到北移的收割季。夜色溫柔。我想再去找麗塔，和她聊更多的事情，這次我要和她真正的做一次愛，安撫她對男人的恐懼。

美國年輕男女的約會真令人悲哀；還沒有好好說幾句話，他們就很勉強的上床，似乎不這樣就會被看作不懂事。我說的不是甜言蜜語——而是真正坦誠的心靈溝通，因為生命是神聖的，每時每刻都彌足珍貴。我聽到丹佛—格蘭德河線火車咆哮奔向山巒。我想要到更遠的地方繼續追逐星辰。

略帶感傷的半夜，我和梅傑坐著聊天。「你讀過《非洲的青山》（*Green Hills of Africa*）嗎？那是海明威最好的作品。」我們互祝好運，約好將在舊金山見面。我和雷在街上一棵深色大樹下碰面。

「再見啦，雷。我們什麼時候會再見面呢？」我又去找卡洛和迪恩——但到處都找不到。蒂姆揮起手臂對我說：「喂，你真要走啦。」我們互相稱呼「喂」。「對。」我說。

接下來幾天我在丹佛閒逛。在我眼裡，拉里默街頭的每一個流浪漢都有可能是迪恩的父親——老迪恩·莫里亞蒂，他們是這樣稱呼那個白鐵匠的。我去了他們父子倆以前住過的溫莎旅館，有天晚上，小迪恩被那個與他們一起合住、坐在滑板車上的無腿男人嚇醒了；那人撐著滑板車轟隆隆滾過地板，伸手去觸摸這個男孩。在柯帝士大街和第十五街的拐角，我看到了那個賣報紙的短腿女侏儒。我在柯帝士大街那些糟糕的夜店周圍漫步；穿牛仔褲和紅襯衫的青少年；花生殼、電影招牌、毒窟。燈光閃耀的大街之外是黑暗，黑暗之外就是西部。我得上路了。

黎明時分我找到了卡洛。我讀了一部分他那本厚厚的日記，又睡了一覺。上午灰濛濛的，下起了小雨，六英尺的大個子艾德來了，還有英俊小子羅伊，以及畸形足的撞球高手湯米。

他們圍坐在一起，臉上掛著尷尬的笑容，聽卡洛朗誦他創作的末日預言般瘋狂詩歌。我癱在椅子上，筋疲力盡。「哦，你們這些丹佛的怪人！」卡洛喊道。然後，我們魚貫走出，走上一條鵝卵石鋪成的典型丹佛小巷，巷子兩邊是徐徐冒煙的垃圾焚化爐。「我曾經在這條巷子裡玩滾鐵環。」查德有一次告訴我。我真想看看他滾鐵環的樣子；我真想看看十年前丹佛的樣子，那時他們都還是小孩，在洛磯山脈春天的早晨，櫻花盛開，陽光明媚，他們在充滿希望的歡樂小巷裡滾著鐵環——

他們所有人。而沉浸在瘋狂中的迪恩，正衣衫襤褸、蓬頭垢面的獨自徘徊。

羅伊和我走在細雨中；我去艾迪的女友家取回羊毛格子襯衫，那件在內布拉斯加州謝爾頓穿的襯衫。它還在，捆成了一團，所有沉重的悲傷都塵封在這件襯衫裡。羅伊說他會在舊金山和我見面。大家都要去舊金山。我查到姑姑的五十塊錢已經匯到。太陽出來了，蒂姆陪我坐電車到公車站。我買了去舊金山的車票，花掉了一半的錢，下午兩點上了車。蒂姆向我揮手道別。大巴駛出了充滿激情故事的丹佛街道。

「老天為證，我一定會再回來，看看還會發生些什麼好事！」我暗自許諾。臨行前我接到迪恩的電話，他說他和卡洛可能會去西海岸與我會合；我仔細思忖著，這才意識到，這趟下來我和迪恩的交談時間總共還不到五分鐘。

11 到舊金山，別忘了……

我遲到了兩週才和約好的雷米・邦克爾見面。從丹佛到舊金山的大巴之行毫無波瀾，不過隨著越來越接近目的地，我的整個靈魂都為之雀躍。再次經過夏延，這次是下午抵達，向西翻山越嶺；午夜在克雷斯頓跨過大分水嶺，黎明時抵達鹽湖城——一個到處都是草坪灑水器的城市，實在想不到迪恩居然在這裡出生。

接著，在炙熱的陽光下駛入內華達，夜幕降臨時抵達雷諾，經過燈光閃爍的唐人街；再爬上內華達山脈，松樹、繁星、山間小屋……都在述說舊金山的浪漫——後座的小女孩大聲問她母親：「媽媽，我們什麼時候才會到特拉基？什麼時候才會到家？」然後就到了特拉基，溫馨似家的特拉基小鎮，再從山坡往下來到沙加緬度。我突然意識到自己已經身在加州了。帶著棕櫚樹味道的暖空氣——是那種讓你想親吻的空氣——當然，還有棕櫚樹。巴士沿著富有傳奇色彩的沙加緬度河行駛在高速公路上，再度進入山地；忽上，忽下；轉眼間，廣闊的海灣出現在眼前。拂曉時分，對岸是舊金山睡眼矇矓的城市燈火。

我在車子駛過奧克蘭海灣大橋時睡著了，這是離開丹佛以來頭一次睡得這麼香；在市場街和第四街拐角的車站，我猛然驚醒，想到自己離紐澤西姑姑家已經有三千兩百英里之遙。我搖晃的走出車站，像個面容枯槁的野鬼。而我，也終於見到她了——舊金山，冷清的長街道，以及籠罩在白霧中的電車纜線。蹣跚走了幾個街區。天剛亮，幾個奇怪的流浪漢（在教會街和第三街）伸手朝我要零錢。我聽到某處傳來音樂聲。「哇，改天我一定要來好好看看！但現在我要先找到雷米．邦克爾。」

雷米所住的米爾城是一片簡陋小屋的聚落，戰爭期間專門為海軍造船廠工人搭建的住宅；它地處峽谷之間，那是一個很深的峽谷，山坡上樹木茂盛。住宅區內有商店、理髮廳和裁縫店。據說這裡是美國唯一白人和黑人自願生活在一起的社區；的確如此，後來我也再沒見過如此狂野和歡樂的地方。雷米的小屋門上有張便條，是他三個星期前釘上去的。

薩爾．帕瑞迪斯！如果家裡沒人，就從窗戶爬進來。

雷米．邦克爾

經過風吹日晒，字跡已變得灰暗。

我爬了進去，他在家，正和女友麗．安躺在床上睡覺——他後來告訴我，床是從商船上偷來的；

想像一下，半夜三更，商船的甲板機械工扛著一張床偷偷翻過船舷，然後奮力划槳把床弄上岸。從這件事就可以大致看出雷米是怎樣的人。

我之所以不厭其煩的講述當時發生在舊金山的事情，是因為這和以前的所有故事都有關聯。多年前在預備學校我就認識了雷米；但真正把我們緊密聯繫起來的卻是我的前妻。是雷米先認識她的。有天晚上，雷米來我宿舍說：「帕瑞迪斯，快起來，大師來看你了。」我便起床，穿褲子時幾個硬幣掉在了地板上。我讀大學時整天都在睡覺，當時已是下午四點。「快啦，別到處撒金幣了。我認識了一個超棒的女孩，今晚要帶她去『獅穴』。」他拉著我去見她。一個星期後我們就在一起了。

雷米是個身材高大、皮膚黝黑、相貌英俊的法國人（有點像個二十出頭的馬賽黑市販子）；畢竟是法國人，他說英語時也帶著股爵士樂的時尚氣息；他的英語同法語一樣無可挑剔。雷米穿著時髦，帶一點學院風；他喜歡和漂亮的金髮女孩約會，花錢大手大腳。他沒有不爽我拐走了他的女朋友，而且這件事讓我們緊緊相連；這傢伙真心喜歡我，總是真心誠意的對待我，天知道為什麼。

那天早上在米爾城見到他時，他正處於低潮期，散發出那種二十幾歲年輕人常有的頹喪、乖戾狀態。他正在等船出海工作，百無聊賴——為謀生計，他也在峽谷對面的營區找了份保全的工作。女友安嘴巴不饒人，每天都在罵他。他們平時省吃儉用存錢，然後星期六出去瀟灑，三個小時就能花掉五十塊。

雷米在小屋裡穿著短褲，頭上戴著一頂怪裡怪氣的軍帽；安則頂著髮捲在屋裡晃來晃去。他們平時就是這副打扮在家裡對罵。我這輩子還從沒見過吵架吵得那麼凶的情侶。可一到週六晚上，他們又像一對好萊塢的成功夫妻，對彼此優雅的微笑，進城享受夜晚。

雷米醒來，看著我從窗戶爬進來。洪亮的笑聲立刻穿透我的耳膜：「啊哈哈哈哈，帕瑞迪斯，他爬窗進來了，怎麼這麼聽話！你跑去那裡了？竟然遲到兩個星期！」他拍打我的背、摟著安的腰，靠牆大笑又拼命捶打桌子，聲音大得整個米爾城都聽得到，那聲長而響亮的「啊哈哈哈哈」也在山間谷迴盪。「帕瑞迪斯！」他大叫：「獨一無二、無可取代的帕瑞迪斯。」

我剛剛經過小漁村索薩利托，因此我一來就說：「索薩利托一定有很多義大利人吧。」

他笑得聲嘶力竭：「索薩利托一定有很多義大利人吧！啊哈哈哈哈！」他捶打自己的身體，倒在床上，就差在地上打滾了。「妳有聽到帕瑞迪斯說什麼嗎？索薩利托一定有很多義大利人吧？啊哈哈哈，哈哈哈哈！嗚呼！」他笑得滿臉通紅。「啊，你笑死我了，帕瑞迪斯，你是世界上最搞笑的人，你來了，終於來了。安，妳看見了吧？他爬窗進來的，他按照指示翻窗進來的。哈哈！哇哦！」

令人驚奇的是，雷米隔壁住著一個人稱斯諾（Snow）先生的黑人，他的笑聲，我向老天發誓，絕對是全世界最響亮的。斯諾先生的大笑天賦，是某天晚飯桌上他老伴一句不經意的話引發的；當時他站起身，顯然是被嗆住了，然後靠在牆上仰望著天，開始止不住的大笑；他踉踉蹌蹌走出門，靠在鄰居家的牆邊，笑得如痴如醉，在米爾城的昏暗夜色中四處亂轉，向天上慫恿他這麼做的魔神發出勝利的歡呼。至於那天他有沒有吃完晚飯，我不知道。雷米可能在無意間學會了這種神奇的笑法。雖然他工作不順利，情場也不如意，纏上了一個毒舌女，但他至少懂得怎麼笑得比世界上任何人都更開心，我相信在舊金山一定會很好玩。

雷米的安排如下：他和安睡房間的大床，我靠窗睡折疊床。還有，我不能對安亂來。為此雷米第一時間就說了：「我不希望發現你們背著我亂來。老師傅彈不了新調[1]。這句話是我的原創。」我看了看安。她是個豐滿迷人、蜜糖色皮膚的尤物，但眼神透露出對我倆的恨意。她來自俄勒岡的一個小鎮，夢想是嫁個有錢人；非常後悔那天和雷米搭上了。在某個週末，雷米在她身上花了一百塊錢，她以為自己找到了一個富家子弟。沒想到卻被困在這間小破屋，但她別無選擇，只能待在這裡。她在舊金山有份工作，每天都得在十字路口等灰狗巴士去上班。為此，她從未原諒過雷米。

按照計畫，我打算待在小屋裡，為好萊塢電影公司寫一個超棒的原創故事。雷米會帶著這部傑作，乘坐高級客機去好萊塢，讓我們都變成富翁；安也會跟他一起去；雷米打算把她介紹給他朋友

1 譯按：原文是「You can't teach the old maestro a new tune.」改自諺語「You can't teach the old dog new tricks.」後者可直譯為：「你沒法教老狗學新把戲。」兩句意思相同，均表示積習難改、本性難移。

的父親，一個著名導演，也是W．C．菲爾茲的密友。

因此，在米爾城的第一週我就待在房裡，沒日沒夜的寫一個關於紐約的陰鬱故事，心想它會打動某個好萊塢導演，可問題是故事太過悲慘了，雷米讀不下去。幾個星期後，這個劇本照原樣送到了好萊塢。安對什麼都厭煩，而且還那麼討厭我們，所以她根本不願意看。在無數個下雨的時刻，我喝著咖啡不停寫寫畫畫。最後我對雷米說這樣不行；我需要一份工作；我現在連抽的菸都是他們買的。雷米的眉宇間掠過一絲失望——對於那些特別可笑的事情，他總會感到失望。他有一顆金子般的心。

他幫我找了一份工作，和他一樣在營區當保全。經過一番例行程序，沒想到我居然被那幫混蛋錄用了。在當地警察局長的主持下，我宣誓就職，被授予警徽和警棍，正式成為一名特別員警。如果迪恩、卡洛和公牛老李得知此事，不知他們會作何感想。為了搭配黑色夾克和警帽，我得穿深藍色的褲子；前兩個星期我都穿著雷米的褲子，他不僅比我高很多，而且在這段無聊的時間經常大吃大喝，導致長出了啤酒肚。所以第一天晚上，我穿得像查理．卓別林一樣，搖搖擺擺的走去上班了。雷米交給我一隻手電筒和一把點三二手槍。

「你從哪搞來的槍？」我問。

「去年夏天在去西海岸的路上，火車經過內布拉斯加州北普拉特時，我下車活動一下，一眼就看見了櫥窗裡這把小巧獨特的手槍，我立刻就買下了，還差點沒趕上火車。」

我試著告訴他北普拉特在我心中代表的意義，並跟他講了我和那些老兄一起去買威士忌的經歷。他在我背上拍了一掌，說我是世上最有趣的傢伙。

拿著手電筒照路，我爬上峽谷南面的陡坡來到公路上。夜間駛往舊金山的小車川流不息。接著我從公路另一邊往下走，還差點跌下去。下到一個谷底，小溪邊立著一間小小的農舍，那裡有條狗每天晚上都對著我叫。然後，在月光照映下，我沿著一條銀白色道路快步行走，兩旁是黑漆漆的加州大樹——這條路像是電影《佐羅的面具》（*The Mark of Zorro*）裡面的路，也像B級西部片裡面的那些路。黑暗中我也時不時拔出手槍裝一下牛仔。

再爬上另一個山坡就到了營區。這裡是專為去海外打工的建築工人搭建的臨時住所，他們會在這裡等船出海。大部分人要去沖繩，大部分人也是因為犯了法所以在跑路。有來自阿拉巴馬州的一群硬漢，也有來自紐約的騙徒，全國各地的三教九流，應有盡有。他們非常清楚在沖繩島幹上一整年有多可怕，所以只能趁現在拼命喝酒麻痺自己。保全的工作就是確保他們不會把營房給拆了。我們的總部設在營區主樓，不過是一個簡陋的木屋，裡面有幾個用牆板隔出的辦公室。我們散坐在一張折疊辦公桌周圍，不時拉一拉滑到屁股上的槍套，打著哈欠，聽幾個老員警講故事。

這幫人很可怕，他們骨子裡就有警察魂——我和雷米除外。雷米只想賺錢謀生，我也是，但這些人則想去逮捕人，換來城裡警察局長的讚賞。他們甚至說，如果一個月裡你一個人也沒抓到，就會被開除。想到得抓壞人，我不禁倒吸了一口涼氣。但實際情況是，在那個鬧翻天的晚上，我和營區裡的所有人一樣，喝得酩酊大醉。

那晚，我被安排單獨執勤六個小時——整個營區就我一個員警；那天晚上所有人好像都喝醉了，因為他們第二天早上就要坐船出海。他們就像起錨前一晚的水手那樣沒有明天的喝酒。我坐在辦公室裡，雙腳翹在桌上，讀著關於俄勒岡等北方諸州的冒險故事，突然間，一向安靜的夜晚傳來了喧鬧聲。我走到外面。營區裡幾乎每個營房都燈火通明。人們大喊大叫，伴隨玻璃瓶的破碎聲。考驗我的時候到了，要麼行動，要麼等死。我拿上手電筒，走到鬧得最凶的那個房間，敲門。有人來應門，但只開了一條縫。

「你要幹什麼？」

我說：「今晚我負責營區保全，你們的聲音太大了。」——之類的蠢話。他衝著我的臉砰一聲關上門。我站在那，看著頂在鼻尖的木門。簡直就像西部片情節，輪到我出手了。接著我再敲門，這次門完全敞開。我說：「聽著，我不想老是過來打擾你們，但如果你們鬧得太厲害，我會被炒魷魚的。」

「你是誰？」

「我是這裡的保全。」

「以前沒見過你。」

「哦，這是我的徽章。」

「你屁股上掛把槍幹什麼？」

「不是我的，這是借來的。」我解釋道。

「進來喝一杯吧。」好啊，喝就喝。我喝了兩杯。

我說：「兄弟們，沒問題了吧？大家保持安靜好嗎？不然我會被罵，你們懂的。」

「沒問題老弟，你繼續巡邏吧。想喝酒了就過來再喝一杯。」

我就像這樣挨家挨戶串門，很快就和所有人一樣醉醺醺的了。天亮，我要負責把美國國旗升上六十英尺高的旗桿，那個早晨，我把國旗倒掛著升了上去，接著便回家睡大覺了。等我傍晚再來的時候，我看見那些正式員警表情嚴峻的坐在辦公室裡。

「喂，小子，昨晚這裡那麼吵，怎麼回事？我們都收到峽谷對面住戶的投訴了。」

「我不知道。現在很安靜啊。」

「那幫人都出海了。昨晚你沒有維持好這裡的秩序，局長很不爽。還有——你知不知道在政府場地倒掛國旗會讓你吃牢飯的？」

「掛反了？」我當然不知道，嚇死了。對我來說，這只是每天早上的例行公事。

「沒錯。」一個胖員警說道，他在惡魔島[2]當了二十二年的警衛：「這種事可能會讓你進監獄。」其他員警都冷冷的點頭。他們總是坐在一起，對這份工作感到驕傲。他們擺弄著槍，談論著槍，總想著要開槍把誰幹掉。比如雷米和我。

那個當過惡魔島守衛的員警有顆大肚子，六十歲左右，已經退休，但他已離不開一輩子滋養他乾涸靈魂的那種環境。每天晚上，他會開著那輛三五年的福特車來上班，準時打卡，坐在折疊式辦公桌旁。他苦心研究我們每晚必填的簡單表格——巡邏路線、時間、事件等，然後靠在椅背上，開始講故事：「要是你早兩個月左右來就好了。那時我和史萊奇（一個年輕員警，想當德州騎警卻沒當成，現在只好認命在這裡工作）抓了一個G區營房的醉漢。啊，那個血肉橫飛的樣子，可惜你沒看到。我今晚就帶你去現場，讓你看看牆上的血跡。我們打得他從這面牆彈到那面牆。史萊奇先揍了他一頓，我又接著揍，然後他就慫了，不敢反抗了。那傢伙發誓出獄後要殺了我們——他被關了三十天。現在已經**六十天**過去了，連個屁都沒看到。」這才是故事的重點。他們把他打怕了，他嚇得不敢回來報仇。

老員警繼續甜蜜的回憶著惡魔島的恐怖故事：「我們常常押著犯人像行軍一樣去吃早餐。誰也不准踏錯腳步。一切都有條不紊。你真該去看看。我在那裡當了二十二年的警衛。從來沒出過差錯。

那些傢伙知道我們是認真的。有些監獄守衛心太軟，這種人往往會出問題。比如說你——以我對你的觀察，你對那些人就有點太**寬容了**。」他拿起菸斗看著我，目光犀利：「他們會利用這一點，明白吧。」

我明白。我告訴他，我不是當員警的料。

「嗯，但這份工作是你自己**主動應徵**的。無論如何你得下定決心，否則就會一事無成。這是你的職責，你也宣誓過了。這種事情上沒有妥協的餘地。你必須維護法律和秩序。」

我無話可說，他說得沒錯；但是我只想晚上溜出去，消失在某個地方，然後四處流浪，去看看這個國家的人們都在幹些什麼。

那個叫史萊奇的員警身材高大、肌肉發達，頂著黑色平頭，脖子會不時繃緊抽動——就像一個總在不停出拳的拳擊手。他把自己打扮得像個老派德州騎警。腰間繫著子彈袋，掛了一把左輪手槍和一根小皮鞭，身上到處是皮配件，就像一個活動刑房；閃亮皮鞋、低領夾克、高調的帽子，就差一雙馬靴了。他老愛表演擒拿術——輕巧的把我從胯下舉起。我有把握，論力氣，用同樣手法我可以輕易把他扔到天花板上，不過我絕不會讓他知道，怕他要和我來一場摔跤比賽。與這種傢伙比摔

---

2 譯按：Alcatraz，位於加州舊金山灣，曾為著名監獄所在地。

跤，到最後就會變成比射擊。論槍法他肯定比我厲害；我這輩子都沒摸過槍，連裝子彈都害怕。他迫不及待想抓人。有天晚上我們一起執勤，他滿臉通紅，怒氣沖沖的回來。

「我叫那些傢伙安靜，他們仍然鬧個不停。我已經說了兩遍。我永遠會給人兩次機會。但沒有第三次。你現在跟我過去，我要把他們抓起來。」

「那麼，讓我來給他們第三次機會吧，我去跟他們談談。」

「先生，我只願意給人兩次機會。」

我嘆了口氣。我們來到鬧事的房間，史萊奇打開門，叫所有人一個個走出來。真是令人難堪的場面，每個人都漲紅著臉。這就是典型美國故事，大家都幹著自覺得能做、該做的分內之事。一群男人晚上大聲說話、多喝了一點，又怎麼了呢？殊不知史萊奇老兄想要證明自己，而且還一定要把我帶上，以防他們偷襲。說不定還真的有可能。他們是來自阿拉巴馬的幾個親兄弟。接著我們慢慢走回警局，史萊奇領頭，我殿後。

其中一個人對我說：「你去告訴那個耳朵長在褲襠裡的惡劣渾蛋，不要那麼狠。我們可能會因為這樣被開除，去不了沖繩。」

「我跟他說說。」

到了警局，我勸史萊奇這次就算了吧。他漲紅著臉，用每個人都聽得到的聲音說：「我不會給任何人超過兩次機會。」

「媽的，」阿拉巴馬人說：「放了我們是會怎樣？我們會丟掉工作的。」史萊奇沒說話，默默填寫逮捕表，只逮捕了其中一人；接著他呼叫城裡的警車，他們過來把那人帶走了。剩下的兄弟們臉色陰沉的離去，並說道：「老媽發現後不知道會怎麼說？」其中一個又跑回來對我說：「你告訴那個狗娘養的德州佬，如果我兄弟明晚還沒出來，他就等著被好好修理吧。」我語氣平淡的轉告史萊奇，他沒說什麼。那個兄弟最後還是被放了出來，什麼事都沒有。這批人坐船走了；新一批狂野不羈的傢伙又到了。如果不是因為有雷米，這份工作我兩個小時都幹不下去。

好在許多個晚上都只有我和雷米兩個人執勤，那些日子就好玩多了。傍晚，我們悠哉進行第一遍巡視，雷米會逐間轉門把，試試有沒有鎖上，希望發現沒上鎖的房門。他說：「幾年來我都有個想法，培養一條超級小偷狗，讓牠潛入房間把這些傢伙口袋裡的錢叼出來。我會訓練牠只拿鈔票，整天讓牠聞鈔票的味道。如果可以的話，我還想訓練牠專挑二十元的紙鈔。」

雷米滿腦子都是瘋狂的計畫，一連幾個星期他都在說那條狗。只有一次，他發現了一扇沒上鎖的房門；因為我不想偷東西，便自己沿著走廊漫步。雷米鬼祟的開門，和他迎面相遇的則是營區主管。雷米很討厭他那張臉，有次曾問我：「那個你總掛在嘴邊的俄國作家叫什麼來著——就是把報紙塞在鞋裡，戴著一頂從垃圾桶裡撿來的大禮帽的那個人？」

雷米誇大了我和他說的杜斯妥也夫斯基。「啊，對，沒錯——杜斯妥屌夫斯基。主管的那張臉只有這個名字能形容——杜斯妥屌夫斯基。」他找到的唯一沒上鎖的房間，恰好就是杜斯妥屌夫斯基的。老頭在睡覺，突然聽到有人在轉門鎖。於是他穿著睡衣下床，臉色難看的走向房門，比平時還難看一倍。雷米打開門，看到一張枯槁的面容，上面流露出濃濃的怨恨和憤怒。

「你在幹麼？」

「我只是試試看是不是這間房。我以為這是……呃……掃具間。我在找拖把。」

「你**為什麼**要找拖把？」

「是這樣的——嗯。」

我走上前說道：「有人吐在樓上走廊。我們得去清理一下。」

「這**不是**掃具間。這是**我的**房間。如果再有這種事，我會叫警察來，讓你們滾蛋！明白了嗎？」

「有個傢伙在樓上吐了。」我又說。

「拖把在走廊的另一邊。」他指著，等我們去取拖把。我們還真的拿了，傻乎乎的扛上樓。

我說：「幹，雷米，你為什麼總是在找麻煩？能不能安分點？幹麼老偷東西呢？」

「這個世界欠我一些東西，就這麼簡單。老師傅彈不了新調。你再這樣跟我說話，我以後就叫你杜斯妥屌夫斯基。」

雷米就像個小孩。以前在法國上學的孤獨日子裡，他的一切都被奪走了；他的繼父母把他丟到學校，任其自生自滅；他被人欺負，被一所又一所學校趕出來；孤獨的法國夜裡，他從自己年幼單純的詞庫中，編織出各種咒罵的言語。他決心把失去的一切奪回來；他已失去的太多；這場折磨也將永無止息。

我們最喜歡偷跑進營區食堂。首先環顧四周，確保沒人看見，尤其是我們的同事；然後我會蹲下身，讓雷米雙腳踩著我的肩膀攀上去。他打開那扇從來不鎖的窗戶（每天傍晚他都會去「檢查」）爬了進去，踩到堆麵粉的桌子上。我身手比較靈活，一跳一爬就進去了。我們來到冰櫃前，準備實現我從孩提時代就有的夢想——打開巧克力霜淇淋上的蓋子，整個手腕插進去，拖上來一大坨霜淇淋就舔了起來。我們又拿著幾個霜淇淋盒子往裡填滿，還在上面倒巧克力糖漿，有時會加上草莓；接著又去各個打開冰箱，看看有什麼可以裝在口袋裡帶回家的。我常常會撕一點烤牛肉包在餐巾裡。雷米會說：「杜魯門總統說過，我們必須減少生活開支。」

有天晚上他拿了個箱子來裝食物，我等了很久他才搞好。但箱子太大，沒辦法從窗戶出來。雷米不得不把東西一樣樣拿出來再放回去。那天深夜，他下班後剩我一個人留在營區，有件怪事發生了。我在那條古老的峽谷小徑漫步，希望能碰見一頭鹿（雷米曾在附近見過，那一帶即使在一九四七年仍然是一片荒野），這時我聽到黑暗中傳來可怕的聲音。有點像是喘氣。我以為黑暗中朝我衝過來的是頭犀牛，所以伸手抓槍。這時峽谷陰暗處出現一個高大的身影，頭部巨大無比。我突然意識到那是雷米，肩上扛著一個大箱子。沉重的箱子壓得他忍不住大喘。他不知從哪裡搞到了食堂鑰匙，便從正門把裝的食物扛了出來。我說：「雷米，我以為你回家了。你在搞什麼啊？」

他說：「帕瑞迪斯，我跟你講過好幾遍杜魯門總統的話：**我們必須減少生活開支**。」接著，我聽著他繼續喘氣沒入黑暗中。之前說過，回我們住處的那條小路要翻山越嶺，很難走。他把那箱食物藏在高高的草叢裡，跑回來找我：「薩爾，我一個人搬不動，我準備分成兩箱，你過來幫我。」

「可是我在執勤啊。」

「我會幫你把風啦。日子越來越難過，該做的事就是得做，懂了吧。」他擦了擦臉：「呼！薩爾，我跟你說過好多次，我們是好兄弟，兄弟就是要同甘共苦，不可能各幹各的。那些杜斯妥屌夫斯基們、警察們、麗·安們，這個世界上所有可惡的傢伙，都恨不得把我們生吞活剝。我們自己要清醒一點，不能中招了。那些人除了一雙髒爪子，袖子裡不知道還藏著多少花招。記住啊，老師傅彈不了新調。」

我終於問他：「那出海工作的事現在怎麼說？」我們已經在營區幹了十星期。每週賺五十五塊錢，平均寄給姑姑四十塊。這期間我只在舊金山待了一個晚上。雷米的小屋、雷米與安的爭吵、營區的夜晚，我的生活就被困在這裡。

雷米消失在黑暗中，去拿另一個箱子。我和他一起小路上艱苦跋涉。拿回來的食物像一座小山一樣堆在安的廚房桌上。她醒了，揉了揉眼睛。

「你們知道杜魯門總統是怎麼說的嗎？」她開心極了。我突然開始意識到，在美國，每個人都是天生的賊。連我自己也漸漸著迷，甚至開始留意有沒有哪扇門沒上鎖。其他員警開始懷疑我們；他們讀懂了我們的眼神；憑藉屢試不爽的本能，他們很清楚我們心裡在想什麼。多年的經驗讓他們非常了解我和雷米這類人。

白天，我和雷米帶著槍去山上打鵪鶉。雷米躡手躡腳靠近咯咯叫的鳥兒，在不到三英尺的地方，扣響手中的點三二。沒打中。他爆發出一陣大笑，聲音響徹加州森林，響徹整個美國。「時候到了，我們該去看看香蕉大王了。」

星期六，我們打扮了一番，走到十字路口的公車站。到了舊金山後我們漫步在大街小巷，所到之處迴盪著雷米狂放的笑聲，他告訴我：「你一定要寫一個香蕉大王的故事，別想在我這個大師面前耍花樣，寫一些別的東西。香蕉大王就是你的菜。那邊站著的就是香蕉大王。」

香蕉大王是一個在街頭賣香蕉的老人，我完全不感興趣。但雷米不停戳我的肋骨，甚至拉著我的衣領往前：「香蕉大王的故事，就是最接近一般人生活的故事。」我告訴他自己不在乎什麼香蕉大王。「只有認識到香蕉大王的重要性，你才會真正了解這個世界上具有人味的東西。」雷米強調。

海灣裡有一艘鏽跡斑斑的舊貨船，停在那裡作為海上浮標。雷米強力建議我們划船過去，於是某天下午，安打包了午餐，我們租了一艘船就去了。雷米帶了一些工具。安脫光了衣服，躺在駕駛臺上晒日光浴。我從船尾看著她。雷米徑直下到鍋爐房，老鼠在地上竄來竄去，他開始不停的敲打，希望能搞到一些銅片。我在破爛不堪的餐廳裡坐下。這船真是夠老的，但它曾經裝飾得很漂亮，木頭上有旋渦形裝飾，還有嵌入式的儲物櫃。在陽光明媚的餐桌旁，我做起了白日夢；這是傑克·倫敦筆下的舊金山幽靈[3]。老鼠在食物儲藏室裡奔跑。從前，有一位藍眼睛的船長，坐在這裡用餐。

我到船艙下面找雷米。凡是有點鬆動的地方，他都去敲了幾下。「什麼都沒了。我以為會有銅，或至少有一兩把舊扳手。這船早就被小偷們剝光了。」船在海灣裡停泊了好多年。上面的銅被一隻早已不復存在的手偷走了。

我對雷米說：「我很想在這艘老船上睡一晚。體驗看看濃霧襲來的感覺，船體吱嘎作響，聽聽那些浮標發出的震耳警報。」

雷米很震驚，頓時對我敬佩有加：「薩爾，如果你有種這麼做，我就給你五塊。難道你不怕船上可能遊蕩著那些老船長的鬼魂嗎？我不僅會給你五塊，還會划船帶你過來，幫你準備好午餐，再借給你毯子和蠟燭。」

「一言為定！」我說。雷米跑去告訴安。我真的很想從桅杆上跳下去，直接躺在她身上，但我遵守對雷米的承諾，把眼睛從她身上移開。

那段時間，我越來越常跑去舊金山。為了把妹，我想盡了辦法。有次我和一個女孩在公園長椅上待了整整一夜，直到天亮，但還是什麼都沒發生；她是一個來自明尼蘇達州的金髮女。舊金山有很多同性戀，有次我帶著槍進城，在酒吧上廁所時遇到一個同志過來搭訕，我掏出槍說：「嗯？嗯？你說什麼？」他轉身就跑。

我一直沒搞清楚自己當時為什麼要那樣做；我在全國各地有同志朋友。可能是因為我在舊金山時太孤獨了；也可能是因為帶著槍就會想拿出來秀一下。經過珠寶店時我突然有種衝動，想開槍打碎櫥窗，拿出最好的戒指和手鐲，跑去送給安，然後一起逃往內華達。

是時候離開舊金山了，不然我會瘋掉。

我給迪恩和卡洛寫了幾封長信，他們住在德州河口地區公牛老李那，說等到這樣那樣的事幹完，就來舊金山和我會合。此時，我、雷米和安之間的關係正在崩解。九月的雨季來了，隨之而來的是連綿不休的激烈爭吵。雷米和安帶著我寫的可笑悲傷電影劇本飛到好萊塢，結果石沉大海。那位著名導演喝得爛醉，根本不理他們；他們在導演住的馬里布海灘別墅周圍閒逛，然後又開始當著其他客人的面大吵大鬧。最後就飛了回來。

---

3 譯按：傑克・倫敦（Jack London，美國二十世紀作家）小說《海狼》（*The Sea-Wolf*）中有一艘船名叫「幽靈」號。

壓倒駱駝最後一根稻草的是賽馬。雷米讓我穿他的衣服打扮，揣著所有積蓄，大概有一百塊，手挽著安，出發前往海灣對面里奇蒙附近的金門賽馬場。有件事可以看出這傢伙人有多好。他把我們偷來的一半食物裝在巨大棕色紙袋裡，送給他認識的一個窮寡婦，我們也跟著一起去——她住在和我們類似的房裡，晾晒的衣物在加州陽光下搖曳；孩子們衣衫襤褸，模樣很可憐。那個女人非常感謝雷米。她是雷米認識的一個水手的姐姐，但他和那名水手也僅僅是點頭之交。「卡特太太，別放在心上，」雷米的語氣格外優雅和禮貌：「這些東西多得很。」

我們接著就到了賽馬場。他每次都狂妄的下注二十塊，第七場比賽還沒開始，就已經輸光了。雷米用我們僅剩的兩塊飯錢又壓了一注，結果還是輸了。我們只得搭便車回舊金山。**我又上路了。**一位紳士開著他酷炫的小車載了我們一程。我坐在前座。雷米編著故事，說他把錢包掉在了賽道看臺後面。

我說：「事實上我們是賭馬輸光了，為了避免以後再從賽馬場搭便車回家，從現在開始，我們會改找賭馬組頭。對不對，雷米？」雷米氣得滿臉通紅。那人最後鬆口承認自己是金門賽馬場的工作人員。在豪華的皇宮酒店門口，他讓我們下了車；我們看著他消失在水晶大吊燈下，口袋裡裝滿了錢，高高昂著頭。

「哇！呼！」雷米在舊金山傍晚的街道上嚎叫：「帕瑞迪斯坐在賽馬場人員的車裡，還發誓要找組頭下注。麗．安，麗．安！」他在她身上東打一下西抓一下。「他絕對是世界上最搞笑的人！索薩利托一定有很多義大利人吧。啊——哈哈！」他抱著一根柱子，轉著圈狂笑。

那天晚上下起了雨，安在我們面前擺出一副臭臉。屋裡一分錢也沒有了。雨水持續敲打著屋頂。「這雨要下一個星期。」雷米說。他脫掉漂亮的西裝，穿回了那身破短褲、軍帽和T恤。那雙憂鬱的棕色大眼睛盯著地板。桌上放著槍。我們聽到雨夜裡某處傳來斯諾先生的陣陣狂笑。

「我受夠那個狗雜種了。」安咬牙切齒的說。她開始刺激雷米，故意找麻煩。雷米忙著翻看他的小通訊錄，上面記著欠他錢的人名，其中大部分是水手。在那些名字旁邊，他用紅筆寫著髒話。我很擔心哪天我的名字也跑進那個本子。我最近給姑姑寄了很多錢，每週只出錢買了四、五塊錢的食物。但我響應杜魯門總統的號召，也貢獻了價值好幾塊錢的東西。可是雷米覺得我分擔得不夠；於是他就把購物單，也就是那些帶有價格明細的長條，掛在廁所牆上，好讓我看清楚。安則相信雷米背著自己藏了私房錢，並威脅說要離開他。

雷米撇了撇嘴說：「妳能去哪？」

「吉米。」

「**吉米**？賽馬場的收銀員？薩爾你聽見了嗎，麗．安準備去投靠賽馬場的收銀員。親愛的，記得帶上掃把！有了我那張百元大鈔，這星期馬兒們可以吃好多燕麥了。」

事情越來越嚴重，屋外大雨滂沱。安是最早住進這裡的人，所以她叫雷米收拾東西滾蛋。雷米開始收拾。我腦子裡浮現出獨自和這個悍婦待在這雨中小屋的情景。我試圖緩解狀況。雷米推了她一把。安撲向那把槍。雷米把槍交給我，叫我把它藏好；彈匣裡有八顆子彈。安開始尖叫，最後穿上雨衣，踩著爛泥去找警察，哪有什麼警察？除了我們的老朋友，那個從惡魔島來的傢伙。幸好，他不在家。她全身濕透的回來了。我窩在角落，頭埋在兩膝間。老天，**我為什麼要離家這麼遠？我為什麼要到這裡來？**說好帶我去中國的那條慢船[4]，現在開到哪裡了？

「還有，你這個臭男人，」安叫喊道：「今晚是我最後一次做飯，最後一次做噁心的豬腦炒蛋、噁心的咖哩羊肉，把你噁心的肚子填飽，讓你在我面前胖死。」

「沒關係，當初和妳在一起的時候，我也沒指望會有浪漫的玫瑰和月光，走到今天這一步，我也不意外。我努力為妳做這些事——為你們，我盡了最大努力；你們兩個都令我失望。我對你們非常、非常失望。」雷米淡淡的回應。

「我以為我們可以一起創造出某些美好且永久的東西，我努力了，我飛到好萊塢，幫薩爾找工作，給妳買漂亮衣服，還想辦法把你們介紹給舊金山最棒的人。但你們都拒絕了，哪怕是最微小的心願你們也拒絕接受。我不求回報。現在我最後一次請你們幫個忙，以後我再也不會求你們了。我繼父下週六晚要來舊金山。我希望你們陪我一起去，儘量表現得如我在信中和他說的那樣。換句話說，麗・安，妳還是我的女人；薩爾，你還是我的朋友。我已經安排好了，借了一百塊用於週六晚上的活動。我一定要讓我繼父開心的來，放心的回去。」他說得情真意切。

這讓我很驚訝。雷米的繼父是一位有名的醫生，曾在維也納、巴黎、倫敦行醫。我說：「你的意思是準備花一百塊錢來接待你繼父？他的錢多得你這輩子都賺不到！老兄，借了錢是要還的！」

「我知道。」雷米平靜的說，聲音裡透著挫敗：「我只求你們最後一件事——至少要**儘量**表現出一切正常，**儘量**給他留下好印象。我很尊敬、很愛他。他會和他年輕的太太一起來。我們一定要好好接待他們。」有的時候，雷米真的是世界上最具紳士風度的人。安深受感動，期待著與他繼父見面；她心想，如果說兒子不夠理想的話，繼父或許是個不錯的選擇。

轉眼到了週六晚上。我已經辭掉營區的工作，正好趕在因為沒抓夠人而被開除之前，這將是我在這裡的最後一個週六晚上。雷米和安先去了他繼父的飯店房間；我拿了旅費，在樓下酒吧喝得醉醺醺，很晚才上去與他們會合。前來開門的是雷米的繼父，身材高大，戴著夾鼻眼鏡，氣度非凡。我一見到他就說：「啊，邦克爾先生，您好嗎？我是高的（Je suis haut）！」我想用法語說「我喝開了」，但我的法語讓人完全不知所云。醫生一臉困惑。我一來就砸了雷米的場子。他漲紅著臉看我。

4 編按：原文為 slow boat to China，意指緩慢、無聊、沒有進展的過程。

我們一起前往一家奢華的餐館吃飯，位於北灘的艾爾佛雷德飯店；可憐的雷米，五個人的餐費足足花了五十塊。更糟糕的還在後面。在飯店內的酒吧裡，竟然坐著我的老朋友羅蘭．梅傑！他剛從丹佛過來，在舊金山一家報社找到工作。他也喝醉了。臉上的鬍子都沒刮。那時我正要把一杯雞尾酒舉到嘴邊，他便衝過來在我背上拍了一把，接著一屁股坐在邦克爾醫生旁邊，隔著湯俯身對我說話。雷米整個人跟甜菜一樣紅。

「薩爾，要不要不介紹一下你的朋友？」雷米擠出一絲微笑。

「舊金山《看守者報》的羅蘭．梅傑。」我努力擺出正經的臉說。安也氣炸了。梅傑開始在邦克爾先生的耳邊瞎扯：「你在高中法文教得怎麼樣了？」

「不好意思，我沒有在教書。」

「哦，我以為你在教高中生法文。」他是在存心搗蛋。這讓我想起在丹佛時，他故意不讓我們開派對的那個晚上；但我已經原諒他了。

我原諒了所有人，我放棄了，我醉了。我開始對醫生的年輕妻子說一些玫瑰和月光的浪漫事。我喝得太多了，每兩分鐘就要上一次廁所，為此還不得不從邦克爾醫生的腿上跨過去。完了，一切都搞砸了。我在舊金山的日子走到了盡頭，雷米不會再理我了。整件事真的糟透了，因為我是真的很愛雷米，而這世上只有我和極少數的幾個人知道，他是多麼真誠和大度的人。他大概得花好幾年才能從這場打擊中挺過來。

回想我在派特森給他寫的信，我在信中講述了自己橫越美國的紅色六號線計畫，相比之下，目前的狀況無疑是一場災難。我已經走到了美國的盡頭——再過去就是海了——已無處可去，只能回頭。我決心至少要把旅行路線做成一個完整的圈：我當即決定，先去好萊塢，回家路上再去德州見那幫在河口的朋友。之後呢？隨他媽的便。

梅傑被趕出艾爾佛雷德飯店。反正晚餐也結束了，在雷米的暗示下，我便跟梅傑一起喝酒去了。我們坐在鐵鍋酒吧，梅傑很大聲的說：「小薩，我不喜歡酒吧裡的那個基佬。」

「小傑，你說什麼？」

「我想過去敲他的頭。」

我模仿著海明威：「不，小傑，就在這裡等著，看看會怎樣。」最後，我們搖搖晃晃的走在街上。

早上雷米和安還在睡覺，我看著一大堆要洗的衣物，有些傷感。我和雷米本來要去後面的小屋，用那臺班迪克斯（Bendix）洗衣機洗衣服的（跟那些黑人婦女以及笑聲豪邁的斯諾先生一起在明媚的陽光下洗衣服，一直都是件令人開心的事）。我決定離開了，走到外面門廊。「媽的，」我對自己說：「我發誓要爬完那座山才走的。」那是峽谷的一面大山，通向神祕的太平洋。

於是我又待了一天。星期天，熱浪降臨；天氣很好，下午三點，太陽變紅了。我開始往上爬，四點到達山頂。山上遍布可愛的加州棉白楊和桉樹，靠近山頂就只剩下岩石和雜草。牛在海岸頂上吃草。幾個小山丘之外就是太平洋，蔚藍、浩瀚，一面白色的巨牆正從傳奇的馬鈴薯地[5]往前推進，那是舊金山濃霧的發源地。再過一小時，它就會穿過金門大橋，將這座浪漫的城市籠罩在一片白茫茫之中。一個年輕人牽著女生的手，沿著長長的白色人行道緩步而上，兜裡拿著一瓶托凱葡萄酒。這就是舊金山。美麗的婦人站在白霧迷濛的門口，等候著她們的男人；還有科伊特塔、內河碼頭、市場街和十一座富有生命力的小山。

我不停的轉圈，直到頭暈目眩；我以為會像在夢中那樣從懸崖跌下去。哦，我心愛的女人在哪裡？我環顧四周，就像在山腳下的那個小世界裡到處尋覓一樣。在我眼前的是美國大陸巨大、粗曠的高山；在遙遠的另一端，陰鬱且瘋狂的紐約正噴吐著塵埃和褐色的霧氣。東部的褐色調帶著神聖的氣息；而加州則是白色的，像晾衣繩，腦袋空空——至少當時我是這麼想的。

5 譯按：potato patch，舊金山金門海峽外的一處淺灘，十九世紀裝運馬鈴薯的船隻曾在此傾覆，故得名。

12 墨西哥女孩

早上，趁雷米和安還在睡夢中，我悄悄收拾好行裝，就像當初進來時一樣，從窗戶偷偷爬出去，揹著帆布包離開了米爾城。我終究沒能在那艘老舊的幽靈船「海軍上將費比號」睡上一晚。自此，我也和雷米失去了聯繫。

在奧克蘭的一家酒館，我混在一群無所事事的人中間，喝了瓶啤酒，那家酒館門口有一個馬車輪子。我又上路了，徑直穿過奧克蘭，走到通往佛雷斯諾的公路上。前後搭了兩輛車，來到南邊四百英里處的貝克斯非。

第一輛車開得很狂，是位健壯金髮小哥駕駛的改裝車。「看見我的腳趾了嗎？」他邊說邊踩油門，把破車飆到了八十英里，見車就超。那腳趾裹著繃帶。「今天早上剛切掉的。那些蠢蛋要我在醫院裡待著。但我收起東西就走了。一個腳指頭算什麼？」嗯，的確。我心裡想著現在要注意安全，趕緊坐穩抓住扶手。你絕對沒見過那樣開車的傻瓜。一眨眼就開到了雀西。那是一個鐵路小鎮，在鐵道旁的小餐館，制軔工們吃著簡樸的飯菜。

火車咆哮著穿過山谷。太陽緩緩降落，拖下一片紅霞。山谷中一個個神奇的名字漸次展開——曼特卡[1]、馬德拉[2]……。很快，暮色降臨，葡萄般紫紅的黃昏籠罩著柑橘林和長長的瓜田。夕陽是榨過汁的葡萄顏色，夾雜著勃艮第紅酒似的條紋；田野是愛情和西班牙懸疑故事的色彩。我把頭伸出車窗，深吸著芬芳的空氣。那是無比美妙的時刻。瘋子司機是南太平洋鐵路公司的制軔工，住在佛雷斯諾；父親也是制軔工。他的腳趾是在奧克蘭車場操作轉軌時弄斷的，細節我也不太清楚。他驅車穿過鬧哄哄的佛雷斯諾，讓我在小鎮南邊下車。我在鐵道邊的小雜貨店匆匆喝下一杯可樂，一個神情憂鬱的亞美尼亞年輕人沿著一列紅色悶罐車走了過來。就在這時，一輛火車頭髮出一聲嘶吼，我心想：對啊，沒錯。這裡是薩洛揚[3]的家鄉。

我得往南走；再次上路。一輛嶄新的皮卡載了我一程。司機來自德州的拉巴克，經營拖車生意。他問我：「你要買拖車嗎？有需要可以找我。」接著說了他父親在拉伯克的故事：「有天晚上，我老爸把當天收到的錢放在保險櫃上面，然後就忘得一乾二淨。結果咧，晚上遭了小偷，還帶著焊接槍什麼的。小偷弄開保險櫃，把裡面的文件翻得亂七八糟，還踢翻了幾把椅子，然後就走了。不過，那幾千塊錢還好好的放在保險櫃上面！」

我在貝克斯菲南邊下車，冒險就此開始。天越來越冷，我把在奧克蘭花三塊錢買的薄軍用雨衣裹在身上，一路上都在發抖。站在一家西班牙風的汽車旅館前面，那裡裝飾華麗，燈光璀璨得像顆寶石。去洛杉磯方向的車輛疾馳而過，我瘋狂比手勢想搭車。真的太冷了。我在那裡一直站到半夜，足足兩個小時，不停咒罵老天。簡直就和上次在愛荷華州斯圖爾特一樣。沒有其他辦法，剩下去洛杉磯的路程，只能花兩塊坐大巴。我沿公路走回貝克斯非，進了車站，找了張長凳坐下。

我買了車票，等候開往洛杉磯的巴士。忽然，我看見一個穿休閒褲、嬌小可愛的墨西哥女孩從我的視線穿過。她乘坐的巴士剛剛進站，剎車發出一聲重重的嘆息；乘客們紛紛下車。她的胸部挺拔，看起來貨真價實，小蠻腰令人垂涎，一頭長髮烏黑發亮，大大的藍眼睛透著一點羞澀。我真希望自己和她搭同一班車。

心裡一陣刺痛，每當看見自己喜愛的女人在廣闊的世界裡與我背道而去時，這種刺痛感便油然而生。廣播通知往洛杉磯的巴士要發車了。我拿起背包上了車，發現那個墨西哥女孩竟獨自坐在那裡！我馬上坐在她斜對面，心裡開始計畫。

我是如此孤獨、悲傷、疲憊、窮困，如此失魂落魄，所以我鼓起了那種去接近陌生女孩必需的勇氣，準備行動。即便如此，在車子開動的前五分鐘，我還是在黑暗中不斷捶打著自己的大腿。

---

1 編按：Manteca，西班牙語「奶油」。

2 編按：Madera，西班牙語「木頭」。

3 譯按：亞美尼亞裔美國作家威廉．薩洛揚（William Saroyan, 1908-1961），生於此地，其作品多以佛雷斯諾作為故事場景。

你快點上啊，必須上！不然會後悔到死！媽的蠢蛋，跟她說話啊！你有什麼毛病啊？不是已經厭倦了獨自一人嗎？還沒等我反應過來，我的身子已經隔著過道向她傾斜過去（她正要在座位上小睡一下），我開口說道：「小姐，要不要用我的雨衣當枕頭？」

她抬起頭，微笑著說：「不用了，謝謝。」

我坐了回去，身體顫抖著；點燃一根菸。一直等到她抬眼看我，那一瞥含著憂傷和柔情，我立刻站起，俯身對她說：「小姐，我可以和妳坐一起嗎？」

「請便。」

「妳要到哪？」

「洛城。」我喜歡她說「洛城」的那種腔調；我喜歡西岸每個人說「洛城」的腔調；那是他們獨一無二的黃金之城。

「我也是！」我大聲說道：「真高興能讓我坐妳旁邊，我一個人出來旅行好久了，很孤單。」

我們開始講述各自的經歷。她的故事是這樣的：她結了婚，有一個孩子；丈夫打她，她便離開跑回了娘家，就在佛雷斯諾南部的薩比納爾[4]，現在準備去洛杉磯的姐姐那裡住一段時間；她把年幼的兒子交給娘家人照顧，他們靠摘葡萄為生，住在葡萄園的棚屋裡；她成天憂心忡忡，都快要瘋掉了，什麼也幹不了。我真想馬上把她抱在懷裡。我們聊個不停，她說她很喜歡和我說話。沒多久就說她也想去紐約。「也許我們可以一起去！」我笑著說。

大巴吃力的爬上葡萄藤山口，接著便駛向山下的萬家燈火。我們心照不宣的握住了對方的手，以一種默默的、美妙的、純真的方式約定，等我在洛杉磯住進旅館時，她會陪在我身邊。我的身體和心靈都渴望擁有她；我把頭靠在她的秀髮裡。那小巧的雙肩令我痴迷，我忍不住一直摟著。她也喜歡我這樣。

「我喜歡被愛。」她說著，閉上了眼睛。我答應給她美好的愛。我迷戀的看著她。彼此的故事已經講完；我們不再說話，陷入未來的甜蜜期許之中。就這麼簡單。在這個世界上，你們可以帶走貝蒂、瑪麗露、麗塔、卡蜜兒或是伊內茲；但這是我的女人，與我心心相印的女人，我這樣告訴她。她承認在車站時看到我在盯著她：「當時我覺得你是個不錯的大學生。」

「對，我是大學生！」我向她發誓。好萊塢到了。在那個灰濛濛、髒兮兮的黎明，如同電影《蘇利文遊記》（*Sullivan's Travels*）裡，喬爾．麥克雷在小餐館遇見維若妮卡．蕾克的那個早晨，她趴在我的膝上睡著了。我貪婪的看著窗外：灰泥房子、棕櫚樹、汽車餐廳、瘋狂的世界、破爛的應許之地、美國大陸的夢幻盡頭。我們在主街下了車，與在堪薩斯城、芝加哥、波士頓下車時沒什麼兩

4 編按：原文為Sabinal，指的是塞爾瑪（Selma）。

樣——紅磚屋、骯髒街道、遊蕩的三教九流、在絕望的黎明中吱嘎作響的有軌電車、大城市的淫蕩氣息。

不知道為什麼，我突然開始胡思亂想。就像得了妄想症一樣，總覺得特雷莎[5]，或者特麗（她的名字）是個騙子，是那種經常在巴士上騙男人錢財的妓女，她會在車上和男人約好去洛城幽會，就像我們約好的那樣；到了以後先帶那個傻瓜去某個地方吃早餐，殊不知皮條客已等在那裡，接著就去某個旅館，這時候皮條客就會拿著槍或其他什麼傢伙闖進來。我隻字未提這些想法。吃早餐時，有個皮條客老是盯著我們；我覺得特麗在偷偷給他使眼色。我真的很累，不安與失落也一起襲來，在這個遠離家鄉又令人噁心的地方。愚蠢的恐懼占據了大腦，使我的行為也變得奇怪。

「妳認識那個傢伙嗎？」我說道。

「親愛的，你說的是誰呀？」我就此打住。她做每件事都慢慢悠悠、磨磨蹭蹭的。她吃了很久，先是細嚼慢嚥，眼睛出神望著遠方，然後抽根菸，又不停說話，而我則像個憔悴的孤魂，懷疑她的一舉一動，猜想她是在拖延時間。

牽手在街上時，我不停的冒汗。恰好第一家旅館就有空房，一進房間，我下意識鎖上了門，她則坐在床邊脫鞋。我溫柔的吻了她。最好她永遠不知道我剛剛在想什麼。為了放鬆緊張的神經，我們需要一點威士忌，尤其是我。匆忙跑出去，胡亂走了十二條街後，才在一個報攤上買了瓶打折的威士忌。我急忙跑回來。特麗在浴室洗臉。我倒了一大杯酒，兩人喝了幾口。啊，香甜可口，不枉我一番奔波。我站在她身後，看著鏡子，我們就這樣在浴室裡跳舞。我講起了在東部的那些朋友。

我說：「妳真該見見我認識的一個女孩，她叫多麗，有六英尺高、紅頭髮。如果妳來紐約，她會帶妳去找份工作。」

「這個六英尺高的紅髮女是誰？」她懷疑的追問：「你為什麼要和我提到她？」她思想單純，沒辦法捉摸我既高興又緊張的談話方式。我就此打住。她則開始在浴室裡大口喝酒。

「過來床上吧！」我催她。

「六英尺高的紅髮女孩？欸，我還以為你是個不錯的大學生，看你穿著件可愛的毛衣，我跟自己說，嗯，這人還不錯吧？我呸！呸！呸！你一定和那些人一樣，是個該死的皮條客！」

「妳在說什麼啊？」

「別跟我說那個六英尺紅髮女不是妓院老鴇，我一聽就知道她是。而你，你就是個皮條客，和我遇到的其他人沒什麼兩樣，都是皮條客。」

5 編按：這位墨西哥女的原型為比阿特麗斯・科澤拉（Beatrice Kozera），一九四七年她在加州貝克斯非認識了作者凱魯亞克，兩人曾短暫發展關係。

「聽著，特麗，我不是皮條客。我對《聖經》向妳發誓，我不是皮條客。我怎麼會是皮條客呢？我只是喜歡妳啊。」

「我一直以為自己碰到了一個不錯的小子。我還很開心，沾沾自喜的說，嗯，真正的好男人，終於不是拉皮條的了。」

「特麗，」我用盡全力懇求：「請聽我說，相信我，我真的不是拉皮條的。」一個小時前我還以為**她**是個騙子。真是悲哀。兩顆心各自淤積了瘋狂的念頭，最終分道揚鑣。唉，真是可憎的人生！我苦苦哀求，百般辯解，到最後我發火了，眼前這個墨西哥小笨妞簡直不可理喻；生氣的抓起她那雙紅色便鞋，用力丟到廁所門上，叫她滾出去。「走吧，滾！」我要睡覺，忘掉這一切；我有自己的生活，淒涼、坎坷的生活，大不了我過它一輩子。浴室裡一片死寂。我脫掉衣服，上床睡覺。

特麗走了出來，眼含愧疚的淚水。那小腦袋裡的想法簡單又有趣，她認為皮條客絕不會把女人的鞋子往門上扔，也不會叫她滾出去。在充滿甜蜜的寂靜時刻，她脫光了衣服，瘦小的身子默默滑進我的被單，皮膚呈現出葡萄般的褐色。我看到她可憐的肚子上有個剖腹產留下的疤痕；因為臀部太窄，只有剖腹才能把孩子生下來。她只有四英尺十英寸，雙腿就像兩根小棍子。在這個疲憊的清晨，我們甜蜜的做愛了。就像兩個疲憊的天使，孤苦伶仃的在洛城一間陋室，一起尋覓到了生命中最親密、最美妙的東西。之後我們睡著了，直到傍晚。

13 美國最孤獨的洛杉磯

接下來十五天我們相依為命。醒來後便決定要一起搭便車去紐約，之後她也將會成為我的女友。迪恩和瑪麗露也會去，大家都要去，不難想像那會有多麼瘋狂和熱鬧。但首先我們得工作，把旅費賺夠。現在我身上還剩二十塊，特麗認為應該立刻拿這筆錢上路。但我不想這麼做。我們傻乎乎的花了兩天時間思考這個問題，在自助餐廳和酒吧翻看報紙上的招聘廣告，這是有生以來第一次讀到那些亂七八糟的洛杉磯報紙，就這樣我的二十塊慢慢花到只剩十塊多一點了。

我們在旅館的小房間裡過得很愉快。半夜睡不著覺時，我會起身把被單拉上，蓋好我的寶貝裸露在外的褐色肩膀，然後欣賞一下洛城的夜色。野蠻、炎熱、刺耳的警笛，這就是洛城的夜晚！對街出了狀況。一幢破敗不堪的老屋成了悲劇現場。警車停在樓下，員警正在詢問一個頭髮灰白的老人。房子裡傳出嗚咽聲。我聽得一清二楚，包括旅館霓虹燈發出的嗡嗡聲。我從未感到如此憂傷。洛杉磯是美國最孤獨、最野蠻的城市；紐約的冬天雖冷得要命，但某些街道上卻彌漫著一種奇特的夥伴情誼。洛杉磯就是個叢林。

我和特麗吃著熱狗，漫步在南大街，那裡就像一個光怪陸離、熱鬧喧囂的嘉年華會。幾乎每個街角都有穿著靴子的員警在搜身檢查行人。人行道上聚集了這個國家最落魄潦倒的人——本該沐浴在南加州柔和星光下的一切，卻迷失在一個巨大荒漠營地的棕色光環裡，那就是洛杉磯。空氣中飄浮著「茶」和「草」（我是指大麻）的味道，還混雜著辣豆醬和啤酒。狂野又美妙的咆勃爵士樂從啤酒館裡傳出；這是屬於美國的夜晚，混合了各式各樣的牛仔音樂和布基伍基[1]音樂。每個人看上去都像我的朋友哈塞爾。

留著山羊鬍、戴著爵士帽的狂放不羈黑人歡笑走過；從紐約遠道而來的嬉普士，剛剛從六十六號公路下來，一副筋疲力盡的樣子；上了年紀的沙漠遊牧民族[2]，揹著包包走向廣場公園長椅；衣袖開綻的衛理公會牧師；偶爾還有個滿臉鬍鬚、穿著涼鞋，如聖徒般的「自然之子」[3]。這裡每個人我都想認識一下、聊一聊，但我和特麗還要忙著去賺錢。

我們去了好萊塢，想在日落大道和藤街附近的藥妝店找份工作。這裡真是熱鬧！從窮鄉僻壤開著破車過來的人，全擠在人行道上，張大了嘴想一睹那些根本不會出現的明星風采。每當有豪華轎車經過，他們就會衝到路邊，探頭探腦往裡張望：裡面坐著一個戴墨鏡的人物，身旁是一個珠光寶氣的金髮女郎。「唐·阿梅奇[4]！唐·阿梅奇！」「不對，是喬治·墨菲[5]！喬治·墨菲！」這些人四處晃蕩，東張西望。

帥氣的酷兒們走來走去，用造作的指尖抹抹自己的眉毛，他們是來好萊塢做牛郎的。世上最漂亮迷人的女孩們穿著休閒褲走了過來，她們最初的夢想是成為明星，最後卻在快餐館當了服務生。我和特麗也試圖在這找份工作，但四處碰壁。好萊塢大道車流洶湧，瘋狂喧囂；每分鐘至少發生一起小車禍；每個人都朝著這棵最遙遠的棕櫚樹奔來——再過去就是茫茫荒漠了。

好萊塢老兄站在奢華的飯店門前和人大小聲，簡直就像百老匯老兄在紐約雅各海灘上跟人吵架一樣，只不過這裡的老兄穿著輕薄的西裝，談吐更加平庸乏味。高瘦傳道士畏縮的走過。胖女人們尖叫著穿過大街，趕著排隊參加智力競賽節目。我看見傑瑞．克羅那[6]在別克汽車公司買車；在巨大的玻璃牆裡，他用手指撥弄著蓬鬆的八字鬍。

我和特麗在市中心一家自助餐廳吃飯，那裡裝飾得像個岩洞，到處都是噴水的金屬乳房，還有

---

1 編按：Boogie-woogie，流行於一九二〇年代，一種屬於藍調的鋼琴演奏風格。

2 譯按：desert rats，對沙漠居民的貶稱，這裡特指生活在南加州沙漠的人。

3 編按：Nature Boy，這裡應指崇尚自然、熱衷環保的青年。美國爵士歌手納金高（Nat King Cole）的同名歌曲致敬了加州嬉皮士先驅威廉．佩斯特（William Pester）崇尚自然主義的生活方式。

4 譯按：Don Ameche（1908-1993），美國演員。

5 譯按：George Murphy（1902-1992），美國演員、舞蹈家、政治家。

6 譯按：Jerry Colonna（1904-1986），美國音樂家、喜劇演員。

一些誇張的石質大屁股——屬於各路神仙和虛情假意的海神涅普頓。人們圍著瀑布，吃著慘澹的食物，青綠的面容上泛著悲傷。洛杉磯所有的警察看上去都是英俊的小白臉；顯然是為了拍電影才來到這裡的。每個人都想拍電影，我也不例外。最後我和特麗不得不退而求其次，準備在南大街的餐館找個端盤洗碗的工作，那些端盤哥、洗碗妹倒是對自己的潦倒境遇安之若素。然而，即便在那裡我們也一無所獲。身上還剩下十塊錢。

「我要去我姐那裡拿些衣服，然後我們就搭便車去紐約。」特麗說：「走吧。就這麼決定了。『如果你不會跳舞，我來跳給你看。』」最後這句是她老哼唱的一首歌。我們匆匆趕往她姐姐家，在阿拉米達大道的墨西哥棚屋區。因為不能讓她姐姐看到我，我只好站在某戶人家廚房後面的昏暗小巷裡等候。幾隻狗跑過。老鼠亂竄的小巷裡亮著幾盞小燈。我能聽到特麗和她姐姐在溫柔夜色裡爭吵。我在心裡做好了各種準備。

特麗走了出來，牽著我的手來到中央大街，這裡是洛杉磯黑人的主要商業區。非常狂野的地方！那些雞窩一樣的小破屋，小得只能勉強放下一臺自動點唱機，且永遠只播藍調、咆勃、跳躍藍調[7]。我們爬上髒兮兮的公寓樓梯，來到特麗朋友瑪格麗娜的房間，特麗來找她要回自己的一條裙子和一雙鞋。瑪格麗娜是個可愛的黑白混血兒；她丈夫和撲克牌黑桃一樣黑，為人和善，馬上跑出去買了一瓶威士忌來招待我。我想給一點酒錢，但他不收。他們有兩個孩子，在他們的遊樂場（床上）蹦蹦跳跳。小鬼們抱著我，好奇的打量。

中央大街狂野喧囂的夜晚——也就是漢普〈中央大街舞曲〉[8]裡的那個夜晚——屋外傳來陣陣嚎叫和隆隆樂聲。人們在走廊裡唱歌，在窗戶邊唱歌，還滿不在乎的望著外面。特麗拿到衣物後我們便告辭了，接著來到一間小破屋，在點唱機上放起唱片。兩個黑人湊到我耳邊，問我要不要大麻。一塊錢。我說行，拿來吧。一個毒販進來，叫我去地下室廁所，我便在那裡傻傻站著，他對我說：「兄弟，撿起來。撿起來。」

「撿什麼？」我問。

他收了我的錢，卻不敢用手指地板；其實那也稱不上地「板」，就只是地上。那裡有一小塊褐色像大便的東西。真是謹慎得可笑。「我得小心，最近抓得有點緊。」我撿起那個小屎塊，原來是一截褐色菸紙的捲菸。我回到特麗身邊，然後一起回到旅館房間，準備爽一下。結果一點感覺都沒有。那只是公牛德漢[9]菸草。真希望我花錢可以聰明一點。

7 編按：快節奏風格藍調。
8 譯按：美國黑人爵士樂大師萊諾・漢普頓（Lionel Hampton, 1908-2002）的〈Central Avenue Breakdown〉。
9 譯按：Bull Durham，美國菸草品牌。

我和特麗必須馬上決定下一步該怎麼走。我們打算帶著剩下的錢，搭便車去紐約。那天晚上，特麗從她姐姐那裡拿了五塊。我們現在差不多有十三塊錢。於是，趕在又要交房租之前，我們收拾行李離開，搭乘一輛紅色小車去了加州的阿卡迪亞，聖安妮塔公園賽馬場就坐落在雪峰之下。夜幕降臨，朝著美國內陸前行。我們手牽著手，沿著公路走了好幾英里，才走出人口密集的地區。

那是一個週六的夜晚。我們站在路燈下豎起拇指，忽然，好幾臺載滿年輕人的汽車呼嘯而過，後頭還有旗幟隨之飛舞。「耶！耶！我們贏了！我們贏了！」他們大聲喊叫著。接著又對我們吆喝起哄，看見一對男女在路上漂泊，他們開心得要死。有幾十輛這樣的車駛過，全是聲音低沉的年輕面孔。

我恨他們所有人。他們以為自己是誰？可以對著路人亂吼亂叫？就因為這些小混混生活在舒適的環境，正在念高中，星期天下午還有慈愛的父母幫他們準備烤牛肉，就能這樣肆無忌憚？他們以為自己是誰，可以這樣取笑一對落難的情侶？我們又沒有招惹他們。最後我們一輛車都沒搭上，不得不走回城裡。更倒楣的是，因為想喝咖啡，我們走進唯一一家還在營業的小店，卻發現那是一家熱門的學生冷飲店，而那幫小子全在那裡，他們還記得我們。現在他們看清楚了特麗是墨西哥人，是個「墨西哥野貓」[10]，那她男友想必更壞。

特麗高高翹起俊俏的鼻子，揚長而去，黑暗中我們沿著公路邊的溝渠往前走。我扛著行李。在夜晚涼颼颼的空氣中，呼吸著霧氣。最後，我決定在兩個人的世界裡再躲上一晚，明天的事等早上醒來再說！我們走進一家汽車旅館，花了大約四塊錢租了一個舒適的小套間——淋浴間、毛巾、收音機，一應俱全。我們緊緊擁抱在一起，認真聊了很久；洗了澡接著談，熄燈後還在說話。我們的感情正在升溫，我努力說服她，想證明自己的愛，她也接受了。最後我們在黑暗中氣喘吁吁的承諾彼此，然後開心得像兩隻小羊。

第二天早上，我們開始大膽實施新計畫。打算乘公車去貝克斯非，找摘葡萄的工作。幹上幾個星期，之後就能舒服的搭巴士去紐約。那是個美好的下午，我和特麗乘坐巴士去貝克斯非；輕鬆靠在椅子上，聊天，看著窗外的鄉村滾滾掠過，無憂無慮。傍晚抵達貝克斯非。計畫是找城裡的水果批發商打聽農場。特麗說工作期間我們可以住在帳篷裡。住帳篷、在加州涼爽的早晨摘葡萄，那畫面太美了！然而，沒有工作，只有困惑，每個人都給了我們無數的建議，但就是沒有工作。

儘管如此，吃了頓中菜後我們又打起精神出發了。穿過南太平洋公司鐵路來到墨西哥裔區，特麗跟她的老鄉們說著找工作的事。現在已經是晚上了，墨西哥區的那條小街燈火通明：電影廣告板、

10 譯按：Pachuco wildcat，對墨西哥裔美國人的貶稱。美國一九四〇年代主流社會認為，墨西哥青年多為野蠻和暴力，常與街頭黑幫有關聯。

水果攤、投幣遊戲機、廉價雜貨店，還有數百輛快散開的卡車和濺滿泥漿的破舊汽車停在那。靠摘水果為生的墨西哥家庭吃著爆米花在街上閒逛。特麗逢人便問有沒有工作。我漸漸感到絕望。

現在我需要（特麗也是）喝上一杯，於是我們花三毛五，買了一大瓶加州波特葡萄酒，跑到鐵路車場去喝。我們找到一塊空地，那是流浪漢們用板條箱圍起來坐著烤火的地方。左邊是貨車車廂，紅色的漆面已被煤煙熏黑，在月光下顯得淒涼；正前方是貝克斯非市區的燈光和機場的閃爍紅光；右邊是一個巨大的鋁制拱形倉庫。這是個美好、溫暖的夜晚，在月光下摟著你的女人，喝酒、聊天，感覺就像在天堂！特麗喝得像個小傻瓜，吵著要和我比酒量，還不停說話，一直到深夜。我們寸步未離那些板條箱。偶爾有流浪漢經過，有帶著孩子的墨西哥母親路過，有巡邏車開過來，員警下車撒尿，但多數時間都沒人來打擾我們，兩顆心交織得越來越緊密，情意纏綿得難分難捨。午夜時分，我們起身，搖搖晃晃朝公路走去。

特麗有了新想法。我們可以搭便車去她的家鄉薩比納爾，住在她哥哥的車庫裡。對我來說怎樣都行。在公路邊，我讓特麗坐在我的背包上，看上去就像個落難女子，馬上就有一輛卡車停了下來。我們興奮的跑過去，咯咯笑個不停。那人不錯，但卡車很爛，順著山谷往上爬時不斷轟鳴著。還沒天亮就到了薩比納爾，特麗睡覺時我把酒喝了個精光，醉到不行。下車後在寧靜且枝繁葉茂的加州小鎮廣場上漫步——這是南太平洋鐵路公司的車站。我們先去找了她哥哥的朋友，打聽他在哪裡。

但沒人在家。破曉時分，我躺在小鎮廣場的草坪上，嘴裡不停念叨：「你不肯說他在威德做了什麼，是嗎？他在威德做了什麼？你不說是吧？他在威德到底做了什麼？」這是電影《人鼠之間》（*Of Mice and Men*）布吉斯・梅迪斯[11]對農場工頭說的話。特麗咯咯笑，不管我做什麼她都喜歡。就算我一直躺在那裡直到女士們出門上教堂，她也不會介意。我想著只要有她哥哥在，很快一切都會搞定，所以便帶著她來到鐵路邊的一家舊旅館，舒服的睡了一覺。

陽光明媚的早晨，特麗早早起床，出門找她哥去了。我一直睡到中午；望著窗外，忽然一列南太平鐵路公司的貨車駛過，數百個流浪漢橫七豎八的躺在平板車上，他們把包裹當枕頭，讀著報紙上的漫畫故事，有些人津津有味的吃著從鐵道邊撿來的加州葡萄。「媽的！哇嗚！這**真是**應許之啊！」我大叫道。這些人全都來自舊金山；一個星期以後，他們還會以同樣盛大的方式回去。

特麗回來了，帶著她哥哥、她哥的朋友，以及她的孩子。她哥哥是個野性十足的墨西哥漢子，喜歡喝酒，但人很不錯。他的朋友是個墨西哥大胖子，英文沒什麼口音，嗓門粗大，是過度喜歡討好人的類型；看得出來他對特麗有意思。特麗的兒子叫強尼，七歲、黑眼睛，很可愛。就這樣，人都齊了，又一個瘋狂的日子開始了。

11 譯按：Burgess Meredith（1907-1997），美國演員、導演、製片人。

哥哥名叫瑞奇，有輛三八年的雪佛蘭。我們擠上車出發，駛向未知地。「我們要去哪？」我問。他朋友做了解釋——那人名叫龐佐，大家都這麼叫他；身上總是有股臭味。後來我發現為什麼了，他的工作是賣糞肥給農民。瑞奇口袋裡總是揣著三、四塊錢，過著今朝有酒今朝醉的逍遙生活。他總是說：「對啊，老哥，你說得對——沒錯，沒錯！」這輛老爺車飆到了七十英里，駛向佛雷斯諾外的馬德拉，準備去見一些農民討論糞肥的事。

瑞奇帶了一瓶酒。「我們今天喝酒，明天工作。就是這樣，老兄——來一口！」特麗和她的小孩一起坐在後排；我回頭瞄她，臉上洋溢著回家的喜悅。加州的十月，美麗青翠的鄉村在窗外飛逝而過。我又滿血復活，準備上路了。

「老兄，接下來現在要去哪？」

「去找房舍周圍堆糞肥的農戶，明天再開卡車來運走。到時就能賺很多錢，一點都不用擔心。」

「大家一起幹！」龐佐大喊。的確如此——無論走到哪裡，什麼事情都是大家一起幹。我們飛速穿過佛雷斯諾那些彎曲的街道，沿著山谷往上，來到鄉村小路邊的農民跟前。龐佐下了車，跟幾個墨西哥老農交談，我搞不清楚他們在說些什麼；當然，毫無結果。

「現在大家需要喝一杯！」瑞奇大喊，我們便去了小鎮十字路口的一家酒館。星期天下午，美國人總是在十字路口的酒館喝酒；他們帶著孩子、喝著啤酒，不停的說話、大吵大鬧；一副其樂融融的景象。傍晚，孩子開始哭了，大人也醉了。他們便東倒西歪的走回家。在美國，我每到一個小鎮的十字路口酒館喝酒時，都會看到攜家帶眷的人。孩子們吃著爆米花和洋芋片，在後面玩耍。我們也是這樣。我、瑞奇、龐佐、特麗，一起坐在那裡喝酒，在音樂聲中扯著嗓門說話；小強尼和其他孩子在點唱機旁嬉戲。太陽漸漸變紅。今天一事無成。不過，又有什麼是需要「完成」的呢？

「Mañana[12]，」瑞奇說：「mañana，老弟，明天就會搞定的；再來一杯啤酒，沒錯，**就是這樣**！」

我們蹣跚的走出來，上了車；又去了公路邊的一家酒吧。龐佐塊頭大，嗓門也大，說話很吵，在聖華金河谷沒有他不認識的人。從公路邊的酒吧出來，我和他單獨開車去找一個農夫；最後卻到了馬德拉的墨西哥區，他還準備給自己和瑞奇帶幾個女人回去。紫色的黃昏降臨在這片葡萄之鄉，我傻坐在車裡，看著龐佐站在一個墨西哥老人的廚房門口，對著他種在後院的西瓜討價還價。我們得到了西瓜，當場開吃，最後把西瓜皮扔在老人屋外的土路上。各種漂亮小妞走在漸入黑暗的街道上。我問：「我們到底在哪？」

「老兄，別擔心。」大塊頭龐佐說：「明天我們就會賺很多錢，今晚就別擔心那麼多。」我們回去接上特麗母子和她哥，在夜晚的路燈下駛向佛雷斯諾。大家都餓扁了。汽車顛簸著跨過佛雷斯

---

12 譯按：西班牙語，意為「明天」。

諾的鐵軌，行駛在墨西哥區雜亂無章的街道上。奇怪的中國人把身子探出窗外，凝視著週日夜晚的街道；一群群墨西哥美女穿著休閒褲招搖過市；震耳欲聾的曼波音樂從自動點唱機傳來；燈火通明，就像萬聖節一樣。我們走進一家墨西哥餐廳，點了塔可和花豆泥玉米捲餅；真好吃。我抽出最後一張亮閃閃的五元鈔票——原本指望它把我帶到紐澤西海岸的——付了我和特麗的餐費。現在還剩四塊錢。我和特麗面面相覷。

「親愛的，我們今晚要睡哪裡？」

「我不知道。」

瑞奇喝醉了，嘴裡一直喊道說：「就這樣，老兄——這樣就對了。」聲音溫柔而疲憊。真是漫長的一天。大家都看不清楚下一步，也不知道仁慈的上帝是怎麼安排的。可憐的小強尼趴在我的手臂上睡著了。我們駕車返回薩比納爾。回來的路上，車子猛然停在九十九號公路旁的一家客棧前。瑞奇還想再喝一杯啤酒。客棧後面有一些拖車和帳篷，還有幾個破舊房間；我問了住宿費，兩塊錢。我問特麗覺得怎麼樣，她說行，因為現在帶著孩子，得讓他睡舒服。酒吧裡，一支牛仔樂隊在演奏，一些面色陰沉的俄克佬[13]在隨著音樂跳舞。我和特麗喝了幾杯啤酒，便帶著強尼走進汽車旅館的房間，準備睡覺。龐佐一直在外面晃蕩；他沒地方睡覺。瑞奇則睡在他父親的葡萄園棚屋裡。

「龐佐你住哪裡？」

「我沒地方去。本來住大蘿西那，但昨晚被趕出來了。我去把卡車開過來，今晚睡車上吧。」

吉他聲傳來，我和特麗一起望著星星接吻。她說：「Mañana，明天一切都會好起來的，親愛的薩爾，你說是不是？」

「當然，親愛的，mañana。」永遠都是mañana。接下來一週，我聽到的全是mañana，一個可愛的詞，或許意味著天堂。

小強尼跳上床，衣服鞋子都沒脫就睡著了；沙子從鞋裡撒落出來，是馬德拉的沙子。我和特麗半夜起來，拂去床單上的沙子。早上起床洗漱以後，我在附近晃了一圈。這裡離薩比納爾有五英里，周圍全是棉田和葡萄園。我問露營地的主人，那個高大的胖女人，有沒有空閒的帳篷。最便宜的帳篷有空，一塊錢一天。我摸出一塊錢，進了帳篷。有一張床、一個火爐，還有一面有裂縫的鏡子掛在杆子上；挺不錯的。我必須彎腰才能進去，這次帶上了我的寶貝和我的小孩。我們等著瑞奇和龐佐開卡車回來。他們帶著啤酒來了，開始在帳篷裡買醉。

「糞肥的事怎麼樣了？」

13 譯按：Okies，對一九三〇年代因沙塵暴而背井離鄉的人（其中許多人遷往加州打工）的貶稱，由於很多人來自奧克拉荷馬州，故得名。

「今天太晚了。明天吧老弟，我們會賺很多錢。今天先來喝幾瓶啤酒，怎麼樣？」這我可不需要別人勸。「就這樣——**就這樣！**」瑞奇大喊著。我漸漸明白，用糞肥卡車賺錢的計畫永遠不會實現。卡車就停在帳篷外面。一股龐佐的味道。

那天晚上，在沾上露水的帳篷裡，我和特麗上床睡覺，夜晚的空氣芬芳宜人。正要入睡時，特麗開口說：「你現在想不想做愛？」

我說：「強尼怎麼辦？」

「沒關係。他睡著了。」但強尼沒睡著，他一聲沒吭。

第二天，那兩個小子開著糞肥卡車來了，然後先出去找威士忌，回來後又在帳篷裡喝得不亦樂乎。晚上，龐佐說外面太冷，就在我們帳篷的地上睡了。他裹著一塊大大的防水油布，散發出牛糞的味道。特麗討厭他；她說他整天和她哥廝混，就是為了接近她。

再這樣下去，我和特麗遲早會餓死，所以，早上我就在附近到處打聽摘棉花的工作。人們都叫我穿過公路，去露營地對面的農場。我去了，農場主和女眷們在廚房裡。他走出來，聽我講完以後，便提醒我說，每摘一百磅棉花，他只能付三塊錢。我心想自己每天至少可以摘三百磅，便接了這份工作。他從穀倉裡找來一些長長的帆布袋，告訴我天一亮就開始採收。我興奮的往回跑，想趕緊告訴特麗。有輛運葡萄的卡車在路上顛簸了一下，大串葡萄撒落在炙熱的柏油路上。我把葡萄撿起來帶回家。特麗很高興。「我和強尼跟你一起去，幫你摘棉花。」

「哈！不用！」我說。

「你知道嗎，我告訴你，摘棉花是很難的。我教你怎麼做。」

我們吃了葡萄，到了傍晚，瑞奇來了，帶著一條麵包和一磅肉排，我們便一起野餐。在旁邊更大一些的帳篷裡，住著一大家子採棉花的俄克佬；那個爺爺整天坐在一張椅子上，他老得幹不動了；他的兒子和女兒，還有他們的孩子，每天黎明時分就穿過公路，到我那個農場主的田裡幹活。第二天清晨，我便跟他們一起去了。他們說，因為沾了露水，黎明時候的棉花會比較重，比下午採摘更賺錢。然而，他們一整天都在做事，從黎明到日落。

老爺子原本住在內布拉斯加州，三〇年代的那場大災難——就是蒙大拿州那個牛仔跟我說過的那片塵埃雲——迫使他們乘坐一輛破卡車舉家遷徙。從那以後他們就一直待在加州。他們喜歡工作。十年間，老人的兒子已經有了四個孩子，大一點的現在都可以摘棉花了。從一開始在田裡為類似賽門．勒格里[14]的人做事，過著飢寒交迫的貧困生活，到現在住在更好的帳篷裡，過上比較體面的生活——他們為自己的帳篷感到無比驕傲。

14 譯按：Simon Legree，小說《湯姆叔叔的小屋》（*Uncle Tom's Cabin*）中冷酷無情的黑奴販子。

「還想回內布拉斯加嗎？」

「哼，那裡什麼都沒有了。我們現在想要的是買一輛拖車。」

我們彎下身子，開始摘棉花。這裡真美啊。棉花地的另一邊是一座座帳篷，再過去是一望無際的乾枯棕色棉田，一直延伸到褐色的旱穀丘陵，再往遠處就是清晨藍天下被白雪覆蓋的內華達山脈。這比在南大街洗盤子好太多了。可是，我完全不知道該如何摘棉花。費了好長時間才把白色的棉球，從容易破裂的底部摳出來；不像其他人手一捏就搞定了。而且我的手指尖被劃破流了血；我需要手套，或者說，需要更多經驗。

田裡還有一對黑人老夫婦和我們一起。他們不慌不忙的摘著棉花，那種上帝賜予的耐心，早在內戰前就體現在他們阿拉巴馬州的祖輩身上；沿著田埂往前移動，傴僂而憂傷，袋子越變越大。我的背痛了起來。不過，跪下來躲在地上的感覺真好。想休息就休息，把臉枕在濕潤的泥土裡，還有鳥兒的歌聲在陪伴我。我想我找到了值得做一輩子的工作。

炎熱困倦的中午，特麗和強尼穿過棉花地揮手向我走來，準備一起摘棉花。小強尼動作居然比我還快！當然，特麗也比我快了一倍。他們把我甩在身後，留下一堆堆潔白的棉花等我放進袋裡——特麗的是熟練工人的大堆，強尼的是小孩子的小堆。我把它們塞進袋子，心裡有些哀傷。我真是個不中用的傢伙，連自己都養不活，更別說養活他們了！整個下午他們都和我一起工作。當太陽變紅時，我們一起拖著沉重的步伐往回走。我把摘下的棉花放在田頭的磅秤上；重量是五十磅，拿到了一塊五。然後，我從俄克佬兒子那裡借來自行車，順著九十九號公路騎到十字路口的一家雜貨店，買了幾罐現成的義大利麵和肉丸，還有麵包、奶油、咖啡、蛋糕，把袋子掛在車把上往回騎。去洛杉磯方向的車從我身旁疾馳而過；往舊金山方向的車輛則不斷在背後騷擾。

我不停的咒罵，仰望黑暗的天空，祈求上帝讓我的生活能好好喘口氣，讓我有機會為我愛的兩個小寶貝好好做點事。不過，上面的人當然沒理我。我早該明白的。是特麗讓我的靈魂重新充滿生氣；她在帳篷的爐子上把食物熱好，這大概是這輩子最好吃的一頓飯，我真是太餓太累了。我像一個剛採完棉花的老黑人，嘆著氣，斜倚在床上抽菸。涼爽的夜裡傳來狗叫聲。我很開心瑞奇和龐佐晚上不再過來了。特麗蜷縮在我身旁，強尼坐在我的胸前，他們在我的筆記本上畫動物。在令人害怕的平原上，我們的帳篷裡卻有點亮的燈。客棧裡響起了牛仔音樂，縈繞在田野上，似乎有點悲傷。但我不在乎。我親吻了我的寶貝，接著熄了燈。

清晨，沉甸甸的露水壓得帳篷有些塌陷；我起身帶上毛巾和牙刷，到汽車旅館的公共浴室洗漱；回來後換上長褲——特麗昨晚已經把我跪在地上磨破的地方縫補好——戴上原本作為強尼玩具的破草帽、帶著裝棉花的帆布袋，我穿過公路。

每天我能賺個一塊五左右，只夠傍晚騎車去買吃的。日子一天天流逝。我完全忘了東部，忘了迪恩、卡洛以及那該死的公路。我和強尼整天在一起玩耍；他喜歡我把他拋到空中再落到床上。特麗坐在那裡縫縫補補。我成了一個面朝黃土背朝天的農夫，恰如我在派特森時所夢想的那樣。有傳言說特麗的丈夫回到了薩比納爾，要來找我麻煩；我做好了準備等他來找我。一天晚上在客棧，俄克佬發了瘋似的把一個人綁在樹上，用棍子打了個稀巴爛。我當時睡了，後來才聽說這件事。在那以後，我扛了根大棍子放在帳篷裡，以防哪天他們覺得我們墨西哥人糟蹋了他們的拖車營地。當然了，他們認為我是墨西哥人；在某種意義上，我的確也是。

眼下已是十月，晚上更冷了。俄克佬家有一個燒木柴的火爐，他們打算在這裡過冬。我們什麼也沒有，而且帳篷租約已經到期。我和特麗痛苦的決定離開。我說：「回妳娘家吧，我們不能一直這樣，帶著強尼這麼小的孩子成天圍著帳篷生活；可憐的小傢伙受凍了。」特麗哭了，以為我在指責她沒有盡到做母親的本分；但我沒那意思。

一個灰濛濛的下午，龐佐開著卡車來了，我們決定去特麗娘家看看情況。但我不能被人看見，得躲在葡萄園裡。在啟程去薩比納爾的路上車拋錨了，同時下起暴雨。我們待在舊卡車裡不斷嘆氣。龐佐下了車，在雨中埋頭修理。這位老兄人還是不錯的。我們說好再去痛快的喝一次，到了薩比納爾墨西哥區一家破敗的酒吧，爽快的喝了一個小時。棉田裡的工作已經結束。我能感覺到自己的生活在召喚我回去。我寫了張一分錢的明信片，投遞給美洲大陸另一邊的姑姑，請她再寄五十塊錢來。

我們驅車去特麗家；破房子在一條老路上，兩邊全是葡萄園。到的時候天已經黑了，他們在四分之一英里外放我下車，接著把車開到她家門口。燈光從門裡傾瀉而出；她另外六個兄弟在彈吉他唱歌。老爸則在喝酒。我聽見喊叫和爭吵蓋過了歌聲；他們罵她婊子，因為她離開一無是處的丈夫跑去洛杉磯，還把強尼丟給他們。老頭子吼叫著。但還是那位憂傷的褐色皮膚胖媽媽占了上風——在普天下法拉欣[15]民族的大家庭裡，總是母親說話最有用——特麗可以回家了。兄弟們也唱起了歡快的歌曲。

我在淒風冷雨中蜷縮著身子，目光穿過十月山谷中淒涼的葡萄園，看著一切。比莉．哈樂黛[16]的那首〈愛人〉（*Lover Man*）在腦中縈繞，我在灌木叢中開起了個人音樂會：「有一天我們會相見，你將擦乾我的淚水，在我耳邊柔情絮語，擁抱我，親吻我。啊，我們錯過了太多，愛人，啊，你在何方……」歌詞是其次，最棒的是悅耳的曲調和比莉的演唱，就像一個女人在柔和的燈光下輕撫愛

15 譯按：fellahin，其單數形式為 fellah，本是阿拉伯國家對農夫的稱謂。德國哲學家奧斯瓦爾德．史賓格勒（Oswald Spengler，1880-1936）在《西方的沒落》（*Der Untergang des Abendlandes*）中將此詞指代與西方現代文明格格不入的邊緣文化群體。根據史賓格勒的歷史觀，在人類社會發展過程中會依次出現三種類型的人：原始人、文明人、法拉欣人。在前後兩者之間即是所謂的「偉大文化的歷史」，但它必然盛極而衰，而殘留下來的就是後文明、後歷史時期的「法拉欣人」，他們是原始人的子嗣，也是被文明邊緣化的人。參見本書第三八八頁作者的描寫。

16 譯按：Billie Holiday（1915-1959），美國爵士歌手。

人的頭髮。呼嘯的風。我感到寒意襲來。

特麗和龐佐回來了，我們開著嘎吱作響的舊卡車去接瑞奇。瑞奇現在和龐佐的女人大蘿西住在一起；我們在破舊的小巷裡按喇叭叫他，大蘿西把他趕了出來。所有的一切都在崩潰。當晚，我們睡在卡車上。特麗緊緊抱著我，叫我不要走。她說她會摘葡萄賺錢，養活我們兩個人沒問題；同時我可以住在農夫赫佛芬格家的穀倉裡，從她家那條路往下走就到。我什麼都不用做，每天就坐在草地上吃葡萄……「這樣好不好？」

早上，她的表兄弟開著另一輛卡車來接我們。我忽然意識到，整個鄉下上千個墨西哥人都知道我和特麗的事，對他們來說這肯定是個茶餘飯後很好聊的浪漫話題。表兄弟們非常有禮貌，很討人喜歡。我站在卡車上微笑寒暄，講戰爭期間我們去了哪裡，當時的情況如何。表兄弟一共五人，個個都很友善。他們似乎屬於特麗家族的另一面，不像她哥那樣。不過，我也蠻喜歡狂野的瑞奇；他發誓要去紐約找我。不難想像他要是在紐約，肯定會把一切都推遲到mañana。那天他又喝醉了，不知倒在了哪塊地裡。

我在十字路口下了車，表兄弟們開車把特麗送回家。他們在屋前給我發信號；家裡兩老都不在，出門摘葡萄去了。於是，這個下午房子就由我接管了。這座小屋有四個房間；無法想像這一大家人是怎麼住下的。蒼蠅在水槽上飛舞。沒有紗窗，正如那首歌：「窗戶，破了，雨，進來了。」[17]特麗現在很自在，在鍋碗瓢盆中間做著家務。她的兩個妹妹對著我咯咯笑。小孩子們在路上叫鬧著。

在這裡的最後一個下午，當火紅的太陽從山谷中穿雲而出時，特麗帶我去赫佛芬格的穀倉，他有一座很富饒的農場。我和特麗把板條箱拼在一起，她從家裡帶了毯子，這下全都妥當了，除了穀倉正上方潛伏著一隻毛茸茸的大狼蛛。特麗說如果我不招惹牠，牠就不會傷害我。我仰面躺著，盯著牠。又跑到墓地，爬上樹，在樹上唱〈藍天〉。特麗和強尼坐在草地上；我們一起吃著葡萄。在加州吃葡萄，嚼出汁就把皮吐掉，真奢侈。

夜晚降臨。特麗回家吃晚飯，九點鐘又來到穀倉，帶來了好吃的玉米餅和豆泥。我在穀倉的水泥地上點燃一堆柴火照明。我們在板條箱上做愛。之後特麗起身趕回家；她父親對她吼叫時，我在穀倉都聽得到。我披上她留給我保暖的斗篷，悄悄穿過月光下的葡萄園，想一窺究竟。溜到一排葡萄架的盡頭，跪在溫暖的土裡。她的五個兄弟用西班牙語唱著動聽的歌。小小的屋頂上，星星低垂；炊煙從火爐煙囪裡冒出。我聞到豆泥和辣豆醬的香味。老頭子粗聲咆哮。兄弟們唱著歌，真假嗓音轉換自如。母親默默無語。強尼和其他小孩在臥室裡玩鬧。我躲在葡萄藤下，注視著這個加州家庭。

17 譯按：歌曲〈Mañana〉中的歌詞。這首歡快的流行歌曲由佩姬．李（Peggy Lee，1920-2002）於一九四七年創作並演唱。原文為歌詞最後一節的頭一行，接下去的歌詞為：「如果沒人來修，我會被淋透。可也許再等一兩天，雨就停了。陽光燦爛的日子，我們不需要窗戶。」

在這瘋狂的美國之夜裡探險，感覺棒極了。

砰的一聲，特麗摔門而出。我在黑暗的路上迎上前去。「怎麼啦？」

「我們一直在吵架。他要我明天就去工作，不想看到我成天無所事事。薩爾，我想跟你去紐約。」

「不過妳能離開嗎？」

「我不知道，親愛的。我會想你的。我愛你。」

「但我非走不可了。」

「我知道。我們一起睡最後一次，你再走。」回到穀倉，我和特麗在大狼蛛的目光下做愛。大狼蛛在做什麼呢？我們在板條箱上睡了一下，火已經熄滅。特麗到半夜才回去；她父親喝醉了，我能聽見他在咆哮。他睡著後，屬於夜晚的寂靜才出現。星星籠罩著沉睡的鄉村。

早晨，赫佛芬格從柵欄探頭進來：「睡得好嗎小伙子？」

「我很好。住在這裡打擾您了。」

「沒事。你在和那個墨西哥小蕩婦約會嗎？」

「她是個挺不錯的女孩。」

「而且很漂亮。她長著一雙藍眼睛。真是出了麻煩。」我們又聊了一下他的農場。

特麗送來了早餐。我收拾好帆布包，準備去薩比納爾領錢，接著就動身去紐約。我知道錢已經到了，告訴特麗自己要走了。昨天她想了整整一夜，只得無奈接受。她在葡萄園裡淡淡吻了我，便沿著一排葡萄架往回走。我們每走十幾步就轉一次身——愛情就是這樣充滿了考驗。這是我們最後一次相對而視。

「特麗，紐約見啦。」我說。她本來想一個月以後和哥哥開車去紐約。但我們都清楚不可能的。走了一百英尺後我回頭看，她在繼續往家的方向，一手拿著早餐盤。我點了點頭，目送她遠去。唉，

我又上路了。

沿公路走向薩比納爾，吃著摘下的黑核桃，然後順著南太平洋鐵路前行，走在鐵軌間的枕木。我經過一個水塔和一個工廠，這就是盡頭了。我準備進到鐵路局的電報室領取紐約來的匯票，但門關著。我罵了聲操，坐臺階上等。售票員回來了，請我進去。錢已經到了，姑姑又救了我這個混蛋一次。「明年誰會贏得世界大賽[18]呢？」枯瘦的老售票員說。我突然發現秋天已到，自己正踏上回紐約的歸途。

十月的山谷，日光漫長而憂傷，我沿著鐵路往前走，希望碰見一輛南太平洋公司的火車開過來，

18 編按：指美國職棒大聯盟（MLB）的總冠軍系列賽，通常都在十月舉行，因此常被稱為「秋季經典賽」（Fall Classic）或是「十月經典賽」（October Classic）。

這樣我就可以加入那些吃葡萄的流浪漢，和他們一起看漫畫。但沒有火車的蹤影。我走上公路，立刻就搭上了車。在這輩子搭過的順風車中，就這次最快最拉風。司機是加州一個牛仔樂隊的小提琴手。他開著一輛新車，時速八十英里。

「我開車時不喝酒。」說著他拿給我一小瓶酒。我喝了一口，又遞給他。「管他媽的。」他說著便喝了。從薩比納爾到洛杉磯大約兩百五十英里，我們神奇的只用了四個小時整。我在哥倫比亞電影公司門口下了車；正好夠時間，我跑去取回那個被拒絕的劇本，然後買了張去匹茲堡的巴士票。我的錢不夠直接買到紐約，我想等到了匹茲堡再說。

巴士十點發車，我還有四個小時獨自逛逛好萊塢。我先買了一條麵包和一些臘腸，準備做十份三明治，橫跨大陸就靠它們了。身上還剩一塊錢。我坐在好萊塢一個停車場後的低矮水泥牆上，開始製作三明治。當我正努力完成這項荒唐的任務時，好萊塢首映會聚光燈的巨大光芒刺向了天空——那是鬧哄哄的西海岸天空，在我四周充斥著瘋狂黃金海岸之城的各種喧囂。而這就是我在好萊塢幹的蠢事——在好萊塢的最後一晚，在停車場廁所後面，我正往膝蓋上的三明治塗芥末醬。

14 十月，每個人都在返鄉

黎明，我乘坐的長途巴士正迅疾穿越亞利桑那沙漠——印第奧、埃洛伊、薩洛姆（「她跳舞的地方」）[1]；這一大片乾燥土地往南一直延伸到墨西哥山脈。而車子轉向了北邊的亞利桑那山脈，經過旗桿市和其他懸崖邊小鎮。我隨身帶著一本書——亞蘭．傅尼葉（Alain-Fournier）的《大莫納》（*Le Grand Meaulnes*），是從好萊塢的一個小攤上偷來的；不過，我更喜歡閱覽沿途的美國風光。每一處顛簸、坡道，或者一馬平川，都為我的憧憬增添了一份神祕色彩。漆黑的夜晚，巴士穿過新墨西哥州；灰暗的黎明，到達德州達爾哈特；陰冷的週日下午，駛過一個又一個奧克拉荷馬州平原小鎮；夜幕降臨時到了堪薩斯。巴士滾滾前行。十月，我在回家的路上。十月，每個人都在返鄉。

中午到達聖路易斯。我沿著密西西比河散步，看著從北邊蒙大拿州漂流而下的原木——承載著

---

1 譯按：Salome (where she danced)，指亞利桑那州傳奇小鎮「薩洛米，她跳舞的地方」，其故事經改編拍成同名電影《勾魂艷舞》，於一九四五年上映。

美國夢、完成史詩般漂流的巨大原木。那些有著蔓草紋雕刻裝飾的舊汽船停在泥沼裡，經過風吹雨打早已破敗不堪，成了老鼠的寓所。午後，密西西比河谷上空濃雲密布。晚上，巴士轟鳴著穿過印第安納州的玉米地；月光照耀下，堆積的玉米殼形同鬼魅；萬聖節馬上就要到了。

我結識了一位女孩，一路上擁吻親熱，一直到印第安納波利斯。她有近視。下車吃午飯時，我得牽著她的手到櫃檯。我的三明治吃光了，她便請我吃飯；作為回報，我跟她講了許多故事。她在華盛頓州上車，整個夏天都在那摘蘋果，家裡住在紐約州北部的一個農場。她邀請我去那裡看看，我們約好了在紐約的一家旅館見面。女孩在俄亥俄州哥倫布下了車，我則一路睡到匹茲堡。這麼多年來，我從未如此疲憊過。還有三百六十五英里，我要靠搭便車才能到紐約，而我口袋裡只剩一毛錢了。我步行五英里走出匹茲堡，搭上了兩輛車——運蘋果的卡車和拖掛式大卡車，在氣溫柔和的十月雨夜，載我抵達哈里斯堡。接著我繼續趕路。我想回家。

這個夜晚被我稱為「薩斯奎哈納河[2]幽靈之夜」。這位幽靈是個乾癟的小老頭，拿著一個紙袋，聲稱要去「加拿地」。他走得很快，而且命令我跟上，說前面有座橋可以過河。他大約六十歲，一路喋喋不休的講他吃過什麼，人家在他的煎餅上放了多少奶油，額外給了他多少片麵包。在馬里蘭州一家養老院，那些老人是怎麼在門口叫他，邀請他留下來過週末，他走之前又如何洗了一個舒服的熱水澡；在維吉尼亞的公路邊怎麼找到一頂嶄新的帽子，現在正戴在頭上；如何到每個城裡的紅十字會，給他們看自己參加第一次世界大戰的證明（還說哈里斯堡的紅十字會配不上這個名字）；在這個艱難的世上他如何設法活下來。但在我看來，他不過是個還算體面的流浪漢，徒步走遍了東部荒野，在各地紅十字會落腳，有時也在路上討些零錢。

我們都是流浪漢，一起沿著哀傷的薩斯奎哈納河走了七英里。那是一條令人恐懼的河流。兩岸峭壁灌木叢生，就像毛茸茸的鬼怪俯身探向神祕的大河。漆黑的夜色籠罩一切。有時，河對岸鐵路車場出現火車頭的閃耀紅光，照亮了駭人的峭壁。小老頭說他袋子裡有條不錯的皮帶，我們就停下等他摸出來。「這裡面有一條上好的皮帶——是我在馬里蘭州的菲德里克買的。該死，難道我把它忘在菲德里克斯堡的櫃檯上了？」

「你說的是菲德里克。」

「不，不，是菲德里克斯堡，**維吉尼亞州**的！」他總是提到這兩個地方，馬里蘭州的菲德里克和維吉尼亞州的菲德里克斯堡。老頭徑直走在公路上，無視來往車輛，有幾次都差點被車撞到；我則吃力的走在路旁的排水溝。我覺得這可憐的瘋老頭隨時都可能在黑夜裡被撞飛然後死掉。我們根本沒找到那座橋，後來便在一個鐵路地下通道分頭走。因為走路出了太多汗，我換下汗衫，穿上乾

2 譯按：Susquehanna，美國東海岸最長的河流，流入大西洋。

淨的運動衣；如此淒涼的身影，只被一間客棧的燈光看見。有一家人從黑暗的路上走過，好奇我在幹什麼。最不可思議的是，在這個賓州鄉下客棧，居然有次中音薩克斯風樂手，藍調還吹得很棒，聽得我驚嘆不已。開始下大雨了。有個司機願意載我帶回哈里斯堡，還說我走錯了路。突然我看見那個矮小的流浪漢，正豎起拇指站在淒慘的路燈下——可憐的孤獨之人，可憐的曾經的迷惘青年，如今淪落為身無分文的荒野孤魂。我把他的情況告訴了司機，司機停下車叫住老頭。

「老兄，你這是在往西走，不是東邊。」

「嗯？」小個子幽靈說：「你以為我不認識這裡的路嗎？這一帶我走了好多年啦。我現在要去加拿地。」

「但這不是去加拿大的路，而是往匹茲堡和芝加哥。」小老頭對我們很是反感，走開了。我最後一眼看到的是他背上不停晃動的小白紙袋，在亞利加尼山脈悲哀的黑暗中漸漸消逝。

我一直以為美國的荒野都在西部，但薩斯奎哈納河幽靈的出現改變了我的看法。是的，東部也有荒野；就在這片荒野上，當時還是郵政署長的富蘭克林搭牛車艱難跋涉；野小子喬治·華盛頓和印第安人打仗；丹尼爾·布恩[3]在賓夕凡尼亞州的油燈下講故事，發誓一定要找到那個岬口[4]；布拉德福德[5]修築道路之後男人們在小木屋裡歡呼慶祝……。小老頭眼裡的荒野不是亞利桑那的廣袤大地，而是賓州東部、馬里蘭和維吉尼亞灌木叢生的荒野，以及在薩斯奎漢納、莫農加希拉、古老的波多馬克和莫諾卡西這些憂傷的河流之間，蜿蜒的鄉村小道和黑色柏油路。

在哈里斯堡的那晚，我得睡在火車站的椅子上；天剛亮，站長就把我趕了出去。人生不都是這樣嗎？一開始在父親的屋簷下，你是個天真的乖孩子，相信什麼事都有可能；然後有天幻想破滅了，你變得冷漠，意識到自己的不幸、悲慘、貧困、盲目、赤裸；接著便像個面目可憎的孤魂野鬼，戰戰兢兢的走過噩夢般的人生。我搖晃著走出車站，靈魂枯槁，快撐不住了。白茫茫的清晨就像墳墓一樣蒼白。我快餓死了，身上僅存含有熱量的東西是最後一顆止咳含片，那還是幾個月前在內布拉斯加州謝爾頓買的；我含在嘴裡吮吸著糖分。我不知道該怎麼乞討，費盡全力才走到城外。我知道如果在哈里斯堡再待一個晚上，就會警察被抓起來。這該死的城市！

我終於搭上了一輛車，開車的是個瘦骨嶙峋、面容憔悴的傢伙，他堅信人們應該斷食，並說這樣有益健康。在我們向東行駛的途中，我告訴他自己快餓死了，他卻說：「很好！斷食對身體再好不過啦。我自己也三天沒吃飯了。我會活到一百五十歲。」他根本就是一串骨頭、一個鬆鬆垮垮的

3 編按：Daniel Boone（1734-1820）生於美國賓州的著名拓荒者與探險家。
4 譯按：指阿帕拉契脈的坎伯蘭山口（Cumberland Gap），布恩於一七七五年在此開拓出通往肯塔基的「荒野之路」（Wilderness Road）。
5 譯按：威廉．布拉德福德（William Bradford, 1590-1657），北美普利茅斯殖民地首任總督。

玩偶、一根破棍子、一個瘋子。要是司機是個有錢的胖子就好了，他一定會說：「那我們就停在這家飯店，吃點豬排和豆子。」可那天早上我坐的偏偏是一個瘋子的車，他相信挨餓對身體有益。開了一百英里以後，他終於大發慈悲，從車後拿出奶油麵包。這些食物藏在一堆銷售樣品中間，他在賓州銷售水管配件。我狼吞虎嚥吃著麵包和奶油，猛然間笑了起來。這時只有我一個人在車上，他在艾倫敦下車打電話談生意。我大笑不止，笑了又笑，停不下來。老天，我對人生感到厭倦又噁心。最後，這個瘋子開著車把我送回了紐約的家。

忽然間，我已置身時代廣場。在美國大陸旅行八千英里後，我回到了時代廣場；而且正好是在最繁忙熱鬧的高峰時間，我那歷經風霜卻仍不諳世故的雙眼看著紐約的瘋狂和喧囂，看著數百萬人為蠅頭小利終日掠奪、占有、給予、嘆息、死亡——只為了一場瘋狂的夢，為了在離長島市不遠的那些可怕墓地裡找到一個葬身之所。還有鱗次櫛比的高樓大廈——這是美洲大陸的另一端，「紙上美國」[6]的誕生地。

我站在地鐵入口，準備鼓足勇氣撿起一個漂亮的長菸蒂，可每次我剛彎下腰，人流就湧上來擋住我的視線，那根菸蒂終於被踩爛了。我沒錢坐公車回家。從時代廣場到派特森還有好幾英里遠。我必須穿過林肯隧道，或者跨過華盛頓大橋，再進入紐澤西州，你能想像現在的我步行走完這最後幾英里嗎？現在已是黃昏。

哈塞爾人在哪？我在廣場上四處尋覓；他不在這，他在里克斯島蹲監獄。迪恩在哪？我的朋友們都在哪？我的人生呢？我必須回家，我要好好睡一覺，然後思索一下自己到底失去和獲得了什麼，我知道一定是有些收穫的。現在我得開口乞討兩毛五車費，最後我向街角的一個希臘牧師伸出手。他把一個兩毛五的硬幣給了我，眼睛不安的看向別處。我立即奔向公車。

回到家，我把冰箱裡的東西吃了精光。姑姑起床看我，用義大利語說：「可憐的小薩爾瓦托雷你瘦了。這麼長時間跑哪去了？」我穿著兩件襯衫和兩件毛衣；帆布包裡裝著那條棉花田裡工作穿的破長褲，以及那雙爛得不成樣子的墨西哥皮涼鞋。我和姑姑決定用我從加州寄給她的錢買臺電冰箱；那將是家裡的第一臺。她回去睡了，但我睡不著，便躺在床上抽菸。書桌上是寫了一半的稿子。

十月，我回到了家，又該工作了。第一場寒風吹得窗戶咯吱作響，我回來得真是及時。迪恩到我家來過，還睡了幾個晚上等我回來；下午的時候他就和姑姑聊天，看她織地毯——那塊大地毯是用家裡多年積存的舊衣服織的，現在已經完工，就鋪在我臥室的地板上，色彩繽紛絢爛，如同荏苒的歲月本身；就在我到家前兩天他走了，奔向舊金山，也許在賓州或者俄州的某個地方，我們曾擦肩而過。迪恩在舊金山有了自己的生活；卡蜜兒剛搬進一套公寓。我在米爾城的時候從沒想過要去找她。現在已經太遲了，而我也錯過了迪恩。

6 譯按：Paper America，指商業金融化時代的美國。

Part Two

Always, On the Road

1 讓我心癢的蟲子

再次見到迪恩是一年多以後了。這期間我一直待在家裡，寫完了書，又憑著《美國軍人權利法案》提供的資助開始去上學。一九四八年聖誕節，我和姑姑帶著大包小包的禮物南下維吉尼亞看望我哥。這段期間我一直有和迪恩通信，他說他又要來東部；我告訴他，如果要在聖誕節和新年這段時間來，就到維吉尼亞州的泰斯特門來找我。

一天，所有南方的親戚都坐在客廳裡，一群瘦削的男女，眼睛裡流露著南方土壤色般的滄桑，低聲抱怨天氣和莊稼，談論誰生了小孩、誰又買了新房等無聊的老話題，這時，一輛濺滿泥漿的四九年哈德遜停在了屋前的泥巴路上。我不知道來者是誰。一個穿破舊T恤、肌肉結實的年輕人來到門廊按門鈴，他面容疲憊，滿臉鬍子，眼睛充滿血絲。我打開門，才猛然發現是迪恩。他從舊金山一路開來維吉尼亞州，來到我哥哥羅可家門口，速度之快——先前那封信我才剛寄出去不久！我看見車裡有兩個人在睡覺。

「老天！迪恩，你竟然來了！車裡是誰？」

「哈囉，老兄，哈囉～那是瑪麗露。還有艾德．鄧克爾。我們得馬上找地方洗個澡，累死了。」

「你怎麼這麼快就到了？」

「哦老兄，那哈德遜很猛啊！」

「你從哪裡搞到的？」

「存錢買的。我一直在鐵路局工作，一個月賺四百塊。」

隨後一個小時亂成一團。我的親戚們不知道發生了什麼事，也不知道迪恩、瑪麗露、艾德是誰，只能傻傻盯著他們看。姑姑和哥哥羅可也進廚房說話去了。現在有十一個人擠在這間南方小屋裡。而且，羅可不久前決定搬家，屋裡一半的家具都沒了；他們兩口子要帶小孩搬到離泰斯特門鎮上更近的地方，而且新買了一套客廳家具，舊的要搬到派特森姑姑家，雖然我們還沒決定怎麼搬。聽到此事，迪恩立刻提議用他的哈德遜幫忙。只需很快的跑兩趟，我和他就能把這些家具搬完，第二趟還能順便把姑姑接回去。這會讓我們省下一大筆錢，也省不少事。就這樣說定了。我嫂子擺上一桌吃的，三個疲憊不堪的旅者坐下來吃飯。瑪麗露從丹佛開始就沒睡覺。我覺得她看上去更成熟，也更漂亮了。

就我了解，迪恩和卡蜜兒從一九四七年秋天開始在舊金山過著幸福的生活；他在鐵路局找到工作，賺了不少錢；還當了父親，有了一個可愛的小女兒，名叫艾美．莫里亞蒂。然而有天走在街上，他突然發狂失去了理智，看到一輛新上市的四九年哈德遜轎車，便衝進銀行取出了全部存款，立刻買下那輛車。艾德當時就在他旁邊。現在他們沒錢了，卡蜜兒很擔心，迪恩則安慰她說自己一個月後就回來。

「我要去紐約，把薩爾帶過來。」對此，她有點不高興。

「這一切的目的是什麼？你為什麼要這樣對我？」

「沒事，沒為什麼，親愛的——啊——嗯——薩爾不斷求我，要我去接他，我絕對必須——算了，我們不用解釋這些——好吧，我告訴妳為什麼……聽著，原因是……」他告訴了她為什麼，當然那都是屁話。

大個兒艾德也在鐵路局工作，在最近一次大裁員中，他和迪恩都因年資不合格被開除。艾德認識了一個名叫卡拉蒂的女孩，靠自己的積蓄在洛杉磯生活。這兩個魯莽冒失的無賴決定帶著她一起去東部，讓她負擔開銷。艾德又哄又求，不過她就是不肯，除非他們結婚。幾天後，艾德和卡拉蒂閃婚，迪恩則幫忙處理文件；聖誕節前幾天，他們就以七十英里的速度駛出舊金山，奔向洛杉磯和無雪的南方公路。在洛杉磯的一家旅行社，他們載上一個水手，收了他十五塊油錢。他要去印第安納州。後來還帶上了一對去亞利桑那州的母女，要了四塊錢油費。那女孩有智能障礙，迪恩讓她坐在前排，好逗她玩，他後來說：「老兄，我們聊了整整**一路**！好單純可愛的小女孩。哦，我們談到火焰和沙漠變成了天堂，還有她那隻會用西班牙語罵人的鸚鵡。」母女下車後，他們繼續駛向土桑。

一路上，艾德的新婚妻子卡拉蒂．鄧克爾不停抱怨很累，想去汽車旅館睡覺。但如果一直讓她這樣花錢，還沒到維吉尼亞州口袋就空了。連續兩個晚上，她都逼著他們停車，花幾十塊住汽車旅館。到土桑時她就沒錢了，迪恩和艾德便把她丟在旅館大廳，毫無愧疚的帶上水手繼續上路。

艾德個子很高，個性冷靜，卻是個不愛動腦的傢伙，迪恩要他做什麼他就做什麼；而那時迪恩忙得顧不了那麼多。當他開車呼嘯著駛過新墨西哥州拉斯克魯塞斯時，心裡突然爆發強烈的欲望，要去丹佛看看可愛的第一任妻子瑪麗露。於是，他不顧水手無力的抗議，掉轉車頭向北疾馳而去，傍晚就開到了丹佛。他四處找尋，最後在一家旅館找到了瑪麗露。隨後十個小時，他們瘋狂做愛。一切重新開始：他們要廝守在一起。瑪麗露是迪恩唯一真正愛過的女人。當再次看到那女人的臉龐時他悔恨不已，便又像從前一樣，跪在她面前，乞求她賜予自己快樂。瑪麗露了解迪恩；她輕撫著他的頭髮；她明白他的瘋狂。為了安撫那位水手，迪恩幫他安排了一個女人，就在那幫撞球小子經常一起喝酒的酒吧上面開房間。但水手拒絕，而且當晚就走了，他們再也沒看見他；顯然，他坐巴士去印第安納了。

迪恩、瑪麗露、艾德驅車沿著科爾法克斯大道往東疾馳，來到堪薩斯平原。路上遭遇了大暴風雪。在密蘇里州的夜晚，擋風玻璃上結了一英寸厚的冰，迪恩開車時只好把頭伸出窗外看路；頭裹圍巾，眼戴雪鏡，活像一個費力解讀風聲雪語的修道士。他過家門而不入，完全不假思索。

早上，車子在結冰的山坡上打滑，掉進了水溝。一個農民幫助他們把車弄了出來。他們耽誤了一下，因為載了一個搭便車的人，那人要去曼菲斯，並且答應給一塊車錢。到了曼菲斯，那人進了家門漫不經心的找錢，然後找著找著就喝醉了，說找不到。他們只好繼續趕路，穿越田納西州。先前掉進水溝的事故讓軸承壞了；原本一直以時速九十英里前進，現在迪恩只能把車速穩定在七十，否則整臺車都會滾下山。他們翻越了仲冬時節的大煙山。抵達我哥家門口時，除了些糖果和起司餅乾，他們已經三十個小時沒吃東西了。

三人狼吞虎嚥的吃著，迪恩手拿三明治，站在那臺大留聲機跟前，弓著腰手舞足蹈聽著音樂，那是我剛買的一張狂野咆勃爵士樂唱片，由戴斯特．戈登[1]和瓦德爾．格雷[2]合作演奏的《狩獵》（*The Hunt*），他們在一群尖叫的觀眾面前傾力吹奏，音響爆發出驚人的狂熱音量。那些南方人面面相覷，驚訝的搖頭：「薩爾交的是些什麼朋友啊？」他們問我哥哥。他也答不上來。南方人不喜歡瘋狂，也絕不會喜歡迪恩這種人。迪恩完全不理會他們，他的瘋狂種子已開出一朵奇花。在我跟他、瑪麗露和艾德一起坐那輛哈德遜出門兜風時，我才意識到這點；我們終於單獨相處在一起，可以暢所欲言了。迪恩握住方向盤，掛上二檔，沉思片刻，車子緩緩開動，忽然間他似乎做出了什麼決定，毅然決然開始狂飆。

「好了，孩子們，」他搓搓鼻子，彎身摸摸手剎，邊開車邊從置物箱中抽出香菸，前後擺動著身子：「現在我們必須決定下週要幹什麼。很緊急，非常重要，嗯哼！」他躲開了一輛蹣跚前行的騾車，上面坐著一位老黑人。迪恩叫著：「哇！哇！快看他！讓我們停下來想一想，關注一下他的靈魂。」他放慢車速，我們全都轉過身看著那個鬱鬱而行的老黑人。

「啊，好好看看他；我好想知道他腦子裡在想些什麼；要是能鑽進他的腦子裡就好了，看看這可憐的傢伙怎麼操心今年的蘿蔔青菜和火腿。薩爾，你不知道，我曾經在阿肯色州住了整整一年，那時我十一歲，住在一個農民家裡。我幹了很多又髒又累的工作，有一次還去剝死馬的皮。我最後一次去阿肯色州是一九四三年聖誕節，那是五年前了，我和本·加文去偷車，車主拿著槍追我們；我對你說這些的意思是，關於南方，我還是有資格說話的——我是說，老兄，我了解南方，我一清二楚——你給我寫的那些信裡說到了南方的事，我都仔細讀了。噢耶，噢耶。」他說著，車速越來越慢，直到完全停下，猛然間他又加速到七十英里，彎腰趴在方向盤上，雙眼死死的盯著前方。瑪麗露安詳微笑著。這是一個完全成熟的、全新的迪恩。我心裡想，天哪，他變了。當他說到可惡之事，

1 譯按：Dexter Gordon（1923-1990），美國爵士樂次中音薩克斯風手。
2 譯按：Wardell Gray（1921-1955），美國爵士樂次中音薩克斯風手。

眼裡就噴出怒火；當他忽然高興起來，取而代之的就是喜悅的光芒；他身上的每一塊肌肉都迸發出勃勃生機。

他戳了戳我：「老兄，我有好多事要告訴你。哇，我們絕對要找個時間——卡洛怎麼樣了？我們一定要去看看卡洛，親愛的各位，我們明天一早就去。嘿，瑪麗露，我們要買些麵包和肉，為去紐約準備午餐。薩爾，你有多少錢？明天去紐約的時候，我們把所有東西都放到後排，包括P太太[3]的家具，我們幾個都坐前面，靠在一起講故事。瑪麗露，親愛的，妳靠著我，薩爾坐你旁邊，艾德靠窗坐，大個頭可以擋風，這次他的長袍沒有白穿。我們一起奔向美好生活，因為現在是時候了，**我們都了解時間的奧祕！**」

迪恩用力搓著下巴，一晃方向盤就超過三輛卡車，呼嘯著駛入泰斯特門城區。他左顧右盼，甚至不用轉頭，眼球一百八十度弧線範圍內的一切就盡收眼底。砰的一下，他馬上發現一個車位並停好了車。他跳下車。他直衝火車站；我們乖乖跟著。他買了香菸。他的一舉一動都是瘋狂；他似乎同時在做所有事情。點頭搖頭，手勢急促有力，疾走，坐下，蹺起二郎腿，放下來，起身，搓手，摸褲襠，提褲子，抬頭說聲「呃」，又突然瞇著眼到處望；還始終拉著我的腰說個不停。

泰斯特門非常冷；這裡早早就下了一場大雪。沿鐵路線延伸那條長長的大街一片淒涼，他站在路口，只穿著一件T恤和一條低腰長褲，皮帶已解開，好像正準備脫褲子。他跑過來把頭伸進車裡跟瑪麗露說話；又退後一步，在她面前揮舞著雙手。「噢耶，我明白！我了解**妳**，我了解妳，親愛的！」他瘋瘋癲癲的笑；一開始聲音低沉，最後又變得尖細，恰如瘋子的狂笑，但更急促、更神經質。然後又回歸一本正經的腔調。我們進城本來只是閒晃，但他找到了目的。他讓我們全都忙得團團轉：瑪麗露去買午餐要吃的東西，我去弄張報紙看看天氣預報，艾德去買雪茄。迪恩喜歡抽雪茄。他一邊看報紙，一邊抽著雪茄說話：「啊，華盛頓那幫美國大嘴巴又在製造新麻煩了——嗯哼——噢——嘿！快看！」他彈起身，前去看一個剛從車站外走過的黑人女孩。他站在那裡，彎著指頭指指點點，然後又摸摸自己，一臉傻笑：「看看她，那個小黑妞真可愛。啊！嗯！」我們上了車，飛速回到我哥哥家。

進了屋，看著聖誕樹和禮物、聞到烤火雞的香味、聽親戚們交談，我意識到，這個聖誕節我在鄉下一直過得很安寧，可是現在，那個讓我心癢癢的蟲子又動了起來，那蟲名叫迪恩・莫里亞蒂。於是，我又準備上路，開啟另一段旅程。

3 編按：應指薩爾的嫂嫂，其姓為 Paradise。

2 毫無意義，沒有理由

黃昏時分，我們把我哥的家具塞進汽車後座出發了，保證三十個小時後就回來——三十個小時南北來回一千英里。迪恩就喜歡這樣搞。路途很艱難，但我們都不在意；車子加熱器壞了，導致擋風玻璃起霧結冰；迪恩一邊以七十英里的速度開車，一邊不斷伸出手用抹布擦玻璃，在玻璃上擦出一個洞以便看路。「啊，神聖的洞！」這輛哈德遜很寬敞，四個人都坐在前排也綽綽有餘。我們腿上鋪著一條毯子。收音機也壞了。五天前才買的新車，現在已經壞成這樣。而且才付了頭期款。

我們沿三〇一公路往北駛向華盛頓，筆直的雙車道，車也不多。迪恩說話時其他人插不上嘴，他激動的比劃著，有時為了說明一個看法，甚至整個身體都探到了我面前；有時他的雙手脫離方向盤，但車子仍直如飛箭，左側前輪貼著路中央的白線行駛，從未偏離。

從實際情形看，迪恩這次來得毫無意義；同樣，我也是毫無理由隨他而去。我在紐約上學，和一個叫露西爾的義大利女孩談戀愛，她很漂亮，有一頭蜂蜜色的棕髮，我真心想和她結婚。這些年來我一直在尋找可以與自己步入婚姻殿堂的女人。每次遇見一個女人，我都會問自己：她會是怎樣的妻子呢？我跟迪恩和瑪麗露談起露西爾。瑪麗露想知道關於露西爾的一切，還想見見她。說話間，汽車飛馳經過里奇蒙、華盛頓、巴爾的摩，然後沿著一條彎曲的鄉村公路駛向費城。

我告訴他們：「我想找個女人結婚，想和她一起安心的過日子，白頭偕老。我們不可能一直這樣下去——瘋癲的東奔西跑。我們終究要找個地方安頓下來。」

「啊，老兄，你又來了。我聽你講**家**、婚姻，這些你心目中美好的東西都聽了好多年啦。」迪恩說道。這是個悲傷的夜晚；也是個快樂的夜晚。到了費城，我們在流動攤車用僅剩的一塊飯錢吃漢堡。那時是凌晨三點，櫃檯後面的人聽見我們在談錢的事，便說要請我們吃漢堡和咖啡——條件是去後面洗盤子，因為洗碗工今天沒來。我們欣然接受。

艾德自稱是洗盤子高手，幹這行很久了，說著便將長臂深深探入洗碗槽。迪恩拿著毛巾閒逛耍寶，瑪麗露也一樣。最後他們就在鍋碗瓢盆間親熱起來；然後退到儲藏室的黑暗角落。店員毫不在意，只要我和艾德有洗完盤子就好。我們十五分鐘就幹完了。天剛亮，我們已經馳騁在紐澤西州，在白雪皚皚的遠方，紐約大都市的巨大雲團在我們眼前升起。迪恩用一件毛衣裹住耳朵保暖。他說我們是一群去炸紐約的阿拉伯人。汽車如箭一般穿過林肯隧道，徑直駛向時代廣場；瑪麗露想去那裡看看。

「唉，我真希望能找到哈塞爾。大家睜大眼睛，好好找找。」我們的目光在人行道上仔細搜索。

「可愛的哈塞爾。哦，你真該**看看**他在德州的樣子。」

迪恩在四天之內跑了四千英里，從舊金山出發，途經亞利桑那州，再北上丹佛，其間歷險無數。而這僅僅是開始而已。

3 煩惱・上帝・女人

到了派特森，我們在我家睡了一覺。傍晚時我第一個醒來。迪恩和瑪麗露睡我的床，我和艾德睡我姑姑的床。迪恩那個破旅行箱的鉸鏈已脫落，攤在地板上，還有幾隻襪子露在外面。樓下藥店接到一通找我的電話，從紐奧良打來。是公牛老李！他已經搬到了紐奧良。老李嘰嘰歪歪向我抱怨，說是一個名叫卡拉蒂・鄧克爾的女人剛剛到他家，要找一個叫艾德・鄧克爾的人；公牛根本不認識他們。卡拉蒂真是個不肯服輸的固執女人。我讓公牛安撫她，告訴她艾德跟我、迪恩在一起，我們很有可能會在去西海岸的路上到紐奧良接她。然後卡拉蒂接過了電話。她想知道艾德還好嗎？她非常關心他過得好不好。

「你是怎麼從土桑到紐奧良的？」我問。她說她給家裡發電報要了些錢，然後坐巴士去的。她下定決心要追上艾德，因為她愛他。我上樓告訴了艾德。他坐在椅子上，看上去憂心忡忡；他其實是個心地善良的大好人。

迪恩突然醒來，跳下床說道：「好了，我們現在必須馬上吃飯。瑪麗露，快去廚房找找有什麼吃的。薩爾，你和我下樓去打電話給卡洛。艾德，你儘量把屋裡收拾好。」我跟著迪恩匆匆下樓。

藥店老闆說：「剛剛又有一個你的電話——這次是從舊金山打來的——要找一個名叫迪恩．莫里亞蒂的人。我說沒有叫這個名字的人。」原來是可愛的卡蜜兒，她要找迪恩。性格從容的高個子藥店老闆山姆是我的朋友，他看著我，抓了抓頭說：「天哪，你在幹麼，開國際妓院嗎？」

迪恩狂笑：「老兄！我很喜歡你！」說著他便跳進電話亭，往舊金山撥了一通對方付費電話。然後我們又打電話到卡洛在長島的家，叫他過來。他兩小時後到。與此同時，我和迪恩做著準備，我們還要開車返回維吉尼亞，去搬剩下的家具，並把姑姑接回家。

卡洛來了，腋下夾著詩集，在一張扶手椅上坐著，一對圓溜溜的眼珠注視著我們。前半個小時，他一言不發，一副置身事外的模樣。丹佛的陰鬱日子令他變得沉穩；陰鬱的達卡[1]則使他徹底變了個人。在達卡時，他留了鬍子，穿梭於當地小巷，讓小孩子領著他去找巫醫算命。他還拍了一些照片，多是達卡偏僻地區離奇的街道以及路邊的茅草屋。他說在回來的船上，他差點像哈特．克萊恩[2]一樣跳海自殺。

迪恩坐在地板上，手裡拿著一個音樂盒，無比驚訝的聽著裡面播放的音樂，那是一首叫〈美好羅曼史〉（*A Fine Romance SONG*）的小曲——「看這叮叮咚咚的小可愛。啊！聽！大家圍過來看看音樂盒裡面，研究一下它的奧祕——叮咚叮咚，啊哈。」艾德也坐在地板上，手裡拿著我的鼓棒；

突然，他開始和著音樂的節奏敲打起來，很小聲，幾乎聽不清。我們每個人都屏息聆聽。「滴……答……滴滴……答答。」迪恩一隻手攏著耳朵仔細聽；他嘴巴張開著；他說：「啊！嘖嘖！」

卡洛瞇著眼，注視著這瘋傻的場面。最後，他一拍大腿：「我有話要說。」

「哦？什麼事？」

「此次紐約之行意義何在？你們在幹什麼不可告人的勾當？我的意思是，老兄，汝欲何往？香車夜行，美國，汝欲何往？」

「汝欲何往？」迪恩重複著，嘴都合不起來。我們坐下來，不知道說什麼好；也沒什麼好說的了。唯有上路。迪恩一躍而起，說我們該回維吉尼亞了。他沖了個澡，我用家裡剩下的東西煮了一大盤雜燴，瑪麗露補好了他的襪子，我們整裝待發。我和迪恩帶著卡洛飛馳到紐約，跟他約定三十個小時以後再見，一起過新年除夕。天黑了。我們把他送到時代廣場，然後折返，經過昂貴的收費隧道駛入紐澤西，再一路向前。我和迪恩換著開，十個小時後就到了維吉尼亞。

「這麼多年了，現在我們才第一次單獨在一起好好談話。」迪恩說。他說了一整夜。彷彿做夢

1 編按：非洲大陸最西端，塞內加爾的首都。
2 譯按：Hart Crane（1899-1932），美國詩人，跳入墨西哥灣自殺。

一般，我們再度飛越沉睡的華盛頓和維吉尼亞荒野，破曉時分跨過阿波麥托克斯河，早上八點就到了我哥家門口。迪恩一路上興奮無比，他對看見的一切、談論的一切，以及所經歷的每一個瞬間的每一個細節都興奮無比。他著迷於信仰的問題：「當然了，現在沒人敢肯定的說上帝已死。我們經歷過各種不同的階段。你還記得嗎，薩爾，我第一次到紐約的時候還請查德．金告訴我尼采的事。你看那是多久以前了？萬事皆好，上帝存在，我們了解時間的奧祕。從古希臘人開始，一切就全搞錯了。幾何學和那套思維方式是行不通的。**現實**就是一切！」他緊握拳頭；汽車緊貼標線筆直前行。

「還有，你我都明白，我不可能有時間解釋清楚為什麼我們都知道上帝存在。」交談中，我抱怨生活裡的各種煩惱——我家有多窮，我多想幫幫露西爾，因為她也很窮而且還帶著一個女兒。「煩惱，這樣說吧，它概括了上帝存在的形式。重要的是不可深陷其中。我的頭暈了！」他叫道，雙手抓著頭。衝下車去買菸的動作就像格魯喬．馬克思[3]——幾乎要飛起的狂奔，只差他沒穿燕尾服。

「離開丹佛以後，薩爾，好多事情——噢，那些事情我想了又想。過去我老是進少管所，我就是一個小混混，總想讓別人肯定自己——偷車是一種昭示地位的心理表達，也就是愛炫耀。關於我過去老是進監獄的問題，我現在算是想明白了。我自己知道，我這輩子是不會再進監獄了。而其餘的問題就不是我的錯了。」途中我們看到一個小孩對著路上來往的車輛扔石頭。迪恩說：「想像一下，有天他扔的石頭會砸穿某輛車的擋風玻璃——車毀人亡都是因為那個小孩。你明白我的意思嗎？上帝的存在是無庸置疑的。當我們這樣開著車在路上跑，我一點都不擔心，知道一切都會好好的，就算是害怕摸方向盤的你在開車——」（我討厭開車，開車也很小心）「——我也相信這車照樣會往前跑，不會開到水溝裡去，我可以放心睡覺。還有，我們了解美國，這裡是我們的家；我可以到達美國的任何地方，得到我想要的東西，因為每個地方都差不多，有什麼人，他們做什麼，我都清楚。在這美妙的複雜多變的路上曲折前行，我們有付出也有收穫。」他說的話沒有一句是完全清楚的，但他要表達的意思卻以某種方式傳遞出來，純粹而清晰。他經常使用「純粹」一詞。我做夢都沒想到迪恩會變成一個神祕主義者。這個時候他的神祕主義還處於萌芽階段，這將引領他到後來那種奇怪、衣衫襤褸、有如W．C．菲爾茲一般的聖徒形象。

當晚，我和迪恩把家具裝在汽車後座，又向北駛向紐約，就連我姑姑也好奇的豎起一隻耳朵聽迪恩講話。由於姑姑在車上，迪恩只能專心的講他在舊金山的工作經歷。他為我們仔細講解制軔工做的每一件事，每經過一個鐵路調車場時他都會演示一番，甚至一度跳下車示範制軔工如何在交軌處打放行信號。姑姑換到後座睡覺去了。凌晨四點，我們到了華盛頓，迪恩又往舊金山撥了一通對方付費電話，打給卡蜜兒。此後不久，我們剛駛出華盛頓，一輛鳴著警笛的巡邏車超車前來，要開

3 譯按：Groucho Marx（1890-1977），美國喜劇演員。

我們超速罰單，但我們只開到三十英里左右。都是加州車牌惹的禍。「你們是不是覺得因為自己是加州來的，所以在這裡想開多快就可以開多快？」員警說。

我和迪恩來到警察局，向他們解釋我們身無分文。他們說如果不繳齊罰金，迪恩今晚就要被拘留。當然，姑姑有錢繳十五元的罰款；她身上帶了二十塊錢，付罰款肯定是夠的。而就在我們和員警交涉時，其中一個員警跑出去偷偷往車裡看，姑姑正裹著毯子坐在後座。她們四目相對。

「別擔心，我不是女搶匪。如果你想搜車就請便。我是和姪子一起回家，這些家具也不是偷來的；是我姪媳的，她生了孩子，要搬到新家去住。」那個目瞪口呆的福爾摩斯回到了警局。最後姑姑只好替迪恩交了罰金，不然我們會困在華盛頓；我又沒駕照。迪恩保證會還這筆錢；在過了整整一年半以後，他真的還了，姑姑又驚又喜。我姑姑——在這個悲慘世界裡浸淫已久的體面女士——對世事洞若觀火。她跟我們說起那個員警：「他躲在樹後偷偷看我長什麼樣子。我對他說，想搜車就搜好了。我又沒什麼見不得人的東西。」但她知道迪恩有東西見不得人，而因為我和迪恩在一起混，所以我也一樣；我和迪恩只能黯然默認了。

姑姑曾經說，這個世界永遠不會太平，除非男人們都跪倒在他們的女人腳下乞求原諒。迪恩對此深有體會，他說過很多次了。「我一再懇求瑪麗露，希望她能以一種平和的、溫柔的方式對待我們之間純潔的愛情，不要糾纏不休——她表示理解；但她做的卻又是另一回事——她一心一意想要抓住我；她不會明白我有多愛她，她這是要毀了我。」

「但事實是，我們不了解我們的女人；我們時常責怪她們，但這根本就是我們自己的錯。」我說。

迪恩告誡我：「沒這麼簡單。和平只會突然降臨，只是我們不知道什麼時候——明白嗎，老兄？」

他驅車穿過紐澤西州，表情堅毅、面容蒼白；清晨，我開車駛入派特森，他在後座睡覺。早上八點，我們到了家，瑪麗露和艾德呆坐在屋裡，吸著從菸灰缸裡挑出的菸蒂；自從我和迪恩離開後，他們就沒吃過飯。姑姑買來食物，做了一頓豐盛的早餐。

4 除了迷惘，我一無所有

現在，西部三人組要在曼哈頓附近找住處了。卡洛在約克大道有間公寓；他們晚上就要搬過去住。我和迪恩睡了一整天，醒來時，一場猛烈的暴風雪迎來了一九四八年的除夕夜。艾德坐在我的搖椅上，講述著他去年過除夕的情景。「那時我在芝加哥，窮困潦倒，住在克拉克北街的一家旅館。我坐在窗戶邊，樓下麵包店的香味撲鼻而來。雖然身上一毛錢也沒有，但我還是下樓和那個女孩聊天。她送給我麵包和咖啡蛋糕。我拿回房間吃掉了。整晚我都待在旅館房間裡。還有一年，在猶他州的法明頓，我和艾德．沃爾去那裡幹活——你們認識艾德．沃爾，丹佛那個牧場主的兒子——我躺在床上，忽然看見我死去的母親站在角落裡，她周圍全是光。我喊了聲『媽媽』，她就消失了。我老是會出現幻覺。」艾德點著頭說。

「卡拉蒂的事你打算怎麼辦？」

「哦，到時候再看吧。等我們到了紐奧良再說。你說是不是，嗯？」他也開始詢問我意見了；光一個迪恩還不夠用。不過他確實已經愛上了卡拉蒂，心裡正琢磨該怎麼辦。

「那你自己呢，艾德，你有什麼打算？」我問。

「不知道，走一步看一步吧。我只想體驗生活。」他沒有方向。重複著迪恩的老臺詞。他坐在那裡回憶著那個芝加哥的夜晚，那孤寂的旅館房間裡熱呼呼的咖啡蛋糕。

室外大雪狂舞。一場盛大的派對即將在紐約舉行；我們都要參加。迪恩把破箱子收拾好放進車裡，我們便動身開啟狂歡夜。姑姑很高興，心裡念著下週我哥會來看她；她坐在那裡看報紙，等待時代廣場午夜的新年鐘聲。我們駛入紐約，車輪在結冰的路面上不時打滑。迪恩開車我從來不擔心，任何情況下他都能操控得宜。收音機已經修好，他放著狂野的咆勃爵士，音樂激勵著我們在黑夜裡一往直前。我不知道何處是歸宿；我不在乎。

大概就是在這段時間，有件怪事開始困擾我——我忘記了某件事。在迪恩來之前我正要做一個決定，現在忘得一乾二淨，不過我知道它還藏在我的腦子裡，隨時可能冒出來。我不斷彈指頭，試圖回憶起來，然而我甚至不確定自己忘卻的到底是一個真實的決定，還是只是一個想法。我百思不得其解，既驚訝又難受。這多少與「屍衣行者」有關。

有次我和卡洛面對面坐在椅子上促膝交談，講我做的一個夢，夢裡有一個陌生的阿拉伯人在沙漠裡追我，我竭力逃脫，但最終他趕在我進護城之前攔住了我。

「他是誰呢？」卡洛問。我們一起思考著。

我說，會不會就是我自己，披著屍衣？不對！在生命的荒漠中，總有某個東西、某個人或者幽靈在追逐我們所有人，而且我們必定會在抵達天堂前被抓住。當然，**現在回頭看，那就是死亡**：死亡會在人們進入天堂之前追上自己。**我們活著的唯一渴望，那使我們甘願嘆息、呻吟著去歷經酸甜苦辣的東西，就是逝去的幸福記憶**，這也許是我們在子宮裡體驗過的快樂，而且唯有在死亡中才能重現（雖然人們不願承認）。但誰又願意去死呢？儘管行走匆忙，但這個問題一直縈繞在我腦海。我告訴迪恩，他立刻明白這就是對純粹死亡的嚮往；而因為每個人只能活一次，他當然不會去糾結這個問題，我也贊同他。

我們去找紐約那幫朋友。紐約也是奇葩朵朵。我們先去了湯姆·塞布魯克的家。湯姆是個憂鬱的英俊小子，和藹可親，慷慨大方；只是偶爾會突然變得陰鬱，一句話也不說就匆匆離去。但今晚他非常高興：「薩爾，你從哪裡找來這麼棒的人？真讓我大開眼界。」

「我在西部認識的。」

迪恩玩得正嗨；他放了張爵士樂唱片，拽過瑪麗露緊緊摟住，隨著音樂節拍貼身熱舞。她扭動身體積極回應。這是真正的愛之舞。伊恩·麥克阿瑟帶著一大幫人進來了。新年的週末開始了，持續了三天三夜。那輛哈德遜帶著一幫又一幫的人，在漫天飛雪的紐約大街小巷迂迴穿梭，奔赴一個又一個活動。我帶著露西爾和她妹妹去參加最盛大的派對。當露西爾看見我與迪恩和瑪麗露在一起時，臉色頓時變得陰暗——她感覺到了這些人會讓我變得瘋狂。

「我不喜歡你和他們在一起。」

「啊，沒事的，就只是一起玩嘛。人只活一次。及時行樂。」

「不，這樣很可悲，我不喜歡你這樣。」

然後，瑪麗露開始向我告白；她說迪恩要和卡蜜兒一起生活，她想讓我跟她走。「跟我們回舊金山吧。我們一起生活。我會成為你的好女友。」但我知道迪恩愛瑪麗露，還知道瑪麗露這樣做是為了讓露西爾嫉妒，我不想蹚這渾水。儘管如此，我仍然對這個性感的金髮女郎垂涎三尺。當露西爾看見瑪麗露把我推到角落，向我表白並主動親我時，她就答應了迪恩的邀請，跟他坐車兜風；不過他們只是聊天，還喝了一些我留在儲物箱裡的南方私釀酒。所有事都攪在一起，準備崩潰。

我知道我和露西爾情緣將盡。她要我依**她的方式**做。她丈夫是個碼頭工人，對她很不好。只要她離婚，我願意娶她並接納她的小女兒；可是她連離婚需要的錢都沒有，所以希望渺茫；另外，露西爾永遠不能理解我，因為我喜歡的東西太多，在困惑與徬徨中不停追逐一顆又一顆的流星，不到精疲力竭決不罷休。黑夜總是如此，令人黯然神傷。我有什麼可以給別人呢？——除了迷惘，我一無所有。

參加派對的人非常多；在曼哈頓西九十街附近一個地下室公寓舉辦的那場派對，來了至少一百人。人們湧進靠近鍋爐的幾個隔間。到處都有事情在發生，角落裡，床上，沙發上——不是那種酒後亂性的狂歡，而是一場伴隨著瘋狂尖叫和狂野電臺音樂的新年晚會。甚至還來了一個中國女人。迪恩像格魯喬・馬克思那樣竄來竄去，周旋於各個圈子，打量著每個人。我們還常常跑出去開車，接更多的人來參加派對。達米恩也來了，他是我們紐約幫的主角，正如迪恩是西部幫的主角一樣。他們一見面就互看不順眼。突然，達米恩的女友用右手打出一記重拳，擊中達米恩的下巴。他被打得暈頭轉向。她便帶他回家去了。

又進來一幫瘋瘋癲癲的報社朋友，他們剛從辦公室過來，手裡拿著酒瓶。屋外，一場驚人的暴風雪正下得起勁。艾德遇見了露西爾的妹妹，兩人便消失了；我忘了說，艾德在女人面前很有一套。他是個六呎四的大個子，性情溫順，待人謙和，和藹可親，討人喜歡。他會幫女人穿上外套。那才是把妹之道啊。凌晨五點，我們一幫人衝進某棟大樓的後院，從窗戶翻進一間公寓，那裡正舉辦著一場大派對。天亮時我們回到湯姆家。大家在那裡畫畫，喝著昨晚的啤酒。我在長沙發上睡覺，懷裡抱著一個叫夢娜的女人。

又有一群人從哥倫比亞大學校園酒吧趕過來。我生命中的每件事、每張臉孔，現在全都擠在同一個陰冷潮濕的房間裡。伊恩・麥克阿瑟家的派對還在繼續。伊恩是個特別可愛的傢伙，戴著眼鏡，鏡片後經常透出欣喜的目光。他也學會了像迪恩一樣，對什麼都說「耶」，而且自此就再沒停過。

在戴斯特・戈登和瓦德爾・格雷演奏的《狩獵》狂野樂聲伴奏下，我和迪恩把瑪麗露當球一樣，在長沙發上拋過來拋過去；她可不是一個輕飄飄的玩具娃娃。迪恩光著上身，赤著腳，只穿條長褲在屋裡跑來跑去，該開車去接更多的人時他就會跑出去。所有想得到的事情都發生了。

我們還找到了瘋癲狂野的羅爾・格雷布，在他長島的家裡待了一晚上。羅爾和他姑媽住在一棟漂亮的房子裡；一旦他姑媽去世，房子就是他的了。但她總是看羅爾不順眼，而且討厭他的朋友。他把迪恩、瑪麗露、艾德和我——這幫邋遢的朋友帶到家裡，搞了一場喧鬧的派對。那婦人在樓上來回踱步，威脅著要叫員警。「閉嘴，妳這個討厭的老女人！」羅爾大吼道。真不知道他怎麼能夠像這樣和她一起生活。

羅爾藏書豐富，我這輩子都沒見過誰有這麼多書——兩間圖書室，每個房間的四面牆從地板到天花板都擺滿了書，甚至連《聖經次經》這樣的書都有。他放著威爾第[1]的歌劇唱片，穿著背後破了一大片的睡衣邊聽邊表演。他對什麼都不在乎。他是個偉大的知識分子，經常搖搖晃晃、大喊大叫走在紐約海濱路上，手裡還夾著十七世紀的樂譜手稿。他像隻大蜘蛛一樣，在大街小巷橫衝直撞。此刻，他興奮不已，雙眼迸射出惡魔般的光芒，脖子像中了邪一般扭動顫抖。他嘴裡咕嚕著，身體

1 編按：Giuseppe Verdi（1813-1901），義大利作曲家。

扭曲著，然後坐下，呻吟，嚎叫，最後絕望的倒在地上。他興奮得幾乎說不出話來，生活實在是太刺激了。

迪恩垂頭站在他的面前，嘴裡不斷重複著：「是的……沒錯……耶……」。迪恩把我拉到角落說：「那個羅爾．格雷布真是太棒了，太了不起了。這就是我之前一直對你說的——我想成為的人。我要像他一樣。他絕不會困擾不前，他四面出擊，全力以赴；他了解時間的奧祕，只想著瘋狂搖擺。哇，他就是終點！這樣說吧，如果你一直像他這樣，你最終就會到達那種狀態，得到它（it）。」

「得到什麼？」

「**它！它！**我會告訴你——不過現在沒空，我們現在沒時間。」迪恩衝回去繼續觀察羅爾。

迪恩說，偉大的爵士鋼琴家喬治．謝林[2]在演奏時的狀態，就和羅爾．格雷布一模一樣。在漫長又瘋狂的週末，我和迪恩去「鳥園」[3]欣賞謝林演出。十點鐘，爵士俱樂部還很空蕩，我們是第一批客人。盲眼的謝林出來了，由人牽著手坐到鋼琴跟前。他是個氣質高貴的英國人，白色衣領筆挺，身材強壯，金髮碧眼，渾身散發出英國夏夜淡雅的氣息。當貝斯手恭敬的向他傾身，隨即彈出低沉的節奏時，謝林彈奏出的第一串如水波蕩漾般甜美的音符，就更使這種氣息彌漫開來。鼓手丹齊爾．貝斯特[4]穩如泰山的坐著，只有劈啪作響的鼓刷在手腕間飛舞。

謝林開始進入狀態，狂喜之情溢於他的臉龐；他的身體在琴凳上前後搖擺，剛開始慢慢的，隨著節奏加快，他搖擺得也越來越快；左腳蹬踏著節拍，脖子左右扭動，隨後猛然俯身，臉都要貼到琴鍵上了，又把頭髮往後一抹；髮型亂了，他流汗了。音樂越發激烈。貝斯手弓著身猛烈敲擊，越彈越快；至少給人的感覺是越來越快。謝林開始彈奏和弦；不需思考，濃墨重彩的和弦就從鋼琴裡滾滾流出，令人應接不暇。音樂如大海奔騰起伏。觀眾齊聲喊著：「加油！」迪恩大汗淋漓，汗水順著衣領流下來：「這就是謝林！簡直就是上帝！了不起的謝林！耶！耶！耶！」謝林感覺到了他身後的這個瘋子，甚至聽到了迪恩的每一次喘氣和每一句髒話，雖然看不見，但他感覺得到。迪恩叫喊著：「太讚了！耶！」謝林笑了，繼續用音樂刺激聽眾。

謝林從鋼琴旁站起身來，汗如雨下；一九四九年是他的輝煌歲月，那時他還沒有這麼主流和商業化。他離開後，迪恩指著他坐過的琴凳說：「上帝坐過的位子。」鋼琴上放著一支小號；鼓座背後的那面牆上畫著一輛沙漠中的大篷車，那支小號在牆上投射出一個金色的影像，與大篷車奇特的並列在一起。

上帝已走；這是祂離去後的寂靜。那天是個雨夜。那是雨夜的神話。迪恩睜大眼睛，臉上露出

2 譯按：George Shearing（1919-2011），英國爵士樂鋼琴家，天生失明，一九四七年移居美國。
3 編按：Birdland，紐約五大爵士樂俱樂部之一；其名來自綽號「大鳥」的薩克斯風樂手查利・帕克，他曾在此駐店演出。
4 編按：Denzil Best（1917-1965），一九五〇至一九六〇年代著名咆勃鼓手。

敬畏的神情。這短暫的瘋狂沒有改變任何事。我不知道自己當時怎麼了，後來才意識到那是因為我們抽了迪恩在紐約買的大麻。大麻讓我感受到一切終將到來——在那個瞬間，你意識到這**世上的塵埃早已落定，也不曾有可改變的空隙。**

5 我是誰？妳怎麼想？

我離開大家，回家休息。姑姑說，和迪恩那幫人廝混是在浪費時間。我也知道。然而物以類聚，人以群分。我還想再前往西岸旅行一次，趕在春季學期開學前回來。事實證明，那真是很精采的旅程！我只是搭上迪恩的便車，一路上看看他會做些什麼；而且我知道，到了舊金山迪恩會回到卡蜜兒身邊，我想趁機和瑪麗露搞點什麼。我們準備再次穿越那片哀嘆呻吟的大陸。我兌現了退伍軍人津貼支票，給迪恩十八塊寄給他老婆；她在等他回家，而且身無分文。瑪麗露怎麼想我不知道；艾德則一如往常的緊跟著我們。

離開前，我們在卡洛的公寓裡度過了漫長又有趣的日子。他穿著浴袍走來走去，發表一些嘲諷的見解：「我並不想戳破你們的幻想、掃你們的興，但在我看來，現在是時候了，該想清楚你們是誰、未來打算做什麼。」卡洛當時的工作是辦公室打字員。

「我想知道，你們整天坐在屋裡究竟是想幹麼？不停的聊天有什麼意思？你們有什麼打算？迪恩，你為什麼離開卡蜜兒，又和瑪麗露搞在了一起？」沒有回答，只有傻笑。

「瑪麗露，妳為什麼要這樣滿世界亂跑？關於那件屍衣[1]，作為一個女人，妳到底在想什麼？」同樣的傻笑。

「艾德．鄧克爾，你為什麼把新婚妻子丟在土桑？你的肥屁股坐在這裡幹什麼？你家在哪裡？你的工作是什麼？」艾德一臉迷惑的垂下頭。

「薩爾——你為何變得如此萎靡懶散？你對露西爾做了什麼？」他拉了拉浴袍，面對我們坐下。「審判之日即將來臨。你們的氣球撐不了多久了。不僅如此，那還是個抽象的氣球。飛到西海岸後，你們還得辛苦的回來尋找自己的那塊基石。」

那陣子卡洛說話用上了一種新腔調——他稱為「岩石之聲」；那意思就是要振聾發聵，讓大家認識到岩石的意義。他警告我們：「帽子上有著一條龍，就別在閣樓上與蝙蝠為伍。」他眼神瘋狂的望著我們。繼陰鬱達卡之後，他經歷了一個可怕的階段，他稱之為「神聖的陰鬱」或者「陰鬱哈林」。那個仲夏時節，他住在哈林區，夜裡醒來，在孤寂的房間裡，他聽見「巨大的機器」從天而降；走在第一百二十五街上，他覺得置身「水下」，和眾多的魚兒在一起。各種奇思妙想襲來，光芒四射，照亮了他的大腦。他讓瑪麗露坐在他膝上，命令她沉靜下來。又對迪恩說：「你能不能安安靜靜的坐下來？幹麼老是那樣上竄下跳？」迪恩跑來跑去，一邊往咖啡裡加糖，一邊嚷嚷道：「好的！好的！」晚上，艾德睡在鋪著墊子的地板上，卡洛被迪恩和瑪麗露擠下了床，他坐在廚房裡，對著一盤燉腰子，嘴裡咕噥著岩石的預言。我幾乎天天過來，看他們在幹些什麼。

艾德對我說：「昨晚我一路走到時代廣場，就在我剛剛走到時，我猛然意識到自己是個鬼魂——走在人行道上的不過是我的鬼魂。」他這樣對我說，未予置評，只是重重點著頭。十個小時後，在別人說話時，他突然開口說：「沒錯，就是我的鬼魂，走在人行道上。」

迪恩忽然靠過來，很認真的對我說：「薩爾，我有一事相求——這對我很重要——不知你意下如何——我們是兄弟，對吧？」

「當然了，迪恩。」他臉紅了，終於說了出口：他要我去睡瑪麗露。我沒問為什麼，因為我知道他是想看看瑪麗露跟別的男人在一起是什麼樣子。他說出這個想法時，我們正坐在瑞茲酒吧，剛剛才在時代廣場走了一個小時尋找哈塞爾。瑞茲酒吧是時代廣場一帶混混聚集的酒吧；它年年改名。走進去連一個女孩都看不到，甚至包廂裡也沒有，只有一大幫穿著各式混混服裝的年輕人，從紅襯衫到阻特裝[2]應有盡有。這裡也是男妓聚集的地方——那些晚上在第八大道出沒的年輕小子，全靠那些可憐的老同性戀才能混口飯吃。

---

1 譯按：shroud，指薩爾夢中的「屍衣行者」，此處即「旅行」之意。

2 譯按：zoot suits，流行於一九四〇年代美國的一種男套裝，上衣過膝，有墊肩，褲腿寬鬆。

迪恩走進去，瞇著眼睛想看清楚每一張面孔。那裡有放蕩不羈的黑人酷兒、藏著槍的陰沉傢伙、身懷利刃的水手、態度曖昧的瘦削毒蟲；時不時還有些衣著光鮮的中年警探打扮成組頭模樣，一半出於興趣，另一半為了執行公務。在這種地方迪恩提出他的要求，倒是非常合時宜。瑞茲酒吧就是所有陰謀詭計出籠之處，空氣中到處彌漫著邪惡氣息，各種瘋狂的性關係常常接踵而至。某個專偷保險箱的竊賊不僅提議去偷第十四街上的某間閣樓，而且還要大家一起幹一炮。金賽[3]花了很多時間在瑞茲酒吧採訪年輕人；一九四五年某個晚上他助手來的時候，我正好在場。哈塞爾和卡洛接受了採訪。

我和迪恩驅車回到寓所，發現瑪麗露正躺在床上。艾德則在紐約某個地方遛他的鬼魂。迪恩把剛才的決定告訴了瑪麗露，她說她很樂意。我有點猶豫。但我必須證明自己可以。那張床是某個大塊頭臨終前睡過的，中間有些塌陷。瑪麗露躺在中間，我和迪恩在她左右，靜靜躺在翹起的床墊兩端，一時無語。我說：「媽的，我做不到。」

「快點啦老兄，我們說好的！」

「瑪麗露呢，妳覺得咧？妳怎麼想？」我問。

「來吧。」她說。

她抱著我，我試圖忘掉迪恩的存在。可一想到他在黑暗裡豎著耳朵聽著每一個聲響，我除了笑，其他什麼也做不了。整個情況太奇怪了。

「大家放鬆一點。」迪恩說。

「我可能沒辦法。還是你去廚房待一下？」

迪恩出去了。瑪麗露非常可愛，但我輕聲對她說：「等到了舊金山我們再好好交往吧；現在我做不下去。」她也明白我說得對。暗夜裡，三個孩子正努力做出決定，將過去幾個世紀的束縛像氣球一般從手中放掉，在黑暗中飄起。公寓裡出奇的安靜。我走過去，輕輕拍了拍迪恩，叫他去找瑪麗露；然後在沙發上躺下。

我能聽見迪恩如痴如醉的聲音，他忍不住的胡言亂語，瘋狂扭動。只有一個在監獄裡蹲了五年的傢伙，才會達到這種瘋狂的極端狀態；才會乞求進入那溫柔的源頭，痴迷於透過肉體的極樂來體驗生命至福之源；才會盲目的尋求重返其生命之途。這是多年來在鐵窗下觀看色情圖片的結果；看著流行雜誌上女人的大腿和乳房；感受著鋼鐵的堅硬，卻只能想像那不在場的女人之柔軟。監獄是一個使你向自己允諾生存權利的地方。

迪恩從未見過自己的母親。每一個新認識的女人、每一個新婚妻子、每一個初生嬰兒，都能給

3 譯按：即美國生物學家、性學家阿爾弗雷德・查理斯・金賽（Alfred Charles Kinsey, 1894-1956）。

他淒涼貧瘠的人生增添一份充實感。他父親在哪裡呢？——那個白鐵匠迪恩．莫里亞蒂，那個搭過霸王火車，在鐵路邊的簡陋廚房做過幫廚的老流浪漢；多少個西部的夜晚，他在小巷裡醉步蹣跚，一頭栽倒，奄奄一息躺在煤堆上，嘴裡的黃牙一顆接一顆落在陰溝裡。迪恩完全有權利在與瑪麗露的愛中體驗欲仙欲死。我不想打擾，只想跟隨。

黎明時卡洛回到家，穿上他的浴袍。那陣子他幾乎沒睡覺。「嘔！」他大叫一聲。他快氣瘋了——屋裡髒亂不堪，地板上的果醬、亂扔的衣服、菸頭、髒盤子及翻開的書——這是昨晚那個很棒的論壇所留下的副作用。世界每天都在呻吟中轉動，而我們在黑夜裡做著驚人的研究。瑪麗露和迪恩因為某件事打了起來，搞得身上青一塊紫一塊的；迪恩的臉也被抓破了。**是時候上路了。**

我們一行十人開車去我家拿我的旅行包，又去酒吧給遠在紐奧良的公牛老李打電話——幾年前我和迪恩第一次交談就是在這家酒吧，當時他找上門要我教他寫作。我們聽到一千八百英里開外傳來公牛嘰嘰歪歪的聲音：「你們說我該拿這個卡拉蒂怎麼辦？她來這裡已經兩個星期了，整天躲在臥室裡，也不跟我和簡說話。那個叫艾德的傢伙和你們在一起嗎？拜託帶他過來吧，把她打發走。她睡在我們家最大的臥室裡，還身無分文。這裡可不是旅館。」

我們叫公牛放心，一幫人圍著電話七嘴八舌、鼓噪喧嘩——有迪恩、瑪麗露、卡洛、艾德、我、伊恩．麥克阿瑟、他老婆、湯姆．塞布魯克，還有兩個不知道是誰，所有人都喝著啤酒，對電話大呼小叫，使本來就最討厭混亂的公牛迷惑不解：「好吧，也許等你們來了之後會說得清楚一些——如果你們真的會來的話。」我向姑姑道別，保證兩週後回來，便再度奔赴加州。

6 美國牡蠣

我們在綿綿細雨中上路，頗有些神祕氣息。我有預感這將會是一齣迷離倘恍的傳奇大戲。「哇嗚！我們出發囉！」迪恩喊道。他趴在方向盤上，驅車向前；他又回歸本色了，大家都看得出來。每個人都滿心歡喜，意識到自己正把所有亂七八糟的事情拋在身後，行使時間的唯一崇高使命——**前行**。我們一路前行。

紐澤西州某處公路邊立著兩塊白色指示牌，在夜色中透露出一絲神祕，上面分別寫著「南」（帶一個箭頭）和「西」（帶一個箭頭）。我們飛馳而過，取道南方。紐奧良！這個名字在我們心中燃燒。我們將從迪恩口中「冰冷的基佬城紐約」的骯髒積雪，一路駛向綠意蔥蔥、彌漫著河流氣味、飽受洪水沖刷的古老紐奧良；再向西行進。艾德坐在後排，瑪麗露、迪恩和我坐在前排，暢談生活的美好快樂。迪恩突然變得溫柔起來：「喂，大家聽我說，我們必須承認，萬事皆好，世界上沒什麼好擔心的。事實上，我們都應該明白『**體悟**自己**真的**不必為**任何事物**操**心**』的意義。你們懂嗎？」大家一致贊同。

「我們上路了，大家一起……在紐約幹的事就別放在心上。」在紐約我們多少鬧了些小彆扭。「把那些事拋在腦後吧，只要有踏上旅行的心就能辦到。我們現在去紐奧良，看公牛老李，一定刺激！大家來聽聽這個次中音薩克斯風手吹得多帶勁——」他突然調大收音機音量，震得車身都在顫抖，「——聽聽他如何講故事，如何帶給我們真正的娛樂和知識。」

我們一起隨著音樂歡呼雀躍。上路的感覺就是這麼純粹。公路中間的白線向前延展，緊貼著左前輪，像是和輪胎凹槽黏在一起。冬夜裡，迪恩只穿件T恤，縮著肌肉發達的脖子，驅車疾馳。經過巴爾的摩時，他堅持要我來開，說在交通繁忙路段可以練車；沒問題，不過他和瑪麗露在親嘴打鬧的間隙，還不忘一再抓我的方向盤。真的很瘋；收音機音量也開到最大。迪恩在儀表板上打鼓，結果敲出了一個大坑；我也跟著敲。可憐的哈德遜——這艘開往中國的慢船，正承受著打擊。

「哇哦，真刺激！瑪麗露，聽我說，親愛的，妳知道我最擅長一心多用，而且精力無限——到了舊金山，我們必須繼續在一起。我知道一個適合妳的住處——在我幹完苦力之後，每隔兩天不到就會去看妳，一起待上十二小時，**哇**，十二小時啊，親愛的，這中間我們可以做多少事！同時我會像平常一樣繼續住在卡蜜兒那裡，她不會知道的。我們能辦到，我們以前就幹過了。」迪恩叫嚷著。瑪麗露沒有意見，她一心一意要扳倒卡蜜兒。我原以為到了舊金山，瑪麗露會被轉讓給我，但我現在開始明白了，他們會繼續黏在一起，而我將會在大陸的另一端孤獨終老。然而，**何必胡思亂想呢？**

黃金般的新大陸就在前方，各種不可預知的事情正靜靜等候你的到來，使你驚奇，使你為能活著看到這一切而歡喜，讓你覺得活著真好。

我們在黎明時抵達華盛頓。剛好趕上哈瑞·杜魯門總統第二任期的就職典禮日。當我們破舊的小船經過時，強大的武力展示沿著賓夕凡尼亞大道一字排開。B-29轟炸機、魚雷快艇、大炮等各式各樣戰爭裝備，在白雪覆蓋的草地上顯得殺氣騰騰；排在最後的是一艘普通小救生艇，看上去既可憐又愚蠢。迪恩放慢車速看著它，滿心敬懼的不斷搖頭：「這些人要幹什麼？哈瑞就睡在這城裡的某個地方……老哈瑞……和我一樣來自密蘇里州……那一定是他自己的救生艇。」

迪恩到後座睡覺去了，換艾德開車。我們特地叮囑他開慢點，但我們鼾聲剛起，他就飆到了八十英里，全然不顧損壞的軸箱；不僅如此，他還在某處開始賽車——從雙向四車道公路的最外側車道開始超車，一路衝到對面車道上，而路邊正好有個員警在和一個司機說話。果不其然，那警察鳴著警笛追了上來。我們被攔下了。他叫我們跟他回警局。裡面有個員警一看見迪恩就心生反感；他嗅到了迪恩身上的監獄氣息。他派手下出去單獨盤問我和瑪麗露。他們想知道瑪麗露的年齡，試圖找個觸犯《曼恩法案》[1]的罪名，但她有結婚證書。他們又把我單獨拉到一邊，想知道是誰在和瑪麗露睡同張床。「她老公。」我的回答很簡單。他們疑神疑鬼，總覺得哪裡不對勁。於是拿出業餘福爾摩斯的招數，同樣的問題問兩遍，期待我們說漏嘴。我說：「那兩個人要回加州的鐵路公司工作，她是矮個頭的妻子，我是他們的朋友，趁學校放假出來玩兩個星期。」

員警笑著說：「是嗎？這錢包真的是你自己的？」

最後，裡面那個壞心的員警罰了迪恩二十五元。我們說自己一共只有四十塊，而且需要一路用到西海岸；他們說這不關他們的事。迪恩還在爭論，那個員警則威脅說要把他帶回賓夕凡尼亞，給他安上一個特別罪名。

「什麼罪？」

「別管什麼罪。**那種事**不用你操心，聰明人。」

我們只好交出二十五元。但一開始，罪魁禍首艾德提出他願意坐牢。迪恩考慮了一下。那員警生氣了：「如果你讓你同伴進監獄，我就馬上把你帶回賓州。聽見沒有？」我們只想趕緊離開。「如果在維吉尼亞再領一張超速罰單，你就會被扣車。」那個員警發出臨別警告。迪恩滿臉通紅。我們默默駛離。搶走路費無異於逼我們去當小偷。他們知道我們窮得要死，沿途無親無故，也沒法找人匯錢。美國警察就喜歡打心理戰，用唬人的文件和威脅來欺負那些不敢反抗的老百姓。簡直就是維多利亞時期的人；從發霉的窗戶向外窺視，什麼都要盤問，如果罪名不遂心願，便無中生有捏

1 譯按：Mann Act，美國反色情法案，禁止各州從事販運婦女等不道德行為。

造。賽林[2]說過：「犯罪十有其一源於無聊。」迪恩氣到不行，想弄把槍，馬上殺回維吉尼亞把那警察幹掉。

「賓夕凡尼亞！我倒想知道什麼罪名！應該是流浪罪吧；把我的錢全收走，告我流浪罪。那幫傢伙真他媽有夠會搞這套。如果你敢抱怨，他們還會給你一槍。」他譏笑道。我們別無他法，只能自尋開心，把不愉快忘掉。經過里奇蒙時，大家就漸漸忘掉了這件事，很快一切都好了起來。

現在旅費只剩十五塊，我們必須沿途載人，要點汽油錢。在維吉尼亞的荒野中我們突然看見一個行人。迪恩猛力剎住車。我回頭看了看說，那只是個流浪漢，可能沒半毛錢。

「還是載上他玩玩吧！」迪恩哈哈笑著。那人穿著破衣爛衫、戴眼鏡，瘋瘋癲癲的，一邊走路一邊讀著一本從路邊撿來的平裝書，書上沾滿汙泥。他上了車，繼續埋頭看書；這人身上髒得要命，到處都是瘡疤。他說自己叫海曼．所羅門，足跡遍布美國，每到一處就去猶太人家裡敲門（踹門）要錢：「給我點錢買吃的，我是猶太人。」

他說這招很有用，總能搞到錢。我們問他在讀什麼。他不知道。他懶得看扉頁。他只看裡面的文字，彷彿他已在荒野之中找到「妥拉」[3]所在。

「看到沒？看到沒？看到沒？」迪恩戳我的腰，咯咯笑著說：「我說過會很好玩的。每個人都很有趣！」我們把所羅門一直載到泰斯特門。我哥現在已經搬進了新家，在城的另一邊。我們又回到那條淒涼的長街，鐵軌從路中間穿過，憂鬱陰沉的南方人大步從五金店和小雜貨店門前走過。

所羅門說：「我知道你們路上還需要一點錢。你們等我，我去找家猶太人弄幾一點出來，然後和你們一起去阿拉巴馬。」迪恩樂壞了；他和我趕緊去買麵包和乳酪醬，準備在車上吃午飯。瑪麗露和艾德在車裡等著。我們在泰斯特門等了所羅門兩個小時；他在城裡某個地方討要麵包錢，但我們等不到他。太陽開始變紅，天色漸晚。

所羅門再也沒有出現，於是我們飛速駛出泰斯特門。「現在你明白了吧，薩爾，上帝真的存在，不管怎麼搞，我們總是擺脫不了這座小城。而且你發現了嗎？它有一個奇特的聖經式名字，還有那個奇特聖經式人物[4]，他讓我們再次停留於此，一切都緊密相連，環環相扣，就像雨水把世上每個人都連結在一起……」迪恩喋喋不休說著，欣喜若狂。我們突然發現，這整個國家就像是一顆牡蠣，等著我們去打開；那裡有珍珠、那裡有寶藏。

我們向南方飛馳，路上又帶上一個搭便車的人。一個憂鬱的大男孩，他說他有一個姑媽在北卡羅來納州的鄧恩市開了一家雜貨店，就在費耶特維爾外。「等到了那裡，你能向她要一塊錢嗎？對！

2 編按：Louis-Ferdinand Céline（1894-1961），法國小說家。
3 譯按：Torah，指猶太教的真義。
4 譯按：地名「泰斯特門」（Testament）有「聖約」之意，人名「所羅門」（Solomon）則是《聖經》中以色列國王的名字。

好！我們走吧！」一個小時後我們抵達鄧恩，已是黃昏。我們驅車來到那男孩說的他姑媽開雜貨店的地方。那是一條淒涼的小街，盡頭是工廠的圍牆。有一家雜貨店，但沒有姑媽。我們想弄明白那男孩到底在搞什麼，於是問他還準備走多遠；他說不知道。

原來這是一場騙局。在很久以前的一次流浪途中，他看見了這間雜貨店，因此這個地方一下就從他混亂且狂躁的大腦中冒了出來。我們買了一根熱狗給他，但迪恩說我們不能帶他一起走，因為得在車上留出睡覺的地方，還要留出位置給能買點汽油的便車客。很悲哀，但事實就如此。我們把他留在了日暮時分的鄧恩。

我開著車，穿越南卡羅來納州以及喬治亞州的梅肯，迪恩、瑪麗露和艾德都睡著了。黑夜中，我讓汽車貼著白線穩穩行駛在神聖的公路上，獨自想著心事。我在幹什麼？要去哪裡？我很快就會明白。開過梅肯後我已筋疲力盡，便把迪恩叫醒換他來開。我們下車透透氣，猛然間一陣狂喜之情襲來——我們突然發現，在茫茫夜色中，周圍全是芬芳的綠草，還有新鮮肥料和溫潤的流水氣息。「我們到南方了！我們已經離開了冬天！」拂曉微光照亮了路邊的綠芽。我深深吸了一口氣；一列火車呼嘯著劃過夜色，那是往莫比爾方向的車。我們也是。我脫下襯衫，欣喜萬分。迪恩往前開了十英里，來到一個加油站，他熄火滑行進去，發現工作人員正趴在桌上呼呼大睡，便跳下車，悄悄的加油，確保不發出響鈴聲，然後就像一個踏上朝聖之路的阿拉伯人，帶著價值五塊錢的滿箱油，驅車駛離。

我睡著了，又在震耳欲聾的歡快音樂聲中醒來，迪恩和瑪麗露正說著話，窗外是連綿的綠色大地。「我們到哪了？」

「剛剛經過佛羅里達州的最北端，老兄——這地方叫做弗洛馬頓[5]。」佛羅里達！前方是海岸平原和莫比爾；再往前走就是燦爛的墨西哥灣。三十二個小時前，我們還在北方骯髒的積雪中和大家告別。我們在一個加油站停了下來，迪恩背著瑪麗露，繞著加油機玩耍；艾德趁機到裡面偷了三包菸，不費吹灰之力。我們的香菸抽光了。當沿著長長的公路駛入莫比爾時，我們脫下了冬裝，享受南方的溫暖。迪恩開始講他的人生故事。也是在這個時候，在剛過莫比爾不久的一個十字路口，一起交通糾紛造成了塞車，迪恩並沒有慢慢繞過去，而是徑直從旁邊加油站的車道上呼嘯而過，始終保持著七十英里的高速公路車速。我們拋下眾多目瞪口呆的面孔，揚長而去。

迪恩接著講他的故事：「我告訴你們，這是真的，我九歲就做過了，和一個叫米莉．梅菲爾的女孩，在格蘭特大街羅德車庫後面——就是卡洛在丹佛時住的那條街。那時候我父親還在鐵匠鋪工作。我記得我姑姑在窗口大喊：『你在車庫後面幹什麼？』哦，親愛的瑪麗露，如果我那時就認識妳該有多好啊！哇！妳九歲的時候不知有多可愛。」他痴痴笑著，把手指伸進她嘴裡，再拿出來舔，

5 譯按：Flomaton，阿拉巴馬州一城鎮，與南邊的佛羅里達州接壤。

又拉過她的手在自己身上蹭來蹭去。她安詳的坐著不動，只有微笑。

大高個兒艾德看著窗外，自言自語：「沒錯，那天晚上我以為自己是一個鬼魂。」他也在想，到了紐奧良，卡拉蒂會說什麼。

迪恩繼續說：「有一次我跳上火車從新墨西哥州一路坐到洛杉磯——那時我十一歲，在某條岔路和父親走散了，當時我們跟一幫流浪漢待在鐵路邊的宿營地，我和一個叫做大個子雷德的人在一起，我父親喝醉了，窩在悶罐車裡睡覺——貨車突然開動了，我和大個子雷德沒趕上，這下我好幾個月都沒見到我父親。我就爬上一列長長的貨車，一直到加州，速度簡直跟飛機一樣，一流的火車，沙漠飛車！我一直坐在車廂連結處——想像一下那有多麼危險，但我還是小孩，不懂這些——我一隻手抱著一條麵包，另一隻手扣著制動桿。我沒有說謊，這是真的。到了洛杉磯後，我超想喝牛奶和吃奶油，便在牛奶工廠找了份工作，第一件事就是喝下兩夸脫濃奶油，喝到我都吐了。」

「可憐的迪恩。」瑪麗露親了親他。迪恩驕傲的凝視前方。他愛她。

突然間，車窗外已是墨西哥灣蔚藍的水域，同時，收音機裡傳來勁爆的音樂，一檔偉大音樂節目開始了；那是紐奧良的「雞肉爵士秋葵濃湯秀」[6]，主持人播放各式各樣瘋狂的爵士樂和黑人音樂，一邊說著：「**啥**都不用操心！」我們開心的看著前方夜色中的紐奧良。迪恩在方向盤上搓著雙手：「大家要好好爽一把！」黃昏時分，我們駛入紐奧良熱鬧的街道。迪恩臉探出窗外嗅著，喊道：「啊，聞聞這人群的氣味！啊！上帝！人生！」他繞過一輛有軌電車，飛馳向前，同時東張西望看美女：「看看**她**！」

紐奧良的空氣如此甜美，彷彿是用柔軟的花園巾包裹著；當你的鼻子突然擺脫北方寒冬乾冷的冰雪，你就能嗅到河的味道，甚至人的味道、泥土的味道、糖蜜的味道，以及一切熱帶的氣息。我們在座位上手舞足蹈。迪恩喊道，指著另一個女人：「快看她！噢，我愛、愛、愛女人！女人真是太美妙了！我愛女人！」他朝窗外吐了口水；嘴裡發出快樂的呻吟；又使勁抓著頭。他興奮不已卻又精疲力竭，豆大的汗珠從他的額頭滾落。

我們顛簸著開上阿爾及爾[7]渡輪，乘船渡過密西西比河。「現在，大家都出去，好好看看河、看看人、聞聞世界。」迪恩說著，匆匆抓起墨鏡和香菸，像玩偶盒裡的小人一樣蹦出車門。大家跟著下了車。我們倚著欄杆，看著這條偉大、褐色的父親河（The Father of Waters），它從美國中部滾滾而來，彷彿是破碎靈魂匯成的洪流——蒙大拿的原木、達科他的泥漿、愛荷華的山間溪流，以及淹

6 編按：秋葵濃湯（Gumbo）為美國南方名菜。
7 譯按：Algiers，紐奧良市的一個區，位於密西西比河西岸。這裡也是許多爵士樂手的誕生地。

沒在三岔口[8]的東西，而一切的祕密都是從那裡的冰雪裡萌芽的。

船後方，煙霧繚繞的紐奧良漸行漸遠；前方，老舊困倦的阿爾及爾岸邊參差不齊的樹林迎面而來。渡輪上的黑人在炎熱午後忙碌著，往鍋爐裡添煤加火，爐火熊熊，燙得汽車輪胎都散發出橡膠味。迪恩仔細觀看這一切，在熱浪中跳上跳下。他在甲板上下跑來跑去，鬆垮的褲子半吊在肚子上。突然，我看見他站在駕駛臺上，一副躍躍欲試的樣子。我準備好迎接他展翅飛翔，接著我聽見他瘋狂的笑聲滿船迴盪：「嘻——嘻——嘻——嘻！」瑪麗露和他在一起。一眨眼，他將一切盡收眼底，回來講得頭頭是道。當其他人按著喇叭準備出發時，他才匆匆跳上車，慢慢開下船，在狹窄的地方超過幾輛車，飛馳在阿爾及爾的道路上。

「要去哪？要去哪？」迪恩喊著。

我們決定先去加油站清洗一下，再來打聽公牛老李住在哪。孩子們在河邊昏沉的夕陽下玩耍；女孩們來來往往，圍著花頭巾，穿著棉襯衫，光著腿。迪恩跑到街上到處看。他東張西望，點著頭，搓著肚子。大個子艾德坐在車裡，帽子拉到眼睛上，朝著迪恩微笑。我靠在車子後面。瑪麗露去廁所了。遠方，樹木茂盛的河岸邊，垂釣者渺小的身影依稀可見，三角洲平原沿著被夕陽染紅的大地延伸，大河奔騰而來，就像一條大蛇，伴隨著一種莫名的隆隆聲，弓身跳起，纏繞著阿爾及爾。總有一天，昏昏欲睡的阿爾及爾半島，連同她的蜜蜂和小木屋，都將被大水沖毀。斜陽西下，昆蟲嗡嗡飛舞，河水發出令人敬畏的呻吟。

我們前往城外河堤附近公牛老李的家。他家在一條公路邊，周圍全是濕地。房子破敗不堪，環繞四周的門廊搖搖欲墜，院子裡種著垂柳；野草長得有半個人那麼高，舊籬笆東倒西歪，穀倉也垮了。連個人影都看不到。我們直接把車停在院子裡，看見後門廊上面放著洗衣盆。我下了車，向紗門走去。簡站在屋內，手搭涼棚朝著太陽張望。「簡，是我。我們來了。」我說。

「嗯，我知道。公牛現在不在家。那邊是燒起來了嗎？」我們朝著太陽望去。

「妳是說太陽？」

「當然不是太陽——我剛才聽到那邊傳來警報聲。你沒看到那裡有一道奇異的亮光嗎？」那邊是紐奧良方向；雲的形狀很奇怪。

「我什麼都沒看見。」我說。

簡抽了抽鼻子。「你還是老樣子。」

這就是我們時隔四年後重逢的情景；在紐約時，簡曾經同我和我前妻住在一起。「卡拉蒂在

8 譯按：Three Forks，原意為「三叉」，指位於蒙大拿州洛磯山脈的三河匯合處，為密蘇里河的源頭，也通常被視為密西西比河源，此處現為斯里福克斯鎮。

嗎？」我問。簡仍在尋找那團火光；那陣子她每天要嗑掉三管苯丙胺紙[9]。以前那張豐滿圓潤的日爾曼俏臉，已經變得僵硬、泛紅、憔悴不堪。她在紐奧良時得了小兒麻痺，走路有點一瘸一拐。迪恩幾個人從車裡出來，剛開始還有些拘謹，後來才漸漸自然起來。卡拉蒂從屋後她那尊貴的歸隱生活中走了出來，會見折磨她的男人。她是個生性嚴肅耿直的女孩。臉色蒼白，淚痕猶在。大個子艾德抓了一下自己的頭髮，向她打招呼。她直直看著他。

「你去哪了？你為什麼這樣對我？」她又狠狠瞪了迪恩一眼；她知道原因。迪恩壓根就不在意；現在他只想吃東西；他問簡有沒有吃的。於是，一場混亂開始了。

可憐的公牛開著他那輛德州雪佛蘭回來，發現自己家裡闖進一群瘋子；但他還是非常熱情的招呼我，那種熱情在他身上已許久未見。房子是他在紐奧良買的，錢則是他和一個大學老同學在德州種植黑眼豆賺來的。他同學的父親患了麻痺性痴呆，死後留下了一筆錢；而公牛的父母每週只給他五十塊。這其實不算少，但他每週花在嗑藥的錢也差不多——而且他妻子也很會花錢，每週要吞下大概十塊錢的苯丙胺。他們的伙食開銷可以說是全國最低，幾乎不吃飯；孩子們也一樣——孩子們似乎也不在乎。他們有兩個可愛的孩子：八歲的多蒂和一歲的雷伊。雷伊光著身體在院子裡跑來跑去，簡直就是一個金髮碧眼的彩虹之子。公牛叫他「小野獸」，取自菲爾茲的臺詞。公牛把車開進院子，慢條斯理下車，一臉疲憊的走過來。他戴著眼鏡和帽子，穿著破舊的西裝，又高又瘦，怪裡怪氣，少言寡語。他說：「啊，薩爾，你終於來了；我們進屋喝一杯。」

公牛老李的故事，一個晚上都講不完；姑且長話短說吧，他是一名教師，應該說他完全有資格當老師，因為他一輩子都在學習；學習一切他稱之為「生活的事實」的東西，不僅因為必要，而且出於意願。他曾經拖著瘦長的身體周遊全美以及大半個歐洲和北非，只是為了去看一看；三〇年代在南斯拉夫，他娶了一個白俄羅斯女伯爵，帶她逃離納粹的魔掌；他還留有一些當時和國際古柯鹼毒販在一起的照片——一群群披頭散髮、勾肩搭背的傢伙；還有他戴著巴拿馬草帽在北非阿爾及爾大街小巷考察的照片；他後來再也沒見過那位白俄女伯爵了。

他在芝加哥幹過滅鼠工，在紐約當過調酒師，在紐華克做過法庭傳喚員。在法國，他坐在咖啡館桌旁，觀察來來往往的陰沉法國人。在雅典，他從茴香烈酒中抬頭觀看，看著那些他所謂的「世上最醜的人」。在伊斯坦堡，他在一群鴉片癮君子和地毯販子中穿梭，尋找「人生的真相」。在英國的旅館，他閱讀史賓格勒[10]和薩德侯爵[11]的書。在芝加哥，他計畫去搶一家土耳其浴室，但因為多

9 譯按：benzedrine paper，指鼻吸管（inhaler）中含苯丙胺的紙帶。以苯丙胺為主要成分的鼻吸管本是醫療用品，但吸毒者常常砸開管子，取出浸有苯丙胺的棉紙作為毒品吸食。

10 編按：Oswald Spengler（1880-1936），德國歷史哲學家。

11 編按：Marquis de Sade（1740-1814），法國貴族、哲學家。

猶豫了兩分鐘喝一杯，結果只搶到兩塊錢，還倉皇逃跑。**他做這一切都只是為了體驗**。現在他研究的最後一個課題是毒癮。如今在紐奧良，他和混混待在一起，出沒在大街小巷，混跡於有毒品的酒吧。

大學時期的奇特故事，展現了老李的另一面：一天下午，他請朋友到他陳設講究的住處喝雞尾酒，突然他的寵物雪貂衝了出來，在一個優雅陰柔的酷兒腳踝上咬了一口，所有人都尖叫逃往門外。老公牛一躍而起，抓起獵槍，說：「牠又聞到那隻老鼠的味道了。」旋即在牆上轟出一個大洞，那大洞足以容納五十隻老鼠。牆上掛著一幅畫，畫的是科德角一所醜陋的老房子。朋友們問他：「你為什麼要在牆上掛那麼醜的畫？」他回答：「因為它醜，我才喜歡。」

公牛老李的整個一生都像這樣。他曾經在紐約第六十街貧民區住過，有次我去找他，聽到敲門聲後他打開房門，頭上戴著圓頂禮帽，上半身只穿了一件馬甲背心，褲子是那種時髦的條紋褲；他端著一個鍋子，裡面放著鳥食，他要把鳥食煮爛，捲成香菸抽[12]。他還試過把可待因止咳糖漿熬成糊狀——效果不太好。他曾連續幾個小時捧讀莎士比亞——並稱其為「不朽的詩人」。在紐奧良他開始連續幾個小時捧讀《馬雅手抄本》，即便是聊天的過程中，那書也一直敞開著。我曾經問他：「我們死後會怎麼樣？」他答道：「死了就是死了，就這樣。」他房間裡有一條鎖鏈，他說那是他的精神分析師用在他身上的；他們在實驗麻醉精神分析法[13]，結果發現老公牛有七種分裂的人格，一個比一個糟糕，最後變成胡言亂語的瘋子，不得不用鏈子綁住。最高人格是英國貴族，最低人格是白痴。

中間人格是一個老黑人，一邊和其他人一起排隊等候。他說：「有些人格是混蛋，有些不是，就這麼回事。」

公牛很懷念昔日的美國，特別是一九一〇年，那時候不需要處方就能在藥店買到嗎啡，中國人傍晚時分在窗邊抽著鴉片；全國自由奔放，熱鬧喧囂，人人隨心所欲，享有充分的自主權。他最痛恨的就是華盛頓的官僚體制，其次是自由派，然後是警察。他不斷與人交談，誨人不倦。簡坐在他跟前洗耳恭聽；我也是；迪恩也是；卡洛斯也早就這麼做了。他長得平淡無奇，在大街上你都不會注意到他，除非你仔細觀察，才會看到一個瘋狂的、活力非凡的腦袋——一個激情四溢、充滿奇思妙想的堪薩斯牧師。

他在維也納學過醫；研究過人類學，什麼書都讀；現在，他從事著一生中最重要的工作：**研究生活本身**，在街上，在夜裡。他坐在椅子上；簡端來酒，是馬丁尼。不管白天還是黑夜，椅子旁的窗簾總會拉下來；那是他在家裡的專屬角落。他膝上放著《馬雅手抄本》，還有一支氣槍，有時會舉起槍，把立在房間另一頭的苯丙胺管打爆。我不斷跑來跑去，擺上新的。我們輪流射擊，同時不

12 編按：部分鳥食內混有大麻籽。

13 編按：透過注射化學藥品，使人在類似麻醉狀態下進行精神分析。

停的交談。公牛很想知道我們這次旅行的原因。他看著我們，一邊抽著鼻子，發出「**吭吭**」的聲音，像是從空油箱裡傳來的。

「迪恩，我想請你安靜的坐一下，告訴我，這樣穿越美國到底是為了什麼？」

迪恩只好紅著臉說：「啊，嗯，你知道的，就那樣。」

「薩爾，你為什麼要去西海岸？」

「只是去個幾天。之後就回去上學。」

「那個艾德．鄧克爾呢？他是什麼人？」這時艾德正在卡拉蒂的房裡彌補自己的錯誤；不過沒花多長時間。我們不知道該怎麼對公牛解釋艾德的事。看到我們對自己一無所知，他拿出三根大麻菸：「抽吧，晚飯等等就好了。」

「這是世上最能讓人胃口大開的東西。有次，我在餐車買了個一看就很難吃的漢堡，所以就先抽了大麻再吃，那感覺簡直就是人間美味。我上週剛從休士頓回來，去見了戴爾，討論我們種的黑眼豆。一天早上，我還在汽車旅館睡覺，突然一聲炸響，嚇得我從床上跳了起來。原來是住我隔壁那個該死的蠢蛋開槍把他老婆給轟了。所有人都不知所措傻站著；那傢伙鑽進車，揚長而去，他的獵槍還在地上，留給了警察。他們最後在霍馬抓住了他，那時他已經爛醉如泥。如今生活在這個國家，如果沒有槍，真的很不安全。」他撩開外套，給我們看他的左輪手槍。接著又拉開抽屜，向我們展示其他武器。在紐約時，他床下曾經放著一把衝鋒槍。「現在我有比那個更好的——德制沙因托特瓦斯槍；看看，漂亮吧，只裝一發子彈。它可以撂倒一百個人，讓我有充足的時間逃跑。唯一的問題是，我只有一發子彈。」

「我只希望你用它的時候我不在場。」簡在廚房裡說道：「**你**怎麼知道它是瓦斯彈？」公牛抽了抽鼻子；對於她的嘲諷，他從不在意，雖然他都聽到了。這對夫妻的關係奇特無比：他們可以一直談話到深夜；公牛喜歡主導話題，用他那沉悶單調的嗓音不停講話，簡想插嘴但永遠插不上；等到天亮時他累了，輪到簡講話，他邊聽邊「**吭吭**」的抽著鼻子。她瘋狂的愛著這個男人，近乎走火入魔；但從不黏膩、扭捏，只是交談，那是一種我們誰也無法洞悉的深厚友情。他們之間那種奇特的冷漠寡淡，其實是一種使彼此心心相印的情誼。他們之間全都是愛；簡從未離開公牛十步，儘管他說話很小聲，簡也從未錯過他說的每一句話。

我和迪恩吵著要公牛帶我們去體驗紐奧良的夜生活。他當頭潑了我們一盆冷水：「紐奧良是一個非常無聊的城市。政府也禁止去有色人種區。酒吧無聊透頂。」

我說：「城裡總有一些不錯的地方吧。」

「理想的酒吧在美國是不存在的。那種地方我們已經看不到了。一九一〇年的時候，酒吧是男人們上班期間或者下班後聚會的地方，裡面有長長的吧檯、黃銅欄杆、痰盂、自動演奏鋼琴、一些鏡子、威士忌酒桶和啤酒桶，威士忌一毛錢一小杯，啤酒五分錢一大杯。如今，酒吧裡有的只是鍍鉻的欄杆、醉醺醺的女人、基佬、態度惡劣的酒保，還有焦慮的在門口徘徊的老闆，心疼他們的真皮椅子，又害怕警察來臨檢；酒吧裡的人總是不合時宜的亂叫，有陌生人進來時又一片死寂。」

我們不同意他對酒吧的看法。「好吧，今晚我帶你們去紐奧良看看，你們就明白我的意思了。」公牛故意帶著我們去了最無聊的酒吧。簡留在家陪孩子；晚飯吃完了；她正看著《紐奧良小報》的招聘廣告。我問她是不是在找工作；她只說那是報紙上最有意思的內容。公牛跟我們一起開車進城，一路上說著話：「開慢點迪恩，我們總會到的——但願如此；你看，渡輪在那裡，你不需要把車開進河裡。」他緊緊抓著扶手，悄悄對我說，迪恩的情況越來越糟。

「在我看來，他正朝著宿命前進，那就是強迫性精神病，還夾雜著病態的不負責任和暴力。」他瞥了迪恩一眼：「和這個瘋子一起是到不了加州的。不如就和我一起待在紐奧良吧。我們可以去格雷特納賭馬，也可以在我院子裡放鬆。我搞了一套挺不錯的飛刀，正在做一個靶子。如果你還在意女人的話，城裡還有性感美女。」他抽了抽鼻子。

我們上了渡船，迪恩跳下車，身子探出欄杆。我也跟著下了車，公牛仍然坐在車裡，「吭吭」抽著鼻子。那晚，迷霧籠罩著黃褐色的水面，就像不散的陰魂，水面上還有幽暗的浮木；對岸，紐奧良泛著橘黃色的燈光，港口停泊著幾艘漆黑的輪船，霧氣彌漫，鬼影幢幢，令人想到切萊諾[14]船長那艘帶有西班牙式露臺和尾部裝飾的大船，等靠近了我們才看清那些不過是來自瑞典和巴拿馬的舊貨輪。渡輪上的爐火在黑夜裡閃耀；還是那些黑人，他們揮舞著鏟子，唱著歌。大瘦高個兒哈澤德曾經在阿爾及爾渡輪上當過甲板水手；這也讓我想起密西西比吉恩；星光下，從美國中部滾滾而來的大河令我恍然大悟：**一切的已知和未知，本為一體**。說來也怪，在我們和公牛老李乘坐渡輪過河的那個晚上，有個女孩從船上跳河自殺了；就在我們之前或之後不久；我們是在第二天的報紙上看到的。

我們跟老公牛去了法國區那些無聊的酒吧，直到半夜才回家。那天晚上，瑪麗露把所有能嗨的東西試了；大麻、鎮靜劑、苯丙胺、烈酒，甚至要求老公牛給她來一針嗎啡，他當然拒絕了；只給了她一杯馬丁尼。當各種亂七八糟的東西滲透全身，她反而陷入了一種呆滯狀態，傻乎乎的跟著我站在門廊上。公牛家的門廊很漂亮，環繞整棟房子；月光下垂柳依依，好似一幢見證過美好歲月的舊南方宅第。屋裡，簡在客廳坐著看招聘廣告；公牛在浴室裡過癮，用牙齒咬著他那條黑色舊領帶當止血帶用，把針頭刺進自己布滿孔洞的可憐手臂；艾德和卡拉蒂舒服的躺在主臥寬敞大床上，那

---

14 譯按：Cereno，美國小說家梅爾維爾（Herman Melville, 1819-1891）《貝尼托·切萊諾》（*Benito Cereno*）中的人物。小說開始時的場景即是濃霧彌漫的海上。

張床老公牛和簡都沒用過；迪恩捲著大麻；瑪麗露和我在模仿南方貴族。

「喲，露小姐，今晚您真是可愛迷人。」

「喲，謝謝，克勞福特[15]，承蒙您的美言。」

美國之夜，一齣悲傷的戲劇正在上演。在曲折的門廊上，房門此開彼闔，劇中人物不時跳出來，尋找其他人的下落。最後，我獨自漫步走向河堤。我想在泥濘的河岸邊坐下，好好看看密西西比河；可是，鐵絲網擋住了去路，我只能把鼻子貼在鐵絲網上。當你把人們同他們的河隔開，得到的是什麼？「官僚主義！」老公牛說；他的膝上攤著卡夫卡的書，頭上亮著燈，「**吭吭**」抽著鼻子。他的老房子吱嘎作響。蒙大拿州的木頭在黑夜大河中翻滾逝去。「那就是官僚主義。還有工會！特別是工會！」但幽暗的笑聲將會再次響起。

15 譯按：Crawford，此處應是模仿珍．奧斯汀（Jane Austen）小說《曼斯菲爾莊園》（*Mansfield Park*）中風度翩翩的單身漢亨利．克勞福特（Henry Crawford）。

7 餐前針・下午針・神啟

我一大早就起床，發現老公牛和迪恩在後院。迪恩穿著一身加油站工作服在幫忙公牛。公牛找到一大塊厚厚的爛木頭，正用榔頭拼命拔裡面的小釘子。我們定睛一看，那些釘子少說有上萬根，像蟲一樣密密麻麻的。

「等我拔完這些釘子，我就自己做一個架子，保證能用**一千年！**」公牛說，渾身洋溢著孩子般的興奮：「哦，薩爾，你有沒有發現，如今外面買的架子，就算上面只放些小擺設，用上半年就會開裂，或是整個壞掉。房子也如此，衣服也如此。那些混蛋發明了塑膠，本來可以用來造出**永久不壞**的房子。還有輪胎。現在每年都有好幾百萬美國人丟了性命，就因為那些劣質橡膠輪胎發熱爆胎。他們是可以造出不會爆胎的車胎的。牙膏也是如此。他們發明了一種口香糖，如果你小時候嚼過，那你一輩子都不會蛀牙，但他們不讓任何人知道。衣服也是。他們能夠製造出一輩子都穿不壞的衣服。可是他們寧願生產低廉的商品，這樣每個人都要不停工作，打卡上班，參加工會，在華盛頓和莫斯科的爭鬥中苦苦掙扎。」他抬起那一大塊爛木頭說：「你不覺得這可以做出一個很棒的架子嗎？」

現在是早上，他精力最旺盛的時候。這個可憐的傢伙嗑的藥實在是太多了，白天大部分時間只能坐在那把椅子上度過，大中午也亮著燈，而早上的他卻是生龍活虎的。我們開始對著靶子擲飛刀。他說他在突尼斯見過一個阿拉伯人，能在四十英尺外射中人的眼睛。這又讓他說起他姑媽三〇年代在北非古堡的遭遇：「她和一群遊客一起旅遊，還有個導遊。她小拇指上戴著一個鑽石戒指。那時她正靠在牆上休息，一個阿拉伯人衝上來，還沒等她叫出聲，一下就割走了她戴戒指的那根手指，我的媽呀。她的小指就這樣沒了。嘿──嘿──嘿──嘿──嘿！」他笑的時候抿著雙唇，感覺笑聲是從他肚子裡或者什麼遙遠的地方發出來的。他笑彎了腰，撐著雙膝，笑了很久。他興奮的喊著：「嘿，簡！我剛才告訴迪恩和薩爾我姑媽的事情！」

「我聽到啦。」她的聲音從廚房門口傳過來，在墨西哥灣溫暖宜人的早晨迴盪。大片美麗的雲朵在頭頂上飄浮，它們是從河谷來的，令人感受到那種貫通東西南北的廣袤遼闊，這就是老朽而神聖的美國。公牛依然精力充沛，生氣勃勃。「嘿，我有沒有講過戴爾父親的事？他是我這輩子見過最搞笑的老頭。他患有麻痹性痴呆，這種病會蠶食你的前腦，患上以後就管不住自己的腦子啦。他在德州有棟房子，他讓木匠夜以繼日在旁邊加蓋小屋。半夜三更，他跳起來說：『我不要這個該死的小屋；把它移到那邊去。』木匠們只好把蓋好的全拆掉，重新來過。天亮時，他們還在不停敲打著新房。然後老頭子又厭煩了，說：『該死，我要去緬因州！』於是他鑽進車，幾百英里的路途，他以一百英里的車速飛馳，弄得一路上雞飛狗跳。在德州的一個小鎮上，他把車停在馬路中央，目的是為了下車去買些威士忌。周圍的車紛紛按喇叭，他衝出商店，大叫：『吵什麼吵，你們這群王八蛋！』他說話帶著咬舌音；得了麻痺性痴呆，說話就會咬舌。有天晚上，他來到我在辛辛那提的家，按喇叭叫我：『快出來，我們去德州看戴爾。』他才從緬因州回來。他宣稱自己買了一間房子——哎，我們在大學裡寫過一個以他為原型的短篇小說，裡面講到可怕的沉船，落水者緊緊抓著救生艇的船舷，那個老頭站在那裡揮舞著大砍刀，劈向他們的手指。『滾開，你們這群王八蛋，這是我的船！』嗯，是個很可怕的人物。他的故事我可以講一整天。今天天氣不錯吧？」

的確如此。柔軟的微風從河堤徐徐吹來；真是不枉此行啊。我們跟著公牛進屋，在牆上量架子的尺寸。他給我們看他親手做的餐桌。那是用六英寸厚木板做的。「這就是一張千年不壞的桌子！」公牛的瘦長臉斜對著我們，一拳錘在桌子上，表情瘋狂的說道。

公牛晚飯時會坐在這張餐桌邊，一邊吃飯一邊把骨頭挑出來扔給貓吃。他養了七隻貓。「我喜歡貓。尤其喜歡那些一抱到浴缸上就開始尖叫的貓。」他堅持要示範給我們看；可是浴室裡有人。「算了，現在試不了了。唉，告訴你們，我在和隔壁鄰居吵架。」他說起他的鄰居；他們是一大家子，有幾個調皮搗蛋的小孩，會隔著破柵欄朝多蒂和雷伊扔石頭，有時還朝老公牛丟。他叫他們住手；那家的老爹衝了出來，用葡萄牙語吼叫一通。公牛走回屋內，再出來時手上多了一把獵槍。他謹慎的倚槍而立，寬邊帽簷下的那張臉上掛著難以置信的矯揉痴笑，整個身體如蛇一般扭動。他就這樣靜靜等候著，就像藍天白雲下的一個怪誕、瘦長、孤獨小丑。那個葡萄牙人肯定覺得自己看見了一個從噩夢中跑出來的怪物。

我們在院子裡找事做。公牛正在修建一個巨大的柵欄，用來隔開討厭的鄰居；可能永遠都做不完，畢竟範圍太大了。他拽著柵欄用力搖晃，向我們展示它有多結實。突然間，他覺得累了，也不說話了，隨即進屋，躲到浴室去打餐前針。他出來時目光呆滯、神情平靜，然後就坐在那盞點亮的燈下。拉下的窗簾透著微弱陽光。

「嘿，你們要不要試試我的奧根[1]能量產生器？讓你們的那根加點能量。我每次用了都性趣高漲，馬上以九十英里的速度奔向最近的妓院，呼——呼——呼！」這是他「為笑而笑」的笑聲——不是他真正想笑。奧根能量產生器是一個外表普通的大箱子，可以容納一個人坐在裡面：一層木頭、一層金屬、再一層木頭，把大氣中的奧根收集起來，不讓它們跑掉，使人體能夠吸收到比平常更多的能量。

根據賴希的說法，奧根是活躍在大氣中構成生命的基本原子。人之所以得癌症，就是因為奧根耗盡了。老公牛認為，要提高奧根能量產生器的性能，就需要盡可能使用有機的木材，因此他從水草豐茂的長沼弄來樹枝草葉，綁在那神祕的小箱子上。這架渾身上下披掛著各種瘋狂裝置的機器，就放在炎熱、平坦的院子裡。老公牛熟練的脫去衣服，坐了進去，對著自己的肚臍看出了神。

「嘿，薩爾，午餐後我們去格雷特納的簽注站賭馬。」他看上去神采奕奕。午飯後，他坐在椅子上打瞌睡，那把氣槍擱在腿上，雷伊趴在他身上睡著了。這是一幅溫馨的父子畫面，這是一個不會讓兒子感到厭煩的父親，不愁找不到事做，也不愁找不到話說。他突然醒來，盯著我。過了一分鐘才認出我。「薩爾，你要去西岸幹麼？」他問了一聲，立刻又睡著了。

下午我們去了格雷特納，就我和公牛，開著他那輛舊雪佛蘭。迪恩的哈德遜低矮，造型優美；公牛的雪佛蘭高大，嘎嘎作響。這車就是一九一〇年本人。簽注站在河濱附近的一家酒吧裡。酒吧很大，到處是鍍鉻欄杆和真皮座椅，酒吧後面則通向一個大廳，大廳牆上貼著各種名稱和番號。路易斯安那州的各色人物，手拿《賽馬指南》在裡面走來走去。公牛和我喝了杯啤酒，他走向老虎機，隨意投了五毛錢進去。機器轉動，顯示出「大獎」——「大獎」——「大獎」——最後一個「大獎」只懸停了片刻，就滑回到「櫻桃」。就差那麼一點點，他錯失了眼看就要到手的一百塊。

「媽的！他們調過機器。剛才看得很清楚。我明明中了大獎，但又跳了回去。唉，有什麼辦法

1 編按：orgone，奧地利精神分析學家威廉．賴希（Wilhelm Reich, 1897-1957）提出的概念，指一種生物能量，主張性高潮會產生「生命力」。

呢。」公牛罵道。我們查閱《賽馬指南》。我已經好多年沒賭馬了，面對五花八門的新名字感到茫然。看到一匹馬的名字叫「老爹」，我心神恍惚了一下，想到了我爸，我們父子過去常常一起玩賭馬。正要對老公牛提這件事時，他就說道：「嗯，我想試試這匹『黑海盜』。」

然後我終於開口：「『老爹』讓我想起我爸。」

他沉思了片刻，清澈的藍眼睛看著我，像催眠似的，我無法分辨他在想什麼。接著他走過去，押了黑海盜。

老爹勝出，一賠五十。

「該死！早知道不要這樣，以前我也經歷過。唉，我們什麼時候才能學乖？」

「什麼意思？」

「我在說『老爹』的事。你看到了一個異象[2]，嘿，**異象**哦。只有傻子才不理會神給的指示。你怎麼知道在那一刻，你父親，一個賭馬老玩家，不是在告訴你那個『老爹』會贏？那個名字喚起你心中的情感，你父親便藉此名字與你溝通。當時你一說，我就想到了這些。我在密蘇里州的表弟有一次賭馬，押了一匹名字讓他想起他母親的馬，結果贏翻了。同樣的事今天下午又發生了。」他搖著頭說：「算了，我們走吧。這是最後一次和你一起賭馬，這些異象讓我心神不寧。」

在驅車回老房子的路上，他說：「人終有一天會明白，我們與死去的人以及另一個世界——無論它是什麼——實際上是相通的；只要我們發揮足夠強大的意志力，就可以預知在未來的幾百年裡會發生什麼，並且能夠採取措施避免各種大災難。一個人死後，他的大腦會發生一種突變，對此我們現在還一無所知，但如果科學家們好好研究的話，總有一天會搞清楚的。可這幫混蛋現在只對如何毀滅世界感興趣。」

我們把這事告訴了簡。她抽了抽鼻子說：「聽起來很蠢。」她在廚房揮舞掃帚。公牛鑽進浴室去打下午針。

外面馬路上，迪恩和艾德正在打籃球，用的是多蒂的球，路燈柱上釘著一個水桶。我加入了。接著我們又開始比體能。迪恩著實令我驚嘆。他讓我和艾德把一根鐵條舉到齊腰處，他原地起跳，抓著腳踝一下子就蹦了過去。「再來，抬高點。」我們不斷往上升，升到齊胸高。他還是能輕易跳過。接下來他又試了跳遠，跳了至少有二十多英尺。然後，我和他在馬路上賽跑。一百碼我能跑十秒五。可他一陣風似的超過了我。

在奔跑時，我腦海中浮現出迪恩在生活中瘋狂衝刺的身影——瘦骨嶙峋的臉龐直面人生，雙臂有力擺動，額頭汗水涔涔，雙腿如格魯喬·馬克思一般翻飛，口中大叫：「加油！老兄，你肯定可

---

2 編按：見第一部第一節編按10。

以！」但沒有人能跑得跟他一樣快。然後，公牛拿了幾把刀出來，開始向我們示範如何在黑巷子裡奪下歹徒手中的刀。我也教了他一個妙招：在對手面前倒地，用兩個腳踝扣住並掀翻他，隨即用尼爾森擒拿鎖住手腕。他說很不錯，又露了幾手柔道。小多蒂把她媽媽叫到門廊說：「快來看這些傻子。」真是個調皮可愛的小可愛，迪恩的目光從沒離開過她。

「哇。等**她**長大了可不得了！想像一下**她**走在運河街[3]上的樣子，特別是那雙可愛迷人的眼睛。啊！呵！」他從齒間發出嘶嘶聲。

我們和艾德夫婦一起在紐奧良城裡四處閒晃。迪恩那天很瘋，一看到鐵路車場裡那些德州和紐奧良鐵路公司的貨車，他就恨不得馬上向我展示他所知道的一切。「只要聽我的，即便我沒講完，你也可以當制軔工了！」他、我、艾德穿過鐵軌，在三個不同的地點跳上一列貨車；瑪麗露和卡拉蒂在汽車裡等我們。火車開了半英里，駛入碼頭，我們朝扳道工和司旗手揮手。他們教我應該怎樣從行駛的火車上跳下來；先下後腳，鬆手離車，穩住身體，另一隻腳著地。他們帶我去看冷凍車，那一串串的空車廂特別適合冬夜裡搭霸王火車。迪恩大聲說：「還記得我從新墨西哥到洛杉磯的事嗎？我就是這樣挺過來的……。」

我們晚了一小時回到兩個女人身邊，她們當然非常生氣。艾德和卡拉蒂決定在紐奧良找地方住下來並開始工作。公牛覺得很好，他已經開始厭煩這幫人了，他本來只邀請我一個人來。在迪恩和瑪麗露睡覺的前屋，地板上到處都是果醬、咖啡漬以及苯丙胺空管；而且，這本來是公牛的工作間，他現在沒辦法繼續做架子了。可憐的簡被不停上竄下跳的迪恩搞得心煩意亂。我們在等我的第二筆退伍軍人津貼支票；姑姑正在把支票轉寄給我。然後我們就會離開，我們三個人——我、迪恩和瑪麗露。收到支票時，我發現自己不想就這麼突然的離開公牛那美妙宜人的家，但迪恩已經忍不住，準備出發了。

在一個悲傷的紅色黃昏，我們終於在車上坐定，而簡、多蒂、雷伊、公牛、艾德和卡拉蒂全都站在高高的草叢中，微笑著。再見了。最後一刻，迪恩和公牛還為了錢鬧不愉快；迪恩想借錢，公牛說不可能。這跟當年在德州的日子一樣。騙子迪恩漸漸讓人討厭，不願和他交往。他咯咯痴笑，滿不在乎；他摸著褲襠拉鍊，手指塞進瑪麗露的連衣裙，又在她大腿上用力親了一口，嘴角泛著白沫說：「親愛的，妳我都知道，我們之間的一切都清楚明白了，超越了形而上最抽象的定義，或者任何妳想具體說明、溫柔施加、追溯的標準……」諸如此類的話。汽車飛馳，我們又出發了，奔赴加州。

---

3 譯按：Canal Street，紐奧良的主要街道。

8 傻子仍然前行

當你驅車駛離，背後的身影漸漸遠去，像斑點一樣在原野上慢慢散開，那是一種怎樣的感覺？——蒼穹之下，世界浩瀚，不知再見何期。不過，我們依然會為了下一個瘋狂冒險而傾身向前。

我們在昏黃破舊的街燈下，穿過悶熱的阿爾及爾，再次登上渡船，再次駛向河對岸那些濺滿泥漿的陰森舊船，再次奔馳在運河街上，然後駛出紐奧良；絳紫色的夜空下，我們行駛在通往巴頓魯治的雙車道公路上；在那裡轉而西行，在一個叫做艾倫港的地方跨過密西西比河。艾倫港一片漆黑，只見霧濛濛的光束中，雨水在河裡濺出朵朵玫瑰。在黃色霧燈下我們轉過一條環形路，突然看見橋下黑壓壓的龐然大物，於是我們再度跨越永恆。

密西西比河是什麼？——是雨夜裡被沖刷的大土塊，從低垂的密蘇里河岸撲通落下，消融分解，沿著永恆的河床隨波逐流，成為棕色的泡沫，流經無數山谷、樹木和堤壩，順流而下，順流而下；經過曼菲斯、格林維爾、尤多拉、維克斯堡、納奇茲、艾倫港、紐奧良港、德爾塔港；經過波塔什、威尼斯，以及夜幕下的遼闊海灣，直至流入大洋。

收音機裡正在播放一個懸疑推理節目，我望向窗外，一塊招牌映入眼簾，上面寫著「請用古柏牌油漆」，我回應：「好，我會的。」夜空下，我們穿越路易斯安那州漆黑一片的原野——勞特爾、尤尼斯、金德、德昆西，一路向西來到薩賓河，那些破舊的小鎮就越來越有沼澤地帶的感覺。在老城奧珀盧薩斯，我到一家雜貨店裡買麵包和乳酪，迪恩去幫車子加油。雜貨店很簡陋；我能聽見店主一家人在後面吃晚飯。我等了一會；他們繼續說著話。拿上麵包和乳酪，我便溜出了門。我們的錢不夠，很難撐到舊金山。同時，迪恩從加油站拿了一條香菸，旅行必需品就齊全了——汽油、潤滑油、香菸、食物。騙子們哪管那麼多。迪恩毫不猶豫開車上路了。

在斯塔克斯附近，前方天空泛起一大片紅光；我們好奇那是什麼，很快就經過了那裡。原來是樹林那頭失火了；高速公路上停著許多車。應該是野炊烤魚惹的禍，當然一切都有可能。快到德維爾了，那片地區有點詭異，天色也變得陰暗。突然間，我們進入了沼澤地。

「嘿，想像一下，如果我們在這片沼澤裡發現一家爵士樂酒吧，裡面有大塊頭黑人抱著吉他吟唱藍調，喝著烈酒，向我們示意打招呼。」

「一定很讚！」

這裡充滿神祕氣息。我們的車行駛在一條隆起於沼澤地的土路上，兩旁滿是垂落的藤蔓。路上出現了一個幻影；那是個穿白襯衫的黑人，一邊走一邊張開雙臂伸向黑漆漆的天空。他一定是在祈禱或詛咒。我們疾馳而過；透過後窗玻璃，我看到一雙白眼睛。「哇！小心了。我們最好別在這一帶停留。」迪恩說。但我們被困在了某個岔路口，不得不停車。迪恩關掉車燈，我們被一大片藤蔓交錯的森林包圍，幾乎能聽到無數條銅頭蛇蜿蜒滑行的聲音。唯一能看見的是哈德遜儀表板上的紅光。瑪麗露嚇得尖叫起來。我們故作鎮定嚇她，其實自己也很害怕。我們想趕緊離開這個蛇窩，離開這個黑暗陰森的泥潭，回到熟悉的美國大地和牛仔小鎮。這裡的空氣中彌漫著一股油氣和死水的味道。這裡的夜晚是一部我們無法解讀的書稿。一隻貓頭鷹發出鳴叫。我們冒險開上另一條土路，一下就跨過了薩賓河，正是這古老陰森的薩賓河造就了那片沼澤地。前方，我們驚訝的看到一些燈光閃耀的高大建築。「德州！這裡是德州！石油城博蒙特！」那些巨大的儲油罐和煉油廠，就像一座座城市，赫然聳立在散發著油香的空氣中。

「真高興終於從那裡出來了，現在我們接著收聽推理節目吧。」瑪麗露說。

我們飛速穿越博蒙特，在自由城跨過三一河，徑直駛向休士頓。這時迪恩開始講他一九四七年在休士頓的故事：「哈塞爾！那個瘋子哈塞爾！我到處都找不到他。以前在德州這裡他也失蹤過。我們跟公牛一起開車進城買東西，他就消失了。我們不得不去城裡那些毒窟挨家挨戶找。」此時我們正駛入休士頓。「大部分時間我們會在城裡的黑人區找他。媽的，不管什麼野貓，他都可以一起鬼混，來者不拒。有天晚上，我們找不到他便住進了旅館。本來我們是出來給簡搞些冰塊回去的，她的食物要餿掉了。為了找他，我們花了兩天時間。我自己也耽擱了不少時間——下午在出門購物的女人群中獵豔，就在這裡，在城裡的超市，」——我們飛馳在空曠的夜晚——「我發現一個迷人的傻妞，她很瘋，在超市裡瞎逛，想偷個橘子。她來自懷俄明州，雖然笨得要命，但身材卻美得不得了。我看她在那裡胡言亂語，就把她帶回了旅館。公牛想把一個墨西哥小子灌醉，結果自己先醉了。卡洛注射了海洛因，奮筆寫詩。直到半夜，我們才在吉普車裡找到哈塞爾。他正窩在後座呼呼大睡。冰塊全都化成了水。哈塞爾說他吃了大概有五片安眠藥。唉，如果我的記性有我的腦袋那麼靈光的話，我就能一五一十告訴你們我們做過的所有事情。啊，但我們了解時間的奧祕。萬物皆循其道。就算我閉上眼睛，我的老車照樣能跑得好好的。」

凌晨四點，休士頓的街道空空蕩蕩，突然，一個年輕人騎著摩托車呼嘯而過，他身上裝飾得五彩繽紛，閃閃發光的紐扣、面罩、光滑的黑夾克，宛如德州黑夜詩人，身後還緊緊貼著一個女孩，活像印第安婦女背上育兒袋裡的嬰兒。他們頭髮飛舞，一往直前，高唱著：「休士頓、奧斯丁、沃斯堡、達拉斯——有時堪薩斯城——有時老安東尼奧，啊——哈哈！」他們的身影越來越小，最後消失不見。「哇！看看那個掛在他腰帶上的可愛小妞！我們來跟他飆一下！」迪恩加速追上去。「如果大家能聚在一起，搞一場真正的狂歡，每個人都溫柔體貼，和藹可親，沒有煩擾，沒有孩子氣的胡鬧，也沒有誤解、傷害，那該有多好？啊！不過我們都了解時間的奧祕。」他全神貫注，驅車向前。

出了休士頓，精力旺盛的迪恩終於也累趴下了，換我來開。我剛接過方向盤，天就開始下雨。這時我們正行駛在遼闊的德州平原上，就像迪恩所說：「你開啊開，開到明天晚上，你都還在德州。」大雨劈里啪啦落下。我開車穿過一個破爛的牛仔小鎮，主街道泥濘不堪，竟然還是一條死路。「欸，怎麼辦？」他們都睡著了。我掉轉車頭，慢慢穿過小鎮。連個人影都看不見。突然，一個穿雨衣騎馬的人出現在車燈前；那是頭上戴牛仔帽的警長。

「奧斯汀怎麼走？」他很客氣的告訴了我，我接著上路。開出小鎮後，突然有兩盞明亮的大燈在滂沱大雨中直直射向我，哇嗚，我肯定是開到逆向車道了；我小心翼翼向右靠，發現車輪進了泥地；旋即開回路面。但對面的大燈仍然迎面射來，在最後一刻我才反應過來，是對面的司機開錯了道，而他還不知道。我以三十英里的速度右轉，開進了泥地；是平的，沒有溝渠，謝天謝地。那輛肇事車在傾盆大雨中傾倒。車上坐著四個面色陰沉的工人，他們應該是丟下了工作，偷偷跑出來喝酒撒野。幾個人都穿著白襯衫，露出髒兮兮的褐色臂膀，在夜色中神情木然看著我。司機也是醉醺醺的，和其他人一樣。

那個司機對我說：「休士頓怎麼走？」我用拇指朝身後指了指。一個念頭閃過，我驚呆了：他們是故意的，單純是為了問路，就像人行道上的乞丐端著盤子朝你走來，擋住去路。他們懊悔的盯著腳下，車裡空酒瓶四處滾落，然後就開走了。我發動汽車；車輪陷在泥裡有一英尺深。大雨中，我在德州的曠野裡仰天長嘆。

我說：「迪恩，醒醒。」

「怎麼了？」

「車陷到泥地裡了。」

「怎麼搞的？」我告訴他事情經過。他氣得咬牙切齒，罵個不停。換上舊鞋和毛衣，我們衝進暴雨中。我用背抵著後擋泥板，用力往上抬；迪恩把鏈條塞進空轉的輪子下方。才一下子我們就成了泥人。我們把瑪麗露叫醒，眼前的一幕令她驚駭不已，我們叫她在我們推車時踩油門。飽受折磨的哈德遜氣喘吁吁，猛然間爆衝，朝馬路對面溜去。還好瑪麗露及時剎住了，我們上了車。就這樣，前後花了三十分鐘，我們成了落湯雞，狼狽不堪。

我睡著了，帶著一身泥漿；早上醒來，泥漿結成了塊，車外也有了積雪。快到菲德里克斯堡了，我們已進入高原地區。這是德州和西部歷史上最惡劣的一個冬天，猛烈的暴風雪中，牛像蒼蠅一樣成片死去，舊金山和洛杉磯也下了雪。我們苦不堪言。要是還待在紐奧良，跟艾德在一起就好了。這時，換瑪麗露在開車；迪恩在睡覺。她一隻手抓著方向盤，另一隻手伸向後座的我。柔聲細語的向我承諾舊金山之約。我很不爭氣的流著口水。十點鐘，我接過方向盤——迪恩已經有幾個小時不省人事了——開了沉悶的幾百英里，穿過積雪的灌木林和遍布鼠尾草的崎嶇山丘。沿途經過一些戴著棒球帽和護耳的牛仔，他們在找牛。路邊不時冒出幾個舒適的小屋，屋頂的煙囪冒著煙。我真希望能進屋坐坐，在壁爐前喝杯脫脂牛奶，吃點烤豆子。

在索諾拉，趁店主還在另一邊與一個大塊頭牧場主聊天，我又搞了些免費麵包和乳酪。迪恩聽了後連連叫好；他餓了。我們也沒錢花在食物上了。迪恩望著那些在索諾拉大街上昂首闊步的牧場主說：「很好，就是這樣。他們個個都是該死的百萬富翁，有上千頭牛、有工人、有房子、有存款。如果我住在這裡，我就躲在樹叢裡，當個傻瓜，當一隻長耳兔，吃光矮樹枝上的葉子，找漂亮的女牛仔——嘻——嘻——嘻——嘻！媽的！砰！」他用力打了自己一下，「對！沒錯！天哪！」我們已經聽不懂他在說什麼了。他接過方向盤，飛速跑完德州境內的路程，大約有五百英里，黃昏時抵達艾爾帕索，途中只在奧佐納附近停過一次。當時，他脫光衣服，裸體跑進鼠尾草叢裡又叫又跳。飛馳而過的汽車都沒看見他。他匆匆跑回來，繼續開車。

「聽著，薩爾、瑪麗露，我要你們都像我一樣，卸下衣著的重負——衣服有何意義？對，我就是這個意思——和我一起，讓你們漂亮的肚子晒晒太陽。來吧！」我們正迎著太陽向西行駛；陽光穿過擋風玻璃落在車內。「讓我們敞開肚皮，駛入太陽。」瑪麗露照辦了；我不想被當成老古板，也照辦了。我們三人都坐在前排。瑪麗露拿出面霜抹在我們身上，純粹為了好玩。不時有大卡車被我們飛速超過；坐在高高駕駛室裡的司機，瞥見一個赤裸的金髮美女和兩個同樣赤裸的男人坐在一起：只見卡車猛拐了一下，然後從我們的後照鏡裡消失。廣闊的鼠尾草平原在窗外翻湧，積雪已不見蹤影。不久，我們到了橘黃色岩石的佩科斯峽谷地區。藍天，一望無際。我們下車去參觀一個古老的印第安人遺址。迪恩就那樣一絲不掛走了出來。我和瑪麗露穿上了大衣。在古老的石頭間漫步，大喊大叫。一些遊客看見迪恩光屁股走在路上，不敢相信自己的眼睛，狐疑的走開了。

快到范霍恩時，趁我在睡覺，迪恩和瑪麗露停車做愛。我醒來時，汽車正駛下宏偉的格蘭德峽谷，經過葛林特和伊斯列塔，向艾爾帕索奔去。瑪麗露跳到後排，我跳到前排，我們繼續前進。左邊，越過那片廣闊的格蘭德河，就是墨西哥邊境，山上的紅土荒野是塔拉烏馬拉人[1]的土地；雲霧在山頂飄浮。正前方，在一片廣袤無際的河谷中，散落著艾爾帕索和華雷斯城遙遠的燈火，四面八方的鐵路線上噴出的煙霧一覽無遺，彷彿大千世界盡在其中。我們下了山，駛入河谷。

「德州克林特！」迪恩說。他把收音機調到克林特廣播電臺。電臺每隔十五分鐘放一首歌；其餘時間則播放高中課程的廣告。迪恩激動的大聲說道：「這個節目會在整個西部播送。啊，以前在少管所和監獄，我一天到晚都聽。所有人都參加了課程。透過寫信或者傳真的方式做作業，只要考試過關，就能拿到高中文憑。西部那些年輕的牧馬人，不管是誰都參加了；他們全都聽這個；無論

1 譯按：Tarahumara，墨西哥北部契瓦瓦州的中美原住民群體。

你是在科羅拉多州的斯特林，還是在懷俄明州的拉斯克，不管在哪，只要你打開廣播，總能找到德州克林特，德州克林特。但它放的音樂永遠都是土到爆的牛仔樂和墨西哥音樂，絕對是美國有史以來最爛的音樂節目，但沒辦法。他們電臺功率超強；能夠覆蓋整個西部。」我們視線越過克林特的破房子，看見遠處高高的天線。「天哪，那些難忘的回憶！」迪恩帶著哭腔喊著。天色漸晚，我們駛入艾爾帕索，要再往前走才是我們望眼欲穿的舊金山和海岸線，但我們已身無分文。必須弄點錢加油，否則不可能到達目的地。

我們試了各種辦法。按了旅行社的門鈴，不過當晚沒人往西走。在西部，你可以到旅行社找人分攤油錢一起上路。一些鬼祟的傢伙會拖著破舊行李箱在那裡等候。我們又去了灰狗長途巴士站，想去勸說某個乘客改坐我們的車，把去西岸的車費給我們。但我們太害羞，不好意思開口問別人。我們淒涼四處遊蕩。外面很冷，有個大學生卻在冒汗，原來是他看見了性感的瑪麗露，還竭力裝出一副若無其事的樣子。我和迪恩商量了一下，算了，我們又不是拉皮條的。突然，一個剛從少管所出來的蠢蛋過來和我們搭訕，要和迪恩一起去喝杯啤酒。「走吧，老兄，我們去找個人把他的頭打爛，把他的錢拿走。」

「兄弟，我喜歡你！」迪恩大喊。他們飛奔而去。一時間我還有點擔心；但迪恩只是想跟那小子去艾爾帕索街上逛逛，找點樂子。我和瑪麗露在車裡等，她靠過來摟著我。

我說：「別鬧，露，等我們到了舊金山再說。」

「我才不在乎。反正迪恩會離開我。」

「妳什麼時候要回丹佛？」

「不知道。我不在乎。我能和你一起回東部嗎？」

「我們得先在舊金山賺點錢。」

「我知道哪裡找得到流動餐車的工作，你站櫃檯，我當服務生。我還知道一家旅館，那裡可以賒帳。不要和我分開。唉，我很難過。」

「孩子，妳難過什麼？」

「我對所有事都感到難過。哦，幹，如果迪恩別這麼瘋就好了。」他神采奕奕的回來，傻笑著跳上車。

「那傢伙真瘋！我喜歡！我以前認識成千上萬這樣的傢伙，他們全都一樣，思維方式像鐘錶似一成不變，哦，具體也是千差萬別，沒時間了，沒時間了……」他猛然發動汽車，彎身握著方向盤，汽車呼嘯駛出艾爾帕索。「我們得找幾個想搭車的人。肯定找得到的。快！快！我們來啦。小心！」他對著前面的車大吼一聲，超了過去，又躲開迎面駛來的卡車，一路顛簸衝過城市邊界。河對岸是華雷斯的璀璨燈火，以及契瓦瓦淒涼乾涸的土地和閃亮星空。

瑪麗露用眼角餘光瞄著迪恩，在往返穿越大陸的旅途中她就是一直這樣看他的——眼神透著陰鬱和悲傷，彷彿想要把他的頭砍下來藏在衣櫃裡；那是一種交織著嫉妒和怨悔的愛，與迪恩對她的愛驚人的一致，充滿憤怒、鄙夷和瘋狂，她嘴角泛起的笑意中既有溫柔的溺愛，又有邪惡的妒忌，令我對她心生畏懼，**她明白自己的愛永遠不會開花結果**，因為當她看著迪恩嘴巴半合、顴骨突出的臉龐，以及臉上那種男人的矜持內斂和漫不經心的樣子，她就知道他瘋了。迪恩則認為她是個婊子；還私下告訴我她說謊成癮。然而，當瑪麗露這樣看著他時，那眼神裡分明也流露出愛意；每當迪恩感覺到她的目光，便會轉過頭，故意露出一臉輕浮的笑，忽閃著眼睫毛，露出一口潔白光亮的牙齒，而就在剛才他還似在夢中神遊一般。我和瑪麗露見狀都笑了起來——迪恩也絲毫不覺難堪，只有高興的傻笑，那意思是對我們說：**不管怎樣**，現在開心就好！的確如此。

駛出艾爾帕索，只見黑暗中有個縮成一小團的身影，伸出拇指想要搭車。這就是上天賜予我們的便車客。我們停下，倒車來到他身邊。「小子，你有多少錢？」這孩子沒錢；他大約十七歲，臉色蒼白、神情古怪，有隻手發育不良，帶點殘疾，也沒帶行李箱。「他是不是很**可愛**？」迪恩轉頭，表情莊重的對我說。「上車吧，我們載你——」那小子馬上把握機會，說自己有個姑媽在加州圖萊里開了一間雜貨店，等到了那他就馬上付錢給我們。

迪恩笑到不行，這也太像在北卡羅來納州碰見的那個男孩了。他叫道：「對對對！人人**都有**姑媽；好，上路，讓我們**沿路**去看看姑媽、姑爹、雜貨店！」我們有了一個新乘客，確實是個不錯的年輕人。他沉默寡言，只是聽著我們說話。在聽迪恩說了一分鐘以後，他應該就會認為自己上了一群瘋子的車。他說自己從阿拉巴馬開始一路搭便車，要回俄勒岡州的家。我們問他在阿拉巴馬幹什麼。

「我去找我叔叔；他說要幫我在鋸木廠找份工作。結果工作沒了，我只好回家去。」

「回家，回家，嗯，我明白，我們會帶你回家，至少可以把你送到舊金山吧。」迪恩說。不過我們已身無分文。這時我突然想起，可以向我的老朋友哈爾．辛厄姆借個五塊錢，他住在亞利桑那州的土桑。迪恩馬上說，就這麼決定，我們去土桑！於是我們奔著土桑而去。

夜裡我們經過新墨西哥州的拉斯克魯塞斯，黎明時進入亞利桑那州。我從沉睡中醒來，發現每個人都睡得像羔羊一樣，也不知道車子停在什麼鬼地方，車窗上霧氣濛濛，什麼也看不見。我下了車。我們在山上：絢爛輝煌的日出、涼爽的紫色空氣、紅紅的山坡、山谷裡翠綠的牧場、露水、金色的流雲；地上有地鼠洞、仙人掌、牧豆樹。換我來開車了。我把迪恩和那孩子推到一邊，驅車下山，為了省油，我踩下離合器，關掉引擎。就這樣一路滑進了亞利桑那州的本森。我想起自己還有一塊懷錶，是羅可剛送我的生日禮物，值四塊錢。我問加油站的人本森的當鋪在哪裡。就在加油站隔壁。我過去敲門，裡面的人從床上爬起來，很快我就用懷錶換了一塊錢。那一塊錢投進了油箱。到土桑的汽油夠了。但正當我準備開車時，一個帶著槍的大塊頭州警突然出現在我面前，叫我出示駕照。「後座的人有駕照。」我說。迪恩和瑪麗露裹著毯子睡在一起。員警叫迪恩下車。突然間他抽出手槍，大喊：「手舉起來！」

「警官，」我聽見迪恩用一種極其可笑的諂媚口吻說道：「警官，我只是在穿褲子。」連那個警察也差點笑了。迪恩下了車，泥汙滿身，倦容滿面。他穿著T恤，揉著肚子，嘴裡罵罵咧咧，翻找他的駕照和行照。警察檢查了後車廂。所有證件都沒問題。

「只是例行檢查，你們可以走了。本森這個小鎮其實還不錯；如果你們在這裡吃個早餐，也許會喜歡上它哦。」

「好好好。」迪恩說著，根本沒把他的話當回事，就開車走了。我們全都鬆了一口氣。幾個年輕人開著新車，口袋卻一分錢都沒有，還得去典當懷錶，警察當然有可能起疑心。迪恩說：「哦，他們老是多管閒事，不過他比維吉尼亞那個王八蛋好多了。他們想逮大魚，上頭條；以為每輛路過的車都和芝加哥黑幫有關。他們沒別的事好做了。」我們繼續駛向土桑。

土桑坐落在長滿牧豆樹的河床地帶，抬頭即見積雪覆蓋的卡塔利娜山脈，景色優美。這座城市就像一個大大的建築工地；人們來去匆匆，個個狂野奔放、野心勃勃、忙碌且開心；隨處可見晾衣桿、拖車房；市中心的街道上熙熙攘攘，掛滿了彩旗和橫幅；總之，很有加州的感覺。洛厄爾堡路沿著河床邊可愛的樹木，在平坦的沙漠中蜿蜒伸展，再過去就是辛厄姆的家。

我們看見辛厄姆在院子裡獨自沉思。他是個作家；來亞利桑那是為了安靜的寫書。他又高又瘦，像根竹竿似的，很內向，與人嘟嘟噥噥講話時喜歡把頭撇到一邊；但作為一名擅長寫諷刺作品的作家，他總能講出許多有趣的事情。他和老婆孩子一起住在一間土磚小屋裡，那是他的印第安繼父蓋的。他母親住在院子對面那棟自己的房子，是個熱情活潑的典型美國女人，喜歡陶器、串珠和閱讀。辛厄姆從我那些紐約寄來的信裡，多少聽說過迪恩的事。我們像烏雲一樣向他撲來，每個人都在喊餓，甚至包括阿爾弗雷德，那個有點殘疾的搭車者。辛厄姆穿著一件舊毛衣，在刺骨的沙漠空氣中抽著菸斗。他母親出來邀請我們去廚房吃飯。我們煮了一大鍋麵條。

然後，我們一行人開車來到十字路口一家賣酒的商店，辛厄姆在店裡兌現了一張五塊錢的支票，把錢遞給了我。

我們匆匆道別。「見到你們真好。」辛厄姆的眼睛看向別處說道。遠處，越過一些樹木，在沙漠的那頭，一家客棧的霓虹燈大招牌紅光閃耀。辛厄姆對寫作感到厭倦時，總會跑到那裡去喝杯啤酒。他非常孤獨，想回紐約。我們驅車離開，看到他長長的身影在夜色中漸漸消失，就像在紐約和紐奧良告別時的那些影子一樣，我感到很難過；他們猶豫不決的站立在巨大蒼穹之下，周圍的一切已然淹沒無蹤。去哪裡？做什麼？為了什麼？——睡覺。但我們這幫傻子仍繼續前行。

9 加州，大陸盡頭的那種悲傷

土桑市外黑暗的公路上，我們又遇見一個想搭便車的人。他是一個俄克佬，來自加州貝克斯非：「**真他媽**見鬼，我從貝克斯非出發，坐的是旅行社安排的車，我把吉他放在另一輛車的後車廂裡，到現在連他們的影子都沒看見——我的吉他和那幾個穿成牛仔模樣的傢伙；哦，我是玩音樂的，這次來亞利桑那州是為了和強尼．麥考的『山艾男孩』樂隊一起演出。媽的，我現在到亞利桑那了，但身上一毛錢都沒有，吉他也被偷了。你們載我回貝克斯非，我去找我哥拿錢。你們要多少？」我們只要從貝克斯非到舊金山的油錢，大概三塊。現在車上坐了五個人了。「晚安，女士。」他朝著瑪麗露抬帽致意，我們便出發了。

半夜行駛在山路上，俯瞰棕櫚泉的燈火。拂曉，在白雪皚皚的山道上，我們朝莫哈維鎮艱難推進，再從那裡進入雄偉的特哈查比山口。俄克佬睡醒了，開始講些有趣的故事；可愛的小阿爾弗雷德坐在那裡安靜微笑。俄克佬說他認識一個男人，被自己老婆開槍打傷了，但他原諒了老婆，還把她從監獄裡弄了出來，結果又挨了第二槍。他講故事的當下，我們正好路過那所女子監獄。前方，特哈查比山口漸漸呈現在我們眼前。迪恩接過方向盤，把我們一路帶上了世界之巔。

途中，我們看到一個巨大水泥廠，像裹著屍衣一樣躺在峽谷裡。接著開始下山。迪恩熄火並踩下離合，在滑行中開始急彎、超車等一系列高難度操作。我抓緊扶手。有時又有短暫的上坡；他仍然能單憑慣性，悄無聲息的完成超車。他對節奏和力度的把控與拿捏，展現出一流的超車技術。左轉過一個U型彎，他只是把身體大幅度左傾，繃直手臂帶住方向盤，就繞過一堵俯瞰世界底部的低矮石牆；接著迂迴右轉，左邊即是懸崖，他又把身體大幅右傾，害我和瑪麗露也跟著向右倒。我們就這樣晃晃悠悠一路飄向聖華金河谷。它在我們腳下一英里的地方綿延開來，那裡幾乎就是加州的底部，從半空中往下看，綠意盎然，美不勝收。我們就這樣跑了三十英里，沒用到一滴油。

忽然間，大家全都興奮了起來。剛駛入貝克斯非，迪恩就迫不及待的告訴我所有他知道關於貝克斯非的一切。他指給我看他住過的房子、旅館、撞球間、小餐館、他跳下車撿葡萄的鐵路、吃過的中國餐館、和女人約會的公園長椅，還有一些他無聊發呆的地方。迪恩的加州——狂野奔放、汗水淋漓、至關重要，在這片土地上，孤獨古怪的亡命情侶們鳥集鱗萃，這裡的每個人看上去都有幾分像失意、帥氣、頹廢的電影演員。「哇，我經常坐在那家藥店門口的椅子上！」他什麼都記得——每一次賭牌、每一個女人、每一個悲傷的夜晚。突然，汽車經過我和特麗待過的那個鐵路車場，在一九四七年十月的那個夜晚，我們坐在流浪漢的木箱上，在月光下喝著葡萄酒，我想將這段經歷告訴迪恩。但他太興奮了，聽不進去：「在這裡，我和艾德喝了一上午啤酒，想泡那個迷人的女服務生，她來自沃森維爾——不，是雀西，對，就是雀西——她名叫愛絲梅拉達——嗯，好像是。」瑪麗露正在盤算著到了舊金山要做什麼。阿爾弗雷德說，等到了圖萊里，他姑媽會給他很多錢。俄克佬帶我們往城外開，去找他哥哥住的公寓。

中午，車子在一間種滿玫瑰的小屋前停下，俄克佬進去跟幾個女人說話，我們等了十五分鐘。迪恩說：「我在想，這傢伙說不定和我一樣是個窮光蛋，只會浪費我們時間！幹了那種蠢事，家裡應該沒人會給他一分錢。」俄克佬神情尷尬的走了出來，又帶我們開到城裡。

「**真他媽**見鬼，我哥跑哪去了？」他四處打聽。可能覺得自己被我們劫持了。最後我們來到一家很大的麵包工廠，這次俄克佬和他哥一起出來了，哥哥穿著一身工作服，顯然是在裡面工作的一名技師。兄弟倆交談了幾分鐘。我們在車裡等著。俄克佬應該是跟所有親戚都講了一遍他的歷險記和吉他不見的事。不過他拿到了錢，並交給了我們，這下去舊金山的事妥當了。我們向他道謝，開車離去。

下一站是圖萊里。汽車咆哮著爬上山谷。我癱倒在後座上，筋疲力盡，死氣沉沉。下午，我正在打瞌睡，沾滿泥漿的哈德遜飛速駛過薩比納爾郊外的那些帳篷，在那逝去的幻影中，我曾住過、愛過、工作過。迪恩一動不動的趴在方向盤上駕駛。終於抵達圖萊里的時候，我還在睡覺；剛一睜眼就聽到一個匪夷所思的故事：「薩爾，快醒醒！阿爾弗雷德找到他姑媽的雜貨店了，但你知道發生了什麼事嗎？他姑媽對自己老公開了一槍，進了監獄。店關了。我們一分錢都沒拿到。你看看，世上竟然會有這種事啊！那個俄克佬講過幾乎一樣的故事。到處都有麻煩事，錯綜複雜的交織在一起——哇，真他媽的！」阿爾弗雷德咬著指甲。我們在馬德拉駛離通往俄勒岡州的公路，就此與小阿爾弗雷德告別。我們祝他好運，去俄勒岡一路順風。他說這是他坐過最好的一次順風車。

好像才過了幾分鐘，就到了奧克蘭城外的丘陵地帶。汽車駛上一塊高地，眼前忽然出現一片開闊景象，我們看見了美妙的舊金山，還有蔚藍的太平洋以及從遠方馬鈴薯地滾滾推進的霧牆，日落前的城市上空雲蒸霧繞，一片金黃。「舊金山到啦！哇！成功了！汽油剛好夠！見到大海了！沒有陸地了！我們不能再往前開了，因為沒有陸地了！瑪麗露，親愛的，妳和薩爾立刻去找家旅館住下，等我明早聯繫你們，我先去找卡蜜兒把事情安排妥當，再給法國佬打電話要回我的鐵路計時器，妳和薩爾一到城裡就去買張報紙，看看招聘廣告，安排工作計畫。」迪恩喊道。汽車駛上奧克蘭海灣大橋，進入舊金山。城裡的大樓剛剛開始亮燈；令人想到山姆．史佩德[1]。我們在奧法雷爾大街下車，深呼吸，伸展四肢，很像在海上長途航行後剛上岸的樣子；傾斜的街道彷彿在腳下旋轉；空氣

1 譯按：Sam Spade，美國作家達許．漢密特（Dashiell Hammett, 1894-1961）的小說《馬爾他之鷹》（*The Maltese Falcon*）中的偵探。

中飄浮著舊金山唐人街炒雜燴的神祕氣味。我們從車裡拿出所有東西，堆在人行道上。

迪恩突然就說了聲再見。他迫不及待要去見卡蜜兒，看看她過得怎麼樣。我和瑪麗露呆呆站在路上，望著他揚長而去。「你明白他有多混蛋了吧？只要是為了他自己的利益，迪恩能在任何時候丟下你不管。」瑪麗露說。

「我知道。」我說，回頭朝東邊望去，嘆了口氣。我們沒有錢。迪恩也沒提錢的事。「我們要住哪裡呢？」拎著大包小包的破衣爛衫，走在具有浪漫氣息的狹窄街道上。

街上的每個人都像是失意的臨時演員、過氣的小明星；在加州，人人臉上都流露出大陸盡頭的那種悲傷；灰心喪志的特技演員、迷你賽車手、帥氣而頹廢的風流浪子、眼睛浮腫的金髮女郎、坑蒙拐騙之徒、皮條客、妓女、按摩師、門童——我該怎麼在這群烏合之眾裡混口飯吃？

10 兩百年前的母親

然而，瑪麗露曾經就在這種環境中生活過——這裡離田德隆區不遠——一個面色蒼白的旅館員工同意讓我們賒帳租房。第一件事解決了。接著是吃飯問題，直到半夜找到了一個夜總會的女歌手，我們才吃上飯——在她住的旅館房間，她把熨斗倒掛在衣架上，吊在垃圾桶上方，加熱一個豬肉黃豆罐頭。我望著窗外閃爍的霓虹燈，心想：迪恩在哪裡？為什麼他不管我們的死活？就在那年，我對他失去了信任。我在舊金山待了一週，度過了一生中最落魄潦倒的時光。為了要到飯錢，我和瑪麗露經常要走好幾英里的路。甚至去了教會街的一家廉價旅館，找她認識的幾個醉鬼水手；他們招待我們喝威士忌。

我們在旅館住了兩天。我發現，迪恩不在，瑪麗露對我也就失去了興趣；她只不過是想透過我——迪恩的兄弟——去接近他。我們在房間裡吵架。有時整夜躺在床上，講述我做的夢。我告訴她，地球裡盤繞著一條大蛇，就像藏在蘋果裡的蟲子，牠終有一天會破土而出，拱起一座小山——此山以後就叫蛇山——然後在平原上展開身體，綿延一百英里，吞噬沿途的一切。我告訴她，這條蛇是撒旦。「接下來呢？」她尖叫，同時緊緊抱著我。

「一個叫薩克斯醫生[1]的聖人將會用神祕的草藥來消滅牠，他現在正在美國某處的地下室裡熬製草藥。那條蛇的體內有很多鴿子；大蛇一死，一群群灰白色的鴿子就會振翅飛出，滿天都是，將和平的資訊傳遍世界。」飢餓和怨恨使我有點錯亂了。

一天晚上，瑪麗露跟某個夜店老闆跑了。我們本來約好在拉金街和吉里大道的十字路口見面，我飢腸轆轆的站在馬路對面的一個門廊裡等她，忽然看見她從那棟豪華公寓的大廳裡走出來，在一起的還有她的朋友、夜店老闆和一個大腹便便的油膩老男人。她原本只是進去見一位女生朋友的。我懂了，她真的是個婊子；她明明看到我就站在對面，卻不敢向我打招呼。她踩著小碎步，鑽進一輛凱迪拉克，跟那群人一起走了。現在，我孤身一人，一無所有。

我四處遊蕩，在街上撿菸蒂。在市場街，我經過一家炸魚薯條店，店內的婦人在我路過時突然驚恐的看了我一眼；她是老闆娘，顯然是以為我會持槍衝進去搶劫。我繼續走了幾步，並突然想到，這婦人是大約兩百年前我在英格蘭的母親，而我則是她的強盜兒子，剛出監獄就到她的小店來，要奪走她誠實勞動的果實。

我停下腳步，身體定在了人行道上，如靈魂出竅一般。朝街上望去，我不確定這條路是市場街還是紐奧良的運河街：它通向大海，混沌、連綿的大海，正如紐約的第四十二街連接著大海，你根本不知道身在何處。我想到艾德在時代廣場上的鬼魂。我失去理智，甚至陷入狂喜。我要回到那家小吃店，去好好看看我那狄更斯世界裡的陌生母親。我激動不已。似乎我的全部記憶都回到了一七五〇年的英格蘭，似乎此刻在舊金山的我是另一個人、在另一種生活裡。那婦人彷彿帶著驚恐的眼神在說：「不，別回來折磨你誠實勤勞的母親。你不再是我的兒子了——你更像你的父親、我的前夫。多虧這個善良的希臘人同情我。」（店主是一個胳膊毛茸茸的希臘人。）「你變壞了，總愛酗酒、鬧事，最後還來我店裡可恥的想要掠奪我微薄的勞動果實。啊，兒子！你可曾為你所有的罪孽與惡行而跪下祈求救贖？迷失的孩子！走開！不要打擾我的靈魂；我早已忘了你。不要再揭開舊傷疤，就當你從未回來看過我。看到我謙卑的勞動，看到我辛苦賺來的幾個小錢——你卻迫不及待想要奪去，我的骨肉，鬱鬱寡歡、孤苦伶仃、卑鄙下賤的孩子。兒子啊！兒子！」我想起和老公牛在格雷特納時，我腦中出現的那個關於「老爹」的異象。剎那間，我進入了夢寐以求的狂喜狀態，完全穿越了具體的時間，步入了**混沌朦朧的永恆**，驚詫於凡世間的蕭瑟淒涼，感覺到死神在身後催促我前行，幽靈則逍遙自在的在一旁嬉戲；我匆匆奔向天使們舒展白翅飛起的跳板，跟隨他們飛入那聖潔混沌的虛無之境，澄明的本心散發出不可思議的光亮，無數蓮花淨土紛紛綻開，群群天使如飛蛾般

1 編按：*Doctor Sax*，傑克．凱魯亞克在一九五九年出版的小說。

在空中神奇的翻騰。我聽到一陣難以言狀的轟鳴，不在我的耳邊，卻又無處不在，甚至不是真正的聲音。我意識到，**我歷經無數次的死亡和重生，只是早已記不清到底有多少回**，因為從生到死、又死而復生的轉化，神出鬼沒般易如反掌、如夢如幻，就像成千上萬次的睡著又醒來一樣漫不經心、茫然不覺。我明白，正是由於本心的恒常，生與死的轉換才似微風拂過，只在平靜如鏡的清澄水面泛起點點漣漪。我感到一陣甜蜜幸福的眩暈，就像在動脈注射了一大針海洛因；在傍晚喝了一大口酒；我全身顫抖；我的雙腳酥麻。我覺得自己下一秒就要死去。但我沒死，我走了四英里，撿了十個長長的菸蒂，帶回瑪麗露的旅館房間，把菸絲倒進我的舊菸斗，點燃抽了起來。我那時還太年輕，不明白發生了什麼事。透過窗戶，我聞到了舊金山所有食物的味道。外面的海鮮餐館裡，小麵包熱呼呼的，裝麵包的籃子看上去也很好吃；就連軟軟的菜單也令人垂涎，彷彿是在熱肉湯裡蘸過再烤乾的。誰要是給我看海鮮菜單上鱗光閃爍的藍魚，我就會吃掉它；我還要聞一聞圖片上的奶油和龍蝦。有些餐館的特色菜是又厚又紅的烤牛肉，或者紅酒烤雞。在有些餐館，烤架上的漢堡滋滋作響，而咖啡只要五分錢。啊，唐人街的炒麵，北灘的義大利麵，漁人碼頭的軟殼蟹，各種香味爭相飄進我的房間——還有菲爾莫爾街的排骨，一想到我就流口水！再來些市場街上紅紅的辣豆醬、內河碼頭醉漢之夜的薯條、海灣對岸索薩利托的蒸蛤蜊……那就是我的夢幻舊金山。再加上霧，那令人飢渴的原始的霧氣，以及在溫柔夜色中流動的霓虹燈、美女的高跟鞋發出的噠噠聲、中國雜貨店窗邊的白鴿……。

11 不要等死了才上天堂

也就是在這個時候，迪恩來找我了，他終於發現我還值得一救。他把我帶到他家，也就是卡蜜兒的房子。「老兄，瑪麗露呢？」

「那個婊子跑了。」看見卡蜜兒讓我覺得如釋重負；她是一個出生良好，溫柔友善的年輕女人，她知道迪恩寄給她的那十八塊錢是我給的。然而，啊，親愛的瑪麗露，伊人何往矣？我在卡蜜兒家休息了幾天。他們住的木造房位於自由街上，從她家客廳窗戶看出去，雨夜裡舊金山的燈紅酒綠盡收眼底。我住在這裡的那幾天，迪恩做了件他職業生涯中最荒唐可笑的事情。他找了一份工作，去別人家廚房推銷新型壓力鍋。銷售人員給了他一大堆的樣品和宣傳手冊。

第一天，迪恩幹勁十足。我和他開著車滿城跑，跟人約見。目的就是要獲得邀請去參加別人的晚餐派對，然後在會上跳出來演示壓力鍋怎麼用。迪恩興奮的嚷嚷：「老兄，這比我幫席納工作的時候還要刺激。席納在奧克蘭賣百科全書，誰都沒辦法拒絕他的推銷。他會發表長篇大論的演講，上竄下跳，又哭又笑。有次我們闖進一個俄克佬的家裡，屋裡的人正準備出去參加葬禮。席納雙膝跪下，祈禱亡靈獲得解脫。俄克佬們全都跟著哭了起來。他賣掉了一整套百科全書。他絕對是世上數一數二的瘋子。不知道現在他在哪裡。我們那時還常常認識一些別人家的漂亮女兒，在廚房和她們親熱。今天下午，我去了一個迷人家庭主婦的小廚房——從身後環繞著她，手把手向她演示。啊！嗯！哇！」

「迪恩，堅持下去，也許有一天你會當上舊金山市長。」我說。他還編了一整套推銷臺詞，晚上就在我和卡蜜兒面前演練。

一天早上，太陽剛升起時，迪恩赤裸的站在窗前，望著整個舊金山。他看上去還真像有朝一日會成為舊金山的異教徒市長。然而，他沒力了。在某個下雨的午後，那個銷售人員來查看迪恩的近況。迪恩正躺在沙發上。「你還有在賣這些東西嗎？」

「不，我馬上要幹別的工作了。」迪恩說。

「那這麼多樣品怎麼辦？」

「我不知道。」一片死寂。銷售員默默收起那些可憐的鍋，離開了。我厭倦了一切，迪恩也是。

但是有天晚上，我們突然又一起陷入了狂歡；在舊金山的一家小夜總會裡，我們看到了瘦子蓋拉德[1]。蓋拉德是個身材瘦長的黑人，有一雙憂鬱的大眼睛，他喜歡說「好的——哦如尼」「來點波本威士忌——哦如尼」。在舊金山，有許多半吊子知識青年熱切的簇擁在他腳下，聽他彈鋼琴、彈吉他、打邦哥鼓。他熱身完後，就會站起來脫掉襯衫，開始嗨起來。他從心所欲，率性而為。當他唱〈水泥攪拌機，噗——啼，噗——啼〉（*Cement Mixer, Put-ti, Put-ti*）時，會突然放慢節奏，只用指尖輕輕拍打著邦哥鼓，彷彿陷入沉思，而觀眾們則一個個身體前傾，屏住呼吸側耳傾聽；你以為他只會這樣保持個幾分鐘，但他會一直這麼表演下去，長達一個小時；用指甲尖敲出細微難辨的聲音，而且越來越弱，越來越弱，最後什麼也聽不見了，只有從敞開的大門外傳來的汽車聲。然後，他慢慢站起身，拿起麥克風，緩慢說道：「很棒——哦如尼……很好——哦嗚啼……你們好——哦如尼……波本——哦如尼……給所有人——哦如尼……前排的小兄弟和女朋友玩得開心嗎——哦如尼……哦如尼……嗚啼……哦如尼如尼……」他像這樣一直說了十五分鐘，聲音越來越小，直到再也聽不見了。剩下那雙憂鬱的大眼睛掃視著觀眾。

迪恩站在後排說道：「老天！真棒！」——他緊扣雙手像是在祈禱，汗水涔涔。「薩爾，瘦子了解時間的奧祕，他懂時間。」瘦子在鋼琴前坐下，敲出兩個音符，兩個C大調音符，接著又敲出兩個、再一個、再兩個；突然間，那個身材魁梧的貝斯手如夢初醒，意識到瘦子正在彈奏〈C大調

1 譯按：Slim Gaillard（1911-1991），美國爵士音樂家，擅長擬聲唱法，曾自創一套稱為「嗚啼——哦——如尼」（Vout-o-Reenee）的擬聲語言。

即興藍調〉（*C-Jam Blues*）[2]，隨即用粗大的食指猛擊琴弦，打出砰砰作響的節奏；所有人都開始搖擺，瘦子抬起頭，眼神依然透著憂鬱，他們這樣演奏了半個小時，然後瘦子進入瘋狂狀態，抓起邦哥鼓，飛快拍打出古巴風節拍，同時用他知道的各種語言瘋狂喊叫，西班牙語、阿拉伯語、秘魯方言、埃及語等等——他會說無數種語言。這場表演結束了，兩個小時。

瘦子下了場，靠在柱子上，憂鬱的目光掠過前來跟他說話的觀眾的頭頂。一杯波本威士忌遞到了他手上。「波本酒——哦如尼——謝謝——哦嗚啼……」沒人知道瘦子在想什麼。有次迪恩做了個夢，夢到他要生孩子了，躺在加州一所醫院的草坪上，鼓脹的肚子泛著藍光。瘦子跟一群黑人坐在一棵樹下。迪恩向他投去絕望的目光。瘦子說：「沒事的——哦如尼。」此刻，迪恩走向瘦子，走向他的上帝；他認為瘦子就是上帝；他走到他面前，蹭著腳，彎著腰，邀請他跟我們一起坐坐。「好的——哦如尼。」瘦子說；他可以跟任何人一起坐，但不能保證他的精神與你同在。迪恩找了一張桌子，買了喝的，僵硬的坐在瘦子面前。瘦子的目光在他頭頂上神游。每次瘦子一說「哦如尼」，迪恩就叫一聲：「耶！」我和這兩個瘋子坐在一起。什麼也沒發生。對瘦子蓋拉德來說，整個世界就是一個巨大的「哦如尼」。

同一天夜上，我到菲爾莫爾街和吉里大道的那個路口，去看蘭普謝德的表演。蘭普謝德是個大塊頭黑人，出沒於舊金山各個音樂酒館，他一進門，還沒脫下大衣、禮帽和圍巾，就跳上臺立刻開唱；

他的額頭青筋暴起；拿起一個巨大的號角，猛吸一口氣，拼盡全力吹出一曲藍調。他一邊唱一邊對著觀眾叫喊：「**不要等死了才上天堂，要從喝胡椒博士**[3]**開始，用威士忌結束此生！**」他的嘶吼壓倒一切。齜牙咧嘴，扭動身體，花樣百出。他經過我們桌前，傾過身說：「耶！」然後蹣跚走出門，去另一家酒館。還有康尼·喬丹那個瘋子，一邊唱一邊揮舞手臂，汗水濺到觀眾身上，最後踢翻麥克風，像女人一樣尖叫；在深夜的詹姆森夜總會，只見他垂著雙肩，疲憊不堪的坐在那裡觀看狂野的爵士樂表演，面前放著一杯酒，一雙呆滯的大圓眼凝視著遠方。在此之前我從未見過如此瘋狂的音樂家。在舊金山，每個人都玩爵士樂。**這裡是大陸盡頭；人們什麼都不在乎。**我和迪恩就這樣在舊金山瞎逛，直至我收到另一筆退伍軍人津貼支票，準備好啟程回家。

跑來舊金山這一趟到底有什麼收穫，我不知道。卡蜜兒想讓我離開；迪恩呢？他不在乎。我買了一條麵包和一些肉，做了十個三明治，為再度穿越大陸做準備；其實不用等到達科他州，它們就統統都會進我的肚子了。最後一晚，迪恩又瘋了，他在城裡的某個地方找到了瑪麗露，我們坐上車，跨過海灣，在里奇蒙亂晃，去石油工人居住區的黑人爵士酒吧。瑪麗露剛要坐下來，一個黑人就從

2 譯按：爵士樂經典曲目，由爵士樂大師艾靈頓公爵（Duke Ellington, 1899-1974）於一九四二年創作，現在已成為爵士經典曲。

3 譯按：Doctor Pepper，一種軟飲料。

她身下抽走了椅子。她上廁所時，有女人找她搭訕。也有人找我搭訕。迪恩汗水淋漓。結束了；我想走了。

拂曉時分，我登上去紐約的大巴，向迪恩和瑪麗露道別。他們想要拿一些我做的三明治。我說不行。那一刻氣氛有些沉悶。我們都覺得彼此再不會相見，我們也都不在乎。

Part Three

Always, On the Road

1 你一直說要去舊金山

一九四九年春天，我從退伍軍人教育津貼支票裡擠出一點錢，去了趟丹佛，想著要不要在那裡定居。我想像自己住在美國中部，成為了一位父親。我很寂寞。大家都不在——貝比．羅林斯、雷．羅林斯、蒂姆．格雷、貝蒂．格雷、羅蘭．梅傑、迪恩．莫里亞蒂、卡洛．馬克斯、艾德．鄧克爾、羅伊．強森、湯米．斯納克，他們都不在。我在柯帝士大街和拉里默街一帶閒逛，又在水果批發市場工作了一段時間，一九四七年時我就差點在那裡打工——那是我這輩子幹過最苦的工作；有一次，我和幾個日本年輕人用類似千斤頂的東西，把鐵軌上的一整個貨車廂推動了一百英尺，我們每扳一次千斤頂，車廂才挪動四分之一英寸。我還把一箱箱西瓜從冷藏庫冰冷的地面拖到烈日下，害得我直打噴嚏。以上帝之名，星辰為證，請告訴我，這一切是為了什麼？

黃昏，我去散步；感覺自己像是悲涼紅土地上的一粒微塵。路過溫莎旅館，想起三〇年代大蕭條時期迪恩和他父親曾在那裡住過，我像過去一樣留心搜尋心目中那個富有傳奇色彩的可憐白鐵匠。在蒙大拿那種地方，我可以找到長得像自己父親的人，而在這樣一個物是人非之地，只能去找朋友的父親了。

淡紫色的夜晚，我全身痠痛的走在第二十七街和威爾頓大街交會處，那一帶是五光十色的丹佛黑人區，我真希望自己是個黑人，我感覺白人世界所能提供的都不足以令我享受，沒有足夠的生活、歡樂、刺激、黑暗、音樂，沒有足夠的夜晚。我在一個賣辣豆醬的小屋前停下，熱騰騰的辣醬湯盛在紙盒裡；我買了一點，在昏暗神祕的街道上邊走邊吃。

我真希望自己是一個丹佛的墨西哥人，或是日夜勞作的貧苦日本人，**只要不是無聊透頂、幻滅絕望的「白人」就好**。我這一輩子都心懷白人的抱負，所以才會在聖華金河谷拋棄了像特麗這樣的好女人。從墨西哥人和黑人家庭的幽暗門廊前走過；裡面傳來輕柔的聲音，偶爾還能瞥見某個神祕性感女郎的深色膝蓋；玫瑰花藤架後面露出男人們黝黑的臉龐。小孩子們像聖者一樣坐在老舊的搖椅上。一群黑人婦女走過，其中一個年輕女子從母親模樣的婦人們身邊跑開，朝我奔來——「嗨，喬！」——突然發現我不是喬，又紅著臉跑了回去。我希望我就是喬。可我只是我自己——薩爾·帕瑞迪斯，悲傷的徘徊在這絳紫色的夜晚，在這令人心醉的溫柔夜色中，渴望與這些開心快樂、真心誠意的美國黑人交換世界。破舊的街坊令我想起迪恩和瑪麗露，他們從小就對這裡瞭若指掌。真希望能找到他們。

我往南走到第二十三街和威爾頓大街的街角，那裡正在進行一場壘球比賽，聚光燈照亮了球場，也照亮了球場邊的大瓦斯儲氣槽。一大群熱情的觀眾為每一次擊打歡呼吶喊。在場上拼搏的年輕孩子們是不同人種的奇特組合，有白人、黑人、墨西哥人，還有純種印第安人，他們對比賽的那份投入令我心疼不已。他們不過是一群穿著隊服在空地玩耍的孩子。我這輩子從未像他們這樣，在夜晚的燈光下，在家人、女友和鄰里小孩面前盡情展現自己；我在大學參加的體育比賽都是正式、嚴肅的；缺乏這種孩童般、發自內心的歡樂。現在已經太遲了。

離我不遠處坐著一位老黑人，顯然每晚都來看比賽。旁邊是一個年邁的白人流浪漢；再過去是一家墨西哥人，然後是一些女孩、一些男孩——都是鮮活真實的人。啊，那晚的燈光太令人傷感！那個年輕的投手像極了迪恩；觀眾席上有個漂亮的金髮女孩像極了瑪麗露。這丹佛之夜，我只感到絕望。

流浪在丹佛，流浪在丹佛，
如死亡般，我沉醉其中。

街對面，黑人們坐在自家門口臺階上聊天，抬眼望著樹隙間的星空，在溫柔的夜色中怡然自得，有時也看看比賽。期間，許多汽車在街上駛過，紅燈一亮就停在路口。空氣中洋溢著生活的激情和真正的歡樂，沒有一絲悲觀失望或者「白人的悲傷」。那個老黑人從外衣口袋裡摸出啤酒，準備打開；白人老頭羨慕的盯著那罐啤酒，然後在自己的口袋裡摸索著，看看**他**能不能也買一罐。啊，我心如刀絞。起身離開了那裡。

我去見了一個之前認識的富家女。第二天早上，她從絲襪裡抽出一張百元大鈔，說道：「你一直說要去舊金山；既然如此，拿上這個，好好去玩吧。」於是，所有問題都迎刃而解，我在旅行社找到一輛去舊金山的車，付了十一塊油錢，開始一路疾馳。

兩個人輪流開車；他們自稱是皮條客。除我之外，還有兩個乘客。我們都靜靜坐著，一心只想著目的地。汽車越過伯紹德山口，下到大高原上的塔伯納什、特柏桑、克雷姆靈；接著駛下兔耳山口，經汽船泉駛出高原；一共五十英里的迂迴山路；然後是克雷格和美國大沙漠[1]。

穿過科羅拉多與猶他州界時，沙漠上空出現了巨大的金色火燒雲，彷彿上帝在空中指著我說：「從這裡往前走，你將踏上通往天堂之路。」哎呀，老天，可我更感興趣的是內華達沙漠裡那些破舊不堪的大篷車、賣可口可樂的小攤旁擺放的撞球桌，還有在「屍衣行者」出沒的沙漠中的簡陋小屋，屋前飽經風霜的招牌仍在隨風飄蕩，上面寫著「響尾蛇比爾曾住此處」或者「闊嘴安妮蝸居此地多

---

1 編按：Great American Desert，十九世紀被用來描述北美洲從洛磯山脈以東到大約一百度子午線的地區。

年」。哇，衝啊！在鹽湖城，兩個皮條客去查看了他們的女孩，然後我們接著上路。不知不覺間，我又一次看到了舊金山，午夜時分這座傳奇之城靜靜躺在海灣上。我立刻跑去找迪恩。他現在有了一間小房子。我迫不及待想知道他現在的狀態，想知道接下來會怎麼樣，反正我現在一無所有，無依無靠，走投無路，什麼都不在乎了。凌晨兩點，我敲響了他的房門。

2 路邊咖啡館

迪恩打開門，一絲不掛，縱使總統駕到，他也不在乎。他以最原始的方式接納世界。「薩爾！」他的語氣充滿敬佩：「沒想到你還真的來了。你居然真的來找**我**了。」

「是啊。我的生活全都完蛋了。你呢？」我說。

「不太好，不太好。我們要談的東西太多了。薩爾，現在**終於**到了我們該好好談談，想想辦法的時候了。」我們一致認為是該坐下來好好談談了，於是便進了屋。我就像個無比邪惡的天使，突然降臨在一個鋪著雪白羊毛的家庭，當我和迪恩在樓下廚房裡興奮的交談時，樓上傳來了陣陣啜泣聲。我每說一句話，迪恩就用亢奮、顫抖的聲音低喊一聲：「**沒錯！**」卡蜜兒知道接下來會發生什麼。顯然，迪恩已經安靜好幾個月了；現在，天使降臨，他又要瘋了。「她怎麼啦？」我小聲問道。

他說：「她狀況越來越糟。老兄，她會哭鬧、發脾氣，不讓我出去看瘦子蓋拉德的演出，每次我回來晚了，她就大發雷霆，但待在家，她又不理我，罵我畜生。」他跑上樓去安撫她。我聽到卡蜜兒的喊叫：「**你這個騙子，騙子，騙子！**」我藉機參觀了他們的漂亮房子。那是一幢破舊、歪斜的雙層木屋，四周全是公寓，房子就建在俄羅斯山丘上，可以看到海灣；有四個房間，樓上三間，樓下有個類似地下室的巨大廚房。廚房門通向一個綠草叢生的庭院，院子裡拉著晾衣繩。廚房後面的儲藏室裡放著迪恩的那雙舊鞋，上面依然殘留著一英寸厚的德州泥漿，那是哈德遜陷在布拉索斯河邊那晚留下的。當然，那輛哈德遜已經不在了；迪恩沒錢支付後面的貸款。現在他什麼車也沒有了。他們不小心有了第二個孩子，而且很快就要生了。卡蜜兒的陣陣抽噎聽著很可怕。我們實在受不了了，就出門去買啤酒，然後帶回廚房。卡蜜兒終於睡了，或者說在黑暗中茫然的瞪著雙眼。我不明白到底出了什麼問題，也許她是被迪恩氣瘋了吧。

在我上次離開舊金山以後，迪恩又一次迷上了瑪麗露，連續幾個月在迪維薩德羅街她住的公寓附近徘徊不去；瑪麗露每晚都會帶一個不同的水手回家，迪恩則從門上的郵件投遞口往裡窺探，那裡能看見她的床。早上，他看見瑪麗露跟一個年輕人躺在床上。他追蹤她在城裡的一舉一動。他要拿到她做妓女的確鑿證據。他愛她，他為她神魂顛倒。後來，他陰差陽錯弄到了「壞綠」——也就是青綠色、沒有烘乾好的大麻——而且抽得太多了。

「第一天，我像塊木板一樣僵直的躺在床上，動彈不得，也說不出話；只是大大的瞪著眼。我聽見腦子裡嗡嗡作響，看見五彩繽紛的奇妙景象，感覺棒極了。第二天，我以前做過的、知道的、讀過的、聽過的、想過的，**一切的一切**，全都湧現在我的腦海中，並且以一種全新的邏輯重新組織起來，我無法準確形容那種發自內心的驚奇和感激，所以只能不停的說『好、好、好、好』。聲音不大。只是安靜的說著『好』，這些綠色大麻產生的異象一直持續到第三天。那時候，我什麼都明白了，我的整個人生也明確了，我知道我愛瑪麗露，我知道我得找到我的父親；無論他在哪裡，我要拯救他。我知道你是我的好兄弟，我知道卡洛有多麼了不起。我什麼都知道，任何人，任何地方。但到了第三天，大白天裡我開始不停做噩夢，恐怖的、慘綠色的噩夢，嚇得我蜷縮在床上，兩手抱著膝蓋，嘴裡不住呻吟：『嗷、嗷、嗷、啊、嗷……』鄰居們聽到我的叫喊，就叫來了醫生。卡蜜兒不在家，她帶著孩子看她父母去了。街坊鄰居都很擔心。他們進來發現我躺在床上，雙臂直挺挺的伸在空中。薩爾，我還拿了一些那種大麻，跑去給瑪麗露。你知道嗎？在那個小蠢妞身上也發生了同樣的事情——幻覺、邏輯、關於一切的最終決定、所有真相的痛苦淤積所導致的噩夢和苦楚——唉！然後，我明白我太愛她了，我想殺了她。我跑回家，把頭往牆上撞。我跑去找艾德；他和卡拉蒂已經回到了舊金山；我向他打聽我們認識的一個有槍的傢伙，我找到那個傢伙，拿到了槍，跑去找瑪麗露，我從信箱口往裡看，看見她跟一個傢伙睡在床上，我退了出來，猶豫不決，一小時後我又返回，闖了進去，屋裡只有她一個人——我把槍遞給她，叫她殺了我。她一直把槍死死的握在手裡。我說我們可以甜蜜共赴黃泉。她不願意。我說我們其中一個人必須死。她說不要。我又把頭往牆上撞。天哪，我真瘋了。她會告訴你的，她說服我打消了那個念頭。」

「後來呢？」

「那是幾個月前的事了——在你離開以後。她最後嫁給了一個賣二手車的，那個蠢貨宣稱只要找到我，就要把我幹掉，我為了自保，也許會殺了他，那樣的話我就得進聖昆丁監獄，因為我只要再犯**任何**事，薩爾，我就得在聖昆丁監獄關一輩子——那我就徹底完蛋了。別提還有這隻受傷的手。」他給我看他的手。我剛剛只顧著開心，沒注意到他的手傷得很厲害。「我在瑪麗露的額頭上打了一下，那是二月二十六日傍晚六點——準確的說是六點十分，我記得很清楚，因為我要去趕一小時二十分鐘後的那趟貨運快車——那是我和她最後一次見面，也是我們最後一次認真說話，你聽我說：我的大拇指只是從她的眉頭劃過，她頭上連一點痕跡都沒有留下，實際上她當時還笑了，可我的大拇指骨折了，就是手腕上面的那一截骨頭，一個糟糕透頂的庸醫幫我調整，費了老大的功夫，用了三種不同的石膏板，害我在硬板凳上前前後後坐了二十三個小時，最後那塊石膏繃帶裡埋了根針，是從我的拇指尖打進去的，等到四月份醫生去掉石膏時，發現那個鋼針引起了骨頭感染，造成慢性骨髓炎，經過一次失敗的手術，又打了一個月石膏，他們最後就切掉了我指尖上的一點肉。」

他解開繃帶給我看。指甲下面有半英寸大小的肉不見了。

「我的傷情日益惡化。為了供養卡蜜兒和艾美，我在泛世通公司拼命工作，壓模工要負責翻新輪胎的硫化處理，還要把一百五十磅重的大輪胎從地面搬上車——我只能用健康的那隻手，但還是會不斷撞到受傷的拇指——結果又斷掉了，只好再去接上，然後又感染了，腫得不行。所以現在我在家看孩子，卡蜜兒去上班。知道嗎？哎喲，我現在可是三等甲級傷殘，爵士樂迷莫里亞蒂大拇指壞了，他老婆每天給他注射青黴素，他又過敏，長了蕁麻疹。一個月內，他必須每天注射一瓶六萬單位的青黴素。同時，每隔四個小時必須吃一片抗過敏藥。他必須吃可待因阿司匹林才能緩解拇指的疼痛。他腿上囊腫發炎，必須動手術。下週一早上六點，他必須起床去刷牙。他必須每週去醫生那裡治療兩次。他必須每晚服用止咳糖漿。他必須不斷擤鼻子來清理鼻腔，因為幾年前的一次手術留下了後遺症，現在鼻樑下方塌掉了。他失去了大拇指，正好是丟球的那隻手。創造出新墨西哥州少管所七十碼傳球紀錄的那隻手。然而——然而，世界在我眼裡從未像現在這樣美好和快樂，看見可愛的小孩子們在陽光下玩耍，看見你——我親愛的、了不起的薩爾——我就非常開心，我就知道，**知道**一切都會好起來。明天你就會見到她，我可愛漂亮的女兒現在都能站起來了，自己可以一次站立三十秒，她體重二十二磅，身高二十九英寸了。我剛算出來，她是百分之三十一又四分之一的英國人，百分之二十七．五的愛爾蘭人，百分之二十五的德國人，八又四分之三的荷蘭人，百分之七．五的蘇格蘭人，百分之百的美妙。」他真心誠意祝賀我完成大作，那本書已被出版商簽下。「我們懂得什麼是生活，薩爾，我們每個人都在一點點的變老，我們漸漸懂事了。你說的那些關於你的生活的事，我很理解，我一直都明白你的感受，我也知道你現在想要結交一個好女孩，讓她成為你的心靈伴侶，就像我費盡千辛萬苦對我那些該死的女人所做的那樣。媽的！媽的！媽的！」他喊道。

早上，卡蜜兒把我們趕了出去，連人帶行李。起因是我們打電話給羅伊·強森，那個丹佛的老小子，叫他過來喝啤酒，同時迪恩照顧小孩、洗碗、在後院洗衣服，他很興奮，家務幹得馬虎。強森同意開車帶我們去米爾城找雷米·邦克爾。卡蜜兒從診所下班回家，對我們臭著臉，流露出女人對自己家庭生活受到騷擾的各種不快。我試圖向這個擔驚受怕的女人表示，我對她的家庭生活絕無惡意，我向她問好，十分熱情的跟她說話，但她認為我滿口謊言，或許這一套還是跟迪恩學來的，她只微微笑了一下。早上則出現了可怕的一幕：她躺在床上抽泣，當時我突然要上廁所，必須穿過她的房間。「迪恩，迪恩，最近的酒吧在哪裡？」我叫道。

「酒吧？」他驚訝的說；他正在樓下廚房水槽洗手，以為我想去喝酒。我告訴了他我的窘境，他說：「沒關係，你就去上吧，她總是這樣。」不行，我不能那樣做。我衝出去找酒吧；在俄羅斯山爬上爬下走了四個街區，一間酒吧都沒找到，只有自助洗衣店、乾洗店、飲料店、美容店。我回到歪斜的小房子。看見兩夫妻正衝著對方大吼大叫，我擠出一絲笑容，從他們跟前快速溜過，把自己鎖進了浴室。沒多久，卡蜜兒把迪恩的東西扔在客廳地板上，叫他收拾滾蛋。我驚訝的看到沙發上方掛著一幅卡拉蒂的全身油畫像。我突然意識到，在累月經年、獨守空閨的日子裡，這些女人一直聚在一起，談論著這些瘋狂的男人。

小屋裡迴盪著迪恩瘋狂的傻笑，以及孩子的哀嚎。接下來，只見他像格魯喬・馬克思一樣在屋裡穿梭自如，纏著巨大白色繃帶的大拇指像一座巍然屹立於驚濤駭浪之上的燈塔。我又一次看到那個飽經風雨的可憐大箱子，裡面的襪子和沒洗的內衣都露了出來；他彎著腰，把所有能找到的東西全往裡面扔。他又取出那只全美國最破爛的手提箱。那是個紙質的箱子，只是表面的圖案使它看上去像皮箱，類似鉸鏈的東西也是糊上去的。箱子上有一條大裂縫；他用繩子將它捆緊。然後抓起露營包，往裡面塞東西。我拿上自己的包，裝好東西，卡蜜兒還躺在床上喊著：「騙子！騙子！騙子！」我們衝出房子，沿著街道辛苦奔向最近的車站——兩個男人拖著一堆亂七八糟的行李，還有那個碩大、綁著繃帶的大拇指在空中高高翹起。

折斷的大拇指成了迪恩最終發展階段的象徵。他不再（像以前那樣）關心任何事情，也可以說，現在他**原則上關心一切**；換言之，在他眼裡一切都是一樣的，他屬於這個世界，他對此無能為力。他在路中間攔住我。

「老兄，我知道你一定很困惑；你剛到這裡才一天，我們就被趕了出來，你肯定在想，我是不是做了什麼罪有應得的事情，才落得如此下場——還有這些可怕的累贅——嘻——嘻——嘻！——但你看看我。薩爾，請你看看我。」

我看著他。他穿著T恤，破褲子掛在肚子上，腳上一雙破鞋；他沒有刮鬍子，茂密的頭髮亂糟糟的，雙眼布滿血絲，那根巨大、裹著繃帶的大拇指吊在半空中，與心臟齊平（他必須這樣舉著），臉上露出我所見過最傻的笑容。他步履蹣跚轉著圈，眼睛四處張望。

「我的眼珠看見了什麼？啊——藍天！朗費羅！[1]」他搖晃著，眨著眼。又揉了揉雙眼說：「還有窗戶呢——你研究過窗戶嗎？我們來談談窗戶吧。我見過一些很奇怪的窗戶，它們對著我做鬼臉，有些窗戶拉著窗簾，彷彿在向我眨眼睛。」他從露營包裡摸出一本書，是歐仁．蘇[2]的《巴黎的祕密》（*Les Mystères de Paris*）。他拉了拉衣服，站在街角就讀了起來，一副學者的樣子。可還不到一分鐘，他就把書丟了，茫然的說道：「說真的，薩爾，一路上我們什麼都要去看看……」我很慶幸自己來了，現在迪恩需要我。

「卡蜜兒為什麼把你趕出家門？你打算怎麼辦？」

「呃？」他說，「呃？呃？」我們絞盡腦汁的想，該去哪裡、該幹什麼。我意識到現在只有我能做決定。可憐的迪恩，他已墜入萬劫不復的深淵；翹著感染的大拇指，白痴似的站在一堆破爛行李中間，那些行李曾見證了這個沒媽的孩子無數次往返穿越美國大陸的狂熱生活，可他現在完蛋了。

「我們走到紐約去，其他的路上再說吧——就這麼做。」他說。我掏出錢來數了數；拿給他看。

「我這裡一共有八十三塊多一點。如果你要和我一起，我們就去紐約——然後去義大利。」

「義大利？」他說著，眼睛一亮：「義大利，好啊——但親愛的薩爾，我們要怎麼去呢？」

我想了一下說：「我會弄到一些錢，出版商會付給我一千元。我們去羅馬、巴黎那些地方，找各式各樣的女人；坐路邊咖啡館；睡妓院。就去義大利，怎麼樣！」

「當然好。」迪恩說，他隨即意識到我是認真的，便斜著眼打量我，這是他第一次用這種眼神看我，因為我以前從未主動與他分擔生活的重負，他的眼神是賭徒在下注前最後權衡得失時的目光。他的眼裡流露出勝利和傲慢，一種魔鬼般的表情，他就這樣直直的看著我的眼睛。我與他對視了一眼，不禁紅了臉。

我說：「怎麼啦？」這麼問讓我感覺自己很可憐。他沒有回答，只是繼續斜著眼看我，還是那種謹慎、無禮的眼神。

我努力回憶他過去的一言一行，難道有什麼事情使他現在心生疑慮？我毅然決然的再次說道：「跟我去紐約吧；我有錢。」我望著他，眼中含著窘迫的淚水。他依然盯著我，不過目光變得茫然，只是直直的從我身上穿過。就我們的友情而言，這也許是至關重要的一刻，他意識到，我的確花了不少時間在他身上，為他的困難處境著想，他正努力將此心得安置在他那繁雜紛擾的心靈中。

---

1 編按：亨利．朗費羅（Henry Longfellow, 1807-1882），美國詩人。

2 譯按：Eugene Sue（1804-1857），法國小說家。

我們的心裡都有了變化。對我而言，我突然對一個比自己小五歲的人產生了關心，近幾年我們的命運彼此交織；至於他發現了什麼，我只能從他後來的所作所為才得以明瞭。他很開心，說一切都搞定了。

「你剛才那樣看我是怎麼回事？」我問。聽我這麼問，他臉上露出痛苦的表情，皺起了眉頭。迪恩極少皺眉。我們都感到有些困惑不安。那是個陽光明媚的日子，我們站在舊金山的一座小山上；身影落在人行道上。卡蜜兒家旁邊的公寓裡，走出了十一個希臘人，男男女女很快排成一排，站在灑滿陽光的人行道上，有個人退到窄窄的街道對面，站在照相機後面對他們微笑。我們驚訝的看著這些古老民族的後人，他們正在為女兒舉辦婚禮，她或許是這個綿延不斷的黑暗世家中，在陽光下微笑的第一千個人。他們衣冠楚楚，但看上去很古怪。我和迪恩恍若置身賽普勒斯。海鷗帶著閃爍的陽光從我們頭頂上空飛過。

「好吧，」迪恩說，聲音十分靦腆溫柔，「那我們走吧？」

「好，」我說，「我們去義大利。」於是，我們拿起行李，他用沒受傷的那隻手拖著大箱子，我負責剩下的行李，我倆漫步走向車站；沒過多久，我們就坐在抖動的車上，雙腿在人行道上方晃著，朝山下駛去——西部夜色下兩個落難英雄。

3 只在意那根的聖人

首先，我們去了市場街的一家酒吧，共商大計——我們決定要一直在一起，做一輩子的好朋友。迪恩很安靜，專注看著酒館裡的老流浪漢，他們令他想到自己的父親。「我覺得他在丹佛——這次我們一定要找到他；他可能在縣監獄，也可能又回到了拉里默街，反正我們要找到他。可以嗎？」

好的，就這樣決定了；我們要去做從未做過的事，那些過去因為太傻而沒做的事情。我們決定先在舊金山好好玩兩天再出發，當然是透過旅行社找分擔油費的車，盡可能省錢。迪恩說他不再需要瑪麗露了，儘管他仍然愛她。我們說好，等到了紐約他再去找一個女人。

迪恩穿上細條紋西服，裡面套一件運動衫，我們花一毛錢把所有行頭放在灰狗車站的儲物櫃裡，然後動身去見羅伊，他在電話裡同意擔任我們這兩天舊金山歡樂之旅的司機。沒多久他就來到市場街和第三街的街角，把我們接上車。羅伊目前住在舊金山，擔任文書職員，娶了一位名叫桃樂絲的漂亮嬌小金髮女孩。迪恩私下透露，她的鼻子太長——這是他討厭桃樂絲的主要理由，很奇怪——其實她的鼻子一點都不長。

羅伊是個身材瘦削、皮膚黝黑的帥氣小子，面容清秀，頭髮梳理得整整齊齊，時不時就會把頭髮從兩側往後抹。他熱忱十足，笑容滿面。但很明顯，他妻子桃樂絲不同意他來當司機，為此他們吵了架——為了捍衛一家之主的地位（他們住在一間小屋），他仍然堅持答應了我們的事情，但也付出了代價；內心的矛盾導致痛苦的沉默。

他帶著我和迪恩，不分晝夜的行駛在舊金山的大街小巷，其間一句話也不說；他一下闖紅燈，一下來個兩輪離地的急轉彎，我們從中明白了自己帶給他的困境。他進退維谷，一方是他的新婚妻子，另一方是丹佛撞球幫的老大。迪恩很開心，當然也不會為這種處境擔心。我們完全不顧羅伊，坐在後排聊個不停。

接下來是去米爾城，看看能不能找到雷米。我有些驚訝的注意到，那艘名為「海軍上將費比號」的老船已經不在海灣裡了；當然，雷米也已不在峽谷小屋的倒數第二間客房。一位漂亮的黑人女孩打開房門；我和迪恩跟她聊了很久。羅伊在車裡等候，讀著歐仁．蘇的《巴黎的祕密》。我最後看了一眼米爾城，明白沒有必要再去挖掘紛擾的往事；我們決定去找卡拉蒂，解決住宿問題。

艾德又離開了她，去了丹佛，她居然還沒想辦法把他弄回來。她住在教會上區一所四房公寓，我們看見她盤腿坐在東方風格的地毯上，面前鋪著一副算命紙牌。真是好女孩。我看見了令人感傷的痕跡，艾德曾在這裡住過一段時間，然後迷迷糊糊，單純因為厭倦而離家出走了。

「他會回來的。沒有我，那傢伙照顧不了自己。」卡拉蒂說，並用憤怒的眼神看著迪恩和羅伊。「這回是湯米．斯納克幹的。他還沒來之前，艾德一直過得非常快樂，他有份工作，我們還會一起出門玩，生活很幸福。迪恩，你知道的。後來，他倆在浴室一待就是幾個小時，艾德坐浴缸，湯米坐馬桶，不停說啊說——真的有夠蠢。」

迪恩大笑。多年來他一直是那幫傢伙的先知，現在他們正在學習他的那套技巧。湯米留起了鬍鬚，帶著一雙憂鬱的藍色大眼睛來舊金山找艾德；實際情況是（真的，沒唬爛），湯米在丹佛出了意外，小指頭被切掉，得到了一大筆補償金。他倆毫無來由的決定拋下卡拉蒂，要去緬因州的波特蘭，湯米好像有個姑媽在那裡。所以，目前他們要麼還在丹佛逗留，要麼已經到了波特蘭。

「等湯米的錢花光了，艾德就會回來。」卡拉蒂看著撲克牌說道：「該死的傻瓜——他什麼都不懂，一直以來都是這樣。他要是能明白我愛他就好了。」

卡拉蒂坐在地毯上的樣子，頗像在陽光下拍照的希臘人家的女兒，她的長髮滑落在地板上，手裡擺弄著算命牌。我開始喜歡她了。我們甚至說好晚上一起出去聽爵士樂，迪恩會帶上一個六英尺高的金髮女郎，她住在同一條街上，名叫瑪麗。

那天晚上，我、卡拉蒂、迪恩一起去接瑪麗。她住在地下室公寓，有個小女兒，還有一輛幾乎不能用的舊車，我和迪恩不得不推著車在街上跑，同時兩個女孩在車裡用力踩踏離合器。我們去了卡拉蒂家，大家圍坐在一起——瑪麗、她女兒、卡拉蒂、羅伊、他妻子桃樂絲——全都面色陰沉的坐在擺放著過多家具的客廳裡，我站在角落，對他們舊金山人的內部問題保持中立，迪恩則站在屋子中間，氣球一樣的大拇指舉在齊胸處，咯咯的笑：「真他媽該死，大家的手指都在出狀況——齁——齁。」

「迪恩，你為什麼老是幹這種蠢事？卡蜜兒打電話說你拋棄了她。你難道不知道自己有個女兒嗎？」卡拉蒂說。

「他沒有拋棄卡蜜兒，是卡蜜兒把他趕了出來！」我開口說道，打破了中立態度。她們全都生氣的看著我；迪恩則咧嘴笑著。「他的拇指都傷成了那樣，你們還指望這可憐的傢伙能做什麼？」我接著說。她們都看著我；尤其是桃樂絲，她垮著臉，惡狠狠的盯著我。這簡直成了一場婦女聚會，身處輿論中心的就是罪魁禍首迪恩——好像所有問題都是他的錯。我望著窗外夜色中教會區熙熙攘攘的街道；我想出去，去聽舊金山偉大的爵士樂——要知道，這只是我在城裡的第二個晚上。

「迪恩，我認為瑪麗露離開你是非常非常明智的選擇，」卡拉蒂說：「這麼多年來，你對任何人都沒有一點責任感。你幹了那麼多壞事，我簡直不知道該怎麼說你。」

這才是要點，她們圍坐在一起，向迪恩投去憎惡的目光，而他站在她們中間的地毯上，傻笑著——只是傻笑。他作勢跳起了舞。他的繃帶日漸骯髒；已經開始鬆脫。我突然意識到，正是基於他一連串的罪行，迪恩正在成為眾人眼中的那個傻瓜和笨蛋，甚至是聖人。

「除了自己，你根本不關心任何人，只顧著尋歡作樂。你心裡只有兩腿間吊著的那根，你只想著能從別人那裡得到多少錢、找到多少樂子，然後就把別人扔到一邊。不僅如此，你還蠢得要命。你從來不曾想過生活是嚴肅的，人要努力活得體面，而不是整天胡鬧鬼混。」

這正是迪恩——**神聖的傻瓜**[1]。

「卡蜜兒今晚哭得很傷心，但你別以為她還希望你回去，她說她再也不想見到你了。你居然還站在那裡嬉皮笑臉，我看你就是一個沒心沒肺的傢伙。」

這話不對；我很清楚。我本來可以告訴她們的。但我覺得那樣做毫無意義。我很想走過去，摟著迪恩的肩膀，對她們說，妳們都來看看他，只要記住一點：這傢伙也有自己的煩惱，還有，他從不抱怨，真真實實的做人，他帶給你們所有人那麼多快樂時光，如果你們覺得這還不夠的話，那就把他交給行刑隊斃了吧，反正你們本來就想這麼幹……。

然而，卡拉蒂是這幫人中唯一不怕迪恩的人，她冷靜的坐在那裡，直視著迪恩，當著眾人的面

1 譯按：HOLY GOOF，類似基督教傳統中「聖愚」式人物，意為「為了基督」而表現出愚蠢的樣子。迪恩的原型尼爾・卡薩迪（Neal Cassady, 1926-1968）的傳記即以此命名：*The Holy Goof: A Biography of Neal Cassady*。

斥責他。早些年在丹佛，迪恩讓大家和女友們坐下來，他一個人在黑暗中不停說話，他的聲音曾經是那麼奇異恍惚，據說光憑說服力和講話內容，他就能讓女孩子寬衣解帶。那是在他十五、六歲的時候。現在，他的信徒們結了婚，信徒的夫人們令他站在地毯中間，批評他曾啟蒙的那種性愛和生活態度。我繼續聽著。

「你現在要跟薩爾一起去東部，你認為這樣做會有什麼收穫？你走了，卡蜜兒就得待在家裡照顧孩子——她又怎能保住自己的工作？她再也不想見到你了，我不怪她。如果你在路上看到艾德，告訴他給我滾回來，否則我就殺了他。」卡拉蒂說。

如此直截了當。這一夜實在令人悲傷。我彷彿置身於一場可悲的夢境，與一群陌生的兄弟姐妹在一起。接著，大家陷入一片死寂；若是在從前，迪恩三言兩語就會打破沉默，可現在他自己也陷入了沉默，直直的站在眾人面前，在頭頂的電燈泡照射下的他，衣衫襤褸、疲憊不堪、呆頭呆腦、瘦骨嶙峋的瘋狂面孔布滿汗珠，額頭上青筋暴露，嘴裡一直說著「是的、是的、是的」，彷彿驚人的天啟正不斷湧入他的大腦，對此我深信不疑，其他人也猜到了，驚懼不已。他已成為至福[2]的根源和靈魂——也就是「**垮**」。他正在得知什麼啟示？他總是不遺餘力的告訴我他明白的道理，為此她們都嫉妒我，嫉妒我在他身邊，維護他並汲取他的思想，正如她們曾經做過的那樣。然後她們轉頭看著我。在這個美好的西海岸夜晚，我，一個陌生人，來幹什麼？想到這點，讓我心生畏縮。

「我們要去義大利。」我說，我決定與她們撇清關係。這時的屋裡還瀰漫著一種奇特的母性滿足感，那幾個女人看著迪恩的樣子，真像是一個母親在看著自己最愛但又最不聽話的孩子；而迪恩，豎著可憐的大拇指，腦子裡裝載神啟，心裡也很清楚這一點，正因為如此，他才能夠在連鐘錶的滴答聲都聽得見的沉默中，一言不發的走出公寓，到樓下去等我們，等我們就**時間**問題做出決定。這就是我們對人行道上那個孤魂的認識。我看向窗外。他孤獨的站在門口，望著大街。怨恨、指責、忠告、道德、悲哀——全被他拋在身後，**他的前方是純粹的存在**，曲折坎坷，卻充滿令人心醉神迷的歡樂。

「走吧，卡拉蒂、瑪麗，我們去爵士酒吧，把這一切都忘掉。總有一天迪恩會死掉。到那時候你們還會怎麼說他？」

「他死得越早越好。」卡拉蒂說出了房間裡幾乎所有人的心聲。

「那好吧，不過現在他還活著，我敢打賭你們一定想知道他接下來會幹什麼，因為他腦子裡裝著我們每個人拼命都想找到的祕密，他的腦袋都要撐破了，如果他瘋了，別擔心，這不是你們的錯，

2 譯按：Beatific，天主教的「至福」或「真福直觀」。英文的「垮掉」（Beat）一詞是「至福」（Beatific）的一部分，故作者稱之為「至福的根源」。

是上帝的錯。」我說。

他們不同意我的說法；他們說我實在不了解迪恩；他們說他是世界上最壞的無賴，總有一天我會明白並因此而後悔。聽到他們如此斷言，我覺得很好笑。羅伊起身為女士們說話，他說他比任何人都了解迪恩，迪恩不過是個有趣甚至好玩的騙子。我出去找到迪恩，就此事簡單聊了一下。

「啊，老兄，別擔心，一切都會沒事的。」他揉揉肚子，舔著嘴唇。

4 抓住了「它」

女人們下來了，我們再一次把汽車推上街，開啟狂歡之夜。「哇嗚！出發啦！」迪恩喊道。我們跳上後座，汽車駛向佛森街上的小哈林區。

我們跳下車，投入溫暖瘋狂的夜晚，街對面一個狂野的樂手正在吹響次中音薩克斯風：「咿——呀！咿——呀！咿——呀！」人們有節奏的拍著手並大聲呼喊：「加油，加油，加油！」迪恩迫不及待穿過馬路，大拇指舉在半空，口中喊著：「吹啊，老兄，吹啊！」一群穿著週末晚裝的黑人在前面鼓譟歡呼。那是一個以木屑鋪地的老式酒館，有個小小的演奏臺，戴帽子的樂師們擠成一團，幾乎就在觀眾頭上演奏，真是一個瘋狂的地方；外面的小巷裡，邋遢的女人們走來走去，有的僅穿著浴衣，到處傳來酒瓶的碰撞聲。酒吧後面，髒兮兮的廁所外有一條黑暗通道，許多男女靠牆站著，喝著由葡萄酒和廉價威士忌混合而成的雞尾酒，朝著星星吐口水。

那個戴帽子的次中音薩克斯風手，正把一個絕妙的即興樂段推向高潮，從「咿——呀！」到更為瘋狂的「咿——嘀——哩——呀！」，高亢的薩克斯風伴隨著隆隆炸響的鼓聲，那個脖子粗壯、身材魁梧的黑人鼓手不顧一切拚命捶打著傷痕累累的鼓，如疾風暴雨，似電閃雷鳴。音樂震耳欲聾，次中音薩克斯手風**抓住了它**，在場的每個人也都知道他抓到了。在瘋狂的人群中，迪恩緊緊抱著頭。所有人都瞪著狂熱的眼睛不斷高呼，為樂手加油助威，激勵他堅持到底。他彎下腰，又直起身，再重新彎下身體，手中的薩克斯風在空中劃出一道弧線，樂聲高亢嘹亮，壓倒了一切狂熱與喧囂。一個六英尺高的黑人婦女對著喇叭口扭動著骨瘦如柴的身體，薩克斯風手則對著她猛吹一氣：「咿！咿！咿！」

每個人都在搖擺和吶喊。卡拉蒂和瑪麗手拿啤酒，站在椅子上又搖又跳。成群的黑人從街上湧進來，爭先恐後的往前擠。「老兄，繼續！」有個人大喊，隨即發出一聲遠在沙加緬度都能聽見的重重慨嘆「啊！」「哇！」迪恩叫道。他揉著胸口和肚子；汗水從臉上濺落。鼓聲隆隆，那個鼓手死命踢踩著踏板，似乎要把鼓踩到地底下去，同時又凶狠的揮舞著手中的鼓棒，把節奏打上了天。蹦！一個大胖子跑到臺上跳來跳去，演奏臺吱嘎作響，都快要被壓塌了，他口中還「唷唷」的叫喊。

在那個了不起的樂手喘氣休息，準備下一輪吹奏的間隙，鋼琴師開始用舒展的十指猛擊琴鍵，敲出洪亮的和弦——中國風和弦，那架鋼琴的每一塊木頭、每一處縫隙、每一條鋼絲，都在震顫中嗡嗡作響。然後，薩克斯風手跳下演奏臺，站到人群中間，抱著薩克斯風對著四周吹奏；他的帽子滑落蓋在眼睛上，有人幫他推了上去。他往後一仰，一跺腳，吹出一聲嘶鳴，接著吸一口氣，舉起薩克斯風，高亢、嘹亮、銳利的樂聲響徹夜空。迪恩正好站在樂手跟前，他埋著頭，臉挨近喇叭口，拍著手，汗水濺落在按鍵上，樂手注意到了，對著薩克斯風吹出一長串戰慄的狂笑，觀眾們也都大笑起來，不停搖擺著；最後，薩克斯風手決定拿出絕活，他蹲下身，飆上了一個高音C，保持了很長時間，全場沸騰，尖叫聲四起，我感覺大群警察很快就會從最近的局裡趕過來。

迪恩神情恍惚。樂手的目光鎖定在迪恩身上；他知道面前這個瘋子不僅理解、在意他的音樂，並且還想要更多，更深入的探索，遠遠超過現有的一切，於是他跟迪恩開始對決；從薩克斯風裡吹出的不再是樂句，完全就是吶喊，從「B增和弦」降到「嗶！」，再升到「咿——！」，甚至還有吹錯的音，不時斜抱著薩克斯風猛吹，樂聲激盪。他用盡各種方式吹著，朝上、朝下、朝左右、倒過來、橫著、三十度傾角、四十度傾角，最後筋疲力盡倒在某人的懷裡，人們在他周圍湧動，大聲叫著：「好！好！吹得真讚！」迪恩用手帕抹著汗水。

接著，薩克斯風樂手走上演奏臺，點了一首慢歌，他的目光越過人們的頭頂，憂鬱望著敞開的大門，開始演唱〈閉上你的眼〉[1]。現場短暫的安靜了下來。他穿著破舊的絨面皮夾克、紫色襯衫、

---

1 譯按：*Close Your Eyes*，一九三三年發行的一首流行歌曲，由柏妮絲·佩特克爾（Bernice Petkere, 1901-2000）作詞作曲。下文的歌詞對原作有所改動。

皺巴巴的阻特褲，鞋子已經裂開；他不在乎。他看上去就像黑人版的哈塞爾。褐色的大眼睛流露著悲傷，他唱得十分緩慢，中間還有長長的、思緒萬千的停頓。但到第二遍副歌時，他變得激動起來，抓起麥克風就跳下臺，弓著身子唱起來。他每唱一句都先要彎下腰，額頭幾乎觸到腳尖，再抬起身用力唱。他唱得太用力，身子搖搖晃晃，好不容易才緩過來，趕上緩慢悠長的下一句。

「音——樂，響——起！」他仰起頭，臉對著天花板，麥克風握在腰下。他搖晃、扭動著，接著猛力埋下身，臉抵著麥克風，幾乎就要跌倒。「在夢——幻——中起——舞」——他望著外面的街道，輕蔑的撇著嘴，露出比莉．哈樂黛式的玩世不恭冷笑——「當我們浪——漫——相——擁」他踉踉蹌蹌倒向一邊——「愛——的節——日」他搖了搖頭，流露出對整個世界的極度厭倦——「會使它顯得」會使它顯得怎樣？所有人都在等待；他沉痛的唱出——「還可——以」。鋼琴奏出和弦。「所以親愛的請閉——上——你可愛的眼——睛——」——他嘴唇發抖，眼睛看著我們，看著我和迪恩，那神情彷彿是在問：喂，**在這個悲傷的褐色世界裡，我們渾渾噩噩的活著是在幹什麼？**——馬上就要曲終，為此他必須有詳盡的鋪墊，這一過程漫長得夠你把寫給加西亞的信[2]送到世界各地十二遍，可這些東西對我們又有何用呢？因為我們面對的是在這個可怕的世界裡失魂落魄的悲慘人生，他就是這樣說的，也是這樣唱的——「閉上——你——」他高唱著，歌聲穿透屋頂，直刺星空「眼——睛——」然後踉蹌走下場，神情落寞陷入沉思。他坐在角落裡，無視面前的一幫年輕人。他看著腳下，流下了眼淚。他太棒了。

我和迪恩走過去跟他說話，請他到我們車上去。他一上車就興奮的叫嚷著：「好啊！我喜歡坐車兜風！我們要去哪？」迪恩在座位上手舞足蹈的瘋笑。薩克斯風手說：「等等！等等！我叫我同伴開車把我們送到詹姆森夜總會，我要在那裡演唱。啊，我**活著**就是為了唱歌。我已經唱了兩個星期的〈閉上你的眼〉——我不想唱別的。你們呢？最近在搞什麼？」我們告訴他兩天要後去紐約。

「哦，我從來沒去過，他們告訴我那是個很熱鬧的地方，不過在這裡我也沒什麼好抱怨的。畢竟我是有老婆的人，你們懂的。」

「哦，是嗎？」迪恩說，臉上興奮的放出光來：「那位親愛的今晚在哪裡呢？」

「你什麼**意思**？」樂手用眼角看他一眼說：「我說過我們**結婚了**，對吧？」

「是的，沒錯。」迪恩說：「我只是問問。也許她有朋友？姐妹？你懂的，我想找個女人開心一下。」

「哦，狂歡有什麼好，生活太悲傷，不應該成天狂歡。」樂手說道，他垂下眼看著街頭。「媽的！

---

2 譯按：messages to Garcia，指美國作家阿爾伯特．哈伯德（Elbert Hubbard, 1856-1915）所著《致加西亞的信》（*A Message to Garcia*）。該書宣導忠誠、敬業、勤奮等品質，為勵志文學的代表作。

我沒錢，今晚也沒心情。」

我們回到酒吧繼續看表演。那兩個女人討厭我和迪恩自顧自的到處亂跑，便離開了酒吧，步行去了詹姆森；反正那車也開不動了。我們在酒吧裡看見了令人吃驚的一幕：一個穿夏威夷花襯衫的白人同性戀跑上臺，向大塊頭鼓手毛遂自薦。樂師們用懷疑的眼神打量他：「你會演奏嗎？」他扭捏的說「會」。樂師們互相使著眼色說：「對，對，吹吹打打這種事正是他在行的，媽的！」於是，那個同性戀在鼓跟前坐下，樂隊隨即奏起一首快節奏曲目，他開始笨拙的輕輕敲打起鼓，自得其樂晃著脖子，陷入一種賴希分析過的痴迷狀態，這種狀態毫無意義，不過是由於趕時髦裝酷，過度服用大麻和古柯鹼、過分追求刺激所致。他倒是滿不在乎。臉上掛著快活、縹緲的笑容，雖然敲打得軟綿綿的，但還是能夠跟著節奏，透露出對咆勃樂精妙之處的理解。觀眾發出陣陣嬉笑，而樂隊則無視他的存在，轟轟烈烈的奏響洪亮、堅實的藍調。粗脖子黑人鼓手坐在一旁等待上場：「這傢伙在幹什麼？這哪像音樂！」一會兒又叫道：「真他媽的！狗屎。」然後厭惡的扭頭不看了。

樂手的同伴到了；他是個長得很敦實的小個子黑人，開著一輛很大的凱迪拉克。我們跳上車。他彎腰俯在方向盤上，以七十英里的速度驅車飛馳在舊金山街道上，在車流中穿行自如，中間一次也沒停過，被他超越的車輛甚至渾然不覺，他開得太棒了。迪恩很陶醉：「你看這傢伙，哇！你瞧他坐在那裡一動不動的樣子，他能把車開得飛快，還能一邊不停說話，只不過他不怎麼願意交談，啊，老兄，好多事情，好多事我能——我希望——哦，是的。讓我們去做吧，別停下——現在就去！耶！」樂手的朋友驅車拐過街角，把我們穩穩的送到了詹姆森夜總會，他在夜總會門口停下了車。

一輛計程車停了下來；車裡蹦出一個瘦小乾癟的黑人牧師，他扔給司機一塊錢，大叫一聲：「吹啊！」就跑進了夜總會。他飛快穿過樓下的酒吧，邊跑邊叫著：「吹吹——吹！」然後跌跌撞撞的爬上二樓，用力推開門，一頭跌入爵士樂表演場。他伸出雙手準備支撐身體，卻正好撲在蘭普謝德身上——那一季他在詹姆森當服務生——室內音樂聲震耳欲聾，黑人牧師呆呆站在敞開的門口，尖叫著：「給我吹啊，老兄，用力吹！」在臺上演奏的是個吹中音薩克斯風的小個子黑人，迪恩說他顯然跟湯米一樣，和老祖母住在一起，白天睡覺晚上吹薩克斯風，**他一定吹了上百首曲目，才能像現在這樣即興獨奏。**

「好像卡洛．馬克斯！」迪恩在一片噪音中大叫。

真的像。老奶奶的乖孫子有著閃閃發光的小圓眼睛、細長的腿、彎彎的小腳，他抱著綁著膠帶的薩克斯風，跳上跳下，跑來跑去，眼睛一直盯著觀眾（在九百平方英尺場地內，低矮的天花板下擺放著十幾張桌子，觀眾們坐在桌邊歡笑），吹個不停。他的想法很簡單，喜歡給現有曲目加上一個簡單而出人意料的變奏。他重複吹出「噠——嘟——噠噠啦啦……噠——嘟——噠噠——啦啦」，扭動著身體，對著薩克斯風親吻、微笑，再過渡到「噠——嘟——**咿**——嗒——嘀——嘀啦——**啦**！

噠——嘟——咿——嗒——嘀——嘀啦——啦！」，在場的觀眾都發出心領神會的笑聲，那是心心相印的珍貴時刻。他的音色清亮、高亢、純淨，而且就在兩英尺開外對著我們吹奏。迪恩站在他面前，低著頭、雙手緊握，全身劇烈扭動，彷彿世界已不復存在，而汗水——總是汗水——順著汗漬斑斑的衣領流淌濺落，已然在腳下積起一攤。卡拉蒂和瑪麗也來了，但我們五分鐘後才發現。哇，舊金山的夜晚、大陸的盡頭、疑慮的盡頭，所有無聊的懷疑和愚蠢的胡鬧，都去死吧。蘭普謝德舉著盛啤酒的托盤在場內咆哮穿梭；他做每件事都帶著節奏；他跟著節奏對女服務生喊道：「嗨，寶貝寶貝，借過，借過，蘭普謝德正朝妳走來。」隨即從她身旁疾步而過，啤酒舉在空中，咆哮著穿過搖擺門，到廚房裡和廚師們跳跳舞，再汗流浹背的跑回來。那個樂手[3]依舊坐在角落裡，紋絲不動，桌上放著一杯沒碰過的酒，呆滯的目光茫然望向虛空，雙臂垂在身體兩側，差點就碰到地板了，雙腳懶懶的攤開，就像兩片掉在嘴巴外的長舌頭，身體的虛脫化作精神的厭倦和惆悵，使他陷入恍惚：他每天傍晚都要把自己擊倒，好讓別人在夜裡給他一個徹底的解脫。在他周圍，世界像一片飛速旋轉的雲。而那個中音薩克斯風手，那個老奶奶的乖孩子，那個小卡洛．馬克斯，正抱著自己的魔號，猴子似的上竄下跳，一口氣吹了兩百首藍調，一首比一首瘋狂，絲毫沒有疲憊的跡象。整個屋子都在顫抖。

一小時後，在第四街和佛森街的轉角處，舊金山中音薩克斯風手艾德．福尼爾陪我站在那裡等待迪恩，迪恩正在一家酒館裡打電話讓羅伊開車過來接我們。本來沒什麼事，我們只是站著那聊天，但突然間我們看到了非常奇特和瘋狂的一幕。是迪恩；他想告訴羅伊酒吧的地址，便讓他稍等別掛電話，然後跑出來查看。為此，他先要穿過長長的吧檯——那裡坐滿了只穿著白襯衫飲酒喧嘩的人——然後再跑到街上去看門牌。只見他像格魯喬．馬克思一樣，展現出驚人的敏捷，雙腿貼地疾行，幻影般從酒吧一閃而出，氣球一樣的大拇指在夜色中高高翹起，緊接著他一個急煞，停在路中央，抬起頭四處尋找門牌。在黑暗中很難看清那些標示，他便在馬路上高舉著大拇指，狂躁但沉默的轉了十幾圈，一頭亂髮飛舞，那不斷膨脹的大拇指就像空中的一隻肥鵝，在夜色中不停旋轉，他的另一隻手則隨意插在口袋裡。

艾德．福尼爾說：「無論到哪裡，我都喜歡吹奏甜美的爵士樂。如果別人不喜歡，我也沒辦法。對了，老兄，你那個朋友真的很瘋，你看那邊。」我們看過去。四周一片寂靜，迪恩看清門牌後衝回酒吧，正碰見一些人往門外走，他幾乎是從別人的胯下鑽過，然後在酒吧裡一掠而過，讓所有人看得目瞪口呆。羅伊沒多久就來了，速度同樣驚人。迪恩悄然走過馬路，上了車。我們又出發了。

「嗨，羅伊，我知道你和你老婆為這件事吵架了，但我們必須在三分鐘內趕到第四十六街和吉

3 譯按：指第二部第十一章中提到的康尼．喬丹。

里大道的那個路口，否則一切都完了。咳咳！是的！」（他咳了起來。）「我和薩爾明早就要動身去紐約了，這絕對是我們最後的狂歡夜，我知道你不會介意的。」

沒錯，羅伊不介意；他把路上能看見的紅燈都闖了個遍，帶著傻乎乎的我們瘋狂趕路。黎明時分他才回家睡覺。我和迪恩後來跟一個叫沃爾特的黑人混在一起。他在酒吧點了幾種酒，把它們一字排開，說道：「雞尾酒！」也就是一份波特酒加一份威士忌然後再加一份波特酒。「給廉價威士忌披上漂亮的外套！」他喊道。

他邀請我們去他家喝啤酒。他住在霍華德街的公寓。我們進去時，他妻子已經睡了。家裡唯一的燈就是掛在她床上方的燈泡。必須站上椅子才能擰下；她躺在床上，面帶微笑看著迪恩瞎忙；睫毛一搧一搧的。她比沃爾特大十五歲左右，是世界上最溫柔可愛的女人。接著我們又從床頭拉延長線，她也只是微笑著。她沒問沃爾特去了什麼地方、現在幾點了，她什麼也不問。最後我們在廚房接上了電燈泡，圍著簡陋的餐桌坐下，邊喝啤酒邊講故事。天亮了。我們該走了，便把延長線拉回了臥室，再將燈泡重新安上。看著我們傻乎乎的反覆亂搞，沃爾特的妻子還是一臉微笑。一句話也沒說。

走在清晨的街頭，迪恩說：「看見了吧，這就是你該找的**真正**的女人。從不說難聽的話，從不抱怨，總是那麼和顏悅色；她家男人晚上再晚回家都沒問題，可以隨便帶人回來，在廚房裡聊天喝啤酒，再晚離開也沒關係。這才夠男人，家就是他的城堡。」他抬手指著那棟公寓。我們蹣跚而去。狂歡之夜結束了。一輛巡邏車跟了我們幾個街區。我們在第三街的一家麵包店買了新鮮出爐的甜甜圈，在灰濛濛亂糟糟的大街上吃了起來。一個衣著講究、戴眼鏡的高個和一個戴著卡車司機帽子的黑人，漫步走在街上。真是一對奇怪的組合。一輛大卡車駛過，黑人興奮指著卡車，想說自己的感受。高個子白人鬼祟的往身後看了一眼，數著手裡的錢。「好像公牛老李！」迪恩咯咯笑著：「老在數錢，沒完沒了的操心，而那個老兄只想說說卡車和他知道的事情。」我們跟在他們後面走了一陣。

聖潔的花朵在空中飄浮著，那是黎明時分爵士夜後美國的一張張疲憊臉龐。

我們該睡覺了；不可能再去找卡拉蒂了。迪恩認識一個叫歐尼斯特．伯克的鐵路制軔工，他和他父親住在第三街的一家旅館裡。迪恩之前和他們關係還不錯，但後來疏遠了，他叫我去跟他們說，請他們讓我們睡在房間地板上。真是麻煩。我在早餐店裡打了電話。是老頭子接的，語氣狐疑。但他終於記起自己的兒子曾經提過我。他還親自到大堂來接我們上去，讓我們受寵若驚。

這是一家破舊寒酸的褐色舊金山旅館。我們到了樓上的房間，老頭好心的把整張床都給了我們。「反正我也該起床了。」他說著就去小廚房煮咖啡，然後開始講述在鐵路上工作的往事。他讓我想起我的父親。我沒睡，都在聽他講故事。迪恩沒聽，他忙著刷牙，在屋裡團團轉，但不論老頭說什麼，他都胡亂應著「對，沒錯」。我們終於睡了；上午，歐尼斯特跑完西區線路後回到旅館，我們起床，換他睡覺。這時，老頭子開始梳妝打扮，準備去和他的中年情人約會。他穿上一套綠色的粗花呢西服，戴上一頂布帽，也是綠色粗花呢的，還在翻領上插了一枝花。

「這些浪漫的舊金山老制韌工，儘管窮困潦倒，卻仍然對生活充滿熱情。」我在浴室裡對迪恩說：「他肯讓我們睡在這裡，真是個好人。」

「對，對。」迪恩心不在焉的說。後來他匆忙跑出去聯繫旅行社，我負責趕往卡拉蒂家取行李。她坐在地板上，擺弄著算命牌。

「那麼，再見了卡拉蒂，祝一切順利。」

「等艾德回來，我打算每天晚上都帶他去詹姆森，讓他瘋個夠。薩爾，你覺得這樣可行嗎？我不知道該怎麼辦了。」

「牌上怎麼說？」

「黑桃A離他很遠。他總是被紅桃牌圍著——紅桃Q一直在離他不遠的地方。看見這個黑桃J了嗎？這就是迪恩，總在他附近晃。」

「再過一個小時我們就動身去紐約了。」

「總有一天，迪恩踏上這樣的旅程後就再也不會回來了。」

她讓我洗了澡、刮了鬍子，然後我跟她道別，把行李拿到樓下，招了一輛舊金山小巴，就是那種會跑固定線路的計程車，你可以隨便在哪個路口招手上車，在你想去的路口下車，只要一毛五分錢，像坐公車一樣，和其他乘客擠在一起，但又像坐私人車，大家在一起有說有笑。我在舊金山的最後一天，教會街成了一個鬧哄哄的建築工地，在街頭玩耍的孩童，下班回家路上的黑人，塵土飛揚，熱火朝天，紛紛攘攘；這真是美國最刺激、最令人興奮的城市——頭頂是純淨的藍天，還有那令人欣喜的霧海，它總是在夜晚翻湧而至，刺激著人們的胃口，也刺激著蠢蠢欲動的心。我真不想就這樣離去；我才待了六十多個小時。跟著瘋狂的迪恩橫衝直撞，我還沒有機會認真看一眼這世界。午後，我們坐上前往沙加緬度的汽車，再一次奔向東部。

5 路就是人生

車主是個高瘦的同性戀，要把車開回堪薩斯的家。他戴著墨鏡，小心翼翼的駕駛。迪恩稱那車為「娘炮普利茅斯[1]」；加速跟馬力都不夠。「娘炮車！」他在我耳邊小聲說。車上還有兩個乘客，是對情侶，他們是典型的半路遊客，在哪裡都想停一腳睡一晚。第一站是沙加緬度，對我們的丹佛之行而言，連開頭都算不上。我和迪恩坐在後排，不管他們怎麼安排，自顧自的聊天。

「欸，老兄，昨晚那個吹中音的抓到了**它**——一旦找到，他就緊抓不放；我從沒見過有誰能在那個狀態這麼久的。」我想知道這個「**它**」是什麼意思。

迪恩笑了起來：「你在問我一個難以——解——釋的問題——嗯哼！當時有樂手在演奏，還有很多觀眾，對吧？他需要把觀眾內心深處的東西表現出來。他開始吹第一個變奏，將自己的思想一一呈現，觀眾們『耶、耶』的叫喊，他們都懂，接著他開始全力以赴的演奏，彷彿是回應命運的召喚。吹著吹著，突然間，他**抓住了它**——那個感覺，所有人都抬起頭來，心領神會；他們側耳傾聽；他抓住了它，就再也沒有放開。時間停止了。他的音樂填補著虛空，用我們實質的生命、用他內心痛苦的告白、用記憶深處的思想，用對舊主題的重新演繹。他時而盡情發揮，時而又重回主題，帶著無限的情感，直抵靈魂深處。此時此刻，所有人都明白，重要的不是曲調，而是**它**——」迪恩說不下去了；一講起這件事他就全身冒汗。

然後我開始說話；我這輩子還沒說過這麼多話。我告訴迪恩，小時候坐汽車時，我常常想像自己手裡拿著一把大鐮刀，把從窗外掠過的樹木和電線桿統統砍倒，甚至削平所有的山丘。「是的！沒錯！我也是，只不過我用的鐮刀跟你的不一樣——我來告訴你為什麼。坐車穿越西部需要長鐮刀，我的鐮刀必須要長很多很多才行，必須彎過遠處的山脈才能削掉山峰，而且還要再長一些，才勾得到更遙遠的山脈，同時還要把公路上所有電線桿都削掉，就是那些有節奏的掠過窗外的電線桿。說到這個——天哪，告訴你，我抓住**它**了，**就在此刻**——我必須跟你說一件我小時候的事，那是大蕭條時期，我跟著我父親和一個窮得叮噹響的拉里默街頭的流浪漢，一起去內布拉斯加州賣蒼蠅拍。我們買了一些舊紗窗、鐵絲和布，把鐵絲纏繞在拍子兩面，再用藍色和紅色的小布片把邊緣包上並縫好，這種蒼蠅拍在小雜貨店也就賣個幾分錢，我們做了幾千個，然後坐上那個老流浪漢的破車，開到內布拉斯加州的各個農舍去賣，每個賣五分錢——看見兩個流浪漢帶著一個小孩，很多人就買

1 譯按：Plymouth，克萊斯勒公司的汽車品牌，創立於一九二八年，二〇〇一年停產。

了，就當是做慈善，我們彷彿看到了天上的蘋果派，那陣子我老頭子總唱這首歌：『哈利路亞，我是個流浪漢，又成了流浪漢。』可後來，聽著，我們歷盡千辛萬苦在烈日下四處兜售這些粗製濫造的蒼蠅拍，整整忙了兩個星期，然後他們兩個因分成問題發生了爭執，就在路邊大鬧了一場，後來和好了，就買來紅酒，兩個人開始不停的喝，喝了五天五夜，而我就在他們身後縮成一團不停的哭，他們終於把最後一分錢也喝光了，我們就又回到了起點，回到了拉里默街。後來我老爸被抓了起來，我在法庭上懇求法官放他一馬，因為他是我爸，況且我又沒媽。薩爾，那時我才八歲，就在法庭上老練的演說，那些律師都聽得津津有味……」我們很興奮；我們正奔向東部；我們的心情激動不已。

我說：「我還沒說完，我就接著你的故事講，也把我之前想說的講完。小時候躺在父親的車上，我就想像自己正騎著一匹白馬，一路馳騁，越過可能出現的各種障礙，我躲開電線桿，繞過房屋，躲閃不及時就一躍而過，我越過山丘，眼前突然出現一個車水馬龍的廣場，我驚險萬分的躲開車輛和行人——」

「對！對！對！」迪恩興奮的喘氣：「和你唯一不同的是我用跑的，我沒有馬。你是東部孩子，所以幻想騎馬；對這種東西當然不能太當真，我們都知道它們無非是些亂七八糟的文學想像，可是，也許因為我的精神分裂更厲害，我真的是跟在汽車旁邊**奔跑**，速度快得不可思議，有時甚至跑到了九十英里，我跑過灌木叢、柵欄、農舍，有時還衝到山丘，然後又跑回來，完全沒落後……」

我們聊著這些事，身上都開始冒汗了。完全忘掉了坐在前排的那些人，他們納悶後座上發生了什麼事。司機一度說：「拜託，你們在後面搖晃得太厲害了。」的確如此；那些一直潛伏在靈魂深處，狂放不羈的所有細節，在我和迪恩興奮的言談中復活了，使我們欣喜若狂，使我們按照「**它**」的韻律有節奏的搖擺，汽車也隨之搖晃起來。

「啊，天哪！天哪！天哪！」迪恩呻吟著：「這才剛開始呢——現在我們終於一起去東部了，以前我們還從沒一起往東走過，薩爾，想想看，我們將一起去逛丹佛，去看大家都在幹麼，雖然這對我們來說無關緊要，重要的是，我們明白『**它**』是什麼，我們了解**時間**的奧祕，我們明白萬事皆**好**。」接著他拉著我的袖子，湊近我耳邊說：「你看坐在前面的那些人。他們心事重重，心裡想著跑了多少英里、今晚睡在哪裡、油費要多少、天氣如何、怎樣才能到達目的地——其實，你知道，他們遲早都會到的。但他們就是要操心，就是要找些不重要的事情來欺騙時間，否則他們那焦慮、煩躁的靈魂永遠不會安寧，他們非要找到一個實實在在的憂慮不可，而一旦找到，他們臉上就露出與之相應的表情，你看，就是那種苦惱的表情，在這期間，時間從他們身邊飛逝，他們也知道，而這**又**使得他們沒完沒了的焦慮了。你聽著！」他滑稽的模仿：「我不知道——也許我們不應該在那家加油站加油。最近我看到《全國官方石油報》上說，這種汽油含有大量叫什麼辛烷的**沒**，有人還告訴過我，裡面甚至還頻繁出現半官方性質的**雞巴**[2]，我不知道啦，我只是不怎麼喜歡……」他拚命戳我的腰，要讓我明白。我盡了最大的努力去喊出：「嘭，砰，對啊！是啊！沒錯！」前排的人嚇得直擦額頭上的汗水，後悔在旅行社帶上了我們。而這才剛剛開始。

到了沙加緬度，那對情侶去親戚家過夜，基佬則偷偷在旅館開了一間房，邀請我們過去喝一杯。在旅館房間裡，迪恩使出渾身解數想從那基佬身上撈錢。太瘋狂了。基佬一開始就說，他很高興我們和他同行，因為他喜歡像我們這樣的年輕人，不管我們信不信，他真的不喜歡女人；他剛在洛杉磯與一位男子結束了一段關係，他扮男角，那人扮女角。迪恩很認真的問了他很多問題，又很熱切的點頭。基佬說他想知道迪恩對此是怎麼想的。迪恩提醒他說自己年輕時什麼都幹過，然後問他有多少錢。那時我已進了浴室。後來那個基佬生氣了，我猜他是懷疑迪恩別有用心，結果他沒有給錢，只是說到了丹佛再說。他不斷數錢並查看錢包。迪恩兩手一攤，只好作罷。「你看，老兄，最好別浪費力氣了。如果你說敢滿足那些私密的願望，他們反而立刻會變得驚慌失措，這很正常。」不過，他也算是征服了那個普利茅斯車主，讓他拱手交出了方向盤，現在我們終於開始了真正的旅行。

黎明時分，我們離開了沙加緬度，一路風馳電掣翻越內華達山脈，嚇得那個基佬和兩個遊客在後座抱成一團，中午我們已經行駛在內華達沙漠了。我和迪恩坐在前排，接管了方向盤。迪恩又高興起來了。他別無所求，只想手握方向盤，讓四個輪子在路上跑起來。他談起公牛老李的差勁技術，一邊說一邊演示：「每次對面出現一輛像前面這樣的大卡車的時候，公牛都要過很久才能察覺到，因為他**看不見**，老兄，他就是**看不見**。」迪恩模仿公牛的樣子，抓狂揉著眼睛。

「我會說：『欸，公牛，小心，有卡車！』他說：『嗯？迪恩，你說什麼？』『卡車！卡車！』在這**最後關頭**，他對著卡車就衝了上去，就像這樣——」迪恩驅車徑直衝向駛來的卡車，在卡車面前遊移片刻，卡車司機大驚失色的面孔出現在我們眼前，後排的人嚇得魂飛魄散，大氣都不敢喘，直到最後一刻迪恩才從卡車旁邊一閃而過。「就像剛才那樣，你懂了吧，一模一樣，他真的很爛。」

我一點也不害怕；我了解迪恩。後排的人鴉雀無聲。他們根本不敢抱怨：如果抱怨的話，天知道他會幹出什麼事來。迪恩就這樣在沙漠中馳騁，不斷演示著各種不同的開車方式，一下展示錯誤的開車方法，一下模仿他父親過去駕駛老爺車的樣子，一下又示範過彎道的技巧——好司機是如何過彎道的，而爛司機是如何一開始轉得太大，發現轉不過去了又猛打方向盤。

那是一個陽光燦爛炎熱的下午。雷諾、巴特爾山、埃爾科等內華達小鎮一個接一個在公路邊閃過，黃昏時分我們已經到了鹽湖平原，鹽湖城的萬家燈火投影在綿延近一百英里的鹽沼上，閃爍的燈光分上下兩層，在地平線之上是明亮的，在地平線之下是黯淡的。

2 譯按：此句為迪恩戲謔之語，他故意使用類似「官方石油」（Petroffious）、「精液」（gook）、「雞巴」（cock）等粗鄙的詞彙。

我告訴迪恩，**在這個世界上把我們所有人聯繫在一起的東西是看不見的**，為了說明這一點，我指著窗外那一長排電線桿，它們在百里鹽沼上不斷延伸，終於在某個拐角處消失在視線之外。迪恩拇指上的繃帶此時已骯髒不堪，散亂的在風中飄動，而他臉上卻神采飛揚。「對啊，老兄，天哪，對啊，對啊！」突然間，他停下車，癱倒在座椅上。我轉過身來，看見他縮成一團，睡著了。他的臉趴在那隻健康的手上，綁著繃帶的手自然而然、規規矩矩的懸在空中。

坐在後排的人都鬆了一口氣。我聽見他們竊竊私語：「我們不能再讓他開車了，他簡直是個瘋子，應該是從精神病院跑出來的。」

我為迪恩奮起辯護，後仰著身子對他們說：「他沒有瘋，他沒事的，不用擔心他的技術，他是世界上最好的司機。」

「我受不了啦。」那個年輕女子歇斯底里的低聲說道。我重新坐好，欣賞著沙漠上悄然降臨的夜幕，等待迪恩這個可憐的小天使重新睜開雙眼。我們停在一個山丘上，俯瞰著鹽湖城整齊有序的城市燈火。他睜開了眼睛，看著眼前的一切——多年以前他就是在此地降生於這個鬼魅般的世界，那時他還沒有名字，渾身濕漉漉、髒兮兮的。

「薩爾，薩爾，你看，這就是我出生的地方，真不可思議！人一直在變，我們每日三餐，年復一年，吃一頓就變一下。看！」他那麼激動，看得我都要落淚了。我們將會變成什麼樣呢？那兩個遊客堅持要開車，把到丹佛剩下的路程跑完。好吧，我們不在乎。我們坐在後排聊天。但到了早上，他們累得實在開不動了，於是迪恩又接過了方向盤，這時車才開到科羅拉多沙漠東部的克雷格。他們用了幾乎整整一晚才小心翼翼的爬過猶他州的草莓山口，浪費了我們很多時間。這時他們都睡著了。迪恩埋頭衝向一百英里外伯紹德山口的巍峨峭壁，那如同直布羅陀巨巖一樣屹立在世界屋脊上的隘口，籠罩在一片雲霧之中。他像一隻金甲蟲一樣鑽過伯紹德山口——就像在特哈查比山口時一樣，關掉引擎一路飄下，輕快的超車，任由汽車順著山勢的節奏自如前行，直到我們再一次俯瞰丹佛那片炎熱的大平原——迪恩到家了。

我們在第二十七街和聯邦路的路口下了車，車上的人全都鬆了一大口氣。破舊的行李箱又一次堆在人行道上；**我們還有更長的路要走。不過沒關係，路就是人生。**

6 陌生的偶像

這一次，我們在丹佛遇到了不少狀況，與一九四七年那次完全不同。本來我們也可以立刻就去旅行社，再找輛車繼續上路，但最終還是決定待在丹佛玩幾天，找找迪恩的父親。

我們都已筋疲力盡，渾身髒兮兮的。在一家餐館的廁所裡，我站在小便斗前尿尿，正好擋住了迪恩去洗手臺的路，我便挪到旁邊的小便斗繼續尿，同時對迪恩說：「看我這招。」

「不錯哦。」他一邊洗手一邊說：「這招還不錯，可是對你的腎很不好，你每用一次這招，你就會衰老一點，等年紀大了就等著受罪吧；當你老了，坐在公園裡的時候，你就會飽受腎病的折磨。」

這句話讓我氣瘋了。「誰老了？我只比你大幾歲！」

「老兄，我不是那個意思！」

「啊，你總是拿我的年齡開玩笑。我又不是那個老基佬，**我的**腎不需要你來提醒。」我們回到座位上，女服務生端來了熱騰騰的烤牛肉三明治——通常迪恩會立刻狼吞虎嚥的吃起來——這時我不爽的加上一句：「我以後不想再聽到這種話。」忽然，迪恩的雙眼淚水翻湧，起身走出了餐館，沒碰桌上熱騰騰的食物。我在想他也許會就這樣一走了之，再也不會回來了。但我不在乎，正在氣頭上——那一刻我氣得發瘋，全部怒火都朝著迪恩發洩。然而，當我看到桌上那些一口都沒動的食物，又感受到一種多年以來從未有過的悲傷。我不該那樣說的……他那麼喜歡吃東西……他從來沒有像這樣一口沒吃就走掉……幹，管他的。就算是給他點教訓吧。

迪恩在餐館外面站了整整五分鐘才回來坐下。「欸，你在外面幹麼？詛咒我？又在編一些關於我的腎的新笑話？」我說。

迪恩默默的搖了搖頭說：「不，老兄，不是這樣的。如果你想知道，嗯——」

「說啊，告訴我。」說這些話的時候，我一直埋頭狂吃，看都不看他。我感覺自己像頭野獸。

「我在哭。」迪恩說。

「放屁，你根本不會哭。」

「是嗎？你為什麼認為我不會哭？」

「你還沒可憐到要哭的地步。」我說出的每一句話都是刺向自己心口的一把利刃。我把一直深藏在心中對我哥哥的怨恨全都發洩了出來：我是如此的醜陋，那些潛藏在我汙穢內心深處的齷齪東西逐漸顯露。

迪恩搖著頭，說道：「真的，老兄，我哭了。」

「算了吧，我敢說你一定是氣瘋了才走出去的。」

「相信我，薩爾，請真的相信我，如果你曾經相信過我的話。」我知道他說的是實話，但我才不管那是不是實話，我抬頭看著他，內心的扭曲令我理智全失。然後，我明白自己錯了。

「啊，迪恩，對不起，我以前從來不會這樣。不過，你是了解我的。你知道我沒什麼親近的人——我不知道該怎麼處理那些情緒。就像手裡拿著一堆臭狗屎，我不知道該扔到哪裡去。讓我們忘了它吧。」那個聖潔的騙子開始吃東西了。「這不是我的錯！這不是我的錯！」我告訴他：「在這討厭的世界上沒有什麼是我的錯，你明白嗎？我不想這樣，不該這樣，也**不能**這樣。」

「是的，老兄，沒錯。但請你變回以前那樣，要相信我。」

「我相信你，真的。」這就是那天下午發生的悲傷故事。晚上，我和迪恩去那個俄克佬家過夜，又發生了各種亂七八糟的事情。

那家人是我兩週前在丹佛獨居時的鄰居。那位母親平時喜歡穿牛仔褲，人非常好，冬天在山裡開運煤卡車賺錢來養活四個孩子，丈夫幾年前離開了她，當時他們開著一輛拖車到處跑，從印第安納州一路開到洛杉磯。他們一起度過了許多美好時光，然而在某個週日下午，那個大傻瓜在十字路口的酒吧裡喝得酩酊大醉，晚上彈著吉他又唱又笑，然後突然起身穿過黑漆漆的田野，再也沒有回來。

她的孩子們都很棒。老大是個男孩，那個夏天他不在家，去了山裡的一個營地；老二名叫珍妮特，是個十三歲的可愛女孩，喜歡寫詩、去田野裡採花，長大後想去好萊塢當演員；然後是兩個小傢伙，小吉米晚上坐在篝火邊，吵著要吃烤馬鈴薯，而小露西喜歡養蟲子、青蛙、甲蟲，只要是會爬的小動物，她都能當寵物養，她會幫牠們取名，還給牠們安家。他們家還養了四條狗。在那條新開發的街道上，他們的日子過得雖然艱辛但也充滿歡樂，那些假正經的鄰居們嘲笑他們，因為這個可憐的女人被丈夫拋棄了；因為他們的院子亂糟糟的。

這裡位於西部群山向平原過渡的山麓丘陵，一到夜晚，從他們所住的房子俯瞰下去，平原上丹佛的滿城燈火宛如一個巨大的輪盤，應該是遠古時期遼闊如海的密西西比河溫柔波浪反覆沖刷，才造就了如此圓潤的基座，進而支撐起一個個孤島似的山峰，如埃文斯山、派克峰、朗斯峰。

迪恩跟著我去了，他一見到那家人就高興得不得了，自然又免不了渾身冒汗，特別是當他看到珍妮特的時候，我警告他不許碰她，也許我這是多此一舉。女主人性格豪爽，喜歡和男人們稱兄道弟，她立刻就喜歡上了迪恩，但她有點靦腆，迪恩也有些害羞。她說迪恩令她想起她那個消失的丈夫。「簡直跟他一個樣——哦，告訴你，那傢伙也是瘋瘋癲癲的！」

我們在雜亂的客廳裡喝啤酒，在晚餐桌上大聲聊天吃飯，還伴隨著收音機裡傳來《獨行俠》[1]震

1 譯按：*The Lone Ranger*，廣播劇，後改編為電視和電影。

天動地的聲音。後來的事件有如群蝶飛舞，紛亂複雜：那個女人——大家都叫她法蘭姬——終於決定買輛舊車，她已經說了好幾年，最近才存夠錢。迪恩立刻自告奮勇，承擔起選車和殺價的重任，當然他也是想方便自己以後用車，像從前那樣下午去學校附近勾搭放學的高中女生，開車帶她們上山。可憐的法蘭姬總是很天真，對什麼都一口答應。可是當她到了車行，站在銷售員面前的時候，她又捨不得給錢了。迪恩一屁股坐在阿拉米達大道邊，用雙拳捶著頭說：「才一百塊錢，非常值得啊！」他發誓以後再也不理她了，氣得臉色發紫，恨不得跳上車就跑。「啊，這些俄克佬，真他媽蠢、蠢、蠢，他們永遠都改不了，蠢得徹徹底底，蠢得不可思議，一到該出手的關頭，他們就退縮、害怕、歇斯底里了，他們最恐懼的就是心中**嚮往**的東西要實現——跟**我老**爹一個德行，他們全他媽一個樣！」

那天晚上，迪恩非常興奮，因為他表哥山姆．布萊迪要來酒吧見我們。迪恩穿著一件乾淨T恤，看上去容光煥發：「聽著，薩爾，我必須跟你說說山姆這個人——他是我表哥。」

「對了，你去找過你父親嗎？」

「我今天下午去了吉格斯餐廳，他以前在那裡工作倒生啤酒，有時候會喝得醉醺醺，被老闆痛罵才搖搖晃晃的走出去——他不在那裡——接著我去了溫莎旅館旁邊的那家老理髮店——也不在——那老傢伙告訴我，他認為我老爹在——聽好了——新英格蘭的『波士頓緬因鐵路公司』，很可能是在鐵路工人的流動廚房裡打工。但我不相信那老頭說的話，他們這些人經常為了得到一毛錢而亂編故事。現在你聽我說。在我小時候，表哥山姆是我心目中的大英雄。他過去常常從山裡走私威士忌。有一次，他和他哥哥大打出手，倆人在院子裡打了兩個小時，把女人們嚇得尖叫。我們以前都在同一個被窩裡睡覺，他是家裡真正關心我的人。時隔七年，今晚我終於能再見到他了，他剛從密蘇里州回來。」

「你有什麼計畫嗎？」

「沒有什麼計畫，老兄，我只想知道家裡情況怎麼樣——記住，我是有家的——還有一點尤其重要，薩爾，我要請他聊聊那些我已經忘記的小時候的事情。我想記住，真的！」我從沒見過他如此興奮。我們在酒吧裡等候他表哥的時候，他就跟城裡那些年輕的嬉普士和混混們聊天，了解最近冒出來的幫派以及發生的事情。他知道這陣子瑪麗露都在丹佛，所以又打在聽她的下落。

「薩爾，年輕時我經常到這裡來，在街角那個報攤上偷幾個零錢去買燉牛肉吃；你看街邊那個模樣粗獷的人，他以前可是個狠人，到處打架鬥毆，我都還記得他身上的那一道道傷疤，他日復一日、年復一年在街上生活，終於稜角磨平了，心也軟化了，變得對誰都那麼隨和、耐心，他已經**固化**為那個街景的一部分了，世事無常啊，你明白嗎？」

山姆來了。他三十五歲，精瘦結實，一頭鬈髮，雙手布滿老繭。迪恩敬畏的站在他面前。「不，我已經不喝酒了。」山姆說。

「聽到沒有？聽到沒有？」迪恩湊到我耳邊說：「他現在不喝酒了，以前他可是鎮上最大的酒鬼，特別喜歡喝威士忌，現在他信教了，這是他在電話裡告訴我的，你好好看看他，看看一個人的變化——我的偶像已經變得那麼陌生了。」山姆對他的表弟有些戒心。他讓我們鑽進他那輛破舊的雙門轎車，開車帶我們兜風，然後立刻就對迪恩攤牌。

「聽著，迪恩，我不再信任你了，也不會相信你想告訴我的任何事。我今晚來見你，是因為有一份文件需要你替家人簽字。我們要和你父親——很遺憾的，還有你——從此斷絕關係。」我看著迪恩，他的神情一下子變得黯淡。

「好的，好的。」他說。迪恩的表哥帶著我們繼續兜風，甚至還買了霜淇淋。迪恩仍然不停的問了很多以前的事情，表哥也一一作答；他又要興奮得冒汗了。啊，那衣衫襤褸的父親，今夜在何方？他表哥把我們帶到阿拉米達大道上的聯邦街路口，在一個閃爍著淒涼燈光的遊樂場門口，我們下了車。表哥與迪恩約好第二天下午見面簽字，然後就離開了。我對迪恩說，我為他感到難過，在這個世界上沒有人願意信任他。

「記住，我相信你。昨天下午我不該對你亂發脾氣，我感到非常抱歉。」

「沒事，老兄，就這樣吧。」迪恩說。我們一起去逛遊樂場。那裡面有旋轉木馬、摩天輪、爆米花、輪盤、地上鋪著鋸木屑，還有眾多穿牛仔褲的丹佛年輕人晃來晃去。塵埃向著星空升騰，帶著地球上所有悲傷的音樂。迪恩穿著一件T恤，配一條洗到褪色的緊身Levi's牛仔褲，忽然間又像一個道地的丹佛人了。有些穿著鑲珠皮夾克、戴墨鏡、蓄著小鬍子的年輕人躲在帳篷後面，與穿著Levi's牛仔褲和玫瑰色襯衫的漂亮女孩們廝混在一起。還有很多墨西哥美女，其中有一個非常迷人的女侏儒，只有三英尺高，卻有著世界上最美麗、最溫柔的臉龐，她正轉過身對同伴說：「老兄，我們打電話叫戈麥斯過來接我們走吧。」一看見她，迪恩猛然停下了腳步，彷彿被一把劃破黑夜而來的飛刀狠狠刺中。「天哪，我愛她，啊，我**愛死**她了……」我們跟在她後面轉了很久。最後她穿過公路，到汽車旅館的電話亭打電話，迪恩假裝翻看電話簿，其實一直在緊張的注視著她。我試圖和那個洋娃娃的朋友們搭訕，但她們根本不理我們。戈麥斯開著一輛破卡車到來，把女孩們接走了。迪恩站在馬路上，用力抓著胸口。「哦，老天，我差點掛掉……」

「你為什麼不上去跟她說話？」

「沒辦法，我做不到……」我們決定買些啤酒，去俄克佬法蘭姬家裡聽唱片。我們提著一大袋瓶裝啤酒，慢慢往回走。法蘭姬十三歲的女兒珍妮特是世上最好看的小姑娘，將來肯定會是個美麗迷人的女人。最美妙的是她在說話時那不時起舞的纖纖玉指，那麼修長、纖細、秀氣，就像埃及豔后克麗奧佩脫拉在跳尼羅河之舞。迪恩坐在客廳角落，眯眼睛注視著她，口中念著：「好，好，好。」

珍妮特已經對迪恩有所警覺，所以向我求助。在那年夏天的前幾個月，我和她待在一起的時間還不少，我們談論閱讀，也聊些她感興趣的小事。

7 他們在跳舞

那晚沒事發生，我們就這樣睡了。第二天，各種事情便接踵而至。下午，我和迪恩到丹佛城裡去處理一些雜務，又到旅行社打聽有沒有去紐約的車。傍晚時分，我們動身回俄克佬法蘭姬的家，走在百老匯街上時，迪恩突然拐進一家體育用品商店，從容的從櫃檯上拿起一個壘球在手裡拋著玩，邊玩邊走了出去。沒人發現；這種事也沒人會在意。那是一個令人昏昏欲睡的炎熱下午。我們邊走邊玩著傳接球遊戲。「我們明天肯定會在旅行社找到車。」

我有一大瓶「老爺牌」波本威士忌，是一個女性朋友送的。我們在法蘭姬家裡喝了起來。在屋後那片玉米地的另一邊，住著一個漂亮的女子，迪恩從來這裡以後就一直想勾引她。這也讓我們惹上了麻煩。他不斷朝別人窗戶扔小石子，把那女孩嚇壞了。當時，凌亂的客廳到處是狗和玩具，我們喝著波本酒聊天，迪恩動不動就從廚房後門跑出去，穿過玉米地去扔石子、吹口哨。珍妮特偶爾也跑出去偷看。突然間，迪恩臉色慘白的跑了回來。「完蛋了。那女孩的母親拿著一把獵槍在追我，還叫了一幫高中生，準備狠狠揍我一頓。」

「怎麼搞的？他們在哪？」

「兄弟，在玉米地那邊。」迪恩喝醉了，毫不在乎。

我們一起出去，穿過月光下的玉米地。我看見一群人站在黑漆漆的泥巴路上。

「他們來了！」我聽到有人在喊。

「等等，請問怎麼回事？」我說。

那位母親站在一堆人後面，手上靠著一把大獵槍。「你那個該死的朋友騷擾我們很久了。我可不是會報警的人。他如果再來的話，我就開槍，開槍打死他。」那群高中生聚在一起，個個摩拳擦掌。我喝開了，也不太在乎，但還是去安撫了他們一下。

「他不會再這樣了。我會看著他；他是我弟弟，他會聽我的話。請把妳的槍收好，不用擔心。」

「再敢來就給你好看！」那位母親堅定而冷酷的聲音從黑暗裡傳來：「等我丈夫回來，我就叫他來收拾你！」

「他不會再打擾你們了，放心吧。行了，大家冷靜點，沒事了。」迪恩在我身後低聲咒罵。那女孩從臥室的窗戶裡往外偷偷張望。這些人我以前就認識，他們還算信任我，終於冷靜了下來。我拉著迪恩的手臂往回走，再次穿過月色朦朧的玉米地。

「哇——嗚！我今晚要喝得爛醉。」他喊道。我們回到法蘭姬和孩子們身邊。小珍妮特正放著一張唱片，迪恩突然大為光火，抓過唱片就在膝蓋上砸斷了：那是一張鄉村音樂唱片。珍妮特哭了起來。我以前給過她一張「眩暈」葛拉斯彼[1]早期的作品，唱片名叫《剛果藍調》（*Congo Blues*），鼓手是麥克斯・韋斯特（Max West），那也是迪恩很喜歡的一張唱片。我叫珍妮特把那張唱片拿過去砸在迪恩頭上，她真的這麼做了。迪恩目瞪口呆，但也終於清醒過來。我們都笑了。沒事了。後來，法蘭姬大媽想去客棧酒吧喝啤酒。迪恩喊道：「好，走啊！媽的，如果週二妳買下了我推薦的那輛車，我們現在就不用走路了。」

「我不喜歡那臺該死的車！」法蘭姬說道。兩個幼童開始呱呱[2]哭鬧。黯淡的壁紙、粉色的燈光、興奮的面孔，凌亂的褐色客廳裡孕育著飛蛾翅膀般混沌的永恆。小吉米嚇到了；我在沙發上哄他睡覺，又把狗拴在他身邊。法蘭姬醉醺醺的叫了一輛計程車，在我們等車時，我突然接到一個電話，是我那個女性朋友打來的。她有個中年表哥，非常討厭我。那天下午，我給在墨西哥城的公牛老李寫了封信，告訴他我和迪恩的冒險經歷，其中說到我們在丹佛逗留的情況。我寫道：「我有一位女性朋友，她送我威士忌，給我錢，還請我吃大餐。」

1 譯按：Dizzy Gillespie（1917-1993），咆勃爵士樂的宗師，拉丁爵士的開創者。
2 譯按：原文為「Yang，yang」，作者故意用代表宇宙本原的「陰陽」中的「陽」來形容小孩的哭聲。

享用完炸雞晚餐後，我傻乎乎的把這封信交給了她的表哥，請他幫我投寄。他拆開信看了，旋即給他表妹，證明我是個騙子。於是她現在打來電話，哭著說以後再也不想見到我了。那個得意的表哥又接過電話，罵我混蛋。這時，外面的計程車按著喇叭、小孩在哭、狗在叫，迪恩和法蘭姬在跳舞，而我對著電話大聲咒罵，把我能想到所有罵人的話都噴出來，還編了一些新的詞，在醉醺醺的震怒中，我叫他們全都去死，然後摔下電話，出門喝酒去了。

東倒西歪的下了計程車，那是山麓下一家土氣的酒吧，我們進去要了啤酒。一切都在崩潰，陷入不可思議的狂亂之中；酒吧裡有一個癲狂的腦癱患者，他摟住迪恩，貼在他臉上不斷呻吟，迪恩的瘋勁也上來了，又開始全身冒汗，而他接下來的舉動令一切越發混亂不堪，轉眼間，他就衝了出去，在路邊偷了一輛車，飛速開到丹佛城裡，又開著另一輛更新更好的車回來了。我坐在酒吧裡，一抬頭猛然看見外面圍了好多人，在警車的車燈下，員警們說著車輛被偷的事。

「有人在這裡偷車！」一個員警說。迪恩正好站在他身後，一邊聽一邊念：「啊，是的，沒錯。」員警們繼續巡查去了。迪恩走進酒吧，和那個可憐的腦癱兒抱在一起搖來晃去，那傢伙那天剛結婚，喝了個酩酊大醉，而他的新娘子正在某個地方等他。「天啊。這傢伙太棒了！」迪恩喊道：「薩爾、法蘭姬，這次我要出去搞一輛真正的好車，然後我們一起，再加上托尼——」（就是那個腦癱聖人）「——開車到山裡去好好兜兜風。」接著他又衝了出去。與此同時，一個員警跑進來，說有一輛丹佛城裡失竊的車停在了車道上。人們議論紛紛。我透過窗戶看見迪恩跳進最近的一輛車，呼嘯而去，居然沒有一個人注意到他。幾分鐘後，他開著一輛完全不同的車回來了，一輛嶄新的敞篷車。「這車才叫帥！」他湊近我耳邊說道：「那輛車開起來太沒力——我把它留在了十字路口，看見這個小可愛停在一個農舍前面。我開著它在丹佛兜了一圈。走吧，老兄，我們**全都**上車。」丹佛的過往歲月積鬱下來的所有痛苦和瘋狂，此時就像匕首一樣從他體內迸射而出。他臉色通紅，汗水淋漓，表情凶惡。

「不，我不想和贓車扯上關係。」

「哦，老兄，拜託！托尼都要去了，對吧，親愛的托尼？」托尼——一個瘦削的落魄之人，有著一頭黑髮和一雙聖潔的眼睛——正靠在迪恩身上，口吐白沫，咿咿呀呀的呻吟，因為他突然發病了，然後出於某種奇怪的直覺，他對迪恩感到害怕，面露驚恐鬆開了抱著迪恩的手，並向後躲開。迪恩低下頭，大汗涔涔。他跑出酒吧，開車走了。我和法蘭姬在路上找了一輛計程車準備回家。我們行駛在漆黑一片的阿拉米達大道上——那年夏天的前幾個月裡，在許多個失魂落魄的夜晚，我曾走在阿拉米達大道上，唱歌、呻吟，飢腸腸轆轆的仰望星空，心裡流出的血一滴滴落在滾燙的柏油路上——這時候迪恩突然開著那輛偷來的敞篷車從後面追上來，不停按著喇叭，在旁邊逼我們車，還亂吼亂叫。計程車司機的臉都嚇白了。

「那是我朋友。」我說。迪恩玩膩了，突然以九十英里的速度飆向前方，汽車排氣管後面揚起一大團幽靈般的塵埃。他轉進法蘭姬家的那條路，將車停在屋前；我們剛下計程車準備付錢時，他又突然啟動，掉頭朝城裡駛去。我們在黑暗的院子裡焦急等待，沒多久他就回來了，又開來另一輛車，一輛破舊的雙門轎車，在一團塵雲中他把車停在屋前，搖搖晃晃的下了車，徑直走進臥室，倒在床上，醉得不省人事。這下好了，一輛贓車就停在家門口。

我想把車開到遠一點的地方去，可是發不起來；我不得不去叫醒迪恩。他從床上爬起來，只穿著一條內褲。我們一起上了車，孩子們則在窗邊看得咯咯直笑。我們把車開到道路盡頭，又一路顛簸的躍過那一排排堅硬的苜蓿壟溝，車子抖到都要散開了，最後終於跑不動，在老磨坊附近一棵古老的棉白楊下徹底熄了火。「不能再往前開了。」迪恩淡淡的說道，接著便下車往回走，在月光下穿過那片玉米地；他就這樣穿著內褲走了大約半英里路。我們回到屋裡，他繼續睡覺去了。

一切如此混亂，整個丹佛、我的女性朋友、車子、孩子、可憐的法蘭姬、散落著啤酒和空酒罐的客廳。我也想睡覺。可是一隻蟋蟀吵得我好一陣睡不著。西部這一帶夜空中的星星，就像我在懷俄明州看到的一樣，大得像羅馬焰火筒噴出的火花；卻又似那位佛法王子一般孤寂，他在北斗七星的斗柄上往返穿梭，試圖找回那丟失的祖傳果園。於是，斗轉星移，夜空之輪緩緩轉動，此時離真正的日出尚早，但遠方那片朝著西堪薩斯綿延的灰褐色荒涼土地上已然浮現大片紅光，而丹佛上空也已傳來鳥兒的啁啾。

8 沒有星星，沒有月亮

我們宿醉未醒，一大早感覺噁心得要命。迪恩做的第一件事就是穿過玉米地，想看看能不能把那輛車開到東部去。我叫他別去，但他還是去了；回來的時候臉色蒼白：「老兄，那是一個警探的車。自從那年我偷了五百輛車以後，城裡的每個警區都有我的指紋了。我偷那些車就是想開一開而已，媽的！我得走了！聽著，如果不趕緊離開這裡，就準備進監獄了。」

「你他媽說得沒錯。」我說，接著我們手忙腳亂的開始收拾行李。領帶鬆鬆垮垮的在胸前晃蕩，襯衫下擺還有一截露在褲子外面，我們就這樣與那可愛的一家人匆匆告別，狼狽逃往能夠保護我們的公路，因為路上不會有人認識我們。小珍妮特看到我們要走──也許是看到我要走了，也許是因為其他原因──就哭了起來。法蘭姬依舊大方有禮，我吻了她，並向她表示歉意。

「他的確是個瘋狂的傢伙，確實讓我想起了我那個離家出走的丈夫。簡直一模一樣。但願我那個小猴子長大了別像他們這樣。」她說。

我跟小露西說再見，她手裡捧著寵物甲蟲，而小吉米還在睡覺。這一切都發生在瞬息之間，在那個美麗的週日清晨，我們拖著破爛的行李匆忙趕路。無時無刻都在擔心鄉村小路上會突然衝出一輛警車，向我們撲過來。

「如果被那個端獵槍的女人發現，我們就完蛋了。」迪恩說：「我們**必須**叫輛計程車。那樣才安全。」我們想去叫醒一家農戶借用一下電話，但是看門狗把我們趕跑了。時間每過一分鐘，危險就增加一分；那輛陷在玉米地裡的雙門轎車一定會被早起的鄉下人發現。終於，一個可愛的老太太讓我們用她的電話，我們叫了一輛丹佛城裡的計程車，不過車遲遲未到。我們跌跌撞撞的繼續趕路。清晨的公路上車輛漸漸多了起來，每一輛車看上去都像警車。突然間，我們看見警車來了，我感覺自己所熟悉的人生走到了盡頭，接下來將會進入一個可怕的新階段，那將是充滿悲傷和痛苦的鐵窗生涯。結果，那不是警車，而是我們叫的計程車。從那一刻起，我們朝著東部飛奔而去。

一個絕佳的機會來了，旅行社需要人把一輛一九四七年的凱迪拉克豪華轎車開到芝加哥。車主帶著家人從墨西哥一路開過來，他們累壞了，決定改搭火車。車主什麼都不要，只需有身分證明並把車開到目的地就行。我的證件讓他很放心，覺得不會出什麼問題。我告訴他別擔心，接著又對迪恩說：「這車你可別亂來。」看到這輛車，迪恩興奮得上竄下跳。但我們還得等一個小時。我們躺在教堂邊的草地上，一九四七年我送麗塔．貝登古回家後，曾在這裡和一幫乞討的流浪漢共度一段時間，此時我因為早上的一陣慌亂而筋疲力盡，仰面對著午後的鳥兒睡著了。某個地方傳來管風琴的演奏聲。迪恩在城裡瞎逛，他在小餐館勾搭上一個女服務生，約好下午帶她坐凱迪拉克出去兜風，他回來把我叫醒，告訴我這個消息。我現在感覺好多了。起身準備迎接各種新情況。

凱迪拉克一到，迪恩立刻跳上車說要去「加油」，旅行社的人看著我說：「他什麼時候回來？乘客們都準備好出發了。」他指了那兩個耶穌會學校的愛爾蘭男孩，他們拎著箱子坐在長凳上等。

「他只是去加油，很快就會回來。」我走到路口，看見迪恩把車停在那個女服務生住的旅館門前，他坐在車裡等她，沒熄火，她還在房間裡換衣服；從我站的位置，正好可以看見她對著鏡子梳妝打扮，整理絲襪，我也想跟他們一起。她跑出旅館，跳上了車。我走回來，叫旅行社老闆和那兩個乘客放心。站在門內，看那輛凱迪拉克咻的一下穿過克利夫蘭廣場，穿著T恤的迪恩坐在方向盤前，興高采烈揮舞雙手，對那個坐在他身旁，表情驕傲的可憐姑娘說話。

光天化日之下，他把車開到一個停車場（他曾在那裡工作過），停在後面的磚牆邊——據他所說，他當時就把她搞定了；不僅如此，他還說服她週五領到薪水後就搭巴士去東部，到紐約萊辛頓大道伊恩．麥克阿瑟的公寓找我們。她答應了；她名叫貝佛麗。前後才三十分鐘，迪恩就呼嘯著回來了，他先把女孩送到旅館，少不了各種親吻、道別和承諾，然後回到旅行社來接我和那兩個乘客。

「哦，你終於回來了！我還以為你開著凱迪拉克跑了呢。」百老匯山姆旅行社的老闆說。

「我會負責的，」我說：「別擔心。」我這樣說是因為迪恩的舉動明顯太過瘋狂，難免使人懷疑他是不是真的瘋了。迪恩開始認真的幫耶穌會男孩搬行李。然而，還沒等他們在車裡坐穩，也還沒等我跟丹佛揮手告別，凱迪拉克就已飛速啟動，那如飛機般強勁的引擎發出低沉的轟鳴。剛駛出丹佛還不到兩英里，時速表就壞了，因為迪恩的車速遠遠超過了每小時一百一十英里。

「呃，沒了時速表，我不知道自己開得有多快。現在只能一路飆到芝加哥，用時間來算才會知道了。」感覺車速還不到七十英里，但實際上在通往格里利的那條筆直公路上，所有車輛都像死蒼蠅一樣紛紛落在我們身後。

「薩爾，我們之所以往東北方向開，是因為我們絕對有必要去斯特林看看艾德·沃爾，你得見見他，看看他的牧場；這輛車很快，根本不用擔心時間來不及，還沒等那傢伙的火車開到，我們早就到芝加哥了。」好吧，我贊成。開始下雨了，但迪恩絲毫沒有減速。這是一輛漂亮的轎車，也是最後一款老式豪華轎車——黑色、寬敞的加長車身、白色輪胎，或許還是防彈玻璃的車窗。那兩個來自聖文德學院的耶穌會男孩坐在後排，一路上非常興奮，但他們不知道我們開得有多快。他們想聊天，但迪恩沒搭話，他脫了T恤，光著身體開車。

「哇，那個貝佛麗真是個迷人的小妞——她要去紐約和我會合——等我從卡蜜兒那裡拿到離婚證書，我就和她結婚——一切都如此令人興奮，薩爾，我們上路了。耶！」越快離開丹佛，我心情就越好，而且我們真的**很快**。當我們在交叉口駛離大路，開上一條泥巴路時，天色已經暗了下來，這條小路將帶我們穿過荒涼的科羅拉多東部平原，通過郊狼出沒的蠻荒之地，最後到達艾德・沃爾的牧場。雨還在下，道路泥濘濕滑，迪恩把車速降到了七十英里，但我叫他再慢一點，以免轎車打滑出事，他卻說：「別擔心，老兄，你知道我的技術。」

「這次不行。」我說：「你開得實在是太快了。」這時他正飛馳在那條濕滑的泥路上，話音剛落，前方突然出現一個九十度左轉彎，迪恩向左猛打方向盤，大轎車開始在油脂般的路面上滑行，巨大的車身猛烈搖晃著。

「小心！」迪恩大叫一聲，與方向盤拼死一搏，最後車屁股陷進了水溝裡，而車頭還留在路上。一片死寂。只聽到風聲嗚咽。我們身處一片荒涼的大草原中間。這條路前方四分之一英里處有一戶農家。我不停咒罵著，感到無比憤怒，迪恩簡直太可惡了。他一聲不吭，抓起外套就冒雨奔向農舍去尋求幫助。「他是你弟弟嗎？」後座的男孩問：「他開起車來真像是個魔鬼，對吧？——而且照他自己講的，他對女人肯定也很瘋。」

「他就是個瘋子。」我說：「沒錯，他是我弟弟。」我看見迪恩坐著農民的拖拉機回來了。他們掛上鏈條，把車從水溝裡拉了出來。車身蓋滿了褐色泥漿，整塊擋泥板全毀了。農夫和要了我們五塊錢。他的女兒們站在雨中觀望。最漂亮也最害羞的那個遠遠躲在後面的田野裡張望——她躲在後面是對的，因為她絕對是我和迪恩這輩子見過最漂亮的女孩。大約十六歲，有著平原上野玫瑰的膚色、最藍的眼睛、最可愛的頭髮、野羚羊般的羞怯和敏捷。她躲閃著我們一次次投向她的目光。她站在那裡，從加拿大薩克其萬長驅直下的勁風把她的一頭秀髮吹散，漫天飛舞的捲髮包裹著她可愛的腦袋。她的臉上泛起一陣又一陣的紅暈。

我們把錢給了農夫，最後看一眼那個草原天使，便驅車離去，這下迪恩總算開得慢了一些，開到夜幕降臨，迪恩才說艾德．沃爾的牧場就在前方。「哦，像那樣的女孩讓我害怕。」我說：「我會為她放棄一切，完全聽憑她的擺布，如果她不要我的話，我就只有一死了之了。」兩個耶穌會男孩聽了一直傻笑。他們滿嘴無聊的廢話，並帶著東部大學生的調調，可憐的小腦袋瓜空洞乏味，只裝了一知半解的阿奎那神學，充斥於他們含譏帶諷的談吐中。我和迪恩不屌他們。汽車行駛在泥濘的平原上，迪恩開始講述他的牛仔生涯，他指給我們看那條綿延的道路，他曾經整整一上午都在那裡騎馬；他又讓我們看他修補柵欄的地方，這時我們剛剛進入沃爾家的遼闊牧場；他又說起艾德的父親老沃爾如何開著車在草場上追逐一頭小母牛，嘴裡還大叫著：「抓住牠，抓住牠，他媽的！」

迪恩說：「他每隔六個月就要換一輛新車。每回牛走失了，他就會開著車一直追到最近的水窪，然後下車跟著跑。他把賺到的錢一分一分的清點，再存進罐子裡。真是個瘋狂的老牧場主。我會讓你們看看他停在工棚旁邊的一些報廢汽車。我最後一次出獄後的緩刑監護期就是在這裡度過的。你讀過我寫給查德．金的那些信，這裡就是我當時住的地方。」我們駛離公路，轉入一條小道，穿越那片冬季牧場。突然，一群神情憂傷的白臉母牛慢悠悠的從車燈前穿過。「是牠們！沃爾的牛！我們沒辦法從中間穿過。只能下車把牠們轟走！嘻——嘻——嘻！！」實際上我們並不需要那麼做，我們只是在哞哞叫喚的母牛中間一點點往前挪，有時還輕輕的碰一下，牠們就像大海中的翻滾波浪一樣在車門四周打轉。我們看到遠處艾德．沃爾牧場房子的燈光。在那孤獨的燈光周圍，是綿延數百英里的平原。

那種籠罩大草原的漆黑，是一個東部人難以想像的。沒有星星，沒有月亮，沒有燈光，唯有沃爾太太廚房裡的一點亮光。在後院的陰影之外，是黎明前無法看到的一望無際的世界。我們在黑暗中敲門，喊著艾德．沃爾的名字，他那時正在牛棚裡擠牛奶。我小心翼翼的往黑暗中走了一小段路，最多不超過二十英尺，就不敢再往前走了。我感覺聽到了狼的叫聲。沃爾說那很可能是他父親的一匹野馬在遠處嘶鳴。他和我們差不多大，是一個長腿大高個，長著釘耙一樣的牙齒，平時少言寡語。過去，他經常和迪恩一起在柯帝士大街上晃蕩，站在街角朝女孩們吹口哨。現在，他很客氣的把我們領進他那常年不用、陰暗的褐色客廳，摸索了好一陣才找到幾盞燈。在昏暗的燈光下，他問迪恩：

「你的大拇指怎麼啦？」

「我揍瑪麗露的時候傷了手，結果嚴重感染，醫生只好把指尖給截掉了。」

「你怎麼會幹那種傻事？」看得出來，他以前是把迪恩當小弟對待的。他搖了搖頭；牛奶桶還在腳邊。「不過你這狗娘養的一直以來就是個瘋子。」

與此同時，他年輕的妻子在寬敞的牧場廚房裡準備了一大桌菜餚，還做了蜜桃霜淇淋，並抱歉的說：「只不過是把奶油和蜜桃凍在一起罷了。」當然，這種名副其實的霜淇淋我這輩子只吃過這一次。我們一邊吃，一邊就有新菜端上來。她是一個健壯的金髮女人，但就像所有居住在廣闊天地中的女人一樣，她也抱怨生活有些單調乏味。她一一列舉出在晚上這個時間會收聽的廣播節目。沃爾坐在那，眼睛盯著自己的雙手。迪恩狼吞虎嚥的吃著。他還希望我配合他唬爛，說那輛凱迪拉克是我的車，我是個很有錢的人，而他是我的朋友和司機。但沃爾無動於衷。每當牲口棚裡傳來動靜，他都會抬起頭來仔細聽。

「好吧，我希望你們順利抵達紐約。」他根本不相信我是凱迪拉克的車主這種鬼話，他相信那輛車是迪恩偷來的。我們在牧場逗留了大概一個小時。沃爾跟山姆一樣，不再信任迪恩了——每次他抬眼看迪恩時，眼神裡就透出警覺和提防。過去，在打完乾草以後，他倆經常勾肩搭背醉步走在懷俄明州拉勒米的街頭，可是那些放蕩不羈的歲月已成過眼雲煙，一去不復返了。

迪恩跳進車，在座位上扭來扭去。「好吧，好吧，我想我們還是快走吧，因為我們明晚一定要趕到芝加哥，已經浪費好幾個小時了。」那兩個大學生彬彬有禮的向沃爾道謝，我們便又上路了。我回頭望著廚房的亮光在茫茫夜海中消逝。然後轉身面向前方。

9 這條路通往哪裡？

沒多久我們就回到了公路上，夜色中，整個內布拉斯加州都呈現在我眼前。月光下的公路筆直如箭，沒有其他車輛，我們以一百一十英里的速度飛馳，經過沉睡的城鎮，聯合太平洋鐵路的高速列車落在了我們後面。那晚我一點也不害怕；在這裡開到一百一十英里完全合法。我們在高速奔馳的車裡交談著，車外，內布拉斯加的城鎮以夢幻般的速度依序登場——奧加拉拉、哥特堡、卡尼、格蘭德艾蘭、哥倫布。這車太棒了；它與路面貼合得如此緊密，就像在水面上行駛的船一樣。高速過彎的姿態優美自如。

「啊，老天，這簡直是夢幻之車。」迪恩感嘆道：「想想看，要是我們有一輛這樣的車，可以做多少好玩的事。你知道有一條路從墨西哥往南一直通到巴拿馬嗎？也許那條路還通到南美洲的最南端，那裡的山上住著吃古柯鹼的七英尺高印第安人。是的！你和我，薩爾，我們一起開著一輛這樣的車去探索整個世界，因為，老兄，這條路最終一定能開往全世界。沒有什麼去不了的地方——對吧？我們要開著這車去逛芝加哥！你想像一下，薩爾，我這輩子從來沒去過芝加哥，從沒在那裡停留過。」

「我們就像黑幫一樣開著凱迪拉克殺進去！」

「耶！還有女人！我們還要帶上女人，實際上，薩爾，我已經決定再開快點，這樣我們就有整晚的時間可以在城裡逛。現在你只要休息就好，我一路開下去。」

「嗯，你現在開得有多快？」

「我猜大概一百一十英里左右——你不會有感覺的。我們白天還要穿過整個愛荷華州，然後我會把伊利諾州剩下的那段路很快跑完。」後座兩個男孩睡著了，我們聊了一整夜。

令人不可思議的是，在發過一陣瘋以後，迪恩的靈魂又會在突然間恢復平靜和理智，就像什麼都不曾發生過一樣——**一輛飛馳的汽車、一條金黃的海岸線、一個在道路盡頭的女人，我想這些就是他的靈魂棲息之所。**「我現在每次去丹佛都會變成那個樣子——我已經受不了那座城市了。瘋癲、骯髒，令人害怕的迪恩。衝啊！」我告訴他，一九四七年我曾經走過內布拉斯加州的這條路。他說他也走過。「薩爾，一九四四年的時候，我虛報年齡在洛杉磯新紀元洗衣店打工的時候，專門跑出去了一趟，想去印第安納波利斯賽車場觀看陣亡將士紀念日舉辦的經典賽車，為了趕時間，我白天搭便車，晚上開偷來的車。另外，我在洛杉磯有一輛花二十塊錢買來的別克，那是我的第一輛車，但剎車和燈光檢測一直驗不過，所以決定去搞幾個外州的車牌，這樣開車才不會被抓，於是我就跑到這裡來。當我帶著幾張偷來的車牌，搭便車經過這裡的一個小鎮時，一個愛管閒事的警長覺得我年齡太小，不像是一個搭便車旅遊的人，便在大街上攔下我盤問。他發現了我藏在外衣裡面的那些車牌，於是就把我扔進了有兩間囚室的牢裡，把我和一個本該待在養老院裡的當地少年犯關在一起，那傢伙連自己吃飯都不會（警長的老婆餵他吃飯），只會整天坐在那裡不停流口水。警長對我進行了一番審查，都是老掉牙的那一套，包括一開始扮白臉，然後突然變臉對我威脅嚇唬，比對筆跡之類的，接著就輪到我一生中最精彩的一次發言，我承認我沒有老實交代自己偷車的經過，但是我這次出門只是為了尋找我的老爸，他在這一帶做農工，我就這樣為自己開脫，最後他放我走了。當然，我錯過了賽車。第二年秋天，我故技重施，去印第安納州南灣觀看聖母大學對加州大學的比賽——這次沒有遇到麻煩，可是，薩爾，我的錢只剛好夠買門票，一分錢都沒有剩，來回路上都沒吃飯，只有從路上遇到的人們那裡討了點吃的，同時我還要把妹。費這麼大的功夫就只是為了去看場比賽，在全美國也只有我一個人吧。」

我問了他一九四四年在洛杉磯的情況。「我在亞利桑那州被捕入獄，那絕對是我待過最糟糕的牢房。我不得不逃跑，那可是我一生中最艱難的逃亡，我的意思是各式各樣的逃跑都算在內。穿過樹林，你知道嗎，還在沼澤地裡爬行——就在北面的那片山區。如果被抓回去，我將面對高壓水槍、勞役，還有所謂的『意外』死亡，所以我只好沿著山脊在樹林裡穿行，不走大路、小路或者山道。

在旗桿市郊外的一個加油站，我神不知鬼不覺偷來一件襯衫和一條褲子，換下身上的囚服，兩天後到達洛杉磯。我穿著一身加油站工作人員的服裝，走進我看到的第一家加油站就被雇用了。我找了一個住處，又改了名字（李．布利埃），然後就在洛杉磯度過了刺激的一年。我結交了一幫新朋友和一些很棒的女孩，年末的一天晚上，我們開車行駛在好萊塢大道上，我在車上和我的女友親吻，讓我朋友把方向盤握住——當時我在開車——但是**他居然沒聽見**，接著汽車就撞上了電線桿，當時車速才二十英里，不過我的鼻子撞斷了。你以前見過我受傷的鼻子——上面這個地方是歪的，像希臘人的鼻子那樣彎彎的。在那之後，我去了丹佛，那年春天在一個冷飲店裡遇到了瑪麗露。天哪，那時她才十五歲，穿著牛仔褲，就等著有人來泡她。我們在艾斯旅館裡談了三天三夜，就在三樓東南角那間屋子裡，那是我這一生中值得紀念的神聖房間——那時她是那麼的甜美，那麼的**年輕**，嗯，啊！嘿，看那邊，快看，快看，鐵路邊圍著篝火的那幫老流浪漢，媽的。」他放慢了車速：「你看，我永遠不知道我老爸是不是在那堆人之中。」鐵軌旁有幾個人影，在一堆柴火前晃動。「我也不知道該不該去問問。他可能在任何地方。」我們繼續前行。在這茫茫夜色中，或許在我們身後，或許在我們前方，他父親必定是醉倒在一片灌木叢裡——嘴角流著口水，褲子上沾著水漬，耳朵裡灌滿汙垢，鼻子上布滿痂痕，也許頭髮上還留有血跡，而他的身上披滿了月光。

我搭著迪恩的肩膀：「老兄，我們現在終於要回家了。」紐約即將第一次成為他永久的家。他激動不已，迫不及待。

「薩爾，你想想看，等到了賓州，我們就能收聽到東部那些美妙的咆勃樂電臺。哇，衝啊，往前衝！」那真是一輛好車，開起來生猛有力；大平原就像一卷紙那樣在它面前鋪開；車輪帶起的熱瀝青恭順的滾落在車後——氣度非凡的陸地之舟。在我眼前的是漸漸展開的黎明；我們正投向它的懷抱。在發光的儀表板上方，迪恩那張瘦骨嶙峋的臉龐一如既往的透著堅韌與執著。

「老哥，你在想什麼？」

「啊——哈，啊——哈，還不是那些，你知道的——女人、姑娘、女孩。」

我睡了一覺，醒來時已是愛荷華州的上午，那是七月的一個星期天，天氣乾燥炎熱，迪恩還在不停往前開，絲毫沒有放慢速度；在愛荷華州種滿玉米的山谷地帶，即便是在彎彎曲曲的道路上，他也至少開到了八十英里；如果是直路的話，他就保持著一百一十英里的車速，除非碰到前面和對面車道都有車時，他才會乖乖排隊，以可憐兮兮的六十英里慢慢爬行。但一有機會，他就猛衝出來，一口氣超越六、七輛車，把它們拋在一大團塵埃中。

一個開著嶄新別克的瘋子看到這一切，決定要和我們賽車。正當迪恩準備超越前面一堆車輛時，那傢伙突然毫無徵兆的從旁邊呼嘯而過，又是吼叫又是按喇叭，還閃尾燈挑釁。我們像隻大鳥一樣朝他撲去。「等一下。」迪恩笑著說：「讓他先跑個十幾英里，我要好好耍一下那個狗娘養的。看著。」

他讓別克衝到前面，然後才加速追上去，凶狠的逼近他。別克發飆了，開到了一百英里。現在我們有機會看清楚司機的樣子了。他看上去像一個芝加哥的嬉普士，同車還有個老婦人，很可能是他母親。天知道那女人有沒有說些什麼；反正他和我們拼上了。他有一頭散亂的黑髮，像是芝加哥的義大利人；穿著一件運動衫。他或許覺得我們是殺向芝加哥的洛杉磯黑幫，可能是米奇．柯罕[1]的手下，因為我們的豪華轎車看起來非常像那麼回事，而且車牌也是加州的。但他主要還是想找點刺激。為了保持領先，他冒著巨大風險，在彎道上連續超車，對面一輛大卡車搖搖晃晃的駛入視線，當那巨大的身軀迎面撲來，他才併入右側車道。我們就這樣在愛荷華州開了八十英里，飆車太有趣了，我都來不及感到害怕。那個瘋子終於放棄了，停進了一個加油站，或許是因為老太太下了命令；當我們呼嘯而過時，他還很開心的向我們揮手。我們繼續飛馳向前，迪恩打著赤膊，我雙腳跨在儀表板上，兩個大學生在後面睡覺。然後我們停下車吃早餐，小餐館的店主是一位白髮老太太，她給了我們超大份的馬鈴薯，這時附近小鎮上的教堂響起了鐘聲。我們又出發了。

「迪恩，白天別開那麼快。」

「別擔心老兄，我知道自己在幹麼。」但我開始感到害怕。迪恩就像恐怖天使一樣，突然出現在一長串汽車前面；為了插進隊伍，幾乎要把別人擠開。他貼近前車的保險桿，時而減速，時而加速，又冒出車頭去看前方彎道，隨即猛衝而出，開始超車，他總是在千鈞一髮之際才回到自己的車道上，對面的車流滾滾而過，我嚇得瑟瑟發抖。我再也受不了了。愛荷華州很少有內布拉斯加州那種長長的直路，當我們終於開上一條筆直的長路時，迪恩又把速度提到了平時的一百一十英里，車窗外閃過一些我熟悉的場景——一九四七年我和艾迪在這條長長的公路上被困了兩個小時。往昔的路途飛速展開，令我頭暈目眩，彷彿有人打翻了命運的水杯，世界陷入一片瘋狂。在夢魘似的白晝裡，我的眼睛開始疼痛。

「啊幹，迪恩，我要到後座去，我受不了了，不能再看了。」

「嘻——嘻——嘻！」迪恩痴痴笑著，他在一座窄橋上超過一輛車，在飛揚的塵土中突然變向，疾馳而去。我跳到後排，蜷縮在後座上準備睡覺。一個男孩翻到前排享受刺激去了。一種巨大的恐懼占據了我的頭腦，我覺得那天上午我們一定會出車禍，我躺在車地板上，閉上眼睛，想趕快睡著。以前當海員的時候，我時常想像著船體下奔騰的海浪，以及更下面的無底深淵——現在，那個瘋狂的亞哈[2]操縱著方向盤，我能感覺到在我身下大約二十英尺處的公路，它正以驚人的速度飛一般展開，嗖嗖作響穿越呻吟的大陸。我閉上眼睛，眼前便是不斷朝我奔來的公路。我睜開眼睛，只見

1 譯按：Mickey Cohen（1913-1976），活躍於一九三〇年代至一九六〇年代的洛杉磯黑幫首領，其座駕也是黑色凱迪拉克。
2 譯按：Ahab，梅爾維爾小說《白鯨記》（*Moby Dick*）中的斷腿船長。

不斷閃過的樹影在車廂地板上跳動。**無處可逃。我只好聽天由命**。迪恩還在不停往前開，還沒到芝加哥前，他根本就沒想過要睡覺。下午，我們又一次穿過第蒙。我們在這裡碰到了塞車，不得不放慢速度，我也回到了前排。這時發生了一起奇怪又可悲的事故。一個肥胖的黑人帶著全家人，駕駛一輛大轎車行駛在我們前面；後保險桿上掛著一個帆布水包，就是沙漠裡賣給遊客的那種水袋。他突然緊急剎車，迪恩正在跟後座的男孩說話，沒注意到，便一頭撞了上去，以一小時五英里的速度撞在水袋上，破裂的袋子就像一個被擠破的膿瘡，裡面的水向空中噴射。這起意外只有後保險桿被撞凹了。我和迪恩下車與他交涉。此事的結局無非就是交換地址，並交談了幾句；迪恩的目光圍著那人的老婆轉來轉去，那女人穿著一件鬆垮的棉襯衫，一對漂亮的褐色乳房若隱若現。「好的，好的。」我們把芝加哥大亨的地址留給了他，便繼續上路了。

到了第蒙的另一頭，一輛巡邏車鳴著警笛從後面追來，命令我們靠邊停車。「又怎麼啦？」

警察下了車：「你們過來的時候是不是出了車禍？」

「車禍？我們只不過是在交叉口那裡把某個傢伙的水袋撞壞而已。」

「那個人說，有幾個人開著一輛偷來的車撞了他然後逃跑了。」就我和迪恩所知，很少會有黑人幹這種傻事，不過這次我們碰上了一個。我們愣住了，隨即大笑起來。只好跟著巡警來到警局，在草坪上待了一個小時，等他們打電話到芝加哥去找凱迪拉克的車主，核實我們的身分。據警察表示，那位大亨說：「沒錯，那是我的車，至於那兩個年輕人幹的其他事情，我不能擔保。」

「他們在第蒙這裡發生了一起小事故。」

「是的，你已經說過了——我的意思是，我不能擔保他們過去可能幹過的事情。」

一切都搞清楚了，我們繼續奔馳。這裡是愛荷華州牛頓市，一九四七年的某個早晨，我曾在這裡散步。下午，我們再次穿過昏昏欲睡的達文波特，跨過密西西比河，低矮的河床上到處堆著鋸木屑；然後是羅克艾蘭，路上塞了幾分鐘，太陽漸漸變紅，我們忽然看見幾條可愛的涓涓溪流，輕柔的流淌在美國中部伊利諾州那些神奇的樹木和綠色植被之中。現在越來越像是回到了溫柔和煦的東部；我們已經走完了乾燥的大西部。連續好幾個小時，廣袤的伊利諾州在我眼前展開，連綿不絕，而迪恩一直以同樣的速度驅車疾馳。他已疲憊不堪，更容易做出冒險的舉動。

前方有一座橫跨溪流的小橋，迪恩衝到面前才發現自己陷入了非常棘手的情況。兩輛慢車正一顛一顛的過橋；一輛帶著拖車的大卡車從對面駛來，卡車司機算好了慢車過橋的時間，他估計等他開到橋頭時，它們正好下橋。橋上絕對容不下任何車輛與這輛大卡車會車。大卡車後面的小車冒出頭來，準備找機會超車。那兩輛慢車的前面還有另外一些慢車在擠擠推推的往前開。道路擁擠不堪，每輛車都迫不及待想趕快通過。迪恩以一百一十英里的速度殺到，毫不猶豫。他超越了幾輛慢車，猛然左轉上橋，差一點撞上護欄，再迎頭撞入疾速駛來的大卡車所投下的巨大陰影，一下橋便右轉，避開卡車的左前輪，又差點撞上剛才下橋的那輛慢車，旋即冒出車頭準備超車，但又不得已縮回到自己的車道，因為卡車後面突然冒出一輛想鑽空隙的車，所有這一切都發生在兩秒鐘之內，在電光石火之間，好在只留下一片塵埃，而非一起慘烈的連環車禍——一個致命的血色黃昏，在伊利諾夢幻的田野上，一堆東倒西歪的小汽車和一輛隆起巨大身軀的卡車。在我腦中揮之不去的，還有最近在伊利諾州一次車禍中喪生的著名單簧管咆勃樂師——可能也是發生在像這樣的一天。我又回到後排去坐了。

那兩個男孩現在也坐在後排了。迪恩決意要在夜幕降臨前趕到芝加哥。在一個公路和鐵路的交會處，我們帶上了兩個流浪漢，他們湊了五毛錢油費。他們剛才還坐在一堆鐵軌枕木中間，喝著瓶中的殘酒，現在卻坐上了一輛滿身泥漿但不失威風的豪華大轎車，飛也似的衝向芝加哥。那個坐在前排迪恩身邊的老小子一直盯著路面，眼睛都不敢眨一下，嘴裡還可憐兮兮的祈禱著。「啊，居然這麼快就要到芝加哥了。」他們說。

我們經過伊利諾州一個個昏沉的小鎮，鎮上的人們每天都看到像這樣的芝加哥黑幫豪華轎車經過，在他們眼裡，我們這群人一定很奇怪：個個鬍子沒刮、司機打赤膊，還有兩個流浪漢，我拉著安全帶坐在後排，頭枕著靠墊，睥睨窗外的鄉村——就像殺向芝加哥搶地盤的加州新黑幫，一夥在月夜裡從猶他州監獄裡逃出來的亡命之徒。在一個小鎮的加油站，我們停下來買可樂、加油，鎮上的人出來盯著我們看，他們一言不發，但我想他們在腦子裡默默記下了我們的長相和身高，以備不時之需。迪恩很隨意的把T恤像圍巾一樣搭在肩上，像往常一樣唐突，三言兩語便打發了那個經營加油站的女人，隨即回到車上，繼續飛奔向前。

沒過多久，紅色的天空變成了紫色，從車窗外閃過的夢幻般河流漸漸隱沒，芝加哥的煙霧在公路遠方蒸騰而起。我們從丹佛經艾德·沃爾的牧場到芝加哥，全程一千一百八十英里，正好用了十七個小時，不包括汽車掉進溝裡的那兩個小時、在牧場的三個小時、在愛荷華州牛頓市與警察打交道的兩個小時，一路上平均時速七十英里，而且只有一個司機。這算是創下了一項瘋狂的紀錄。

10 到那裡

大芝加哥的絢麗燈火出現在我們眼前。忽然間我們已置身於麥迪遜街上一大群流浪漢之中，有些人就躺在路邊，把雙腳搭在人行道上，還有數百個流浪漢在酒館門口和小巷裡晃蕩。「嘿！嘿！注意找找老迪恩．莫里亞蒂，也許他今年剛好就在芝加哥。」我們在這條街上把那兩個流浪漢放下車，繼續向芝加哥市中心駛去。嘎吱作響的街車、報童、擦身而過的女孩、空氣中油炸食物和啤酒的味道，閃爍的霓虹燈——「我們到大城市了，薩爾！嗚呼！」我們先要找個僻靜陰暗的地方把凱迪拉克停好，然後為晚上的活動梳洗打扮一番。

在基督教青年會旅舍對面，我們在建築物間找到一條紅磚小巷，把凱迪拉克藏在那，車頭朝外，以便隨時出發，然後跟著兩個大學生來到基督教青年會旅舍——他們在那裡要了一個房間，又給了我們一個小時使用他們的浴室。我和迪恩刮了鬍子、洗了澡。我的錢包掉在了馬路上，迪恩撿到了，正要偷偷塞進自己的衣服，卻發現錢包是自己人的，不禁大失所望。隨後我們就和那兩個男孩道別了，他們很高興自己毫髮無傷的結束了旅程，接著我們到自助餐廳吃飯。

古老、褐色的芝加哥，既非東部人又非西部人的奇特芝加哥人走在上班的路上，有些人往地上吐著口水。迪恩站在自助餐廳裡，搓著肚子，把一切盡收眼底。一個奇怪的中年黑人婦女走進餐廳，說自己身無分文，問餐廳可不可以給她帶來的麵包抹點奶油。她一扭一扭的走進來，被拒絕了，然後屁股一甩一甩的走了出去。迪恩想跟她搭訕：「哇！我們出去跟著她，把她帶到小巷裡的凱迪拉克上。一定很爽。」但我們轉頭就忘了這碼事，開著車去洛普晃了一圈，接著便直奔克拉克北路，去當地的街頭酒吧聽咆勃爵士樂。真是一個美妙的夜晚。

站在酒吧門口，迪恩對我說：「啊，老兄，好好看看芝加哥的街頭生活，看看那些來來往往的中國人。真是一個不可思議的城市——哇，你看上面那扇窗戶邊的女人，兩個大奶子吊在睡衣裡，正睜著一雙大大的眼睛往下看。哇。薩爾，我們要一直走下去，永不停止，直到我們到達那裡。」

「老兄，那裡是哪裡？」

「我不知道，但我們必須走下去。」這時來了一群年輕的咆勃樂手，正把樂器從車裡搬出來。他們走進了一家酒館，我們尾隨而入。樂手準備好後便開始演奏。好戲開場了！領頭的是一個萎靡慵懶的次中音薩克斯風手，身材瘦長，一頭捲髮，噘著嘴，瘦削的肩膀套在鬆垮的運動衫裡，在溫暖的夜色中顯得酷爽。他的眼裡滿是沉醉，舉起薩克斯風，眉頭一皺，吹出複雜精妙的冷爵士[1]，同時優雅的踏著節拍跟隨自己的思緒，接著低頭彎腰彷彿要躲避什麼——然後他輕輕說一聲「吹」，樂隊成員便開始了獨奏表演。

接下來是普雷茲，一個英俊結實的金髮小子，像個長著雀斑的拳擊手，魁梧的身材被精心包裹在一身鯊皮呢面料的寬肩格子西裝裡，襯衫領子敞開著，領帶也鬆鬆垮垮，感覺時尚又灑脫；他舉著薩克斯風，汗水涔涔，全身扭曲，吹出的音色簡直和萊斯特·楊[2]一模一樣。「老兄，你看，普雷茲有一種對演奏技巧的焦慮，那是以賺錢為目的的音樂人常有的情緒，他是樂隊中唯一穿著講究的人，你看，他一吹錯音就憂慮重重，而他們的團長，那個很酷的傢伙，卻叫他別擔心，儘管接著吹——他在意的只有聲音，只有音樂的活力。他是一個藝術家。他在教導那個像拳擊手的年輕普雷茲。好，接著看其他人！！」

第三個出場的中音薩克斯風手是個十八歲的黑人高中生，闊嘴，個頭比樂隊其他人都高，神情冷靜而嚴肅，一副在深思的樣子，很像是年輕版的查利·帕克。他舉起薩克斯風，平靜的吹出查利·帕克似的美妙樂句，同時又帶有邁爾士·戴維斯那種嚴謹精妙的結構。他們是那些偉大咆勃創新者的繼承人。

曾幾何時，路易·阿姆斯壯[3]在充滿泥濘的紐奧良吹起美妙的小號；在他成名之前，節日遊行隊伍中那些瘋狂的樂師把蘇薩[4]的進行曲改編為散拍音樂[5]。然後是搖擺樂[6]時期，激情陽剛的羅伊·埃爾德里奇[7]吹出的小號孔武有力而又嚴謹精緻——他在吹奏時眼睛閃閃發光，臉上露出可愛的微笑，號角聲震撼了整個爵士樂世界。

接著查利・帕克橫空出世，這個來自堪薩斯城的孩子在他母親的柴火間裡勤學苦練，不管颳風下雨，他都吹著纏滿膠帶的中音薩克斯風，還跑出去看「伯爵」貝西和「班尼」莫頓的樂隊表演，那裡還有「熱唇」佩及等樂手[8]——帕克後來離開家鄉來到紐約哈林區，遇到了瘋狂的塞隆尼斯・孟克[9]以及更加瘋狂的葛拉斯彼——帕克當年只要一嗨起來，就會繞著圈子邊走邊吹。雖然年齡比同樣來自堪薩斯的萊斯特・楊還小一些，但這個憂鬱、聖潔的呆子卻代表了爵士樂的歷史——當他把嘴

---

1 編按：Cool jazz，流行於一九四〇年代晚期至一九五〇年代早期，以咆勃爵士樂為基礎，但節奏更為舒緩，不會進行過多即興發揮，特點是表現出憂鬱及壓抑的情感。

2 譯按：Lester Young（1909-1959），美國爵士樂薩克斯風手，綽號「總統」（Prez），是爵士樂界的傳奇人物。這一綽號也是書中樂手普雷茲（Prez）為自己取的藝名。

3 譯按：Louis Armstrong（1901-1971），美國爵士樂小號手、歌手，被稱譽為「爵士樂之父」

4 譯按：指美國作曲家約翰・菲力浦・蘇薩（John Philip Sousa, 1854-1932），被稱為「進行曲之王」。

5 編按：Ragtime，主要特點是切分音，在進行曲的基礎上加入非洲音樂的節奏。

6 編按：Swing music，起源於美國一九三〇年代，強調小節裡的下半拍或弱拍，因而帶來搖擺的感覺。

7 譯按：Roy Eldridge（1911-1989），美國爵士樂小號演奏家。

8 編按：Count Basie（1904-1984），美國爵士樂鋼琴手、風琴手；Benjamin Moten（1894-1935），美國爵士樂貝斯手；"Hot Lips" Page（1908-1954），美國爵士樂小號手。

9 編按：Thelonious Monk（1917-1982），美國爵士樂作曲家、鋼琴家。

邊的薩克斯風舉得又高又平的時候，演奏出的音樂無與倫比。隨著頭髮越來越長，他也日漸懶散，一蹶不振，手中薩克斯風的高度慢慢降下來，直到最後徹底掉到胸前；現在他穿著厚底鞋，再也感覺不到實實在在的街頭生活，他把薩克斯風有氣無力的抱著，冷冷吹出簡單乏味的樂曲。這個夜晚屬於美國咆勃爵士樂新一代的孩子們。

還更有奇葩的人物——當吹中音薩克斯風的黑人小子在觀眾頭上莊重的演奏沉思般的樂曲之時，一個身材高挑的金髮年輕人含著吹嘴，靜靜等候；他來自丹佛柯帝士大街，身穿牛仔褲，繫著帶裝飾釘的皮帶；其他人剛停下，他便開始吹奏，聽眾一時找不到獨奏來自何處，接著才看到吹嘴上那帶著天使般微笑的嘴唇，聽見中音薩克斯風童話般溫柔甜美的獨奏。孤獨如美國，那是夜裡令人哽咽心碎的聲音。

其他樂手又是如何呢？貝斯手是個精瘦結實的紅髮仔，眼神狂野，他瘋狂彈奏著，每彈一下，髖部就撞向琴身，演奏到高潮時，便像入了迷似的大張著嘴。「哇，這傢伙真他媽會**玩**！」那個頹廢的白人鼓手，就像舊金山佛森街酒吧裡的那個嬉普士，神情恍惚，瞪大雙眼，嘴裡嚼口香糖，神經質的扭脖子，一臉心滿意足的痴迷。彈鋼琴的是個義大利年輕人，高大粗壯，像個卡車司機，他用肥厚的雙手彈出粗獷歡樂又令人思緒萬千的曲調。

演奏持續了一個小時。沒有人在認真聽。克拉克北路的老流浪漢懶洋洋坐在酒吧裡，妓女憤怒尖叫，詭異神祕的中國人從旁邊走過。還能聽到色情舞廳表演的聲音。樂隊不顧喧囂，繼續演出。門外的人行道上跳出一個幽靈般的身影——那是一個留著山羊鬍的十六歲少年，抱著一個伸縮喇叭樂盒。他瘦得像個患佝僂病的兒童，臉上卻寫滿了瘋狂，他想加入合奏，和他們一起表演。樂手們認得他，卻不想搭理。少年偷偷溜進酒吧，悄悄取出伸縮喇叭，舉到嘴邊。但沒有機會。誰都沒有看他一眼。樂隊表演完畢，收拾妥當，出發去了另一家酒吧。可那個骨瘦如柴的芝加哥少年還是想要表演一番。他匆匆戴上一副墨鏡，把伸縮喇叭舉到嘴邊，在酒吧裡獨自「叭叭叭」的吹了起來，便又衝出酒吧，追趕樂隊去了。他們不讓他和樂隊一起演奏，就像職業球員看不上那些在大瓦斯儲氣槽附近比賽的業餘美式足球隊[10]一樣。「這些孩子都還和祖母住在一起，就像湯米．斯納克，還有那個長得像卡洛．馬克斯的吹中音的小子。」迪恩說。我們也跟著那群人出去。他們走進安妮塔．奧黛[11]的夜總會，取出樂器開始表演，一直到早上九點。我和迪恩就待在那裡喝啤酒。

在樂隊表演的休息時間，我們開著凱迪拉克在芝加哥四處找女人。但她們都不敢坐上這輛傷痕累累，顯露不祥之兆的豪車。迪恩在瘋狂倒車時撞上了消防栓，傻笑個不停。到第二天早上九點，

10 譯按：本書第三部第一節中，在那個大儲氣罐後面的球場上進行的是壘球比賽，而非美式足球。恐為作者之誤。
11 編按：Anita O'Day（1919-2006），美國白人爵士樂歌手。

車已經完全廢了：剎車不靈，前後擋泥板都爛了，排檔桿嘎嘎作響。紅燈時迪恩根本剎不住車，一路上引擎還不斷熄火。這就是一夜狂歡的代價。已經沒有一絲豪華轎車的樣子，簡直就是一隻沾滿泥汙的破靴子。「呼！」而那幫樂手還在尼茲夜總會繼續演奏。

突然，迪恩盯著樂臺另一面的一個黑暗角落說道：「薩爾，上帝來了。」

我看過去。**喬治・謝林**。像往常一樣，雙眼失明的謝林用一隻蒼白的手托著腦袋，豎起大象般的耳朵，傾聽著美國的聲音，接著駕輕就熟的把它們融入自己的英國仲夏夜之聲。樂隊成員鼓動他起來表演。他答應了。他彈奏了無數個變奏，美妙的和弦不斷攀升，越來越高，直到鋼琴上汗水飛濺，所有人都滿懷敬畏的屏息聆聽。一個小時後他才被領下臺。神一般的老謝林回到那個黑暗的角落，臺上的兄弟說：「接下來我們還要彈嗎？」

身材瘦長的團長皺了皺眉說：「我們還是繼續演奏吧。」

總會有一些收穫的。總會有更多的新東西，讓你更往前進一步——這是永無止境的過程。繼謝林的探索後，他們尋找著新的樂句；全力以赴，扭動身體盡情演奏。時不時，一個清亮的和聲賦予一首曲目新的含義，總有一天那會成為世上獨一無二的曲調，使人們的靈魂雀躍歡呼。**他們找到了它，他們失去了它；他們拼命找尋，他們重新找到了它；他們歡笑，他們嗚咽**——而迪恩汗水涔涔的坐在桌旁，為他們吶喊歡呼。早上九點，所有人——樂手們、女人們、調酒師們，還有那個吹伸縮喇叭的憂鬱瘦小孩——全都蹣跚走出俱樂部，回到喧囂鼎沸的芝加哥，在大白天睡上一覺，直到狂野的咆勃之夜再度降臨。

我和迪恩狼狽的顫抖著。是時候把凱迪拉克還給車主了，他住在湖濱大道的一套豪華公寓裡，下面有一個巨大的車庫，由幾個滿身油汙的黑人工人負責打理。我們開到那裡，將這個沾滿泥漿的大傢伙停進車庫。技工沒有認出這輛凱迪拉克。我們遞上車子的文件；他看著車，迷惑的抓頭。我們趕緊閃人，搭公車回到芝加哥市中心，這事就這樣結束了。後來也沒有聽到來自那位芝加哥大亨的消息。他知道我們的地址，他本來可以找我們算帳的。

11 流淌在血液裡的懊悔

該繼續上路了。我們搭乘巴士前往底特律。口袋裡的錢所剩無幾。拖著一堆破爛行李進入車站。迪恩大拇指上的繃帶已經黑得像煤炭，而且完全散開了。我們的樣子糟糕透頂，但誰要是經歷那些折騰，大概都會成這副模樣。巴士呼嘯穿過密西根州，迪恩疲憊不堪，睡著了。我和一個迷人的鄉下姑娘聊了起來，她穿著低胸棉質襯衫，露出漂亮的古銅色胸口。她無精打采的，談起傍晚在鄉下自家門廊上做爆米花。這本來是令我開心的事，可是因為她在講的時候並不開心，我就明白她只是在客套的聊天，別無其他。

「那妳平常還有哪些娛樂嗎？」我想帶到關於男朋友和性愛的話題。她那雙黑色的大眼睛注視著我，眼神空洞，透露出一種世代流淌在血液裡的懊悔——因為沒能去做自己真正想做的事情。然而，**心裡的那份渴望是什麼，其實人人皆知。**

「妳對生活有什麼渴望？」我緊追不捨，想把她內心深處的想法擠出來。可她根本不知道自己想要什麼。她含糊的說到工作、電影、去祖母家過暑假，還說希望去紐約看看羅西電影院，屆時她會穿什麼樣的衣服——像去年復活節穿的那套：白色軟帽、玫瑰花飾、玫瑰色便鞋、淡紫色華達呢外套。「星期天下午妳都在幹麼呢？」我問。她會坐在門廊上。年輕人們騎車經過，停下來和她聊天。她躺在吊床上，翻看報紙上的漫畫故事。「在溫暖的夏夜呢？」她坐在門廊上，看著路上來往的汽車。她和母親一起做爆米花。「夏天晚上妳父親會做什麼？」他要工作，在鍋爐廠上夜班，一輩子辛辛苦苦，供養著一個女人和幾個孩子，卻沒有得到應得的讚揚和愛慕。「夏天晚上妳弟弟又會幹什麼呢？」他騎著自行車，在冷飲店門口閒蕩。「他最想做的什麼？我們最渴望的是什麼？我們想要什麼？」她不知道。她打了一個哈欠。她困了。這個問題太難了。沒人能回答。也沒人願意去回答。一切就這樣結束了。她十八歲，非常可愛，也迷惘。

到了底特律，我和迪恩踉蹌走下巴士，蓬頭垢面的樣子，好像是靠吃蝗蟲為生的難民。我們決定去貧民區通宵看電影。在公園過夜太冷了。哈塞爾來過底特律貧民區很多次，這裡的每一處毒窟、每一所通宵影院、每一家喧鬧的酒吧，都逃不過他那雙黑色的眼睛。哈塞爾的幽靈纏著我們。我們在時代廣場上再也找不到他了。還有那個老迪恩．莫里亞蒂，他會不會碰巧也在這裡呢——他不在。我們買了三毛五分錢一張的門票，走進破舊的電影院，坐在包廂，直到天亮才被趕下樓。在通宵電影院裡過夜的人都是走投無路之人。有窮困潦倒的黑人，他們聽信傳言，從阿拉巴馬州趕來，想在汽車廠找份工作；有年老的白人流浪漢；有年輕的長髮嬉普士，他們無路可走，正喝著葡萄酒；還有妓女、普通夫婦，以及無事可做、無處可去、無人可信的家庭主婦。即使你把整個底特律放在鐵絲網籃裡篩一遍，也收集不到如此失魂落魄的殘渣。

第一部電影演的是牛仔歌手艾迪·迪恩和他那匹英勇的白馬布拉普；第二部是關於伊斯坦堡的，由喬治·拉夫特、席尼·葛林史崔特和彼得·羅主演。那一晚，我們把這兩部連場電影翻來覆去看了六遍。一睜開眼就看見他們，一閉上眼就聽到他們說話，即便在夢中也感覺到他們的存在；到了早上，我們全身心都沉浸在西部奇特的灰色神話，以及和東方世界怪異的黑暗神話之中了。這次可怕的經歷滲透了我的潛意識，自此我的一舉一動都不自覺受到它的支配。我聽見大塊頭葛林史崔特冷笑了一百次；聽見彼得·羅正在施展陰險的誘惑；時刻感受到喬治·拉夫特那偏執狂的恐懼；我和艾迪·迪恩一起騎馬歡歌，無數次將盜馬賊撂倒。

在黑暗的電影院裡，百無聊賴的人們喝著瓶中酒，扭頭四處張望，想找點什麼事做做，找個什麼人說說話。但所有人都心虛的沉默著，誰也沒吭聲。灰濛濛的黎明悄無聲息爬上影院的窗戶和屋簷，我在座椅的木質扶手上睡著了，這時候，六個劇院服務生把一晚上的垃圾清掃出來，在我身邊匯聚成一個巨大的垃圾堆，而我正頭朝下打著呼嚕，垃圾堆幾乎就要頂到我的鼻尖了——他們差點把我也給掃了進去。這是迪恩後來跟我說的，他坐在後排，隔著十個座位看著這一切。菸頭、酒瓶、火柴盒等各式各樣塵世間的過客，全都被掃進了這堆垃圾。要是他們把我也掃了進去，迪恩就再也見不到我了。他必須周遊美國，奔走於東西岸之間，去翻看每一個垃圾桶，最後才會在一大堆人生的垃圾中發現胎兒般蜷縮的我，**那堆垃圾是我的生活、他的生活，以及所有相干和不相干的人的生活**。躺在垃圾母腹中的我，會對他說些什麼呢？

「老兄，別來煩我。我在這裡很開心。一九四九年八月，底特律的一個夜晚，你已經把我丟了。你有什麼權利到這個噁心的垃圾桶裡來打攪我的清夢？」

一九四二年，我主演了有史以來最汙濁的一場戲。那時我是個海員，在波士頓斯科利廣場的皇家咖啡館裡喝酒；我喝了六十杯啤酒，然後跑到廁所，抱著馬桶就睡著了。那個晚上，至少有一百個水手以及各式各樣的人走進來，向我傾瀉他們體內的穢物，直到那些穢物在我身上結起厚厚一層，弄得我面目全非。可這又有什麼關係呢？人間的默默無聞，勝過天上的赫赫有名。何為天堂？何為塵世？差別只在一念之間。

黎明時分，語無倫次的迪恩與我走出那個可怕的洞穴，去旅行社聯繫便車。我們先是在黑人酒吧消磨了大半個上午，跟女孩們搭訕，在自動點唱機上聽爵士樂唱片，然後拖著破爛的行李坐了五英里的公車，才趕到車主的家，他會把我們帶到紐約，每人收四塊錢。車主是個戴眼鏡的金髮中年人，有老婆、孩子和一個挺不錯的家。我們在院子裡等他做好準備。那位穿著棉質圍裙的可愛太太要請我們喝咖啡，但我們忙著說話。這時迪恩已經筋疲力盡，有點神智不清了，眼中的一切都讓他欣喜。

他又陷入一種宗教般的狂熱，接連不斷的冒汗。當我們坐上那輛嶄新的克萊斯勒向紐約前進時，可憐的車主馬上意識到自己帶上了兩個瘋子，但他還是盡力而為；事實上，當車子經過布里格斯球場[1]的時候，他就已經習慣了我們的調調，並談論起明年的底特律老虎隊[2]。

在霧濛濛的夜晚，我們穿過了托雷多，行駛在俄亥俄州境內。我意識到，自己就像一個經常外出的推銷員，一次又一次穿越美國的各個城鎮——疲於奔命的旅程、劣質無用的貨色，壓在箱底的不過是些無人問津的爛豆子。快到賓州時車主累了，決定換迪恩來開，他一路開到了紐約，我們開始在電臺上收聽到「交響樂」希德[3]主持的爵士樂節目，聽到了最新的咆勃樂曲，我們正駛入美國最後的大城市。到達紐約時還是清晨，但時代廣場已熱鬧非凡，因為紐約從不歇息。經過時代廣場時，我們不由自主的東張西望，尋找哈塞爾。

一小時後，我和迪恩來到長島我姑姑的新公寓樓前。姑姑正忙著和幾個油漆匠討價還價，他們是親戚介紹來的。從舊金山回來的我們跌跌撞撞爬上樓梯。

「薩爾，」姑姑說道：「迪恩可以在這裡住幾天，然後就得搬出去，明白了嗎？」旅行結束了。那天晚上，我和迪恩在長島散步，走過一個個瓦斯儲存罐、一座座鐵路橋和一盞盞霧燈。我現在還記得他站在路燈下的樣子。「薩爾，剛才經過那盞路燈時，我正要告訴你一件事，但我現在又有了一些新的想法，等我們走到下一盞路燈的時候，我再回到原來的話題，可以嗎？」我當然說可以。我們已經習慣了長途跋涉，忍不住要把長島踏遍，可是前方再也沒有陸地了，只有大西洋，我們只能走到這裡。我和迪恩緊緊握手，說好要做永遠的朋友。

大約五天後的晚上，我們去紐約參加派對；我認識了一個叫伊內茲的女孩，並邀請她去見見我的另一個朋友。我喝醉了，竟然告訴她我朋友是個牛仔。「哦，我一直想認識一個牛仔呢。」「迪恩！」我在派對上扯著嗓門喊——參加派對的有詩人安吉爾．路茨．加西亞；華特．伊凡斯；委內瑞拉詩人維克托．維拉紐瓦[4]；我的舊情人珍妮．瓊斯；卡洛．馬克斯；金．德克斯特；還有好多好多人——「老兄，快過來。」迪恩靦腆的走了過來。一小時後，在醉意朦朧、時尚精緻的晚會上（當然，是為了紀念即將結束的夏天），迪恩跪在地上，臉貼在她的肚子上，滿頭大汗對她傾訴著海誓山盟。伊內茲是個高大、性感、深褐色頭髮的女人，美麗的巴黎風騷女子——正如加西亞所說：「就像從竇加的畫裡走出來的人」。

---

1 編按：Briggs Stadium，現為老虎體育場（Tiger Stadium）。
2 譯按：Detroit Tigers，美國職業棒球隊。
3 譯按：Symphony Sid（1909-1984），美國爵士樂電臺節目主持人，對咆勃爵士樂的普及功不可沒。
4 編按：以上人物均查無資料，應是作者隱匿姓名，有其投射對象。

不過幾天，他們就準備要結婚了，開始透過長途電話與遠在舊金山的卡蜜兒爭論關於離婚文件的事。不僅如此，幾個月後，卡蜜兒生下了迪恩的第二個孩子，這是年初那幾個晚上他倆纏綿的結果。又過了幾個月，伊內茲也生了一個孩子。現在，加上在西部某地的一個私生子，迪恩一共有了四個孩子，卻沒有一分錢；而且一如既往的麻煩不斷、瘋癲、衝動。也因此，我們沒去成義大利。

Part Four

Always, On the Road

1 老兄，你的路是什麼？

我的書賣出去後賺了一筆錢，幫姑姑把房租付到了年底。每當紐約的春天到來，那片土地的氣息就順著河流從紐澤西吹過來，令我無法抗拒，我必須上路。我又出發了。生平第一次，我在紐約向迪恩道別，把他留在了那裡。他在麥迪遜大道和第四十街路口的一個停車場工作。同往常一樣，他穿著破鞋、T恤還有掉在肚子下面的褲子，在正午的繁忙時分，獨自一人東奔西跑應付著進出的車輛。

通常我會在黃昏時分去看他，那個時間他正好沒事。他站在收費亭裡，數著票據，搓著肚子。總是開著收音機。「老兄，你聽過那個瘋子馬蒂．葛克曼播報籃球比賽嗎？往前——到中場——運球——假動作——投籃，咻，兩分入袋。他絕對是我聽過最棒的解說員。」迪恩開始滿足於這種簡單的快樂了。他和伊內茲住在東八十街一所沒有熱水的公寓裡。晚上回到家，他便脫下全身上下的衣服，換上一件直拖到屁股的中國絲綢睡衣，坐在搖椅上抽著大麻水煙。他還有一副色情撲克牌，這些就是他下班回家後的樂趣。

「最近我一直在研究這張方塊二。你有注意到她的另一隻手放在哪嗎？我打賭你看不出來。來，好好看清楚。」方塊二上畫的是一個神情悲傷的高個子男人和一個淫蕩、粗鄙的妓女，在床上嘗試用某種姿勢交媾，迪恩說要把這張牌借給我。「去試試吧，這姿勢我試過很多次了！」伊內茲在廚房做飯，她探頭進來，苦笑著看了我們一眼。她對一切都很淡定。「看到沒有？伊內茲很不錯吧！她總是這樣，從門裡探出頭來笑一笑。對了，我和她談過，一切都商量好了。今年夏天我們要去賓州住到農場裡——我要搞一輛客貨兩用車，有機會就開車回紐約玩玩，我們要買一棟夠大夠好的房子，在未來幾年裡生很多孩子。嗯哼！唷呼！嗚呼！」迪恩從椅子上跳起來，放了一張威利．傑克遜[1]的《鱷魚尾巴》（*Gator Tail*）。他站在唱機前，隨著節拍用拳頭猛擊手掌，身體搖擺，雙膝不斷抽動。「哇！這傢伙！我第一次聽他表演的時候，還以為他第二天就會掛掉，但是他到現在都還活著。」

這跟他與卡蜜兒住在大陸另一端的舊金山時的情景沒什麼兩樣。那個破舊的行李箱從床底下伸出來，隨時準備遠走高飛。伊內茲多次打電話給卡蜜兒，每次都聊很久；她們甚至聊到了他的那根，至少迪恩是這麼說的。她們還互相寫信，談論迪恩的各種怪癖。當然，迪恩每個月都必須把一部分薪水寄給卡蜜兒，作為贍養費，否則就得在勞役所裡待上六個月。為了彌補損失，他就在停車場耍

1 譯按：Willie Jackson（1932-1987），美國爵士樂次中音薩克斯風手。

花招騙錢，堪稱一流的魔術手。我親眼看見他口齒伶俐的祝一個有錢人聖誕快樂，同時神不知鬼不覺用一張五元鈔票換了張二十的。我們出去把錢花在了咆勃爵士樂酒吧「鳥園」。萊斯特·楊在臺上演奏，他巨大的眼瞼上顯現了永恆。

有天晚上，我們凌晨三點還在第四十七街和麥迪遜大道的路口聊天。「唉，薩爾，媽的，真希望你別走，我真的這麼想；你要是走了，我在紐約就沒有老友陪了，以前從來沒有這樣過。」他又說：「在紐約，我只是過客，舊金山才是我的家鄉。在這裡這麼長時間，除了伊內茲，我沒有別的女人——只有在紐約才會出現這種事！媽的！不過一想到又要穿越那可怕的大陸，我就——薩爾，我們已經很長時間沒有真誠的對談了。」在紐約，我們總是和一群朋友在醉醺醺的派對上瘋狂跳來跳去。迪恩對此似乎有些不適應。在霧雨濛濛的寒冷夜晚，他寧願一個人蜷縮在空蕩蕩的麥迪遜大道上，他覺得那樣更自在。「伊內茲愛我；她說我可以做任何我想做的事。她答應我，不會給我添麻煩。老兄，你明白嗎，年紀越大，麻煩事也就越多。也許有一天，你和我會一起走在日落時分的小巷裡，一邊走一邊翻看垃圾桶。」

「你是說我們老了會變成流浪漢？」

「有何不可？老兄，只要我們願意，當然可以。成為流浪漢也沒什麼不好。你可以一輩子不管別人的想法，包括政治家和富人們都無法干涉，別人也不會來打擾；你只要順著人生過活，讓它成為自己的道路。」我同意他的觀點。他正以最簡單明瞭的方式，做出頗具道家風格的決定。

「老兄，你的路是什麼？——乖孩子之路、瘋子之路、彩虹之路、孔雀魚之路，隨便什麼路。無論是誰，任何一條路都是可行的。不管是誰，不管去哪，不管以什麼方式，都有一條路能讓你踏上。」在雨中，我們點著頭。

「媽的，你也要記得想想我這個老朋友。如果人生不能活蹦亂跳，那還算什麼男子漢——醫生說要活就要動。我老實跟你說，薩爾，不管我住在哪裡，我的行李箱總是塞在床底下，隨時可以拖出來；我隨時準備離開，或者被趕出去。我已決定放下，凡事都不強求。**你**也見過我拚死拚活的樣子，不過**你**知道那其實無關緊要，**我們**了解時間的奧祕——如何放慢腳步，邊走邊看，像那些老黑人一樣尋歡作樂，這不就是生活的樂趣嗎？我們已經了解了。」在雨中，我們嘆著氣。

那天晚上，整個哈德遜河谷大雨傾盆。寬闊的河流邊那些連接世界的碼頭被淋得透濕，波啟浦夕的舊汽船棧橋被淋得透濕，河源的古老裂岩湖被淋得透濕，范德威克山也被淋得透濕。

「所以，」迪恩說：「我就跟隨生活指引的道路走下去。你知道嗎，不久前我給我那個被關在西雅圖監獄裡的老爹寫了一封信——前幾天我剛收到回信，那是這麼多年來我第一次收到他的信。」

「真的嗎？」

「是啊，是啊。他說有機會去舊金山的話，他想看看『孩孖』——他寫錯了，多寫了一個『子』。

我在東四十街找到一間月租十三塊錢的冷水公寓；如果我能把路費寄給他，他可以就來紐約生活——如果他真的能來的話。我也還沒跟你說起我妹妹，但你知道我有一個可愛的小妹妹；我也想讓她過來，和我一起生活。」

「她在哪裡？」

「唉，這就是問題，我不知道她在哪——我老頭子說要去找她，但你也知道他這個人的德行。」

「也就是說，他去了西雅圖？」

「然後直接進了該死的監獄。」

「他之前在哪裡？」

「德州，德州——所以你看，老兄，我的想法、各種事情、我的處境——你注意到我變得安靜了吧。」

「是的，確實如此。」在紐約，迪恩變得安靜了。他想再多聊一些，但這淒風冷雨凍得要死。我們約好，走之前在我姑姑家再見一面。

週日下午，他來了。家裡有一臺電視機。我們在電視機上看棒球，在收音機上聽另一場，又不斷轉臺去收聽第三場，追蹤每時每刻的賽況。「記住，薩爾，現在布魯克林隊的霍奇斯[2]在二壘上，當費城人隊的後援投手出場時，我們就切換到巨人隊和波士頓的比賽，同時還要注意電視上的這場，站在迪馬喬[3]對面的投手已經投出了三個壞球，那個投手正緊張的往手上抹止滑粉，現在我們要趕緊換到巨人隊的比賽，看看巴比・湯森[4]怎麼樣了，三十秒前我們聽到有人上了三壘。好！」

後來，我們去了長島鐵路車場旁邊那個沾滿煤煙的球場，和一幫年輕人打棒球。接著又打籃球，我們打球很拚，年輕人們說：「放輕鬆啦，不用太拚命。」他們在我們身旁流暢的跑來跑去，輕而易舉擊敗了我們。我和迪恩汗流浹背。迪恩還一度臉朝下摔倒在水泥球場上。我們氣喘吁吁的想把球搶下來；他們一轉身就把球傳了出去。另外的人衝過來，在我們頭上輕鬆投籃。我們拼命跳起來爭搶籃板，而年輕人們一伸手就把球從我們汗津津的手中奪下運走了。我們呆頭呆腦的猛打猛衝，樣子就像一個**痴迷**於次中音薩克斯風的聽眾，試圖挑戰斯坦・蓋茨[5]和酷查利[6]。那些年輕人以為我倆瘋了。回家路上，我和迪恩在人行道上各走一邊，邊走邊玩傳接球。我們嘗試各種高難度的接球，有時會撲向樹叢，差點撞上電線桿。一輛汽車經過，我邊跑邊把棒球扔給迪恩，球正好擦著汽車後

---

2 譯按：Gil Hodges（1924-1972）。
3 譯按：Joe DiMaggio（1914-1999），曾與好萊塢明星瑪麗蓮・夢露（Marilyn Monroe）結婚。
4 譯按：Bobby Thomson（1923-2010）。
5 譯按：Stan Getz（1927-1991），美國爵士樂薩克斯風手。
6 譯按：Cool Charlie，指查利・帕克，曾於一九四七年發表作品《酷藍調》（*Cool Blues*）。

保險桿飛過去。他衝過去接球，在草地上翻滾，又把球丟給我，球朝著停在我這一側的一輛麵包車飛來。我用沒戴手套的那隻手在汽車背後及時將球接住，旋即扔了回去，迪恩一個急轉身往後退，仰面摔在樹籬後面。回到家，迪恩掏出錢包，驕傲的清了清嗓子，遞給我姑姑十五塊錢，那是上次在華盛頓被罰超速時，我姑姑替他交的罰款。姑姑大為驚喜。我們享用了一頓豐盛的晚餐。「迪恩，你的新寶寶就要出生了，我希望這次你能照顧好孩子，維持好婚姻。」姑姑說道。

「是的，好的。」

「你不能像這樣在全國到處跑，到處生孩子。那些可憐的小傢伙無依無靠，如何長大成人啊？你必須給他們一個活下去的機會。」迪恩看向腳下，點著頭。深紅的暮色中，我們在一座橫跨高速公路的天橋上道別。

我對他說：「我回來的時候，希望你還在紐約。迪恩，我最大的願望就是，有朝一日我們兩家人住在同一條街上，一起變老，成為真正的老朋友。」

「好啊，老兄——我也在盼望這天到來。我完全明白我們過去都經歷過哪些麻煩事，也知道將來還會遇到各種麻煩，也就是你姑姑提醒我的那些事。我不想要那個孩子，可伊內茲堅持要生，為此我們還吵了一架。你知道嗎？瑪麗露嫁給了舊金山的一個二手車商，她就要生孩子了。」

「是啊。我們也都走到這一步了。」其實，我本來該說，那不過是顛倒的虛無之湖泛起的漣漪。

世界的底部是金色的，而世界是顛倒的。他掏出一張照片，是卡蜜兒和剛出生的女兒在舊金山的合影。一個拖著兩條長褲腿的男人的黯淡身影劃過照片中的嬰兒，落在陽光明媚的人行道上。

「那是誰？」

「艾德·鄧克爾啊。他回到了卡拉蒂身邊，現在他們去了丹佛，走之前花了一整天時間拍照。」

艾德·鄧克爾，他的憐愛之心就像聖人一般。迪恩又拿出其他照片。我意識到，**有朝一日當我們的孩子們驚訝的看著這些照片時**，一定以為他們的父母生活在平靜安穩、秩序井然的生活中，像照片中那麼安詳，早上起來昂首走在生命的正軌上；然而**他們做夢也想不到，我們的生活竟是如此潦倒、混亂和瘋狂**，那些我們曾度過的地獄般夜晚，那些我們走過的毫無意義的夢魘般道路。這一切都在無始無終的虛空之中。可悲的無知啊。

「再見，再見。」在紅霞漫天的黃昏，迪恩轉身離去。火車頭冒出的濃煙在他頭頂上盤旋。迪恩的影子跟著他，模仿他的步伐、他的思想和他的存在。他靦腆回過頭，扭捏的揮手。朝我比劃著鐵路工表示放行的手勢，不停跳上跳下，嘴裡還叫喊著些我聽不清楚的話。他繞著圈跑來跑去，離天橋的混凝土橋墩越來越近。他最後一次向我比出手勢，我也揮手回應。突然間，迪恩俯身走向自己的生活、走出我的視線。我則呆望著前方那黯淡淒涼的日子。我也還有很長、很長的路要走。

2 永遠到不了的家

午夜，我搭上往華盛頓的巴士，在車上哼著這首小曲：

米蘇拉的家，
特拉基的家，
奧珀盧薩斯的家，
這都不是我的家。
梅多拉的家，
傷膝河的家，
奧加拉拉的家，
永遠到不了的家。

我在華盛頓花了點時間四處遊蕩；特意去看了藍嶺峰，在仙納度聆聽鳥鳴，參觀「石牆」傑克森[1]的墓地；黃昏時站在卡諾瓦河邊吐口水，又在迴盪著鄉村音樂的夜色中漫步於西維吉尼亞州查爾斯頓；午夜，經過肯塔基州阿什蘭，看見散場後影院招牌下一個女孩孤零零的身影。然後穿過黑暗神祕的俄亥俄州，破曉時分抵達辛辛那提。接著來到印第安納州的田野，下午到達聖路易斯，河谷上空一如既往飄浮著大片白雲。泥濘的鵝卵石街道，來自蒙大拿的原木、破爛的汽船、古舊的招牌、河邊的草地和繩索。彷彿一首綿延無垠的詩。又到了晚上，密蘇里州，堪薩斯州的田野，堪薩斯廣闊而幽祕原野上夜牧的牛群，小鎮上全是餅乾盒似的小房子，每條街道的盡頭都有廣袤無垠的天地；黎明時分，抵達亞伯林。東堪薩斯草地變成了西堪薩斯牧場，我在西部夜色裡一路往山崗爬升。

與我同車有個叫做亨利·格拉斯的傢伙。他在印第安納州特雷霍特上車，此刻他對我說：「我跟你說過我討厭這身衣服，它醜死了——但這還不是全部原因。」他給我看了一些文件。他剛從特雷霍特聯邦監獄獲釋；罪名是在辛辛那提偷盜和販賣汽車。他是個捲髮小子，才二十歲。「等到了丹佛，我就去當鋪把這身衣服賣掉，買條牛仔褲來穿。你知道在監獄裡他們怎麼對我的嗎？單獨監禁，只給我一本《聖經》；我坐在石頭地板上，把《聖經》墊在屁股底下；他們看到我這樣做，就

1 譯按：Stonewall Jackson（1824-1863），美國南北戰爭期間著名的南軍將領。

把那本《聖經》拿走了，換了一本袖珍版的，只有這麼一丁點大。我沒辦法坐在上面了，只好把整部《聖經》都看了。嘿——嘿——」他用手戳我，嘴裡用力嚼著糖果——他一直在吃糖，因為腸胃在監獄裡搞壞了，吃不了別的——「《聖經》裡面還真有不少好東西。」他還告訴我「嘴炮」是什麼意思。「如果有人馬上要出獄了，並開始在其他人面前講自己的出獄時間什麼的，那他就是在向留在獄中的人『嘴炮』。我們會揪住他的脖子說：『別在**我**面前嘴炮！』嘴炮是一件很爛的事——你懂了嗎？」

「亨利，我不會對你嘴炮。」

「誰要是在我面前嘴炮，我就會很氣，恨不得殺了他。你知道我為什麼一直蹲監獄嗎？因為十三歲那年，我一時抓狂，情緒失控。當時我正和一個小子一起看電影，他開了個玩笑，提到我媽——就是那句髒話——我摸出折疊刀，就把他的喉嚨劃開了，要不是他們把我拉開，我一定會殺死他。法官問我：『你攻擊你朋友時，知不知道自己在做什麼？』『是的，法官大人，我當時就是想殺了那狗娘養的，而且現在也是。』所以我沒有獲得假釋，而是直接進了少管所。在單獨監禁期間坐得太久，我還得了痔瘡。千萬別進聯邦監獄，那是最糟糕的地方。他媽的，我可以說上一整夜，我已經好長時間沒跟人說話了。你不知道從牢裡出來的感覺有多麼**棒**。我上車時——就是經過特雷霍特的時候——看見你自己坐著，你當時在想什麼？」

「沒想什麼，就是在坐車。」

「我當時在哼著歌。我坐到你旁邊，是因為我不敢坐在女人身邊，怕自己發瘋，把手伸進裙子裡面。我這陣子還不能惹事。」

「如果再進去的話，你就要被關一輩子了。從現在開始，你最好別那麼衝動。」

「我也是這麼想的，可問題是，火氣一上來，我就不知道自己在幹什麼了。」

他要去科羅拉多州，跟他的哥哥嫂子一起生活；他們在那邊給他安排了一份工作。聯邦政府出錢幫他買了車票，送他到假釋地。這個年輕人就像過去的迪恩；熱血沸騰、性情暴烈，不能自已；但他身上缺乏那種能把自己從鐵窗命運中拯救出來的天賦。

「薩爾，我們交個朋友吧，到了丹佛你幫忙看著我，不要讓我的火氣上來，行嗎？這樣我也許可以平安到達哥哥家。」

到了丹佛，我帶他去拉里默街上的當鋪，處理那身囚服。那個老猶太人剛剛把衣服拉開，便立刻察覺到那是什麼。「我不收這種東西；這種玩意兒峽谷城[2]那些小子們每天都拿來換錢。」

拉里默大街上到處都是剛出獄不久的傢伙，他們都想把監獄的衣服賣掉。最後，亨利把裝有囚

2 譯按：Cañon City，科羅拉多州的城市。

服的紙袋拎在手上，穿著嶄新的牛仔褲和運動衫。我們前往格萊納姆街上迪恩以前常去的那家酒吧——半路上亨利把囚服扔進了垃圾桶——然後我給蒂姆．格雷打了個電話。現在已經是傍晚了。

「你來啦？」蒂姆輕聲笑著說：「我馬上到。」

十分鐘後，他和史丹．薛伯大步走進了酒吧。他倆去了一趟法國，回來後便對丹佛的生活失望透頂。他們喜歡亨利，還請他喝啤酒。亨利開始揮霍監獄發給他的津貼。我又回到了柔軟、黑暗的丹佛之夜，回到了那些神聖的小巷和破爛的房屋中間。我們開始四處閒逛，城裡的酒吧、科爾法克斯西大道上的路邊酒館、五點區[3]的黑人酒吧，不一而足。

史丹．薛伯老早就等著想見我，現在我們第一次有機會一起去冒險了。「薩爾，自我從法國回來，生活就沒了方向，我不知道該做什麼。你真的要去墨西哥嗎？太棒了，我能和你一起去嗎？一到那裡我就去墨西哥市立學院註冊，那樣我就可以申請退伍軍人津貼了，可以拿到一百塊錢。」

就這樣說定了，史丹跟我一起出發。他是個身材瘦長、頭髮濃密、生性靦腆的丹佛小子，臉上掛著騙子般的燦爛笑容；那不慌不忙、輕鬆隨和的個性頗有幾分賈利．古柏[4]的風範。「太棒了！」他說著，用雙手大拇指扣著皮帶，漫步走在街頭，身體緩緩的左右搖擺。史丹正在和爺爺鬧不愉快。他爺爺之前反對他去法國，現在也反對他去墨西哥。由於和爺爺吵架，史丹都不回家，像個流浪漢一樣在丹佛四處遊蕩。那天晚上，我們最後在科爾法克斯大道上的「熱店」酒吧喝完酒，並成功壓制了亨利上升的火氣，隨後史丹拖著一頭蓬亂的頭髮，去格萊納姆街上亨利的旅館房間睡覺。「我甚至不能晚回家——我爺爺會跟我大吵大鬧，接著又會對我媽大發脾氣。實話告訴你，薩爾，我必須趕快離開丹佛，不然我會瘋掉。」

我暫住在蒂姆家，後來貝比．羅林斯幫我搞定了一間小巧的地下室，連續一個星期，我們每天晚上都在那裡聚會。亨利走了，他去了他哥哥家，我們再也沒有見過他，也永遠無法得知後來是否有人在他面前「嘴炮」，是否火冒三丈，是否又因此被關進了監獄。

那個星期，我、蒂姆、史丹、貝比在美妙的丹佛酒吧裡度過了一個個下午，穿休閒褲的女服務生在酒吧裡穿梭，眼神裡流露出羞澀與柔情，她們不會板著一張臉，她們會與顧客墜入愛河，轟轟烈烈的愛一場，經歷憤怒、煎熬和痛苦，丹佛的每個酒吧莫不如此；晚上，我們在五點區瘋狂的黑人酒館裡，一邊聽爵士樂一邊喝酒，接著又去我的地下室裡聊天，一直聊到凌晨五點。中午時分，我們通常在貝比的後院裡躺著，院子裡丹佛的孩子們玩著牛仔和印第安人的遊戲，他們從盛開的櫻花樹上跳下來，落在我們身上。那是一段美好的時光，**整個世界都在我面前敞開，因為我不再幻想。**

---

3 譯按：Five Points，丹佛黑人區，曾被稱為「西部的哈林區」。

4 譯按：Gary Cooper（1901-1961），美國電影明星，曾獲奧斯卡終身成就獎。

我和史丹想把蒂姆拉上，讓他和我們一起去墨西哥，但丹佛的生活令他無法脫身。

我正籌備著墨西哥之行，一天晚上，丹佛．D．多爾突然打電話給我：「嘿，薩爾，猜猜誰要來丹佛了？」我猜不出來。「他已經在路上了，我是透過小道消息得知的。迪恩買了輛車，正開來和你會合。」剎那間，我彷彿看見了迪恩，一個恐怖天使，正匆匆趕來，他像一片烏雲飛速逼近，又像平原上那個「屍衣行者」向我撲來。我看見平原上升起他那張瘋狂、瘦削、透著堅毅神情的大臉，雙眼閃閃發光；我看見他的雙翼；我看見他那輛破舊的汽車像一輛噴射著熊熊烈焰的戰車；我看見它一路留下的燒灼痕跡；它橫衝直撞，勢不可擋碾過玉米地，穿過城市，焚毀橋梁，燒乾河流，帶著雷霆之怒，朝著西部一路狂奔而來。我知道迪恩又瘋了。如果他從銀行取出所有積蓄去買車的話，就不可能給兩個妻子寄錢了。一切都完了，全完了。在他身後，燒焦的廢墟冒著餘煙。他又一次踩著呻吟的大陸，向西奔馳而來，而且很快就會到達此地。我們慌亂的為迪恩的到來做準備。據說，他要開車帶我去墨西哥。

「你覺得他會讓我一起去嗎？」史丹神情敬畏的問道。

「我會跟他談談。」我冷冷的說。誰也不知道以後會怎麼樣。「他要睡哪？要吃什麼？有沒有女人陪他？」彷彿高康大[5]即將到來；必須提前做好準備，擴大丹佛貧民區、放寬法律條款，以匹配他痛苦的身軀和狂喜的靈魂。

3 一身Levi's，往墨西哥

迪恩的到來就像老電影會出現的場景。那是一個金黃燦爛的下午，我正在貝比家裡。先說一下這個地方。貝比的母親去歐洲了。姑媽夏麗蒂在家陪伴她，充當監護人；姑媽七十五歲了，還像隻小雞一樣活蹦亂跳。羅林斯家族成員遍布西岸，她不斷從一個家庭搬到另一個家庭，好讓自己派上些用場。她曾經也是兒孫滿堂。可他們都走了；全都扔下她不管了。雖然老了，但她對我們的一言一行都很感興趣。看到我們在客廳裡喝威士忌，她就悲傷的搖著頭說：「年輕人，拿到院子裡去喝吧。」

那年夏天，這裡有點像寄宿公寓；樓上住著一個叫湯姆的傢伙，他無法自拔的愛上了貝比。他來自佛蒙特州，據說家裡很有錢，有事業和生活在佛蒙特等著他，但他更喜歡和貝比待在一起。到了晚上，他就坐在客廳裡看報，一張滾燙發燒的臉龐藏在報紙後面，每次我們中間有人說了什麼，他都能聽到，卻悶不作聲。貝比說話的時候，他的臉燒得尤其厲害。當我們逼他放下報紙時，他便

5 譯按：Gargantua，法國作家拉伯雷（François Rabelais）小說《巨人傳》（*La vie de Gargantua et de Pantagruel*）中的人物。

帶著無窮的厭倦和痛苦的神情看著我們說：「呃？哦，是的，我也覺得是這樣。」他通常只會說這些話。

夏麗蒂坐在她的角落裡做針線活，同時睜著一雙眼睛關注著我們。監護是她的工作，確保沒有人罵髒話也是她的職責。貝比坐在沙發上咯咯的笑。我、蒂姆和史丹癱坐在各自的椅子上。可憐的湯姆備受煎熬。他站起身，打著哈欠說道：「又是一天過去了，晚安。」便上樓去了。貝比是不可能愛上他的。她愛的是蒂姆；但蒂姆就像一條鰻魚，讓她總也抓不住。那個陽光明媚的下午，我們就像這樣坐在一起，快到吃晚飯時，迪恩的破車停在了屋前，他從車裡跳出來，穿著一身粗花呢西裝，還配著背心和錶鏈。

「快！快！」我聽見街上傳來他的聲音。羅伊．強森和他在一起，羅伊和妻子桃樂絲剛從舊金山回來，目前又住在丹佛了。此時在丹佛的還有艾德和他妻子卡拉蒂，以及湯米．斯納克。大家都回到丹佛了。我走到門廊上。「哈，老兄，」迪恩伸出大手說道：「看得出來你在這邊過得不錯啊。你好——你好——你好，」他對大家說：「哦耶，蒂姆．格雷，史丹．薛伯，你們好啊！」我們把他介紹給夏麗蒂。「哦耶，你好。這是我朋友羅伊．強森，承蒙他陪我過來，嗯哼！哎喲！喀！喀！胡普爾少校[1]，您好。」他一邊說一邊向湯姆伸出手，湯姆茫然盯著他。

「嘿，薩爾，現在是什麼情況？我們什麼時候動身去墨西哥？明天下午？好，好。嗯！聽著，薩爾，我必須在十六分鐘之內趕到艾德家，把我那個舊鐵路計時器拿回來，趕在拉里默街上的當鋪關門之前把它賣掉，同時我還要快速但盡可能仔細的去找找我那老爸，看看他會不會碰巧在吉格斯自助餐廳或者其他什麼酒吧裡，然後我還約了多爾強烈推薦的那個理髮師，我已經好多年沒有換過髮型了，一直都是老樣子——咯！咯！六點**整**——準時，聽見了嗎？——我要你就在這裡等我，我會開車來接你，我們快速去一趟羅伊家，聽聽葛拉斯彼和其他咆勃樂唱片，放鬆一個小時，然後再去參加你、蒂姆、史丹和貝比在我來之前就計畫好的活動，順便說一下，準確的講我是四十五分鐘前才開車趕到的，開著我那輛三七年的福特，就是你看見停在外面的那輛，途中我還在堪薩斯停留了一下，去見我的表哥，不是山姆・布萊迪，是更年輕的那個……」在客廳的一個角落裡，正好在別人的視線之外，他一邊說著這番話，一邊匆忙脫下西裝，換上T恤，又從那口破爛的行李箱裡找出一條褲子穿上，把懷錶放進口袋。

「伊內茲呢？你們在紐約發生了什麼事？」我問。

「其實，薩爾，我這次去墨西哥的理由就是去辦離婚，在那裡辦比其他任何地方都更便宜快速。

---

1 譯按：Major Hoople，漫畫《我們的寄宿公寓》（*Our Boarding House*）中的主要人物，以自命不凡、誇誇其談為主要特徵。該漫畫由美國漫畫家吉恩・埃亨（Gene Ahern, 1895-1960）於一九二一年創作，後被改編為廣播劇、圖書、音樂。

我終於得到了卡蜜兒的同意，現在沒有任何問題了，一切都妥妥的，一切都好好的，我們現在不會為任何事情而操心了，這個道理我們都明白，對不對，薩爾？」

好吧，我一向很樂意跟著迪恩到處跑，於是我們匆匆制訂了新計畫，準備晚上狂歡一場，那是一個令人難忘的夜晚，地點是艾德哥哥家的派對。他的另外兩個兄弟是公車司機。他們坐在那裡，目瞪口呆的看著眼前發生的一切。桌上擺著漂亮的蛋糕和各種酒水。艾德很開心，一副志得意滿的樣子。「現在你和卡拉蒂過得還不錯吧？」

「很好啊。而且我要去丹佛大學念書了，和羅伊一起去。」艾德說。

「你們打算讀什麼科系？」

「哦，社會學之類的吧。對了，迪恩是不是一年比一年更瘋了？」

「沒錯。」

卡拉蒂也在場。她想找個人聊天，但全場就迪恩一個人在滔滔不絕的講話。我和史丹、蒂姆、貝比並排坐在靠牆的餐椅上，看著迪恩站在前面一個人表演。艾德在他身後不安的徘徊，他那可憐的哥哥已淪為陪襯。「嘿！嘿！」迪恩一面說，一面拉T恤、揉肚子、上蹦下跳：「嗯——我們現在又聚在一起了，歲月在我們身後滾滾逝去，然而，你們看，我們誰也沒有真正改變，真是令人驚嘆。這幾年——幾年的時光——證明了這一點；我帶來了一副撲克牌，可以用它來準確的預測一切吉凶。」就是那副色情撲克。桃樂絲和羅伊僵直的坐在角落。這是一個令人感傷的派對。然後，迪恩忽然安靜了下來，一動不動坐在我和史丹中間的一把餐椅上，像狗一樣盯著前方，臉上露出驚奇的神情，誰也不理。他只是暫時走神，以便積聚更多的能量。迪恩就像懸崖峭壁上的一塊岩石。如果碰他一下，也許會一頭栽下來，也可能只是左右晃動。接著，岩石裡綻放出一朵奇花，他的臉上洋溢起可愛的微笑，就像一個剛剛醒來的人，環顧四周說道：「啊，有這麼多朋友和我坐在一起。太棒了！薩爾，你瞧，就像我那天跟伊內茲說的，真的，嗯，啊，是的！」

他站起身，穿過房間，向來參加派對的其中一位公車司機伸出手。「你好。我叫迪恩．莫里亞蒂。我還記得你。一切都好吧？嗯，嗯。瞧瞧這可愛的蛋糕。哦，我可以拿一點嗎？就是我。可憐的我。」艾德的妹妹說可以。「啊，太好了。大家人真好。桌上擺著蛋糕和這麼多好看的東西，真讓人開心。嗯，啊，是的，太好了，棒極了，嗯哼，嗚呼！」他搖搖晃晃的站在屋子中間，一邊吃著蛋糕，一邊好奇的看著大家。他又轉過身，回頭張望。眼前的一切都使他驚喜。看到大家各自成群在屋裡聊天，迪恩說：「沒錯！就是這樣！」牆上一幅畫引起了他的注意。他湊上去仔細觀看，又退後幾步，彎下身去看，再跳起來看，他要從各個不同的高度和角度來欣賞這幅畫，接著他扯著身上的T恤，發出感嘆：「他媽的！」他不知道自己給別人留下了什麼印象，更不在乎。現在，人們注視著他，臉上浮現著父母般的柔情。他終於成了天使，正如我所料想的那樣；然而，就像所有的天使一樣，他也有狂暴和憤怒的時候，就在晚會結束以後，我們一大群人吵吵鬧鬧前往溫莎旅館的酒吧，迪恩就像恐怖天使一般，喝得酩酊大醉。

溫莎旅館是丹佛淘金熱時期非常有名的旅館，在許多方面堪稱這座城市的一大景點——在樓下寬敞的酒館裡，牆壁上還留有彈孔——但別忘了這裡也曾經是迪恩的家。他和他父親曾住在樓上的一個房間裡。他可不是遊客。他在這個酒館裡喝酒的樣子，彷彿是他父親的鬼魂附體；他把紅酒、啤酒、威士忌往嘴裡灌，就像是在喝水。他滿臉通紅、滿頭大汗在酒吧裡大吵大鬧，又踉蹌的穿過男男女女們隨著西部鄉村音樂跳舞的舞池，在鋼琴上亂彈一通，然後去熱情擁抱幾個也曾坐過牢的人，跟他們一起大聲聊天。

與此同時，我們一群人圍坐在兩張併在一起的大桌子旁。依次是丹佛多爾、桃樂絲和羅伊夫妻倆、桃樂絲的一個來自懷俄明州水牛城的女伴、史丹、蒂姆、貝比、我、艾德、湯米，加上另外幾個，一共有十三人。多爾玩得很開心：他把一個花生販賣機放在桌上，不斷往裡面塞硬幣，吃著花生。他又提議在一張明信片上每人各寫一句話，寄給在紐約的卡洛。我們寫了些稀奇古怪的句子。小提琴在拉里默街的夜空中激盪。「真開心啊！」多爾叫道。我和迪恩去上廁所，想用拳頭把門撞開，但門板有一英寸厚。第二天我才發現，我的中指骨頭撞裂了。我們喝得爛醉。桌上一度出現了五十杯啤酒。我們繞著桌子跑，每杯都拿起來喝一口。卡農城出來的犯人身子搖搖晃晃、說話含糊不清的跟我們聊天。在酒館外面的門廳，老礦工拄著拐杖坐在滴答滴答的老鐘下做白日夢。在他們輝煌的歲月裡，這樣的喧囂場景並不陌生。一切都在瘋狂旋轉。到處都有各種派對。大家甚至開車去了一個城堡，參加那裡的派對——迪恩沒去，他跑別的地方去了——我們圍坐在城堡大廳裡一張大桌子旁，喊叫玩鬧。外面有一個游泳池和幾個洞穴。我終於找到了這個城堡，那條舉世無雙的大蛇將從這裡竄出來[2]。

深夜，只剩下我和迪恩、史丹、蒂姆、艾德幾個人坐在一輛車裡，奔向前方。我們去了墨西哥街、去了五點區，四處亂轉。史丹爽極了，不停拍著大腿尖聲叫喊：「他媽的！太棒啦！」迪恩被他迷住了。史丹說一句什麼，迪恩就跟著說一遍，還伴隨著一聲驚嘆，並不停擦去臉上的汗水。「薩爾，和史丹這傢伙一起去墨西哥，我們有得爽了！好啊！」這是我們在丹佛的最後一晚，我們要盡情狂歡。最後，我們回到地下室，點上蠟燭，喝葡萄酒；夏麗蒂穿著睡衣，拿著手電筒，在樓上躡手躡腳走動。有一個黑人和我們在一起，他叫戈麥斯。我們碰見他時，他正在五點區遊蕩。湯米對他喊道：「嘿，你是不是強尼？」

戈麥斯倒退著走回來，又一次經過我們的車窗說：「你說什麼？」

2 編按：見第二部第十節。

「我問你是不是那個叫強尼的傢伙？」

戈麥斯又晃晃悠悠的來回走了一遍。「這樣有沒有更像他一點了？我一直想變成強尼，可就是沒辦法。」

「嘿，**老兄**，上來吧！」迪恩叫道，戈麥斯跳上來，車便開走了。在地下室裡，我們瘋狂的交談，但因為擔心打擾到鄰居，所以壓低了音量。早上九點，其他人都走了，只有迪恩和史丹還像瘋子一樣在那裡喋喋不休。街坊們起床做早飯，聽到地下傳來「耶！耶！」的奇怪的聲音。貝比做了一頓豐盛的早餐。我們該出發去墨西哥了。

迪恩把車開到最近的維修場，全面檢查了車況。那是一輛三七年的福特轎車，右邊門的鉸鏈壞了，車門就拴在門框上。副駕的座位也是壞的，你只能半躺在上面，臉朝著破爛的車頂。「就像電影《拯女記》（*Min and Bill*）演的那樣，」迪恩說：「我這輛老爺車會顛顛簸簸的帶我們去墨西哥；要花好幾天時間呢。」我看了看地圖：到拉雷多邊境線總共要開一千多英里，大部分是在德州境內，接著在墨西哥境內要開七百六十七英里，才能到達靠近瓦哈卡高原和特萬特佩克地峽的那座著名城市。

我做夢也想不到我會真的開始這趟旅行。這是最不可思議的一次旅行。不再是前往東部或者西部，而是奔向神奇的**南方**。我們彷彿看見了整個西半球，那延綿不斷的巍峨山脊直通火地群島，而我們則沿著地球的弧面往下滑翔，飛入不同的熱帶地區以及不同的世界。「老兄，這趟旅程將會帶我們找到**它**！」迪恩滿懷信心的說道，又拍了拍我的手臂：「等著看吧。嗚呼！耶！」

我陪史丹去處理他在丹佛的未了之事，見了他可憐的爺爺，老爺子站在家門口喊著：「史丹——史丹——史丹。」

「爺爺，什麼事？」

「不要去。」

「哦，**已**經決定好了，我現在**必須**出發了；你為什麼一定要阻止我呢？」老爺子一頭灰白的頭髮，瞪著一雙大大的眼睛，繃緊著脖子。

「史丹，別走。別讓你爺爺哭。別再把我一個人丟下。」這一幕真令人心碎。

老人對著我叫迪恩，說道：「迪恩，別把我的史丹帶走。他小時候，我經常帶他上公園，帶他認識天鵝。後來他的小妹妹掉進那個湖裡淹死了。我不要你把我的孩子帶走。」

「不行。我們要走了。再見。」史丹努力掙脫老人的手。

他爺爺拉著他不放。「史丹，史丹，史丹，別走，別走，別走。」

我們低著頭匆匆逃離，而老人依然站在小屋門口——那是一幢坐落在丹佛小街邊的房子，門上掛著珠子，客廳裡堆滿了各種家具。老人的臉色蒼白如紙。他還在呼喊著史丹。他似乎失去了行動的能力，也完全沒有要離開門口的跡象，他只是站在那裡，喃喃說著「史丹」和「別走」，焦慮的目光跟隨我們轉過街角。

「天哪，史丹，我不知道該說些什麼。」

「別在意！」史丹長嘆一聲：「他總是這樣。」

我們和史丹的母親在銀行碰面，她去那裡提款。她是有著一頭白髮的漂亮女人，看上去還很年輕。她和史丹站在銀行的大理石地板上低聲說著什麼。史丹穿著一身Levi's牛仔服和夾克，一看就是準備去墨西哥的人。他就要告別自己在丹佛的溫暖生活，跟著激情燃燒的新朋友迪恩奔赴墨西哥。迪恩從街角冒了出來，正好趕上我們。薛伯太太堅持要請我們大家喝杯咖啡。

「請照顧好我們家史丹。在那個國家，什麼事情都可能發生。」她說。

「我們都會互相照應的。」我說。史丹和他母親不慌不忙的走在前面，我和瘋癲的迪恩走在後面；他在向我解說東西岸廁所塗鴉的差異。

「兩邊完全不一樣：東部的人喜歡寫一些老套的笑話、汙言穢語，還畫些色情圖畫；而在西部的廁所牆上，你看到的只有人名，例如：瑞德．奧哈拉，蒙大拿州布拉夫頓，到此一遊，日期——非常正經，就像艾德；原因就在於那種巨大的孤獨感，當你向西跨過密西西比河，你就能察覺到那種細微的差別。」嗯，我們前面就有一個孤獨的男子，雖然史丹那和藹可親的母親很不願意看到兒子離開，但她也明白他是非走不可的。我也看到史丹是如何逃離他爺爺家的。我們三個人——迪恩在尋找他的父親、我的父親死了、史丹在逃離他的爺爺——一同走進夜色。在熙熙攘攘的第十七街，史丹吻別了母親，他母親坐上一輛計程車，向我們揮手告別。再見了，再見。

在貝比的家門口，我們向她道別，上車準備出發。蒂姆要坐我們的車回他在城外的家。貝比那天很漂亮；金色的長髮就像瑞典人，陽光映照出她臉上的雀斑。她彷彿回到了以前那個小女孩的模樣。雙眼變得迷濛。也許之後她會和蒂姆過來和我們會合——但她沒來。再見了，再見。

汽車轟鳴，我們上路了。到城外平原上，我們放蒂姆在前院下車，我回頭望著他的身影在平原中漸漸變小。這個奇怪的傢伙在那裡足足站了兩分鐘，望著我們遠去，不知道他心裡在想些什麼悲傷的事情。他的身影越來越模糊，但他仍然一動不動的站在那裡，一隻手撐在晾衣架上，像個船長。我轉過身子想多看他一眼，直到最後什麼也看不見了，只剩下越來越空曠的天地，那是向東通往堪薩斯的天地，一路過去就回到了我在亞特蘭提斯[3]的家鄉。

我們開著嘎嘎作響的破車駛向南方，直奔科羅拉多州羅克堡，此時太陽已經變紅，西邊的山岩看上去就像十一月黃昏時分紐約布魯克林的啤酒廠。在遠處那高高的山崖上，在紫色的陰影中，有個人正走著、走著，但我們看不見；也許就是那個白髮蒼蒼的老人，幾年前我在山頂上就感覺到他

3 譯按：Atlantis，傳説中淹沒在大西洋中的古老文明。

在向我走來。他是來自薩卡特卡斯[4]的老哥。現在離我更近了，說不定就在我身後。丹佛漸行漸遠，就像鹽城[5]一樣，騰騰的煙霧在空中散開，終於從視線中消失。

4 譯按：Zacatecas，位於墨西哥中北部，是許多古印第安部落的所在地。
5 譯按：city of salt，喻指《聖經》中被上帝毀滅的罪惡之城所多瑪與蛾摩拉。

4 盡頭・殘渣・披索

五月。科羅拉多州平凡的下午，農場上溝渠縱橫，山谷裡綠樹成蔭——那是小男孩們最喜歡去游泳的地方——怎麼會冒出這樣一隻毒蟲，把史丹咬得如此嚴重？當時他坐在車裡，手臂搭在破車門上，一路上高興的說話，一隻蟲子突然飛來，在他的手臂裡植入了一根長長的毒刺，痛得他大叫起來。那是一隻在平凡美國午後出現的毒蟲。史丹拉起袖子，拍打手臂，把刺拔了出來，幾分鐘後，他的手就腫了起來。我和迪恩都不知道那是什麼蟲。只能等看紅腫是否會消退。我們正奔赴南方的未知之地，但離開家鄉——可憐的兒時故鄉——才剛剛三英里，一隻怪異狂暴的蟲子就從隱祕的墮落之所冒了出來，在我們的心中埋下恐懼。

「這是什麼東西？」

「我從來沒聽說過這一帶有什麼蟲子會把人咬得這麼腫。」

「他媽的！」這是不祥之兆，看來前途凶險。我們繼續前行。史丹的手臂越來越嚴重。必須在沿途碰見的第一家醫院就停下來，打一針盤尼西林。我們經過羅克堡，天黑時抵達科羅拉多泉市[1]。

派克峰的巨大身影在我們的右側巍然聳立。我們飛馳在通往普韋布洛的公路上。「我在這條路上搭過很多次便車。」迪恩說：「有天晚上，我突然非常害怕，就跑到那道鐵絲網後面躲了起來。」

我們決定輪流講講自己的故事，從史丹開始。迪恩做了開場白：「路還長得很，所以要盡情的講，只要能想起來的，全都要講，每個細節都不要漏掉——即便如此也講不完。不要著急，慢慢說，」他提醒準備開講的史丹：「放輕鬆一點。」

汽車在黑暗中穿行，史丹講起了自己的人生故事。他從在法國的經歷說起，但越講越複雜，不得不又回頭從丹佛的童年講起。他和迪恩回憶著每次看見對方騎自行車在街頭飛馳的情景：「你忘了還有一次——阿拉帕霍修車廠？想起來了嗎？在路口，我的球往你那邊彈了過去，你就用拳頭把它打回來，結果球滾進水溝。那時還在上小學。現在想起來了嗎？」史丹緊張又興奮，想把一切都告訴迪恩。迪恩現在是仲裁人、長者、法官、傾聽者、審批者、點頭稱讚者。「是的，沒錯，接著說。」

我們經過沃爾森堡；突然間又經過千里達，或許查德．金就在路邊的某個地方，和幾個人類學家一起坐在篝火旁，像從前一樣也在**講著自己的人生故事**，但他做夢也想不到，此時此刻我們正途經這裡，在前往墨西哥的公路上講著各自的故事。啊，悲傷的美國之夜！然後我們進入了新墨西哥州，經過拉頓的圓形石崖，在一家小餐館前停下來，狼吞虎嚥的吃漢堡，還用餐巾紙打包了幾個，留著過邊境時吃。「薩爾，再往前走我們將垂直穿越整個德州。」迪恩說：「以前我們都是沿水平方向穿越的。距離完全一樣。再過幾分鐘就到德州了，要到明天這個時間才出得去，而且還得一直開。」

我們繼續行駛。在廣袤的平原上，第一個德州城鎮達爾哈特顯現在夜色中，一九四七年我曾路過那裡。五十英里外，它在幽黑的大地上閃爍著微光。朦朧的月光下只見牧豆樹和綿延的荒原。月亮從地平線上升起。她漸漸豐滿，膨脹起來並染上了鏽色，變得柔和並緩緩轉動，直到晨星開始與之爭輝，朝露吹進了我們的車窗——我們依然一路前行。我們從達爾哈特那座空蕩蕩的餅乾盒小城飛馳而過，早晨抵達位於德州北部狹長地帶的阿馬里洛，車窗外是一片疾風勁吹的牧草地，也就是在幾年前，這裡的草原上還只有一個個野牛皮帳篷。如今這裡有了加油站，還有一九五〇年新款的自動點唱機，其巨大的前端裝飾華麗，可投一角的硬幣，但裡面的歌曲糟糕透頂。

從阿馬里洛到柴爾德里斯的路上，我和迪恩把讀過的小說一部一部詳細講給史丹聽，這是史丹要求的，他想了解。在烈日當頭的柴爾德里斯，我們轉到正南方向的一條公路上，在荒野上飛馳，經過德州的帕迪尤卡、加斯里和亞伯林。現在迪恩累了，我和史丹坐在前排開車。破舊的汽車滾燙、掙扎著往前跑。亮光閃爍的曠野上風沙彌漫，向我們陣陣撲來。史丹一面開車，一面講他去過的蒙地卡羅、濱海卡涅，以及芒通附近那些碧海藍天的地方——在那裡，黑色面孔的人們遊蕩在白色的

---

1 譯按：Colorado Springs，科羅拉多州第二大城。

圍牆中。

德州果然名不虛傳：我們慢慢駛入亞伯林，全都打起了精神往窗外看。「想像一下生活在這樣一個離大城市一千英里的小鎮上。哇，哇，那條鐵路邊就是老鎮亞伯林，他們把牛裝上火車運走，便跑去喝紅眼威士忌，然後胡亂開槍招來了警察。看那邊！」迪恩朝窗外喊道，像W．C．菲爾茲一樣歪扭著嘴。他並不在乎這裡是德州或是其他什麼地方。紅臉的德州人也不理會他，他們兀自匆忙的走在滾燙的人行道上。我們在城南的公路邊停下來吃飯。然後朝著科爾曼和布萊迪一路奔馳，感覺天黑前還要開一百萬英里——那裡不過才是德州的腹地，我們行駛在蜿蜒五十英里熱浪滾滾的土路上，沿途只有荒涼的灌木叢，偶爾有一所房子出現在乾涸的小溪邊。「離墨西哥的老土坯房還很遠呢。」迪恩在後座上睡眼惺忪的說道：「繼續往前開，兄弟們，天亮我們就可以親吻墨西哥美女了。只要你懂得怎樣和它交流，我這輛老福特還是能跑的，別瞎搞就好——只是它的尾巴快要掉下來了，不過暫時不用擔心，等到了再說。」說完他又去睡了。

我接過方向盤，一路開到了菲德里克斯堡，我又一次回到了老路上，一九四九年那個飄雪的早晨，正是在這裡我和瑪麗露手握著手——現在她身在何處？「吹啊！」迪恩在夢裡喊道，我猜他夢見了舊金山的爵士樂，或許還夢見了即將聽到的墨西哥曼波舞曲。史丹說個不停；自從昨晚被迪恩提點後，他就停不下來了。現在他說到了英格蘭，講他在英國搭便車的冒險經歷：他披著一頭長髮，穿著破爛的褲子，行走在黑暗孤寂的歐洲大地上，奇形怪狀的英國卡車司機們把他從倫敦帶到利物浦。德州強勁的西北風持續不斷吹來，吹得我們眼睛發紅。每個人心裡都沉甸甸的，**但我們知道終究會到的**，只不過慢一點而已。

汽車以四十英里的速度艱難前行，車身不停抖動。從菲德里克斯堡，我們一路駛下遼闊的西部高平原。越來越多飛蛾撞在擋風玻璃上。「現在進入炎熱地區了，兄弟們，這裡也是產出沙漠遊民和龍舌蘭酒的地方。我還是第一次如此深入德州南部地區。」迪恩驚訝的補充：「哇塞！這就是我老爸來過冬的地方，狡猾的老流浪漢。」

我們開了五英里長的山路，下到山麓，真正屬於熱帶的滾滾熱浪撲面而來，接著就看見了前方聖安東尼奧的燈光。這裡的一切都讓人感覺到它以前的確是墨西哥的領土。路邊的房子不一樣了，加油站更破舊，路燈也更少。迪恩高興的接過方向盤，把我們帶進了聖安東尼奧。這是一片荒蕪之地，墨西哥人破舊的南方小屋散落在各處，屋子沒有地窖，門廊上放著幾把舊搖椅。我們來到一個破爛的加油站，準備加點潤滑油。墨西哥人站在炙熱的燈光下，頭頂的燈泡上黏著黑乎乎的山谷夏蟲；他們把手伸進一個飲料櫃，拿出一瓶瓶啤酒，然後把錢扔給店員。全家老小都像這樣在外閒逛。四周都是棚屋和低垂的樹木，空氣中彌漫著野生肉桂的味道。墨西哥少女們興奮的跟男孩們一起走在街上。「呼！」迪恩用西文嚷道：「早安！」音樂來自四面八方，各式各樣的音樂。我和史丹喝了幾瓶啤酒，也興奮了起來。我們幾乎就要走出美國了，但還在美國，而且是在美國最瘋狂的地方。改裝跑車呼嘯而過。聖安東尼奧，嗚呼！

「兄弟們，聽我說——我們不妨在聖安東尼奧晃幾個小時，去找醫院看看史丹的手臂；同時，薩爾，你和我去附近逛逛街——你看對面那些房子，可以直接看到前屋裡那些人家的漂亮女兒，她們正躺在床上看《真愛》雜誌呢，嘻嘻！好，我們走吧！」

我們開車瞎轉了一陣，然後向人打聽最近的醫院在哪裡。醫院在靠近城裡的地方，那一帶的景象比較時髦，更有美國的味道，有幾座像樣的高樓，還有許多霓虹燈和連鎖藥店。然而，黑夜裡汽車在十字路口橫衝直撞，就像完全沒有交通規則一樣。我們把車停在醫院車道上，我陪著史丹去找實習醫生看病，迪恩待在車裡換衣服。醫院大廳裡擠滿了貧窮的墨西哥婦女，有的是孕婦，有的是病人，有的帶著生病的小孩。看著令人難過。**我想到了可憐的特麗**，不知道現在她在幹什麼？足足等了一個小時，才有實習醫生過來檢查史丹紅腫的手臂。他的感染症狀有個很長的學名，但我們懶得記。他們幫他打了一針盤尼西林。

這期間，我和迪恩出去逛了聖安東尼奧的墨西哥區。這裡的空氣格外溫馨——那是我呼吸過的最柔軟的空氣——這裡的街道幽暗、神祕、嗡嗡作響。黑暗中突然冒出來幾個戴著白色印花頭巾的女孩。迪恩安靜的慢慢往前開。「啊，太棒了！」迪恩小聲說道：「我們什麼也別做了，就慢慢往前開，睜大眼睛好好看吧。看！看！那裡有一家破舊的撞球間。」我們走了進去。十幾個年輕人正圍著三張球臺在打撞球，全是墨西哥人。我和迪恩買了可樂，然後把五分硬幣一個個塞進自動點唱機，放起「藍調先生」維諾尼．哈里斯[2]、萊諾．漢普頓和「幸運星」米林德[3]的唱片，邊聽邊跳。同時，迪恩提醒我注意觀察四周。

「在我們一邊聽維諾尼唱著他寶貝的布丁[4]，一邊品味你所說的溫馨空氣的同時，你用眼角的餘光看看——注意一號球臺那個正在打球的殘障小子，他是撞球間裡所有人取笑的對象，你知道，他一輩子都是別人的笑柄。那些傢伙看似冷酷無情，其實都很愛他。」

那個殘障小子像是一個畸形的侏儒，長著一張漂亮的大臉，可是太大了，大得不成比例，兩隻水汪汪的棕色大眼睛閃爍著。「薩爾，他是不是聖安東尼奧的墨西哥版的湯米．斯納克？這世上同樣的故事太多了。你看，他們在用球桿打他的屁股。哈哈哈！他們在笑他。你看，他想贏下這局，他賭了五毛錢。注意看！注意看！」我們看著那個天使般的小矮人瞄準灌球。他沒打進。其他人全都哄笑起來。迪恩說：「啊，老兄，快看。」那幫人揪住小矮人的頸背，在他身上又抓又打鬧著玩。

---

2 譯按：Wynonie Blues Harris（1915-1969），美國藍調歌手。
3 譯按：Lucky Millinder（1910-1966），美國節奏藍調樂隊指揮。
4 編按：指其作品〈I Like My Baby's Pudding〉。

他大聲喊叫。最後昂首闊步走進黑夜，還匆匆向後望了一眼，眼裡露出羞澀和甜蜜。「天啊，我真想認識一下那個迷人的小矮人，我想知道他在想什麼，他有什麼樣的女友——天哪，這裡的空氣讓我嗨起來了！」我們出了撞球間，駕車經過幾個黑暗又神祕的街區。無數的房屋掩映在叢林般蔥蘢的庭院深處；不時有女人的身影閃現，有的在前屋裡，有的在門廊上，有的和年輕人待在灌木叢裡。「我以前居然不知道這個瘋狂的聖安東尼奧！想像一下墨西哥會是什麼樣子！快走！快走！」我們趕回醫院。史丹正等著我們，他說他感覺好多了。我們一左一右搭著他的肩膀，把所見所聞告訴了他。

現在，我們整裝待發，距離神奇的邊境線還有最後一百五十英里。我們跳上汽車出發了。我太累了，在經過迪利、恩西納爾，再到拉雷多的這一路上，我都在呼呼大睡，直到凌晨兩點他們把車停在一家小餐館門前，我才醒來。「啊，」迪恩嘆口氣說：「德州的盡頭，美國的盡頭，再往前我們就一無所知了。」天氣熱得要命：我們全都汗如雨下。這裡的夜晚沒有露水，連一點風也沒有，只有數不清的飛蛾四處撲向燈泡，不遠處一條熱呼呼的河流在夜色中散發出令人作嘔的氣味——那是格蘭德河，發源於洛磯山脈中涼爽的山谷，最終塑造出舉世聞名的河谷，它的熱氣與密西西比河的泥漿在浩瀚的墨西哥灣融合在一起。

那天凌晨的拉雷多是個險惡的城鎮。到處都是形形色色的計程車司機和邊境販子，他們在尋找發財的機會。可是沒有多少獵物；時間太晚了。這裡是美國的底部，是殘渣匯集之地，是窮凶極惡之徒的隱匿之所，也是徬徨無依者潛入實實在在的他鄉的必經之路。空氣中彌漫著走私品的味道，像糖漿一樣濃稠。警察們滿臉通紅，悶悶不樂，汗流浹背，一點也不神氣。那些女服務生身上髒兮兮的，一臉厭煩。而就在另一邊，你能感覺到整個墨西哥的遼闊，你幾乎能聞到夜空中無數熱氣騰騰炸玉米餅的香味。**但我們不知道真正的墨西哥會是什麼樣子。**

這裡又回到了海平面高度，我們試著吃點東西，卻嚥不下去。但我還是用餐巾紙把食物包了起來，留在路上吃。我們感覺身體很不舒服，有些沮喪。然而，當跨過格蘭德河上那座神祕的大橋，正式行駛在墨西哥的土地上時，一切都變好了，儘管那只是過境檢查的車道。從街對面開始就是真正的墨西哥了。我們好奇看著，驚訝的發現，這裡和想像中的墨西哥一模一樣。現在是凌晨三點，在那些破舊的店鋪前面，十幾個戴著草帽、穿著白褲子的傢伙懶洋洋靠在斑駁的牆面上。

「看——那些傢伙！」迪恩小聲的說。「嗚，」他輕嘆一聲：「等等，等等。」墨西哥海關出來了，他們滿面笑容的要求我們把行李拿出來。我們照辦了，但眼睛還盯著對街。我們好想馬上衝過去，消失在那些神祕的西班牙風格街道裡。這裡只不過是新拉雷多，但是在我們眼裡就像是聖地拉薩。「哇，那些傢伙整夜都不睡覺。」迪恩低語道。我們趕緊辦理各項入境手續。墨西哥海關提醒我們，過了邊境，自來水就不能喝了。他們漫不經心看了看行李，一點都不像政府官員，懶散又溫柔親切。迪恩緊盯著他們，接著轉向我說：「看看這個國家的**警察**。簡直不敢相信！」他揉了揉眼睛。「我是不是在做夢。」接下來我們去換錢，看到桌上堆著一大疊披索，得知一美元可以換八疊。我們把身上大部分的錢都換成了披索，高興的把大捲鈔票塞進口袋裡。

5 父親・大麻・曼波

我們轉過頭，用驚奇的眼光望著對面的墨西哥，夜色中那十幾個墨西哥人正從他們隱祕的帽簷下打量著我們。遠處傳來音樂聲，還有幾家通宵營業的餐館，煙霧從餐館門內湧出。「**哇**。」迪恩輕嘆了一聲。

「行了！」一位墨西哥官員笑著對我們說：「都辦好了。可以走了。歡迎來到墨西哥。祝你們玩得開心。看好錢包。小心駕駛。偷偷告訴你，我叫雷德，大家都叫我雷德。有事就找雷德！吃好喝好。別擔心。一切都好。在墨西哥很難不開心。」

「**耶！**」迪恩激動得發抖，於是我們拖著疲軟的雙腿，跨過街道，進入了墨西哥。我們把汽車留在了停車場，三個人並排走在燈光昏黃的西班牙風格街道上。夜色中的老人們坐在椅子上，看起來像東方的癮君子和神之使者。沒有人正眼看我們，但每個人都知道我們所做的一切。徑直左轉，走進一家煙霧繚繞的餐館，裡面有一臺美國三〇年代的自動點唱機，正放著南美草原吉他曲。餐館裡有幾個穿長袖襯衫的墨西哥計程車司機和戴草帽的墨西哥嬉普士，他們坐在凳子上，大口吃著糊成一團的玉米餅、豆子和塔可。我們要了三瓶冰啤酒——啤酒在西班牙語裡叫做 cerveza ——每瓶大約三十分墨幣，一共才十美分。我們又買了幾包墨西哥香菸，每包六美分。盯著手中這些好像怎麼也花不完的神奇墨西哥鈔票，一面把玩，一面環顧四周，對著每個人微笑。

在我們身後是整個美國，是我和迪恩熟悉的生活，包括那些在路上的日子。我們終於在路的盡頭找到了這片神奇的土地；那是我們無法想像的神奇。迪恩小聲說道：「**想想**這些整夜不睡覺的傢伙，再想想前面的這片大陸，這裡有我們在電影裡見過的雄偉馬德雷山脈，有不斷向南延伸的叢林，還有廣袤的沙漠高原，和我們美國的一樣大，一直延伸到瓜地馬拉以及天曉得什麼地方，哇！我們要做些什麼呢？我們要玩些什麼呢？我們走！」走出餐館，回到車上。透過格蘭德河大橋明亮的燈火，我們最後看了一眼對面的美國，便掉轉車頭，呼嘯而去。

出了城便是沙漠，五十英里平坦的道路上，沒有一點燈光，也沒有一輛汽車。當黎明降臨墨西哥灣之際，我們看見了四周的絲蘭仙人掌和管風琴仙人掌。「真是狂野大地啊！」我叫道。現在我和迪恩睡意全無，在拉雷多時還是半死不活的。史丹出過國，此刻他正平靜睡在後座上。面前的整個墨西哥屬於我和迪恩。

「薩爾，現在我們正把一切拋諸腦後，進入一個全新的未知階段。多少往昔歲月，多少煩惱和刺激——終於**置身此地**！可以心無旁騖，昂首向前，去真正**理解**這個世界，而在我們之前的美國人從來沒有這樣體驗過——他們以前來過這裡，對吧？墨西哥戰爭。拖著大炮過來的。」

「這條路，」我告訴他：「也是從前美國亡命之徒的逃跑路線——他們越過邊境，逃往蒙特雷。如果你看看這片灰濛濛的沙漠，想像昔日一個來自墓碑鎮[1]的暴徒，正孤獨策馬狂奔，逃往未知之地，那麼你就會明白……」

「這就是世界。」迪恩說：「我的天！」他喊道，猛拍了一下方向盤，「這就是世界！只要有路，我們就可以一直走到南美洲。你想想！**真—他—媽—的！太棒了！**」我們疾馳向前。晨曦一下子就布滿了天空，我們看見了沙漠中的白沙，偶爾還看到遠處的幾間茅舍。迪恩放慢車速，想看個清楚。「真夠破的，哇，這種破房子只有在死亡谷才能找到，它們甚至比死亡谷的房子更破。這裡的人**不在意**外表。」地圖上顯示前方有一個叫薩比納斯西達戈的城鎮，我們滿懷期待。

「這裡的公路看上去跟美國的沒什麼兩樣，但有一點很不可思議，你注意到了嗎？看這裡，路標上面寫的是公里數，而且標明離墨西哥城還有多遠。明白嗎，那是這片土地上獨一無二的城市，一切都指向它。」迪恩大聲的說。現在，我們距離那座大都市只剩下七百六十七英里了；以公里計，還有一千多公里。「媽的！我得加緊趕路！」迪恩叫道。有一段時間我感到全身筋疲力盡，便閉上

1 譯按：Tombstone，又譯「湯姆斯通」，美國西部歷史名城，位於亞利桑那州，靠近墨西哥邊境。

了眼睛，耳朵裡聽到迪恩用拳頭捶打方向盤的聲音，聽到他不停說著「他媽的」「真爽！」「啊，這片土地啊！」以及「耶！」。大約在早上七點，汽車穿過沙漠，抵達薩比納斯西達戈。迪恩徹底放慢了車速，以便好好看看風景。我們又叫醒了在後座上睡覺的史丹。坐直身子，仔細打量這座小城。

主街泥濘不堪，坑坑洞洞。街道兩邊全是又髒又破的土坯門。馱著重物的驢子走在街上。赤腳的婦女從幽暗的門洞裡看著我們。街上人來人往，熱鬧非凡，墨西哥鄉村新的一天開始了。留著八字鬍的老人們朝這裡注視著。見慣了衣著光鮮的遊客，突然出現三個滿臉鬍鬚、衣衫襤褸的美國年輕人，引起了他們的興趣。我們以十英里的速度沿主街顛簸行進，把一切都看在眼裡。一群女孩走在我們車前。當我們經過她們身邊時，一個女孩說：「先生，你們要去哪？」

我驚訝的轉身對迪恩說：「你有聽見她說的話嗎？」

迪恩大為震驚，他一面繼續慢慢開著車，一面說：「有，我聽到了，我當然聽見了，哦，天哪，天哪，我不知道該做什麼了，今早這個世界讓我感到太激動、太美妙了。我們終於到了天堂。沒有什麼比這更爽、更好了，真的是無與倫比。」

「那我們回去把她們帶上！」我說。

他說了聲好，但依然以五英里的速度往前開。他已經完全驚呆了，要是在美國他早就照我說的那樣幹了。「這一路上會有成千上萬的女人！」他說。最終他還是調轉車頭，又一次開到那些女孩身旁。她們正要前往農地裡工作，朝我們微笑。迪恩目不轉睛盯著她們，喃喃低語道：「媽的，**哦嗚**！太棒了，簡直難以置信。女人啊，女人。還有，薩爾，出於我目前的生活境遇，當我們經過這些人家時，我就特別留意觀察他們屋裡的情況——你透過這些破破爛爛的大門往裡面看，就會看到用稻草鋪的床，以及躺在床上似醒非醒的褐皮小孩，他們的意識正從睡意闌珊的大腦中甦醒，母親正在用鐵鍋做早餐；你再看看當窗戶用的百葉窗，還有那些**老人**，太棒、太酷了，永遠是處變不驚的樣子。這裡根本就沒有**猜疑心**。每個人都酷酷的，用褐色的眼睛直視著你，什麼也不說，只是**看著**，在那種目光中你能感受到人性，儘管是弱弱的、壓抑著的，但它仍然存在。想想你讀過的那些講白人在墨西哥如何被坑蒙拐騙的故事，全是胡說八道——還有那些關於骯髒老墨的狗屁——其實，這裡的人都很率直、善良，從不胡扯。這太讓我驚訝了。」

經過一宿的顛簸跋涉，迪恩終於來到了一個新世界，他要好好看看。他趴在方向盤上，一邊慢慢往前開，一邊東張西望。在薩比納斯西達戈的另一頭，我們停下來加油。這裡有一幫戴草帽、留八字鬍的牧場工人，聚在老式的油泵前大聲說笑。遠處的田野上，一個老人揮舞著枝條，步履蹣跚跟在一頭毛驢後面。純淨的太陽升起，照耀著純淨而古老的人類生活。

我們繼續上路，前往蒙特雷。前方聳立著積雪覆蓋的大山；我們朝著巍峨的雪峰一路疾馳。汽車沿著一條越來越深廣的溝壑，蜿蜒駛向一個山口。沒多久，我們已駛離長滿牧豆樹的荒漠，在清涼的空氣中爬上一條山路，沿懸崖一側修有石牆，在公路另一邊的峭壁上粉刷著一個個總統大名——「阿萊曼」[2]！在這條山道上，我們連個人影都沒看到。山道在雲中盤旋，把我們帶到了山頂上的大高原。在高原的另一邊，製造業重鎮蒙特雷正朝藍天釋放著煙霧，大朵的海灣雲像羊毛一樣覆蓋著天空。進入蒙特雷就像進入了底特律，到處都是工廠長長的高牆，然而在這裡，廠房外的草地上毛驢正晒著太陽，街區周圍是密集的土坯房，一個個奇裝異服的傢伙鬼祟的在門前晃蕩，妓女們從窗戶向外張望，還有街道兩旁那些好像什麼都賣的奇怪商店，狹窄的人行道上人頭攢動，感覺像是在香港一樣。

「哇嗚！」迪恩叫道：「一切都是因為太陽。薩爾，你有沒有注意到墨西哥的太陽？它讓我很興奮。哇！我要一直向前、向前——這條路在召喚**我**！！」我們提出要不要停車去體驗一下令人興奮的蒙特雷，但迪恩想盡可能節省時間，以便盡快趕到墨西哥城，而且他知道這條路只會變得越來越有趣，尤其在前方，一定是在前方。他像瘋子一樣開車趕路，片刻也不休息。我和史丹已經累壞了，也不再堅持，只好去睡覺。出了蒙特雷，我抬眼朝遠方望去，看到形狀怪異的巨大雙峰，坐落在蒙特雷老城之外，那裡正是亡命之徒的歸宿。

前方是蒙特莫雷洛斯，汽車轉為下行，地勢越來越低，氣溫也越來越高。接著就到了一個極其炎熱且怪異的地方。迪恩覺得必須叫我起來看看。「看，薩爾，這個你**一定**不能錯過。」我們正穿過沼澤地，不時可以看到在路邊行走的奇怪墨西哥人，他們衣衫襤褸，繩子腰帶上掛著大砍刀，還有一些人在砍伐灌木。他們全都停下來，面無表情看著我們。透過雜亂的灌木叢，能看到幾間茅舍，那種以茅草為頂的真正小茅屋，周邊架著高高的竹籬笆，就像在非洲看到的那種。宛如月亮般奇妙朦朧的年輕女孩，從青翠神祕的門口向外凝視。

「天哪，我真想停下來，與這些可愛的女孩靜靜的玩一下。」迪恩叫道：「但是請注意，老太太或者老頭子總會在附近什麼地方——通常是在屋子後面，有時就在一百碼外，他們也許在撿小樹枝和木柴，或者在照料家畜。女孩們絕不會一個人待著。在這個國家，誰也不會是孤單一人。在你睡覺的時候，我一直留心觀察這條路和這個國家，老兄，我真希望能把我的所思所想全都告訴你！」他又開始大汗淋漓。雙眼布滿血絲，眼神瘋狂，同時也隱含著些許溫柔——迪恩找到了同類。我們以四十五英里的車速，平穩行駛在無邊無際的沼澤地區。「薩爾，我覺得這帶的景色短時間內不會有什麼變化了。要不你來開車吧，我去睡一下。」

我接過方向盤，獨自在浮想聯翩中驅車穿過利納雷斯，穿過炎熱、平坦的沼澤地帶，跨過伊達爾附近熱氣騰騰的索托拉馬里納河，一路向前。一個遼闊的河谷呈現在眼前，山上是鬱鬱蔥蔥的熱

2 譯按：米格爾・阿萊曼・巴爾德斯（Miguel Alemán Valdés, 1900-1983），一九四六年至一九五二年間在任。

帶叢林，河谷裡是一大片青翠的農田。在一座老式的窄橋上，三五成群的人們駐足看我們的車經過。熱騰騰的河水流淌著。接著，汽車一路往上爬升，又來到一個沙漠地帶。奎格利亞城就在前方。他倆都在睡覺，我獨自坐在方向盤前，陷入無盡的遐思。眼前的道路筆直如箭。

在這裡開車，不像是開車穿越卡羅來納、德州、亞利桑那或伊利諾州；而像是**開車穿越世界**，來到印第安人的世界裡，**來到我們終將認識自我的地方**；他們是痛苦哀嚎的原始人類中，一支至關重要的血脈，它圍繞著地球赤道帶在世界的腹地延伸，從馬來亞（中國的指尖）到遼闊的印度次大陸，到阿拉伯，到摩洛哥，到並無二致的墨西哥沙漠和叢林，再越過滾滾波濤，到玻里尼西亞，到神祕的黃袍佛國暹羅，就這樣一路延伸；因此，你在西班牙卡迪斯破敗城牆邊聽到的悲鳴，與你在一萬兩千英里之外的世界之都瓦拉納西[3]聽到的悲鳴，也別無二致。

這些墨西哥人毫無疑問是印第安人，跟文明但愚蠢可笑的美國人心目中那些佩德羅和潘丘[4]，完全不是一回事——他們有高高的顴骨、鳳眼和溫柔的舉止；他們不是傻瓜，也不是小丑；他們是莊嚴偉大的印第安人，是人類的源頭、我們的先祖。如果說海洋是中國人，那麼土地就是印第安人。在「歷史」的荒漠中，他們就像不可或缺的岩石。

看到我們這些在他們的土地上遊玩嬉戲，自命不凡的有錢美國人經過時，他們就知道這點；他們明白，就人類這一地球上的古老生命而言，**誰是父親，誰是兒子**。但他們沉默不語。當「歷史」

的世界毀滅之時，屬於法拉欣的末世將再度降臨，就像以前曾多次發生的那樣；到那時，住在墨西哥山洞裡的人，跟住在峇厘島山洞裡的人一樣，都用同樣的眼神凝視著洞外的天地，一切又從頭開始。亞當被哺育長大，然後施以教化。我就是在這樣的萬千思緒中，驅車駛入了烈日炎炎的小城奎格利亞。

之前在聖安東尼奧的時候，我曾半開玩笑的對迪恩說我要給他找個女孩。這既是打賭也是挑戰。當我在陽光燦爛的奎格利亞城邊加油站停下車時，一個年輕人打著一雙骯髒的赤腳從對面走過來，手裡拿著一個巨大的擋風玻璃遮光罩，想要賣給我們。「你喜歡嗎？六十披索。Habla Español? Sesenta peso.[5] 我叫維克多。」

「不買，」我戲謔的說：「我要買女人。」

「沒問題，沒問題！」他興奮的叫著：「我幫你找小姐，隨時。現在，太熱，」他一臉厭惡的補充道：「大熱天，好女孩，沒有。等晚上。遮光罩，你喜歡嗎？」

---

3 譯按：Benares，位於印度恒河河畔，是印度教聖城之一，據稱在史前時代已有人類居住，是世界上罕見的從史前時代到現代持續有人居住的城市。

4 譯按：Pedros and Panchos，均為墨西哥男子的常用名。

5 譯按：西班牙語，意為：「會說西班牙語嗎？六十披索。」

我不要遮光罩，我只要女人。我把迪恩叫醒。「嘿，老兄，在德州時我說過要幫你找個女人——好啦，快點起來吧。女孩在等著我們呢。」

「什麼？什麼？」他喊道，一臉倦容的坐起來：「在哪裡？在哪裡？」

「這個叫維克多的兄弟會帶我們去。」

「好啊，我們走，我們走！」迪恩跳下車，緊緊抓著維克多的手。加油站旁邊還有一群無所事事的年輕人笑嘻嘻看著我們，有一半的人都光著腳，但全都戴著鬆垮的草帽。迪恩對我說：「老兄，這樣度過一個下午不是挺好嗎？比待在丹佛撞球間爽太多了。維克多，你有女友嗎？在哪裡？A donde？[6]」他用西班牙語喊道。「薩爾你聽到了嗎？我在說西班牙語！」

「問問他能不能幫我們搞點大麻。嘿，小兄弟，你有沒有大——麻？」

年輕人嚴肅點了點頭說：「沒問題，隨時可以。兄弟，跟我走。」

「咿！嘻！呼！」迪恩大叫著。他已經完全清醒了，在令人昏昏欲睡的墨西哥街頭跳上跳下。

「我們走吧！」我拿出好彩香菸[7]分給周圍那些男孩們。他們興致盎然的看著我們，特別是迪恩。他們還用手掩著嘴，不斷交頭接耳，對這個美國來的瘋子評頭論足。「你看，薩爾，他們在討論我們，觀察我們。啊，天哪，多麼奇妙的世界！」維克多坐上車，帶我們顛簸著向前；原本睡得正香的史丹，也被這瘋狂的事情吵醒了。

我們一直開到小城另一頭的沙漠，才轉上一條布滿車痕的土路；車子之前從沒這麼顛簸過。前面就是維克多的家。在一塊遍布仙人掌的低地上，掩映在幾棵大樹的綠蔭下，也是像餅乾盒一樣的房子，只不過是土坯的，院子裡有幾個人在閒晃。「他們是誰？」迪恩興奮的嚷嚷。

「那些是我兄弟。我媽媽也在。還有我妹妹。都是我的家人。我結了婚，住在城裡。」

「你媽媽在？」迪恩有些畏縮：「那大麻怎麼搞？」

「哦，她會幫我去拿大麻。」維克多下了車，不慌不忙跑到房子跟前，對一個老太太說了幾句話，老太太立刻轉身去了屋後的花園，開始收集晒乾了的大麻葉，那些葉子是從栽種的大麻上扯下來，放在沙漠陽光下晒乾的。我們在車裡等候，待在樹下的維克多的幾個兄弟朝我們微笑。他們過來打招呼，只不過花了一點時間才能做完站起身、走過來這一套動作。維克多回來了，帶著一臉可愛的笑容。

「哇，」迪恩說：「這個維克多是我這輩子見過的最可愛、最迷人、最瘋狂的野小子。你看他，看看他走路不慌不忙的樣子。在墨西哥，一切都很輕鬆！」沙漠的微風徐徐不斷吹入汽車。天氣非

6 譯按：西班牙語，意為：「在哪裡？」
7 譯按：Lucky Strike，美國香菸品牌。

常炎熱。

「天氣真的有夠熱。」維克多在前排迪恩的旁邊坐下，指著福特車滾燙的車頂說道：「但有了大麻就不熱了。你們等等。」

「好的，」迪恩調整了一下墨鏡：「我等。沒問題，維克多兄弟。」

沒多久，維克多的高個子兄弟晃了過來，手裡捧著一張報紙，報紙上放著一堆大麻葉。他把大麻葉朝維克多的大腿上一扔，便隨意的靠在車門邊，朝我們點頭微笑，說了聲「哈囉」。迪恩也對他點頭致意，並報以友善的微笑。誰也沒說話；一切都好。

維克多開始捲起大麻，這是有生以來我所看過最大管的。他用牛皮紙袋捲出一支像可樂娜[8]雪茄那麼大根的大麻菸。又粗又長。迪恩盯著它，眼珠都要掉出來了。維克多漫不經心的把它點燃，然後遞給我們抽。拿著這麼大管的菸，就像在吸一根大煙囪。吸上一口，立刻感覺到一股熱流湧進喉嚨。我們屏住呼吸，幾乎同時吐出煙霧。剎那間，我們全都嗨了。額頭上的汗水凝結，彷彿突然置身於阿卡普科[9]海灘。望向汽車後窗，我看見維克多的另一個高個子兄弟，也是他們中間最特別的那個——斜披著一條肩帶，像個秘魯的印第安人——靠在柱子上朝我們咧嘴笑，不好意思走過來和我們握手。又一個維克多的兄弟走到了迪恩身邊，此時我們的汽車像是被包圍了。接著，最為奇特的一幕出現了。每個人都很嗨，平常的客套拘謹全都消失了，大家都**專注於眼前最感興趣的事情**，那就是美國人和墨西哥人一起在沙漠裡狂歡的奇特景象；不僅如此，他們還離得如此之近，以至於那些來自另一個世界的臉龐、皮膚上的毛孔、手指上的老繭和害羞臉頰上的顴骨都一目了然。那些印第安人兄弟低聲議論著我們；他們打量著、評判著，還互相交流、更改、修正對我們的印象——「耶、耶」，而在我們這邊，我、迪恩和史丹則用英語交談著，對他們評頭論足。

「你們注意看後面那個古怪的老弟，他從未離開過那根柱子，那種帶著靦腆的開心笑容一直掛在臉上，一點都沒減少，真是太**有趣**了。還有在我左邊，年紀大一點的那個，他比較有自信一些，但看上去有點憂鬱和落魄，甚至有幾分像城裡的流浪漢；而維克多是個結了婚的體面人——他是不是有點像某個埃及國王？這些傢伙真酷。我從來沒見過這樣的人。他們很好奇的談論我們，看見了嗎？就像我們在談論他們，但又不完全一樣；他們的重點也許圍繞著我們的穿著打扮——這倒是和我們關注的相同——但是讓他們感到驚奇的，也許還有我們車裡的物品、我們笑起來不同的樣子，甚至我們身上散發的不一樣氣味。不管怎樣，我一定要知道他們是怎麼談論我們的。」於是迪恩試著去打探：「嘿，維克多，老兄——你兄弟剛才在說什麼？」

---

8 譯按：Corona，雪茄型號，長約十四釐米，環徑一・七釐米。

9 譯按：Acapulco，墨西哥南部旅遊度假勝地。

維克多用一雙憂鬱迷濛的眼睛看著迪恩：「對啊，對啊。」

「不是，你沒聽懂我的問題。我是說你們幾個兄弟在說些什麼？」

「哦，」維克多憂慮不安的問：「你不喜歡這個大麻？」

「大麻很好！我想知道你們在談什麼？」

「談？好，我們來談談。你覺得墨西哥怎麼樣？」沒有共通語言是很難溝通的。大家又都安靜了下來，又變得很舒服、很嗨，享受來自沙漠的微風，沉溺在各自國家、種族，以及個人的永恆之事中。

該去找女人了。兄弟們慢悠悠的回到大樹下，維克多的母親站在陽光燦爛的門口望著我們驅車離去，顛簸著慢慢返回城裡。

但現在的顛簸不再令人不快；相反，這是世界上最令人愉快的旅行，汽車無比優雅的起起伏伏，就像在蔚藍的大海中航行。當迪恩第一次向我們講解汽車的避震原理以及如何領略駕車之妙時，他臉上洋溢著一種奇異的金色光芒。我們上下晃動著，就連維克多也明白了，也笑了起來。然後，維克多指了指左邊，表示那是去找女人的路。迪恩朝左邊望去，眼中露出難以言表的喜悅，他向左傾斜著身體，往左打了方向盤，帶著我們穩穩、堅定的駛向目的地，與此同時，他還聽著維克多說話，並報以誇張的回覆：「是的，當然！我完全相信！肯定的，老兄！啊，確實！哇，太好了，你說得太好了！當然！是的！請繼續！」而維克多則十分認真的用流利的西班牙語滔滔不絕說著。

有那麼瘋狂的一瞬間，我真的以為迪恩聽懂了維克多說的每一句話——完全憑藉天生的洞察力以及狂喜中不可思議的靈光閃現。在那一刻，他看上去簡直就像是羅斯福總統——那是我充滿狂熱的眼睛和恍惚大腦產生的錯覺——我從椅子上坐起，目瞪口呆的望著他。他身上放射出千萬道天國般刺目的光芒，我努力想要看清他的身影，迪恩看起來就像上帝。我太嗨了，不得不重新把頭靠在座位上；汽車的每一次顛簸起伏都將醉人的戰慄傳遍全身。我想看看窗外的墨西哥——此刻我心中仍然念著墨西哥——但我又躊躇不前，如同面前是一個打開的寶盒，璀璨奪目，卻令人不敢直視，各種奇珍異寶一時間令人無法承受。我長吸了一口氣。看見一道道金光從天而降，穿過破舊的車頂，穿過我的視線，甚至就在眼球之中；它無處不在。我望著窗外陽光燦爛的炎熱街道，看見一個女人站在門口，我覺得她在領聽我們說的每句話，還暗自點著頭——這是大麻引起的常見妄想。但金色的光芒仍在閃耀。很長一段時間裡，我失去了感知能力，不知道我們在幹什麼，後來當我從火焰般的神祕靜默之地抬起頭來，就像從睡眠中回到塵世，或者從虛空中回到夢境，他們告訴我，車已經停在了維克多的家門口，他站在車門邊，給我們看他懷中的嬰兒。

「看到我的小寶貝了嗎？他叫培瑞茲，六個月了。」

「哇，」迪恩說，臉上依然洋溢著無與倫比的喜悅和幸福：「他是我見過的最漂亮的孩子。看看這雙眼睛。聽著，薩爾，史丹，」他轉向我們，神情嚴肅而溫柔的說：「這是我們的好朋友維克多的兒子，我要你們特別仔細看看這個墨西哥小男孩的眼睛，他將長大成人，那獨特的靈魂將會透過心靈之窗——他的眼睛——顯示出來，這麼可愛的眼睛毫無疑問代表著他有最可愛的靈魂。」說得真好。那嬰兒也真的很漂亮。維克多憂傷的低頭看他的小天使。我們都希望自己也能有這樣一個小男孩。也許是我們對他靈魂的關注過於強烈了，那孩子感覺到了什麼，一撇嘴就傷心的哭了起來，那是一種我們無法撫慰的未知的悲傷，因為它得要追溯到神祕而遙遠的過去。我們嘗試了各種辦法；維克多在他的脖子上親來親去，差點讓他透不過氣來，又抱著他搖來搖去；迪恩對著他喃喃細語；我伸出手撫摸著他的小手臂。可他哭得越來越厲害。「啊，」迪恩說：「實在對不起，維克多，我們讓他傷心了。」

「他不是傷心，嬰兒本來就該哭。」在維克多的後方，他嬌小的妻子光著腳站在門口，她太害羞了，不敢出來，只好帶著一臉焦急而溫柔的神情，等待著嬰兒回到自己柔軟的褐色懷抱。讓我們看了他的孩子之後，維克多回到車上，驕傲的向右邊指了指。

「好。」迪恩說，他掉轉方向，穿行在像阿爾及爾[10]那樣狹窄的街道上，一路上人們都向我們投來好奇而溫柔的目光。我們到了妓院。那是一幢灰泥粉刷的建築，在金色陽光下顯得富麗堂皇。街上有兩個警察，他們穿著鬆垮的褲子，懶洋洋靠在妓院對街的窗臺上；當我們進門時，他們只是好奇的看了我們一眼。就在他們眼皮底下，我們尋歡作樂了整整三個小時，他們一直都待在那裡；黃昏時分我們出來的時候，按照維克多的吩咐，我們給了他們每人相當於二十四美分的披索。

在那裡，我們找到了女人。她們有些躺在舞池對面的沙發上，有些在右邊的長吧檯邊喝酒。中間有一個拱門，通向一個個小隔間，那些簡陋的小房間看上去就像公共海灘上換泳衣的地方，全都暴露在院子裡的陽光下。老闆在吧檯後面，是個年輕人，聽說我們要聽曼波音樂，他立刻跑出去抱了一疊唱片回來，大部分是培瑞茲・普拉多[11]的，並用音響放了出來。頃刻間，奎格利亞全城的人都聽到了我們在舞廳裡享受美好時光。大廳裡音樂聲震天動地——這才是自動點唱機的正確使用方式，它原本就該是這樣用的——我、迪恩和史丹一下子全都驚呆了，突然意識到自己從來不敢隨心所欲大聲放音樂，而如此響亮的音樂正是我們想要的。驚心動魄的音樂朝我們迎面撲來。

幾分鐘後，附近一半的居民都跑到舞廳窗戶邊，觀看**美國佬**和女孩們跳舞。他們和兩個警察並排站在泥土人行道上，漫不經心往裡張望。〈再來一點曼波珍波〉（*More Mambo Jambo*）、〈查塔努加曼波〉（*Chattanooga de Mambo*）〈曼波八號舞曲〉（*Mambo Numero Ocho*）——這些美妙的樂

10 譯按：指紐奧良的阿爾及爾區。
11 譯按：Pérez Prado（1916-1989），古巴音樂家，後加入墨西哥籍，被譽為「曼波之王」。

曲在那個神祕的金色午後激盪迴響，彷彿那是在世界末日和耶穌再臨時你期望聽到的聲音。小號聲響徹雲霄，我覺得遠在沙漠裡的人都能清楚聽到——當然，小號本來就是源自沙漠的。鼓聲震天。曼波的邦哥鼓節奏源自剛果河畔，那是非洲之河，也是世界之河；因此，它也是世界的節奏。嗡——噠，嗒——噗——砰——嗡——噠，嗒——噗——砰。鋼琴奏出的即興倫巴從音響裡朝我們頭頂傾瀉。樂隊的叫喊就像空中傳來的巨大喘息。在偉大又瘋狂的〈查塔努加曼波〉那張唱片裡，小號最後吹出的變奏，伴隨隆隆的康加鼓和邦哥鼓，將樂曲推向了高潮，一時間迪恩像被凍結了一樣呆站在那，接著開始全身顫抖，不停冒汗；然後，當小號戰慄的迴響激盪起昏沉的空氣，如空谷迴響，似洞穴回聲，迪恩彷彿看見了魔鬼，先是瞪圓了眼睛，隨即緊緊閉上了。我自己也像木偶一樣，不由自主的顫抖著；我聽到小號聲直抵之前見到的金色光芒，我驚駭不已。

我們跟隨著〈再來一點曼波珍波〉的快節奏，摟著女孩們瘋狂跳舞。儘管有些混亂，我們還是漸漸覺察到她們不同的個性。她們都很棒。很奇怪的是，最狂野的那個女孩是印第安人和白人的混血兒，她來自委內瑞拉，才十八歲。看上去應該家境不錯。年紀輕輕，臉蛋嬌嫩，身材姣好，天知道她為什麼會跑到墨西哥做妓女。一定是遭遇了什麼可怕的不幸，才落到今天這個地步。她毫無節制的拼命喝酒。有時候她看起來馬上就要喝吐了，但她仍然接著喝。一杯接一杯仰頭灌酒，目的之一也是盡可能讓我們多花錢。她在大白天穿件薄如蟬翼的便衣，瘋狂的和迪恩跳舞；她緊緊摟著他的脖子，不斷撒嬌。迪恩一副快暈過去的樣子，他不知道現在該選擇女人還是享受曼波。最後，他們跑到小房間去了。我則被一個索然無味的胖女孩纏住了，她還帶著一條小狗，那小狗一直想咬我；當我表現出討厭那條小狗時，她就對我生氣了。不過最後她還是妥協了，把狗抱到後面去，但當她回來時，我已經被另一個女人注意上了，她長得更漂亮，但也不是最好的，她像水蛭一樣緊緊纏著我的脖子。我試圖掙脫糾纏，想去找那個坐在大廳對面的十六歲黑人女孩，她憂鬱的坐在那裡，低頭看著從短襯衫開口處露出的肚臍。可我無法脫身。史丹找了一個十五歲的女孩，她的皮膚是杏仁色的，衣服只扣了下面一半，上身敞開了一大截。真他媽夠瘋。窗戶外面足有二十個人在探頭觀看。

這期間，那個黑人女孩的母親——其實她不是黑人，只是膚色比較黑——進來找她，悲切的叮囑了她幾句話。看見這一幕，我感到羞愧不已，再也不忍心去找這位我真正想要的女人。我任憑水蛭女把我帶到後面，這裡也裝有不少音響，就像做夢一樣，在音樂的喧囂與轟鳴聲中，我們在床上搞了半個小時。那是一個正方形的木板房間，沒有天花板，房間一角擺放著一尊聖像，另一角裝有一個洗臉盆。昏暗的走道裡，到處傳來女人們的喊聲：「Agua, agua caliente！」意思是要「熱水」。史丹和迪恩也不見了。那女孩向我要三十披索，大約三塊五美元，又想讓我再多給她十披索，為此還嘰哩咕嚕說了一大堆話。我對墨西哥的幣值沒概念；只知道自己有數不清的披索。我大方把錢扔給她。我們又跑回去跳舞。街上聚集的人越來越多。那兩個警察看上去還是一副無精打采的樣子。

迪恩那個漂亮的委內瑞拉女還拉著我穿過一扇門，來到一個陌生的酒吧，應該也是妓院開的。在這裡，一個年輕的酒保一邊擦著杯子，一邊和一個留著八字鬍的老頭說話，老頭子坐在那裡很認真的談論著什麼。酒吧裡也有一個音響正放著震耳欲聾的曼波。好像整個世界都沸騰了。委內瑞拉女孩貼在我的脖子上，向我要酒喝。酒保不給她倒酒。她忍不住哀求，當酒保終於將酒給她時，她卻把酒灑了出來，這次她不是故意的，因為從那雙迷惘無措、凹陷的眼睛裡，我看見了一絲懊惱。

「親愛的，別著急。」我對她說。她的身體不停往下滑，我不得不扶著她坐在椅子上。我還沒見過哪個女人醉得這麼厲害，而她才十八歲。她拉扯著我的褲子不斷拜託；我又為她買了一杯酒。她一飲而盡。我不忍心上她。剛剛那個女伴大約三十歲，比她更懂得照顧自己。看著委內瑞拉女孩在我懷裡難受的扭曲掙扎，我很想把她抱到後面去，脫下衣服，只跟她說說話——我試圖這樣說服自己。她和那個黑皮膚的女孩都讓我想得發狂。

可憐的維克多一直背靠吧檯站著，同時高興的看著他的三個美國朋友在舞廳裡尋歡作樂。我們請他喝酒。舞廳裡有個女人讓他眼睛發光，但他還是忍住了衝動，他要對妻子忠貞不渝。迪恩把錢硬塞給他。在一片狂亂之中，我找了個機會去看看迪恩在幹什麼。他完全瘋了，我盯著他的臉，他居然沒認出我來。只是不停的說：「耶，耶！」這一切似乎永無止境。我彷彿置身於一個怪異的長夢，那是在另一個世界裡的一個夢幻般下午——阿里巴巴、胡同小巷和青樓女子。我又和我的女人跑到她的房間去了；迪恩和史丹交換了女伴；一時間我們全都消失了，觀眾要等一會才能接著看戲。日光漸漸拉長，炎熱的下午也變得涼爽起來。

很快，神祕的夜色就將籠罩這迷人的老城奎格利亞。瘋狂的曼波一刻也未停歇，彷彿叢林中永無休止的跋涉。我目不轉睛的看著那個黑皮膚女孩，看她走路的樣子，舉手投足像個高貴的女王，儘管她被陰鬱的酒保命令著去幹雜事，比如幫我們端酒和清掃後院。在那裡所有的女孩中，她是最需要錢的；也許她的母親就是來找她要錢的，為了家裡襁褓中的弟妹。墨西哥人很窮。但我根本就沒想過要直接朝她走過去給錢。我有一種感覺，她會帶著某種鄙夷的表情收下，而被她這樣的人鄙視令我畏縮不前。在持續幾個小時的瘋狂中，我已真正愛上了她；那是同樣熟悉的椎心之痛，同樣的嘆息，同樣的苦楚，更有同樣的不願和不敢去親近。很奇怪，迪恩和史丹也沒有找她；正是她那不容置疑的尊嚴，令她在放蕩的窯子裡受苦，真是不可思議。我一度看見迪恩像一座雕像似的立在那裡，呆呆望著她，當他正準備撲向她時，她朝他這邊投來冷傲的一瞥，頓時迪恩臉上掠過一絲困惑，他停了下來，搓著肚子，目瞪口呆，最後低下了頭。因為她是女王。

在這狂亂之時，維克多突然抓住我們的手臂，拼命比劃著。

「怎麼啦？」他用盡了一切辦法，但我們還是沒聽懂。於是他跑到吧檯，從對他怒目的酒保手中抓過帳單，拿來給我們看。帳單是三百多披索，大約三十六美元，這在任何一家妓院都算是一大筆開銷了。但我們還沒清醒，也不想離開，雖然都筋疲力盡了，但仍然希望和可愛的女孩們多待一下，我們好不容易歷經千辛萬苦，才在道路的盡頭找到這個奇妙的阿拉伯天堂。然而，夜晚即將來臨，無論如何也要告一段落了；迪恩意識到了這一點，他皺著眉頭左思右想，考慮著該怎麼辦。最後我果斷提出走人：「前面還有很多好玩的，老兄，現在走也沒什麼大不了的。」

「說得沒錯！」迪恩叫道，目光呆滯轉頭看了看他的委內瑞拉女孩。她終於醉倒了，躺在一張木椅上，兩條白皙的大腿從絲袍裡裸露出來。窗外的觀眾大飽眼福；在他們身後，紅色的光影正逐漸蔓延，一聲嬰兒的啼哭打破了突然的沉寂，令我想起自己身處墨西哥，而非在天堂裡做一場彌漫著大麻味的春夢。

我們踉蹌往外走，突然意識到史丹不見了；又跑回去找他，發現他正對著剛來上晚班的妓女們鞠躬，想再來一輪。當他喝醉的時候，就像十英尺高的巨人那樣笨重，誰也別想把他從女人身邊拖走。而且，那些女人如藤蔓似的纏著他不放。他就是不想走，還想嘗試一些新來的、更富有異國情調的、經驗更老道的小姐。我們捶打他的背，硬生生把他拖了出來。他不停對所有人揮手致意——妓女、警察、看熱鬧的人群，以及路上的孩子們；在奎格利亞人民的歡呼聲中，他驕傲的從人群中搖搖晃晃走出來，同時向四面八方拋著飛吻，還試圖跟大家說話，分享他對這個下午美好生活的喜悅和熱愛。大家全都笑了起來；有些人還拍他的背。迪恩跑過去，滿臉笑容的給了警察四披索，還恭敬的和他們握手，然後鑽進汽車。我們認識的女孩，包括那個被喚醒來跟我們告別的委內瑞拉女，都圍攏在車旁，她們裹著輕薄的衣衫縮成一團，嘰嘰喳喳說著再見，與我們吻別，委內瑞拉女甚至還傷心的哭了起來——雖然不是因為我們。我們知道，那眼淚不完全是為了我們，但也足夠了，足以讓我們欣慰了。我那心愛的黑皮膚女孩早已消失在幽暗的屋內。這一切終於結束了。我們上路了，把一場歡樂的盛會留在了身後，儘管花費了幾百披索，我們仍然感覺不虛此行。那不絕於耳的曼波跟隨我們走了幾個街區。大幕落下。「再見，奎格利亞！」迪恩叫道，拋出一個飛吻。

維克多因為我們而沾了光。「現在，你們想不想去泡澡？」他問道。沒錯，我們都想痛痛快快洗個澡。

他把我們帶到了一個世界上最奇特的場所：那是在城外一英里公路邊上的一家普通美式澡堂，池子裡全是戲水的小孩，淋浴室在一個石頭建築裡，洗一次只要幾分錢，有服務生提供肥皂和毛巾。除此之外，這裡還有一個破舊的兒童樂園，裡面有鞦韆和一個壞掉的旋轉木馬，在紅日餘暉的映照下顯得那麼奇特、那麼美麗。我和史丹拿上毛巾，徑直跳進了冰冷的淋浴室，洗完出來整個人神清氣爽，煥然一新。迪恩懶得去洗澡，我們遠遠看見他在破舊的遊樂場裡，和善良的維克多手挽著手散步，談笑風生，有時還側身對著維克多，激動的說著什麼，一面在空中揮動著拳頭。接著他們又回到了手挽手輕鬆散步的姿態。馬上就要和維克多告別了，所以迪恩找了這個機會和他單獨待一會，一邊參觀遊樂場，一邊了解他的思想和為人，這種事也只有迪恩最在行。

我們要走了，維克多很難過。「你們會再來奎格利亞看我嗎？」

「當然啦，老兄！」迪恩說。他甚至保證要把維克多帶回美國，如果維克多願意的話。維克多說他要好好考慮一下。

「我有老婆和孩子——又沒錢——我要想想。」我們從車裡向他揮手道別之時，他那溫柔敦厚的微笑洋溢在一片落日餘暉之中。在他身後是破敗的遊樂場和嬉戲的孩子們。

6 路會接納你

汽車剛剛駛出奎格利亞，地勢便一路下降，道路兩旁全是參天大樹。此時天色已暗，樹林中無數昆蟲鼓譟四起，聽起來就像一片持續的高聲尖叫。「哇！」迪恩叫道，他打開汽車大燈，但沒亮：「搞什麼！搞什麼鬼！媽的，現在怎麼辦？」他生氣的捶打儀表板：「哦，老天，我們得摸黑穿過這片叢林，真他媽恐怖！只有對面有來車的時候，我才能看清楚，但這裡**根本**就沒車！當然也不會有燈，對不對？哦，他媽的，我們該怎麼辦？」

「繼續往前開吧。不然我們掉頭回去？」

「不，不行，絕不回頭！我們繼續開。我勉強能看見一點路。我們能挺過去。」於是我們在充斥著昆蟲聒噪聲的一片漆黑中穿行，突然一股濃烈的惡臭襲來，那是一種近乎腐爛的氣息，我們這才想起地圖上的標示，意識到過了奎格利亞便開始進入北回歸線。「我們進入新的熱帶地區了！難怪有這種味道！你們聞聞！」我把頭伸出窗外；飛蟲迎面撲來；我迎著風側耳傾聽，叫聲不絕於耳。車燈忽然又亮了起來，兩條光柱刺向前方，照亮了一條孤零零的道路，兩旁那些高達一百英尺的大樹，就像兩堵密不透風的巨牆。

「他**媽**的！」後座的史丹大叫一聲：「太**爽**了！」他還在嗨。我們發現他仍處於亢奮之中，眼前的叢林和各種困難，絲毫也不影響他快樂的靈魂。我們全都笑了起來。

「管他的！我們就闖一闖這片該死的叢林，我們今晚就睡在裡面，衝啊！」迪恩大喊道：「史丹是對的。史丹什麼都不在乎！他還沉醉在女人、大麻和曼波之中，那些瘋狂的、不可思議的曼波真是太震撼了，我的耳膜現在還嗡嗡作響——嘻嘻！史丹已經嗨到那個境界了，所以他知道自己在做什麼！」我們脫下T恤，打赤膊，咆哮著穿越叢林。沒有城鎮，什麼也沒有，只有綿延不絕的未知叢林，越走越深，越走越熱，昆蟲叫得越來越響，植被長得越來越高，熱烘烘的氣息也越發濃郁，而我們漸漸習慣並喜歡上了那種味道。

迪恩說：「我真想脫光衣服，在叢林裡打滾。沒錯，老兄，等我找到一個適合的地方，就這麼幹！」忽然間，叢林小鎮利蒙出現在我們眼前，幾盞昏暗的路燈，黑壓壓的影子，空曠的天空，一堆簡陋的木屋，聚在屋前的一小群人——這就是熱帶叢林的十字路口。

在一片難以想像的靜謐中，我們停下車。天氣非常熱，就像是在六月的夜晚鑽進了紐奧良麵包師的烤箱裡。在那條街道兩旁，四處可見全家老小圍坐在黑暗裡聊天；偶爾有女孩走過，她們年紀都很小，只是好奇的想看看我們長什麼麼樣。她們光著腳，髒兮兮的。我們靠在一家破爛雜貨店門口的木欄上，櫃檯上堆著一袋袋麵粉，旁邊還放著一個開始腐爛的新鮮鳳梨，蒼蠅在上面飛來飛去。店內只有一盞油燈，街上有幾盞昏黃的路燈，剩下的就是無邊無際的黑暗。

我們現在已經疲憊不堪，必須馬上睡覺，於是把車子開到小鎮後的一條土路上，停在離路口幾碼遠的地方。太熱了，根本睡不著。迪恩拿了條毯子，鋪在路面又軟又熱的沙子上，倒頭便睡。史丹躺在福特車的前排座位，兩邊車門都敞開著通風，可是一點風也沒有。我躺在後座，汗流如雨，苦不堪言。我從車裡出來，搖搖晃晃的站在黑暗裡。全鎮的人都已入睡；現在唯一的聲響就是狗叫。要怎樣才能睡著呢？還有成千上萬的蚊子，我們每個人的前胸、手臂和腳踝都被叮了。這時我想到一個好辦法：我跳上車頂，平躺在鋼板上。仍然沒有一絲風，但鋼板很涼，我背上的汗水乾了，成千上萬的死蟲子結成一塊一塊黏在皮膚上，我明白了：**叢林會接納你，讓你和它融為一體**。躺在車頂，面向黑漆漆的天空，就像在夏日夜晚躺在一個緊蓋的箱子裡。有生以來第一次，天氣對我而言不再是那種觸碰我、撫摸我，使我受凍或者流汗的東西，而是成了我本身。大氣和我合而為一了。

我睡在那裡，無數細小的蟲子柔風細雨般在我臉上拂動，令我感到十分愉悅和溫馨。天上沒有星星，什麼也看不見，顯得無比深沉。我可以就這樣面對天空躺上一夜，身上像是蓋著一副天鵝絨窗簾。死掉的蟲子和我的血混在一起；活蚊子又來吸我的血；我感到一陣莫名的激動，全身上下——從頭髮和臉到腳和腳趾——也開始散發出了那種熱烘烘、腐爛腥臭的叢林氣息。我已經脫下了鞋襪。為了少出點汗，我穿上那件沾滿蟲子的T恤，重新躺下。比天空更黑的土路上蜷縮著一團黑影，那是睡夢中的迪恩。我聽見了他的鼾聲。史丹也在打呼。

叢林小鎮裡不時閃過微弱的亮光，那是警長拿著光線昏暗的手電筒在巡視，他一邊走一邊喃喃自語。然後我看見晃動的手電筒光朝我們靠近，聽到落在鋪滿沙草的土路上輕輕的腳步聲。他停下腳步，用手電筒照了照汽車。我坐起身看著他。他指了指在路上睡覺的迪恩，用顫抖、近乎埋怨、極其溫柔的聲音說道：「Dormiendo？」我明白那意思是「睡覺」。

「Si, dormiendo.」

「Bueno[1]，bueno.」他自言自語的說，有些不情願的黯然離去，繼續他那孤獨的巡夜。上帝從未在美國那片土地上造出如此可愛的執法人員。沒有滿腹疑惑，沒有大驚小怪，沒有小題大做：他是這個沉睡小鎮的守護者，僅此而已。

我重新回到我的鋼床上，伸開雙臂躺在上面。我甚至不知道頭頂上方是樹枝還是空曠的天空，反正都一樣。我朝上方張開嘴，深吸著叢林的氣息。那不是空氣，絕不是空氣，而是樹木和沼澤散發出來的活生生的氣息。我一直沒睡著。樹林那邊傳來公雞的報曉聲。依然沒有空氣，沒有微風，沒有露水，只有北回歸線那一成不變的凝重，它將我們全都牢牢按在土地上，那是令我們怦然心動的歸屬之地。天空中沒有一絲黎明的跡象。

突然，我聽到黑暗中一陣激烈的狗叫，接著又聽到微弱的馬蹄聲。噠噠聲越來越近。這位瘋狂策馬的夜行者會是誰呢？然後我就看見了一個幽靈：一匹野馬，渾身白得嚇人，正沿著土路跑著，直奔迪恩而來。在牠後面，汪汪亂叫的狗兒們爭先恐後追來。我當時看不見牠們，牠們都是些在叢林裡亂竄的髒兮兮老狗，而那匹馬卻不難看見，牠身軀高大，全身雪白，幾乎放出光來。我並沒有為迪恩感到驚慌。馬兒看見了他，從他腦袋邊跑過，又像一艘輪船似的從汽車旁邊擦過，輕輕嘶鳴一聲，在狗兒們的追趕下，繼續噠噠的穿過小鎮，回到另一邊的叢林裡，微弱的馬蹄聲漸漸消失在林中。狗兒們也安靜了下來，坐在地上舔著自己的身體。那匹馬是怎麼回事？是什麼神話和鬼魂，是什麼精靈？迪恩醒來後，我把這件事告訴了他。他認為我在做夢。接著他回想起自己似乎隱約夢見了一匹白馬，我告訴他那絕不是夢。史丹慢慢醒來。我們稍微一動，又是一身大汗。天空依然漆黑如墨。「我們上車出發吧，順便吹點風！」我喊道：「我要熱死了。」

汽車轟鳴著駛出小鎮，繼續沿著那條瘋狂的公路奔馳，我們的頭髮在空中飛舞。天色迅速亮了起來，在灰濛濛的晨靄中，公路兩邊顯露出植被茂密的沼澤地，那些藤蔓叢生的大樹，對著盤根錯

1 譯按：西班牙語，意為「好」。

節的底部，彎垂著高大而淒涼的身軀。我們順著一條鐵路線開了一陣子。前方出現了曼特城廣播電臺的天線，那奇特的天線讓我彷彿置身於內布拉斯加。我們找到一個加油站，開進去加油，最後一批叢林夜蟲成群撲向燈泡，接著落在我們腳下，地上聚起一堆堆扭來扭去的昆蟲，有些蟲子的翅膀足有四英寸長，還有些駭人的大蜻蜓，體形大得好像能吞下小鳥，還有數不清嗡嗡亂叫的巨大蚊子，以及眾多不知名的奇形怪狀蜘蛛類昆蟲。我在人行道上左蹦右跳，深怕踩上牠們；終於上了車，我雙手抱膝，恐懼的看著地面，車輪周圍都爬滿了蟲子。「快走吧！」我喊道。迪恩和史丹絲毫不為蟲子所擾；他們從容喝了幾瓶麥西恩柳橙汁，邊喝邊把蟲子從冷飲機前踢開。和我一樣，他們的襯衫和褲子上也沾滿了數不清的死蟲子，滿是黑色的血汙。我們用力聞了衣服的味道。

「你知道嗎，我開始喜歡上這種味道了。我已經聞不到自己的味道了。」史丹說。

「這味道越聞越好聞。」迪恩說：「到墨西哥城以前，我不打算換襯衫了，我要把這味道吸夠，好好記住它。」我們繼續飛馳向前，讓風吹在我們熱烘烘、黏糊糊的臉上。

前方，群山赫然聳立，綠意盎然。翻過山便又到了遼闊的中央高原，然後我們將一路奔向墨西哥城。眨眼間，車子已經攀上了海拔五千英尺的高山，置身於雲霧繚繞的山口，俯瞰著一英里下方熱氣蒸騰的渾黃河水。那是著名的莫克特蘇馬河。沿途的印第安人看上去越來越離奇怪異。他們是自成一族的山地印第安人，除了這條泛美公路[2]，幾乎與世隔絕。他們身材粗矮、皮膚黝黑、牙齒很不好；每個人背上都扛著一大堆東西。在植被茂盛的寬闊峽谷對面，我們看到陡峭的山坡上一塊塊散落的農田。印第安人在山坡上爬上爬下，料理著莊稼。迪恩以五英里的車速，邊開車邊張望。「哇，沒想到居然還有這種東西！」在堪比洛磯山脈的高峰上，我們看到了香蕉林。迪恩下了車，站在那裡搓著肚子指指點點。我們到了一處突出的岩壁，有間茅屋孤懸於萬仞絕壁之上。現在只能隱約看見下方一英里外的莫克特蘇馬河，陽光幫它披上了一層金色的薄霧。

一個三歲的印第安小女孩站在茅屋前的院子裡，她把手指含在嘴裡，睜著一雙褐色的大眼看著我們。「她可能這輩子都沒見過有人把車停在這裡！」迪恩小聲說：「哈囉，小妹妹。妳好嗎？妳喜歡我們嗎？」小女孩害羞的把目光移開，噘起了嘴。當我們開始自顧自說話的時候，她又含著手指打量起我們。

「哎呀，我真想送她點什麼東西！從生下來就一直生活在這個岩壁上——這個岩壁就是生活的全部，真是**難以想像**。她的父親可能正順著繩索爬下峽谷，從山洞裡取出鳳梨，在八十度的峭壁上伐木，腳下就是萬丈深淵。她永遠不會離開這裡，永遠不會知道外面的世界。他們自成一族。想像一下他們的酋長會有多狂野！翻過那個懸崖，那些住在遠離公路幾英里外的印第安人，肯定更加狂

2 編按：貫穿整個美洲大陸的公路系統。北起阿拉斯加，南至火地島，全長約四萬八千公里。

野和奇特；沒錯，泛美公路在某種程度上使得沿路的印第安人開化了。注意她額頭上的汗珠，」迪恩表情痛苦的指了指：「那不是我們身上的這種汗水，它們油亮亮的，**一直在那裡**，因為這裡一年四季**一直**很熱，她根本不知道沒汗的感覺，她生下來就流著汗，死的時候也會流著汗。」

她那小額頭上的汗珠看上去如此沉重、黏稠；它們不往下流；它們就停在那裡，像一滴滴純橄欖油一樣閃閃發光。「這一切會對他們的心靈產生多麼大的影響啊！他們內心所關注的事物、願望以及價值觀，和我們會有多麼不同啊！」迪恩繼續上路，以十英里的速度開著車，希望看清楚沿途的每一個人；一路上他驚訝得嘴都合不攏。

汽車不斷爬升。越往上爬，越發涼爽，路上的印第安女孩都用披肩裹住了頭肩。她們拼命向我們打招呼；停下車觀望，她們想賣給我們小塊的水晶。瞪著天真的褐色大眼睛望著我們，那種發自靈魂深處的真誠目光直射心靈，使我們心裡沒有一絲邪念；而且她們都很小，有的才十一歲，但看上去卻像快三十歲了。「瞧瞧這些眼睛！」迪恩低聲說。她們的眼睛就像孩提時的聖母馬利亞，我們從中看到了耶穌那溫柔寬恕的目光。這些眼睛毫不閃躲的直視著我們。我們揉了揉自己遊移不安的藍眼睛，定睛再看。那懾人心魄的目光依然不屈不撓向我們射來，悲傷而迷醉。然而，一旦開口說話，她們瞬間就變得狂躁起來，甚至傻乎乎的。只有在沉默中，她們才是真正的自己。「她們是**最近**才學會賣水晶的，因為這條公路大約十年前才修好——在那以前，這裡一定是個**沉默**的國度。」

女孩們圍著汽車嘰嘰喳喳的嚷著。一個孩子拉著迪恩汗涔涔的手臂，用一種特別幽婉的眼神望著他。她用印第安語說著什麼。「啊好的，好的，親愛的。」迪恩溫柔、近乎悲傷的回答道。他下了車，打開後車廂，在那個破箱子裡翻找——就是那口飽經風霜的大行李箱——掏出來一隻手錶。他把手錶拿到那孩子面前。她高興得哭了起來。女孩們都擠過來看，驚訝不已。接著迪恩在小女孩攤開的手掌上，用一根指頭撥來撥去，尋找「那顆她親自為我從山裡採來，最可愛、最純淨、最小巧的水晶」。他挑了一顆野草莓大小的水晶，然後拎起晃來晃去的手錶，遞給了女孩。女孩們全都張大了嘴，一個個就像唱詩班的孩子。幸運的小女孩把手錶緊緊握在胸前的破衣服上。她們全都感激的摸著迪恩。

迪恩站在她們中間，歷經滄桑的臉龐朝向天空，尋找下一個，也是最後、最高的那一個山口，他看上去就像來到她們面前的先知。他回到車上，女孩捨不得讓我們離開。汽車沿著一條直直的山道往上爬，她們就一直揮著手跟在後面跑，跟了很久很久。汽車拐彎了，再也看不見了，但她們仍然在後面追。「啊，我的心都要碎了！」迪恩捶著胸口喊道：「她們會帶著這種不捨、這樣的好奇心走多遠呢！如果我們開得夠慢，她們會不會一直跟著我們到墨西哥城？」

「會。」我說，我深信不疑。

我們爬到了東馬德雷山脈令人眩暈的高度。香蕉樹在薄霧中閃爍著金色的光芒。路旁石牆外，大片的雲霧在懸崖邊飄浮。下方，莫克特蘇馬河宛如叢林綠墊上一條細細的金線。在這個世界之巔，一些神祕的十字路口小鎮從車窗外滾滾而過，裹著披肩的印第安人從他們的帽簷和長圍巾下注視著我們。這裡的生活是幽深、晦暗、古老的。他們用鷹一樣的目光望著瘋狂且專注操縱著方向盤的迪恩；所有人都往前伸手。他們從偏僻的山裡和更高的地方下來，**伸出雙手希望得到文明世界的恩賜，卻絕對想不到文明所帶來的悲傷和幻滅**。他們不知道已經有一種炸彈能夠摧毀所有的橋梁和公路，將它們夷為一片廢墟，有朝一日我們也會變得跟他們一樣貧窮，也會像他們那樣伸出雙手。我們那輛破舊的福特車——三〇年代崛起中的美國生產的汽車——嘎啦嘎啦的從他們中間穿過，消逝在塵埃之中。

快要進入最後一個高原了。金色的陽光，湛藍的天空，炎熱的沙漠裡黃沙漫漫，除了偶爾閃現的幾條小溪，以及不期而至的《聖經》裡的綠蔭。迪恩睡了，換史丹開車。牧羊人出現了，穿著飄逸的長袍，女人們抱著一捆捆金色的亞麻，男人們則拿著木杖。在磷光閃爍的沙漠上，牧羊人圍坐在大樹下聊天，遠處的羊群在陽光下翻湧，激起一片塵土。「嘿，老兄，」我朝迪恩喊道：「快醒來看看牧羊人，看看這金色世界。這是耶穌降臨的地方，你親眼看看就知道了！」

他從座位上抬起頭，在落日餘暉中向四周掃了一眼，隨即又倒下去睡了。再次醒來後，他向我詳盡描述了他看到的一切：「沒錯，老兄，我很高興你叫我起來看。啊，上帝，我該怎麼辦？我要去哪裡？」他搓著肚子，充血的眼睛望向天空，幾乎要哭了。

我們即將抵達這趟旅行的終點。道路兩旁是綿延無際的田野；一陣陣美妙的風吹過偶爾出現的大片樹林和古老教堂，在夕陽的映照下，教堂染成了橙紅色。玫瑰色的巨大雲層正在逼近。「天黑前到墨西哥城！」我們成功了，從丹佛午後的庭院，來到這《聖經》裡的廣袤世界，我們一共行駛了一千九百英里，馬上就要走到路的盡頭了。

「我們要不要換下這身蟲子T恤？」

「不，我們就穿這套進城，管他的。」我們駛入墨西哥城。

過了隘口，忽然來到一處高地，下方，綿延橫列在火山口上的整個墨西哥城映入眼簾，城市上空煙霧裊裊，城裡閃爍著黃昏時初明的燈火。我們一路疾馳而下，沿著起義者大道[3]，直奔市中心的改革大道[4]。孩子們在路邊空曠簡陋的場地上踢著足球，揚起陣陣塵土。計程車司機從後面追上來，問我們要不要女人。不，我們現在不想找小姐。破爛不堪的土坯房貧民窟在平坦土地上延綿不絕；我們看見昏暗小巷裡孤獨的身影。夜幕很快就會降臨。接著，城市呼嘯而至，道路兩旁猝然湧現出

---

3 編按：墨西哥城最長的一條街道（共二十八．八公里，據說也是全世界最長）；得名於對抗西班牙的獨立戰爭。

4 編按：墨西哥人發起慶祝和抗議的主要集會地點。

一個個人頭攢動的咖啡館和劇院，一片燈火輝煌。報童朝我們大聲叫賣。拿著扳手和破布的汽修工，光著腳，無精打采在街頭晃蕩。赤腳的印第安人司機在我們周圍瘋狂亂穿亂擠，還不停按喇叭，把交通搞得一團亂。那種喧囂鼎沸簡直讓人不可思議。墨西哥汽車都沒有裝消音器。歡天喜地的喇叭聲此起彼伏，響個不停。

「嗚呼！小心點！」迪恩喊道。他在車流中輾轉穿梭，跟誰都要較量一番。他就像個印第安人司機。來到改革大道上的一個環形路口，繞著轉盤疾馳，四面八方的車輛向我們衝來——左邊，右邊，izquierda[5]，正前方——他興高采烈的大叫：「這才是我夢寐以求的路！真他媽**狂**！」一輛救護車風馳電掣駛來。在美國，救護車鳴著汽笛在車輛中穿梭；而在法拉欣印第安人的世界裡，救護車以八十英里的速度飛馳在城市街道上，它可不會因為任何人或任何情況而停頓片刻，一路飛奔，路上的車輛只能趕緊躲開。我們看見它輕快掠過市中心擁擠不堪的車流，迅速消失在視線之外。司機都是印第安人。公車從來不會停穩，所有人，甚至包括老太太，都要追著上車。墨西哥城的年輕商人們互相打著賭，浩浩蕩蕩追著公車，身手矯捷跳了上去。光腳、穿T恤的公車司機坐在低矮的駕駛室裡，帶著一臉不屑和瘋狂，把持著巨大的方向盤。聖像在他們頭頂上方閃閃發光。公車裡昏暗的燈光呈暗綠色，映照出木椅上一排排黝黑的面龐。

在墨西哥城市區，成千上萬的嬉普士在主街閒晃。他們帶著大草帽，長翻領的夾克套在身上，一些人在小巷裡兜售十字架和大麻，一些人在破舊的小教堂裡跪拜祈禱；教堂旁邊是一個個墨西哥滑稽表演的大棚。有些巷子是碎石子路，排水溝沒有封蓋，推開一扇小門就進入了一間酒吧，它鑲嵌在左右兩幢土坯房的牆壁之間，小得像個壁櫥。要去吧檯拿酒，你先得跳過排水溝，那條排水溝的最深處就是阿茲特克帝國的古老湖泊。要走出酒吧，你得背貼著牆壁，側著身體慢慢挪到街上。

他們端上來的咖啡裡摻著蘭姆酒和肉豆蔻。喧囂的曼波音樂無處不在。無數妓女站在黑暗狹窄的街道兩旁，看見我們走過，她們憂傷的眼睛在黑夜裡閃出一絲光亮。我們在街頭徘徊，如痴如醉，恍若置身夢境。在一家用彩色瓷磚裝飾得很花哨的墨西哥餐廳，我們花四毛八分錢吃了一頓牛排大餐，一幫老老小小的樂師站在一架巨大馬林巴琴前面演奏——街上還有許多遊蕩的吉他歌手，街角上時常見到吹小號的老人。循著那股酸味，你就能找到普逵[6]酒館；在那裡，你只需花兩分錢就能喝到一大杯仙人掌汁。

夜晚的街頭自始至終都充滿活力，似乎永不停歇。一些乞丐從柵欄上撕下海報，裹在身上睡覺。還有些人帶著一家大小坐在人行道上，在夜色下吹著小笛子，笑語怡然。昏暗的燭光照在他們伸出

5 譯按：西班牙語，意為「左邊」。

6 譯按：pulque，一種墨西哥龍舌蘭酒。

的光腳丫上——整個墨西哥就是一個偌大的波西米亞營地。街角上，老婦人把煮熟的牛頭肉切碎，包一點在玉米餅裡，再澆上些辣醬，放在裁成小張的報紙上賣給路人。這是最後一座偉大的法拉欣之城，一座孩提般狂野不羈的城市，**我們知道自己會在路的盡頭找到它**。迪恩在這座城市中穿行，他的雙臂像僵屍般垂掛在身體兩側，嘴巴張著，眼睛閃閃發光；他帶領我們進行了一場艱苦的朝聖之旅，一直走到天亮。黎明，我們在球場跟某個戴草帽的年輕人談笑，他想和我們玩傳接球；因為，此地，一切，永無止境。

然後，我發燒了，意識恍惚，神智不清。我得了痢疾。當我昏昏沉沉睜開雙眼，我知道自己躺在床上，身處海拔八千英尺的世界屋脊，知道在可憐的、變幻無常的血肉之軀裡，我經歷了一整個人生以及許多不同的人生，做過數不清的夢。然後我就看見了俯身站在餐桌旁的迪恩。這時已經過去了好幾個晚上，他已經準備離開墨西哥城了。「老兄，你在幹麼？」我呻吟道。

「可憐的薩爾，可憐的薩爾病倒了。史丹會照顧你的。你聽我說，如果你病成這樣還能聽懂的話：我辦好了和卡蜜兒的離婚手續，今晚就要開車回紐約，回去見伊內茲，希望我的車還能堅持住。」

「又要走一遍？」我叫了起來。

「好兄弟，沒錯。從頭走一遍。我得回去過生活。真不想離開你。但願能回來找你。」肚子一陣痙攣，我緊緊按著腹部，呻吟起來。當我再次抬起頭，只見一個勇敢高尚的身影挺立在我面前，他拎著一口破爛的大箱子，低頭看著我。我已經認不出他是誰了；迪恩也知道，他很同情我，把我的毯子往肩上拉了拉。「是的，是的，是的，我必須走了。可憐發燒的老薩爾，再見。」迪恩就這樣走了。直到十二小時以後，燒得迷迷糊糊的我才明白過來他已經走了。那時他正獨自驅車翻越那些種著香蕉林的山脈，這次是在夜裡。

當身體恢復後，我才意識到迪恩真是個混蛋，但又想到他那複雜不堪的生活，想到他有那麼多老婆和麻煩事要去應付，他也是迫不得已才把生病的我丟下不管的。「好吧，迪恩老弟，我就什麼也不說了。」

Part Five

Always, On the Road

最後一次

從墨西哥城開車回去的路上，迪恩在奎格利亞又見了維克多一面，然後一路開到了路易斯安那州的查爾斯湖——果然不出所料，那輛破車的屁股最終還是掉在了路上。於是他給伊內茲發電報要來機票錢，飛了回去。一到紐約，他就拿著離婚證書，和伊內茲去紐華克辦了結婚手續；當天晚上，他編了各種理由來安撫伊內茲，告訴她一切都很好，什麼也不用擔心，接著便跳上巴士，再次橫穿可怕的大陸，前往舊金山與卡蜜兒和兩個小女兒團聚。到現在，他一共結了三次婚，離了兩次，目前和第二個老婆住在一起。

秋天到了，我隻身從墨西哥城啟程回家，一天夜裡，剛過了拉雷多邊境，在德州的迪利，我站在炎熱的公路上，夏蟲不停撞向我頭頂上方的弧光燈，這時我聽到遠處黑暗裡傳來腳步聲，啊，原來是一個身材高大、白髮飄逸的老人，他揹著包，邁著沉重的步伐走來，從我身旁經過時，他看著我說：「**去為人類哀嘆吧**。」便踏著重重的腳步重歸黑暗。這是否意味著我最終還是應該繼續踏上朝聖之路，行走在美國黑暗的公路上？我內心掙扎著趕回紐約。有天晚上，站在曼哈頓黑暗的街頭，我朝樓上一所公寓的窗戶大聲叫喊——我以為我朋友在那裡聚會。一位漂亮的女孩從窗戶裡伸出頭來，對我說：「什麼事?是誰啊？」

「薩爾．帕瑞迪斯。」我回答道，聽見自己的名字在空蕩蕩的大街上迴響。

「上來吧。」她喊道：「我正在做熱巧克力。」於是我上去了。那女孩有雙純潔無邪的可愛眼睛，這正是我多年來千尋百覓、不斷探求的女人。我們瘋狂的相愛了。冬天，我們計畫搬到舊金山，準備買輛二手小貨車，把全部破家當都運過去。我寫信告訴迪恩。他回了一封有一萬八千字的長信，全是關於他在丹佛的經歷，他在信中還說要來紐約找我，親自挑選舊貨車，並開車帶我們到舊金山。我們有六個星期的時間存錢買車，於是我們開始找工作，一分一分的攢錢。然而，迪恩突然就來了，提前了五個星期半，因為沒存夠錢，計畫也就泡湯了。

那天，我在深夜裡散步，回來後便把散步時的一些想法講給我的愛人聽。她站在黑暗的小屋裡，臉上掛著奇怪的笑容。我和她說了好一陣子，突然注意到房間裡格外寂靜，我環顧四周，看見收音機上有一本破舊的書。我知道那是迪恩的書，就是那本他總在午後捧讀的普魯斯特[1]。彷彿在夢裡，我看見他穿著襪子躡手躡腳從黑暗的過道裡走了出來。他已經不會說話了。他又是蹦又是笑的，激

1 編按：Marcel Proust，法國作家，代表作為《追憶逝水年華》（*À la Recherche du Temps Perdu*）。

動比劃著雙手，結結巴巴的說：「啊——啊——好好聽我說。」我們準備洗耳恭聽，可他忘了自己要說什麼。「真的聽我說——嗯哼。聽著，親愛的薩爾——親愛的蘿拉——我來——我走了——等一下——啊對。」他兩眼直直盯著自己的雙手，眼裡滿是悲傷。「我說不下去了——你們明白這是——或者可能是——但是聽著！」我們全都認真傾聽。他在聆聽夜晚的聲音。「好！」他神情敬畏的小聲說道：「你們看——沒必要再說什麼——其他的。」

「不過你為什麼這麼快就來了，迪恩？」

「哦，」他望著我，彷彿是頭一次見到我：「這麼快，是的。我們——我們都知道——我是說，我不知道為什麼。我是用鐵路通行證坐火車來的——守車[2]——老舊的硬座車廂——德州——一路上吹長笛和木製的紅薯笛[3]。」他拿出他的新木笛。吹了幾個唧唧啾啾的音符，穿著襪子蹦來蹦去。「明白了嗎？」他說：「當然了，薩爾，我很快就可以像以前一樣講話了，而且我有很多話要對你說，事實上雖然我腦袋瓜裡文化不多，但是在橫穿大陸的這一路上，我一直在讀那個了不起的普魯斯特，並且經歷了好多事情，我只是沒那麼多**時間**講給你聽，而且我們**還**沒有談過墨西哥以及你在發燒時我們分開的事情——但沒必要談。絕對沒必要現在談，對吧？」

「好吧，我們不談那個。」

接著他開始極其詳盡的講述這次經過洛杉磯時的經歷，講他怎樣去拜訪一戶人家，在那裡吃飯，與那家的父親、兒子、姐妹交談——吃的東西、屋裡的家具、他們的長相、他們的想法、他們的興趣、他們的心靈；他滔滔不絕、仔仔細細的講了三個小時，最後說道：「啊，可你知道我**真正**想要告訴你的——再後來發生的事——坐火車穿越阿肯色州——吹笛子——和那幫小子玩牌，我的色情撲克牌——贏錢，表演紅薯笛獨奏——吹給水手們聽的。這一路長得真他媽夠嗆，坐了五天五夜，就是為了來**看看**你，薩爾。」

「卡蜜兒怎麼說？」

「當然同意啦——她在家等我。我和卡蜜兒之間永遠不會再有問題了……」

「伊內茲呢？」

「我——我——我想讓她跟我一起回舊金山，住在城裡的另一邊——你覺得怎麼樣？我也不知道我為什麼過來。」隨後他又突然驚訝的說：「啊，是的，當然，我想來看看你和你可愛的女人——真為你高興——愛你，一如既往。」他在紐約待了三天，匆匆忙忙準備憑鐵路通行證，坐火車再次穿越大陸，他將在布滿灰塵的守車硬板凳上再坐上五天五夜；我們沒有錢買小貨車，自然不能

---

2 譯按：caboose，舊時掛在貨運列車尾部的工作車廂，主要用於瞭望車輛和協助剎車。

3 譯按：sweet potato，指奧卡利那笛（ocarina），一種吹管樂器，通常為陶土燒製，因此又名「陶笛」。

跟他一起回去。他在伊內茲那裡待了一個晚上，又是解釋又是流汗又是爭吵，最後被伊內茲趕出去了。我收到一封信，是寫給他的。我看了。信是卡蜜兒寄來的。

「當我看見你揹著行囊穿過鐵道時，我的心都碎了。我不斷祈禱你會平安歸來……我真心希望薩爾和他的朋友能過來與我們住在同一條街上——我知道你會平安回來的，但我還是忍不住擔心——既然我們把一切都安排好了——親愛的迪恩，現在是本世紀上半葉的尾聲。我們用愛和親吻歡迎你與我們共度下半個世紀。我們都等你回來。〔簽名〕卡蜜兒、艾美、小瓊妮。」最終，迪恩還是與最了解他、經歷了最多痛苦而始終不渝的妻子卡蜜兒生活在一起了，這真要感謝上帝。

最後一次見到迪恩，是在一個奇怪而悲傷的情境中。雷米・邦克爾在經過幾次環球航行之後來到紐約。我想讓他認識迪恩。他們見了一面，但迪恩語無倫次，不知所云，令雷米沒了興趣。雷米搞到了幾張大都會歌劇院艾靈頓公爵音樂會的門票，一定要我帶上蘿拉，和他與女友一起去。儘管長胖了也變得憂鬱了，但雷米依然是那個熱忱、正經八百的紳士，他強調要以**正確的方式做事**。因此，他讓他的賽馬經紀人開了輛凱迪拉克送我們去聽音樂會。那是一個寒冷的冬夜。凱迪拉克已經到了，等著出發。迪恩拎著包站在車窗外，準備前往賓州車站坐火車穿越大陸。

「再見了，迪恩。」我說：「我真希望我可以不用去聽音樂會。」

「你覺得我能搭你們的便車去第四十街嗎？」迪恩低聲說：「我想和你盡可能多待一下，老兄，況且紐約這天氣真他媽冷……。」我小聲問了雷米。不行，他不答應，他喜歡我，但不喜歡我的白痴朋友。我也不想重蹈覆轍，毀了他精心籌劃的夜晚，就像一九四九年在舊金山艾爾佛雷德飯店，我和羅蘭・梅傑所做的那樣。

「絕對不行，薩爾！」可憐的雷米，為了這個特別的夜晚，他特地訂製了一條領帶，上面印著音樂會的門票、所有人的名字──薩爾、蘿拉、雷米、薇姬（他的女友），以及一連串很無聊的笑話，還有他喜歡的格言警句，比如「老師傅彈不了新調」。

所以，迪恩沒有和我們一起進城，我唯一能做的就是坐在凱迪拉克的後座向他揮手告別。開車的人也不想和迪恩打交道。迪恩穿著那件為抵禦東部嚴寒特地買來的蟲蛀舊大衣，孤獨的走開了，我最後一眼看到他是在他轉過第七大道街角的時候，他注視著前方的街道，再次砥礪前行。我可憐的小蘿拉，我和她說過關於迪恩的一切，她此時幾乎都要哭出來了。

「噢，我們不該讓他就這樣走了。我們該怎麼辦？」

迪恩這小子走了，我心想，然後大聲說：「他不會有事的。」接著我們出發去聽了那場無聊、但我又對此無可奈何的音樂會，從頭到尾我完全提不起興趣，滿腦子只想著迪恩，想著他是怎樣上了火車，在那片可怕的大陸上穿行三千多英里，卻搞不清楚自己為什麼要來──除了只是想來看看我。

當太陽西沉，我坐在頹敗的河堤碼頭，遙望紐澤西那頭的萬里長天，彷彿看到雄渾原始的美國大地，正以不可思議的宏偉之勢朝著西海岸翻湧而去，看到這片廣袤的土地上延綿無盡的道路和追逐夢想的人們，我知道此刻在愛荷華州一定有哭泣的孩童，因為那是一塊孩子們可以自由哭泣的土地，但今夜不會有群星閃耀，難道你不知道上帝就是小熊維尼？只有低垂的黃昏之星把點點微光灑落在大草原上，很快，無邊的夜幕就會徹底降下，它將撫慰大地，籠罩所有河流山川，也會將最遙遠的海岸擁入懷抱——可是沒有人，沒有人知道以後會怎樣，除了我們都將孤苦伶仃的老去。我想起了迪恩．莫里亞蒂，我甚至想起了我們從未找到的老迪恩．莫里亞蒂，我想起了迪恩．莫里亞蒂。

拱橋 0ASB0001

在路上 On the Road

作者　傑克．凱魯亞克（Jack Kerouac）
譯者　陳杰
副主編　張祐唐
校對編輯　李芊芊
封面設計　木木 Lin、錢珺
內頁設計　陳相蓉
特約行銷　鍾宜靜
行銷經理　許文薰
總編輯　林淑雯
出版者　方舟文化／遠足文化事業股份有限公司
發行　遠足文化事業股份有限公司（讀書共和國出版集團）
231 新北市新店區民權路 108-2 號 9 樓
電話：（02）2218-1417
傳真：（02）8667-1851
劃撥帳號：19504465　戶名：遠足文化事業股份有限公司
客服專線：0800-221-029　E-MAIL：service@bookrep.com.tw
網站　www.bookrep.com.tw
印製
法律顧問　華洋法律事務所　蘇文生律師
定價　480 元
初版一刷　2024 年 5 月

國家圖書館出版品預行編目（CIP）資料

在路上／傑克．凱魯亞克（Jack Kerouac）著；陳杰譯 . -- 初版 . -- 新北市：方舟文化出版：遠足文化事業股份有限公司發行，2024.05
432 面；14.8 × 21 公分

譯自：On the Road
ISBN 978-626-7442-18-0（平裝）

874.57　113004237

本書中譯本由湖南文藝出版社有限責任公司，透過四川文智立心傳媒有限公司代理獨家授權。

方舟文化官方網站　方舟文化讀者回函